目录
Contents

忆昔花间初识面
第一章　　　009

同是天涯沦落人
第二章　　　029

高山流水遇知音
第三章　　　054

我是人间惆怅客
第四章　　　074

春风得意马蹄疾
第五章　　　122

少年也识愁滋味

第六章 146

云间烟火是人家

第七章 176

良辰美景奈何天

第八章 213

我寄愁心与明月

第九章 244

山重水复疑无路

第十章 279

守得云开见月明

第十一章 328

番外

347

这个夏天，草头娃娃将萎未萎了好多次，都被吴桥一妙手回春拯救了回来。其实佟语声清楚得很，这种一次性的小草哪儿能有那么长的寿命，这是吴桥一无数次在一波草苗枯萎的前夕，及时更换营养土并播下新的种子，才能让这秃子头上的草苗无数次"野火烧不尽，春风吹又生"。

这是一枚能带来幸运的硬币,
送给每一个看到它的人。

佟语声

第一章

忆昔花间初识面

医院藏在一片攀满了爬山虎的旧墙后，要爬过几层细长的石阶才能见到。这来一趟可真不容易，佟语声看着楼下曲曲折折的石板路，心想，要是可以再也不回来就好了。爸妈在门诊药房拿药，他独自一人收拾好出院的行李，便慢悠悠地走出了住院大楼。

两年前的一堂体育课上，佟语声突然晕倒后被送到渝大附属医院抢救，随后便被诊断为特发性肺动脉高压。这是一种罕见病中的常见病，最明显的症状是呼吸困难，患者常年处于缺氧状态，生活质量很差。这两年，佟语声断断续续地住院治疗，渝大附院的门槛儿都被一家人踩得锃亮。现在他的病情稳定没有加重，对一家人来说也确实算是个安慰了。

佟语声拿着从老妈那儿借来的手机，在医院的梧桐大道下慢慢地踱着步，今天空气质量不错，难得他觉得呼吸顺畅。

电话拨通，他的脸上露出笑意："喂？书书，我出院了。"

这声音听上去可不像是个呼吸困难的病人，清清亮亮的，落在满地梧桐叶上，好似砸出一串金色的亮片。电话那边是和他一起长大的朋友温言书，他的手机是他攒了一个暑假的零花钱，才悄悄瞒着他妈买下来的。他声音怯怯的，显然是避着什么人，但语气中也是压抑不住的雀跃：

"太好了！你终于回来了！"

佟语声被他气笑了："整个暑假没来看过我一次，还能记得我长什

么样吗？"

温言书忙不迭道歉："对不起啊佟佟，我妈暑假给我报了全科辅导班，晚上还宵禁，我真不是故意不去找你的……"

佟语声笑起来，毫不在意地跳过了这个话题："你明天早点起，就跟你妈说来学校早读呗，她不会还要跟你来班里盯你吧？"

"不会不会。"那边诚惶诚恐地道，"你能吃煎饺吗？桥头那边新来了个早点摊儿，我想试试。"

佟语声一听，眼睛亮起来："可以呀，我什么都能吃。"

其实严格按医嘱来说，他应当少吃油炸油腻的东西以及葱姜蒜，但出院了少说也得庆祝庆祝，一顿煎饺他都觉得亏大发了。

"好好好。"温言书小声地用气音答道，紧接着传来"咚咚"几下碰撞的声响，一阵"兵荒马乱"。

佟语声知道那是他老妈来搞突击检查了，便悄悄闭上嘴，小心翼翼地按下了挂断键。良久，过快的心跳才慢慢缓和下来。说了一堆话，还隔空受到了来自温言书老妈的恐吓，佟语声觉得有点气短，便就近在梧桐大道边找了张长椅落座。

长椅就在路边，佟语声看着脚下的路弯弯曲曲延伸。向前，拐几个弯就到了家，再过一个路口就是学校；向后，住院部倚着门诊楼，便将那路堵死了。路尽头的门诊楼内，佟语声的父母正提着两大袋子的药，和窗口的药剂师打招呼。

那药剂师已经干了二十多年了，见过的病人数以万计，他叫得上来名字的，大多是反复来拿药的老病号了。回头看了眼院内干净清爽的少年，药剂师有些忧虑地问道："佟佟这就出院啦？身体能不能受得住啊？"

佟语声的父亲看着门口慢悠悠踱步的少年，半响才转过头来："目前吃药还能控制，按理说还是住院休养最好，但是这孩子太犟，在医院一天都待不下去，硬要赶着开学前回学校。"

佟妈妈说："算了算了，像他这个年纪的孩子，天天关在医院里还不得憋出毛病来？在家也不是不能过……"

男人叹了口气，但似乎也是早就达成了共识，转头和药剂师打了声招呼:"我们以后还会定期来拿药。"

药剂师点点头,看着夫妻俩消失在走廊尽头。

多雨多雾的渝市鲜少有这么色彩斑斓的天,佟语声坐在路边,抬头看头顶那一片摇曳的梧桐叶。茫茫金海中,一片火红的梧桐叶就这样悠悠然落在佟语声手边。这片叶子生得好看,在一片金色里仿佛一团火焰,飘零得热烈。适合当作书签,或者做成标本也不错,佟语声心想着,手便不自觉伸过去。

一声轻响,另一只手在碰到他的手后就迅速撤了回去,显然也是奔着这片漂亮叶子来的。

佟语声抬头,一双湖蓝色的眼睛逆着阳光,遥遥地望着他。

这是个白皮肤的少年,似乎是个混血儿,五官兼有白种人的立体和亚洲人的柔和,眼睛和今天的天空一样澄澈。佟语声一向对同龄人充满好感,更何况对方生得如此漂亮,便捻起那片漂亮叶子,大方说道:"喏,给你。"

那人有些怔怔地接过那片叶子,也不说话,只是把那礼物轻轻捏在指尖,似乎不知该做何反应。

"你要拿它做什么?书签,还是制成礼物送给别人?"佟语声发现他没有急着要走的意思,便晃着腿和他搭话。住院这么久,同病房的都是无趣的中老年人,难得遇到了和自己年龄相仿的,佟语声自然是控制不住地变得话多起来。

"古代人喜欢用梧桐象征离愁。"佟语声捡起另一片金黄的叶子,摆到少年面前自言自语起来,"'梧桐树,三更雨,不道离情正苦。'温庭筠真的好会写,但我觉得梧桐叶这么漂亮,本身不应该那么难过的。"

闪烁的金红在少年眸前掠过时,那片湖蓝似乎漾起了波纹,但又似乎是他的双眸过于纯净,佟语声觉得那里似乎无法映出人影来。

"Joey(乔伊)?"远处,一个女人的声音远远传过来,自始至终没有开口的少年条件反射般转过头去。

佟语声这才反应过来,对方是个外国人,可能听不懂中国话,难怪自始至终都没什么反应。少年起身,拿着那片叶子看看他,没有什么表

情,但也没动,佟语声弯弯眼睛,回头一看,自己的爸妈也正站在不远处朝他看过来。

"Byebye Joey(再见,乔伊)!"佟语声笑着起身,用蹩脚的英语跟他道别,"Nice to meet you(见到你很高兴)!"

少年怔怔地握着那片梧桐叶,直到佟语声消失在了飘落的梧桐叶后,才慢慢转身,走到那黑眼黑发的女人身边。

"抱歉,妈妈是不是打扰到你交朋友了?"女人看了一眼他手里的叶子,开口有几分局促。吴桥一始终平淡如水的表情,终于显出了一丝嫌恶和排斥,不知是对那女人,还是"交朋友"这个措辞。

女人似乎已经习惯了他的冷淡,只是叹了口气,小心说道:"明天就要开学了,学校老师那边我跟爸爸都已经打过招呼了,如果适应不了的话……"

"适应不了。"吴桥一说出了整个下午以来的第一句话。他有些字正腔圆的发音,在渝市这种充斥着方言的城市显得有些特别,像是撒在桌面上的盐粒,颗颗分明。

吴桥一转身,不再搭理女人。女人抿起嘴,弯长的睫毛慌张地颤抖着,似乎下一秒,委屈和崩溃的情绪就要倾泻而出了。

"你总不能……一直躲着不跟同龄人交流……我们不需要你花多少心思去读书……这次再试一个月,不行我们再想办法……"

吴桥一没有再说话,按他的表达习惯这便是无奈默许的意思。女人终于松了口气,帮儿子打开车后座的门。

"过两天 Anne(安妮)也要开学了,今天还跟 Daddy 说想你,听说她又长高了,这个年纪的小姑娘真是一天一个样……"

女人一边开车,一边近乎自言自语地念叨着,不过她似乎很习惯这样的单方面倾诉,没有期待后座传来任何反馈的意思。吴桥一坐在车后排角落,通红的枫叶被他捏在指尖,轻轻一捻,那叶子便在手里旋转起来。

红色的陀螺,夹在书页里的一片火。

"你要拿它做什么?书签,还是制成礼物送给别人?"

那个月牙眼的男孩的声音在他耳畔响了起来,吴桥一很少能听得进去别人说的话，或许是这人的声音太过于清亮，硬是在他的脑海里刻录出清晰的痕迹来。一抬头，正巧经过一家新华书店，吴桥一弯起指节，在车门上叩了叩。女人会意地减慢车速，找了个停车位把车停稳。

"买书吗？"

吴桥一点点头。要用书签的话，首先得要有书吧。

推开门，纸张淡淡的清香把吴桥一轻轻托起，身后街道的喧嚣瞬间被玻璃门挡在了外面。这是他第一次来国内的书店，却没有多余的新奇与感慨。

吴桥一快速扫了一眼书架。方形汉字跳进视野里，一个个宛如外星符号般纷繁复杂，无法迅速理解的文字让他立刻烦躁起来——他发现自己根本就不想看书。

"你好，请问你要买什么书吗？"一边的书店员工似乎看出了他的迷茫，上前问道。吴桥一只手握着拳站在原地，死死盯着那书架看去，似乎根本没有接收到对方的提问。

吴桥一只觉得大脑一阵混乱，他想冲上去，把那一排叫他烦躁的东西全部推搡到地上。

"……你好？"直到看到吴桥一全身开始轻微地发抖，员工才觉得有些不对劲，"需要帮助吗？"

吴桥一的手指已经不听使唤了，那片捏在手里的红叶子，飘然落在书店的地板上。

"'梧桐树，三更雨，不道离情正苦。'温庭筠真的好会写……"

脑海里又一次响起那清脆的声响——他每天能听进去的话并不多，但那人说的他都记住了。他盯着那片火红良久，直到呼吸渐渐平稳下来，颤抖也停止了，这才施施然蹲下身子，又把叶子捡起攥在手里，开口说了三个字："温庭筠。"

书店员工给了他一本《花间集》，里面虽不全是温庭筠的诗词，倒也有那篇飘着梧桐雨的《更漏子·玉炉香》。

吴桥一弯翘的睫毛扑扇了几下，从上到下快速扫视着那首词，没到

半秒就撤开了目光。他发现似乎这句子化成汉字印在纸上，就走不进他的大脑里了，甚至怀疑自己是不是记错了，那人说得比书上写得好。但他只不过是找一个可以存放书签的载体，至于内容并无所谓。

吴桥一把树叶轻轻夹进那一页，然后一声不吭地合上书，快步走向收银台，将书买了下来。回到车上，吴雁回头，看见他手里的《花间集》，试探道："对诗词感兴趣？回头给你报个传统文化兴趣班吧？"

吴桥一皱眉："不。"

是不感兴趣，更是不要报班，也是明示吴雁不要再跟他多嘴的意思。吴雁习惯了这般自讨没趣，自言自语般盘算着晚餐吃些什么，车直直往不远的慈悲桥开去。

慈悲桥下，佟语声家在与商业圈有一墙之隔的老宅区，一家人跟着佟语声慢吞吞的步子，边聊边往回踱着，佟语声心情很好，一路忙着跟街边老商铺里的熟人们打着招呼。

"哎呀，佟佟终于回家了！"回头的是这一带开理发铺的剃头匠，人称张二刀，"你看你这头发长得，找时间给你剃一下吧？"

佟语声慌忙捂住脑袋："不要！我觉得长度刚刚好！"

老宅区的剃头匠做的大多是老人和小孩的生意，不讲究就是图个清爽，像佟语声这般处于臭讲究年纪的年轻人，自然不愿拿自己的外形开玩笑。爸妈会意地笑起来，一把揉起儿子的头，往家里走去。

老宅区的房子是真的老，在渝市这种多雨的气候里，粉刷的墙皮早就肆意翘起，有的屋子甚至没有粉刷，用颇具年代感的砖瓦垒砌着，在郁郁葱葱的树下倒也别有一番感觉。佟语声家藏在一片宅子的最深处，渝市的路本就七歪八扭，佟语声回趟家得爬好多层青石阶。

听到儿子渐渐变得沉重的呼吸声，佟建松立刻停下步子："我背你？"

佟语声叉着腰喘了会儿，半晌才回答道："不用，我以后还得每天自己上学呢。"

佟建松和姜红本职工作都不错，但无奈佟语声看病开销太大，他俩不得不在下班之后黑白颠倒地干兼职，自然也没有那么多时间照顾佟语声。姜红从背包里拿出血氧仪，夹在佟语声的手指上，一会儿，面板上显示出数值。

"93%，没见过这么健康的小伙儿。"佟语声拍拍胸脯，歇好了，继续往回赶。

从巷口到进家门，这平常人走不到两分钟的路，硬是被佟语声走出万里长征人未还的气势来。等佟建松打开家门口吱呀作响的铁门，门内拦也拦不住的饭香扑鼻而来。

"婆婆！"佟语声扬声喊着，声音脆亮得不像是个气虚体弱的病人。

一听这声音，厨房里唰唰的炒菜声也缓了下来，一个头发花白的老奶奶乐呵呵地迎出来。佟语声家虽然面积不大，但胜在内里精致，角角落落都打扫得非常整洁，四处可见被精心呵护着的漂亮绿植。

"幺儿回来啦！"老奶奶迎上去，"怪你老汉[1]，我本来也想上医院接你的，非让我来你家给你烧饭。"

佟语声笑起来："哪儿要那么多人来接我啊，您把我胃口伺候好了才是最重要的。"

老奶奶骂骂咧咧嗔怪了两句，回头又把那锅干煸豆角翻炒两下，刺啦啦冒着香气出了锅。佟语声坐在桌前，口水直往肚里咽。姜红也从厨房拿来了四人的碗筷，一家人围着餐桌其乐融融。

简单瞥了一眼桌上，佟语声失望地哀号起来："这也太清淡了吧？一道辣的都没有？"

奶奶警惕起来："你老汉特意叮嘱我搞清淡点，你莫怪我哈。"

佟语声立刻瞪向佟建松，对方则一脸理所当然："医生怎么说的？"

少油轻色、清淡忌辣。佟语声的快乐，"啪"，没了。好久没沾过重口味的佟语声憋屈地低下头，但一想到明早和温言书约好的煎饺，悲痛的情绪暂缓了三分。

"我是个假渝市人，我不配。"他低头扒拉着饭，手却悄悄伸向那每天雷打不动的一小碟炒虎皮青椒。这是他爷爷在世的时候每天都得吃的一道家常菜，去世之后也是习惯性地上桌充一道菜，除了佟语声之外所有人都能吃。奶奶伸筷子在他手背敲了一遭，看他龇牙咧嘴地缩回去，

---

1 老汉：地方俚语，指父亲或年长的男子

才开口道:"你爷爷要知道你这么馋,能给你从地底下气活咯!"

佟语声最喜欢和老奶奶扯皮:"我爷爷要知道你们这么对我,得把那一撮子骨灰哭成水泥。"

老奶奶又一筷子敲上他的脑门,夫妻俩就这么笑着看祖孙俩瞎掰扯,老奶奶终于气不过,放狠话:"等我下去我得给他告你的状,好好治治你这小兔崽子。"

佟语声下意识地接来话茬:"您身体好着呢,要下去也得我先啊。"

这话一出,整个气氛瞬间跌入了谷底。

佟语声端着碗,看到姜红率先变得不好看的脸色,才自觉有些失言了。佟建松也沉下脸,严肃地敲了敲碗边,示意他不要瞎说。原来他们还是没做好心理准备啊,佟语声恍惚地想着——因为家人对于爷爷的去世表现得太乐观,以至于他一直没有想过,他们仍依旧不愿直视自己命不久矣的事实。老奶奶又大着嗓门儿把话题扯开了,但佟语声想到这里已经没了胃口,胡乱挑了两根豆角,便悻悻地回了屋。

他又测了一遍血氧,刚在医院调理完的身体不会太差,至少今天吸氧的钱可以省下来了。打开书柜门,随手挑了一本张爱玲的书,张爱玲在书里说:"活人的太阳照不到死者的身上。"

是吗?他慢吞吞地拿出笔纸把这句话工整地写到摘抄本上。

因为生病,佟语声干什么都慢慢的,周围知情的人也不催他,便就由着他这么以比别人拉长几倍的生活节奏,慢悠悠地干着他想干的事情。这本书他已经看过很多遍了,是上一次住院时带到病房打发时间的读物,这回回来再看,倒也不觉得厌倦。

"语声,一会儿记得收拾下书包,明早我跟你爸都没时间送你。"隔着门,姜红扬起声音说道。佟语声这才恍然大悟地把书合上——他是要回学校的人了。起身间,窗外的斜阳开始往下坠,佟语声伸手关了窗,阳光便被那一扇纱窗给遮了些许。

"活人的太阳照不到死者的身上。"佟语声的脑子里闷闷地飘过一句。

姜红的声音在门外又响起来:"出来没有?是谁吵着要上学的呀?"

佟语声一惊,推开房门,脸上慌忙堆起一贯的笑意来。"来了。"

小病熬人滴水石穿,缺觉要命立竿见影。

清早,佟语声顶着黑眼圈,一边打呵欠一边磨蹭着下了楼。

隔壁小卖部的爷爷正躺在藤椅上,半张皱脸隐在树荫下,破收音机里咿咿呀呀唱着戏——《白蛇传·游湖》,白素贞对许仙一见钟情:"蓦然间一少年信步湖畔,恰好似洛阳道巧遇潘安。"

初见的第一印象就是貌比潘安,佟语声心道,果然长得好看是拉近人与人之间距离的敲门砖。他想到了昨天的那位蓝眼睛的少年,外国是没有潘安的,外国只有上帝和天使,还有精雕细刻的大理石雕塑。

老爷子跟着唱起散板:"这颗心千百载微波不泛,却为何今日里陡起狂澜?……"

走过青石板台阶,温言书早就提着一袋煎饺站在巷口等他。

"佟佟!"那人开心地喊道,"煎饺!"佟语声比他还开心。

温言书笑着骂了一句,刚要把饺子递过去,想想又收回背后:"你真的能吃吗?煎饺挺油的。"

佟语声舔舔嘴唇:"就吃一点。"

温言书大约早就猜到了,打开袋子,一半煎的一半蒸的,热腾腾冒着热气:"自己看着办。"

微微焦黄的煎饺远比另一边的蒸饺诱人,但比起馋着,佟语声倒是更怕死,于是默默掰开一次性筷子,伸向看起来就非常寡淡的蒸饺。食不言寝不语,看着佟语声闷头把饺子吞下肚,温言书才小心问道:"身体还没好吗?我看你黑眼圈都起来了。"

佟语声慢吞吞咀嚼完,这才一把勾过他的肩膀:"还不是因为很久没见你嘛。"

这话一出口,温言书立刻撒开手后退三步:"吐了啊。"

温言书性子柔顺,脸皮薄,佟语声最喜欢有事没事恶心他一把。看那人不再追问,佟语声悄悄松了口气。他昨晚确实没怎么睡,重返校园让他有些紧张,情绪一波动就开始缺氧了。他撑着身子打开台灯,靠在

忆昔花间初识面

床头一边看书一边吸氧。《瓦尔登湖》蓝色的封面和少年湖蓝的眼睛在他脑海里交映重叠，汇成了一个蓝色的梦。

早上醒来的时候，制氧机还在运转，书已经掉到了床底下。现在那本书被他装在书包里，背在身上。两个人边走边聊边歇，速度很慢，弯弯的石板路便也就在脚下徐徐延伸开来，倒也不催人。

跟石板路隔着两条街的地方，独立的洋房别墅。吴桥一刚从被窝里翻出来，头发翘了几缕，精神萎靡。房间外，吴雁的声音传来："Joey，第一天上学尽量不要迟到。"

吴桥一听得明白，尽量不要就是可以，于是揉着眼睛又钻回被窝里。眯了大约五分钟，厨房传来煎锅"刺啦啦"的声音，实在让他难以入眠，他烦躁地穿上衣服，出了房门。

吴雁看他起来，叮嘱道："带上书包吧，多少像样点。"

说话间，吴雁已经把他的包从衣帽间拿出来，放到他的手边——毕竟是为了"像样"，里面自然空空如也。但是，吴桥一想，既然书签必须放在书里，那么书也应当放在书包里。于是他回到房间，抓起床头那本《花间集》，塞进去前他翻了一下，正巧翻到那片红叶子，在一片白纸黑字之中特别打眼，于是打了一半的呵欠断了。

吴雁笑起来，轻声问："昨晚没睡好？新家还没习惯吧？"

吴桥一没作声，埋头吃起煎蛋来。从很久之前他就开始依靠药物入眠，根本就没睡得安稳一说。昨天也是照常服了药的，但入睡还是迟了些，总有个脆亮的声音在他耳边念着诗，让他一遍一遍从困顿中清醒。

照平常，他可能已经下床去掀桌子了，但这回他难得心情平稳，任由那家伙的声音在自己脑海里窸窸窣窣响了半个晚上。最后，他疲累得遭不住，下床拿来那《花间集》看了两眼，不一会儿药效就驱走了声音，他把自己裹进薄毯里睡着了。

他低下头，认真切着溏心荷包蛋。对面，吴雁轻声问："一会儿我和你一起走着去吗？学校也不远。"

吴桥一捏着刀叉没吭声，倒是窗外传来一声铃铛般清脆的声音，引得他扭过头去。

"你知道吗？苏东坡有句诗，就是写的你和你妈。"楼下的林荫道上，少年正悠悠地从树影中穿过，声音比步伐轻快。

同行的同伴问："什么？"

少年笑起来："忽闻河东狮子吼，拄杖落手心茫然。"

吴桥一听不懂少年文绉绉的俏皮话，只听见同伴笑着骂道："这是形容夫妻的，你别乱用啊！"

继而两个人的嬉笑声传开，在树荫下砸出一串浅金的花来。

吴桥一站起身，从二楼的窗边往下看去，少年刚好拐向街角，只悄悄然留下一个镀着光边的背影。坐回桌边，愣怔了片刻，吴桥一才缓缓想起吴雁方才的问题："一会儿我和你一起走着去吗？学校也不远。"

于是他抓起书包，随手又抄了块吐司，临走到门口才想起和吴雁报备："我自己去。"

吴雁刚起身看去，桌上的电话便响了起来。每天早晨丈夫都会从大洋彼岸打来一通电话，此时的剑桥正渐渐步入深夜。

"Anne 刚睡着，你们最近还好吗？"男人用带着牛津口音的英语问道，"Joey 现在在干什么？状态怎么样？有没有什么不适应？"

问题太多，吴雁只是笑着，慢条斯理地用英语一个个回着："挺好的，Joey 刚刚去上学了，话还是不多。虽然免不了焦虑发作，但他好像交到了朋友，至少，他应该有这方面的意向……"

男人只是一个劲地说着"Fine，fine（好，好）"，素日里的沉稳劲儿都被喜悦盖了去。等吴雁再从窗口看去时，吴桥一和他干净的黑皮鞋一齐消失在视野里。

此时，吴桥一正站在别墅后的岔路口，看着一条路生生分出的三个巷口，一时做不出选择来。晨练的大爷、早起买菜的阿姨、步履匆匆的上班族……每条路都有人走着，唯独没有他要找的人。

吴桥一肩上挎着书包，有些恍惚起来。他在追什么？吴桥一寻思了半天，竟一时也找不到突然冲下楼的理由。自己这样的无目的行动，让他联想起每个圣诞夜的壁炉里，总会有不识好歹的飞蛾被火焰吸引，没

有原因,只是结局永远惨烈。

　　回家吧,莫名其妙。吴桥一悻悻转身,回头看向自己刚刚来的方向时,他发现,身后的路也不知什么时候变得像毛线团一样复杂。

　　"嘶……"他倒抽了一口气,他不记得自己是从哪儿来的了。吴桥一之前在E国的时候就不怎么认路,更何况,这里还是以路况复杂而闻名的渝市。他抬头观察情况,路口的大爷大妈正聊得火热,他的汉语听力能拿满分,但偏就理不清这永远高亢激昂的渝市方言。于是他皱着眉,非常勉强地站到了路口的指路牌前——东南西北。

　　东南西北?要能分得清东南西北,"路痴"还能叫"路痴"吗?

　　吴桥一有些恼火,伸腿踢了脚马路牙子,靠着直觉随便挑了条路走了。直到他第七次看见街角同一只老狗时,才后知后觉,原来自己一直在原地打转。吴桥一虽然是路痴,但脑子不笨。他在路口揪了些草,经过一个路口就放一根做标记,及时止损了好几次,终于走到一条豁然开朗的大路前。

　　"渝市第一中学",路对面的大门上这样写着。他隐约记得,自己应当就是要来这里上学的。没有多少劫后余生的轻松感,他走在稀稀朗朗的读书声中,一脚踩着一片树的影子,像是书签应当在书里那般自然。

　　"跟我先熟悉下单词。"

　　西楼,走廊最靠里的教室中传来讲课声,高一(五)班,吴桥一的班级。

　　"Sapphire,是蓝宝石的意思……"

　　讲台下,佟语声枕着方玲讲课的白噪音,放肆地趴在最后一排的课桌上补眠。听着忽远忽近的讲课声,佟语声的脑子里出现了一颗形状清晰的蓝宝石。那宝石棱角逐渐模糊,变成了一片湖、一本书的封面,最后竟成了一双澄澈的蓝色眼睛——蓝色的眼睛。

　　"……是蓝眼睛吧?外国人?""好好看,好像蓝宝石!""这都快放学了,长得帅就能为所欲为?"

　　蓝眼睛的外国人?朦胧间,佟语声还以为自己在做梦,直到那清晰的讨论声和他脑子里的蓝眼睛相交融,他缓缓抬起头,这已经是今早的最后一节课了,方玲站在讲台上,本有些恼火,但一看来人的面孔,气便消了一半。

"快进来吧,开学第一天怎么就迟到呢?"

佟语声这才闻声望过去——那少年就站在门口,湖蓝色的眸子正好映出窗外秋日的天。那是万里无云的,天上是,他眼底也是。那一瞬间,瓦尔登湖、Sapphire、秋日之空都汇聚在一起。

佟语声惊喜地睁开眼,困意一扫而空:"Joey?"

国内的教室和吴桥一认知里的教室完全不一样。

休学前,他一直在E国有名的私立高中就读,一二十人的小班教学都叫他承受不来,更何况这瞬间增多了好几倍的六七十人。吴桥一有些焦虑地站在门口,只觉得黑压压的人潮要将他吞了去。"外国人""蓝眼睛"之类的生词砸进他的耳郭,总之就是异类,告诉他自己与他们不同。

面前,每双眼睛都直直地盯着自己,那一排排黑色的洞让他害怕。

快逃。下意识地回头,却发现那来时的路早已变成陌生模样,方向错乱、标志物易位,根本找不到逃离的大门。前路和后路都是死的。

他觉得自己像是身处在爱德华·蒙克的那幅《呐喊》里——世界是扁平的,色彩是杂乱的,线条是扭曲的,情绪是崩溃的。

"还愣着干吗?快进来,不要耽误大家上课。"讲台上的女老师似乎说了一句什么,吴桥一的耳朵听见了,但是大脑没有接收到任何信息。他的手心攥满了汗水,尖叫、逃跑、发疯,他似乎不得不选一个。

就在他的腿已经开始后撤时,一个熟悉清脆的声音刺过了他的耳畔:"Joey?"

像是一只手突然理顺了一团乱麻,吴桥一循着那声音,终于看到了角落里那熟悉的身影。瘦削白皙的少年正朝他挥手,他的脸上还有被书边压出来的红印子,定是刚刚才睡醒。

吴桥一怔怔地望过去,周围的喧嚣都像消散了,随时准备逃逸的腿,又轻轻收了回来。

"来这儿坐!"那人拍拍一旁的空桌,弯眼朝他招手,"我正好没

有同桌！"

同桌就是 deskmate，吴桥一在脑子里艰涩地翻译了一遍，依旧觉得陌生。之前的小班教学不存在 deskmate，就算去实验室或画室，他也会找一个没有人的角落。和别人分享同一片空间是件恶心的事情，但那少年的存在，又显而易见地降低了那份排斥感。

这让他彻底忘了，今早他是因为谁，才沦落到如此田地。吴桥一垂下眸子，朝那空位走去。随着步伐迈动，周围的声音又模糊成了一团，在他的耳边被屏蔽弹开，直到那少年伸手帮他拉开椅子，耳畔又拨云见日般清朗起来。

少年低头拿出草稿纸，在上面写下三个字——佟语声，并解释道："话语的语，声音的声。'忽有人家笑语声'的语声。"

吴桥一没能听懂那后半句说的什么，只能勉强认出草稿纸上，那清清秀秀的三个汉字。

"佟语声，这是我的名字。"

佟语声把草稿纸推到那人面前后，就这样趴在自己的桌子上，仰头等着对方的回答。那人碰上他的目光，眼中的湛蓝泛起波纹。

他犹豫了片刻才撤回目光，转身从剑桥包中掏出一支钢笔，龙飞凤舞写下一串英文。

"Joseph Evans（约瑟夫·埃文斯）。"他用蓝色的眸子悄悄睨了他一眼，又在一边一笔一画写了三个字"吴桥一"。

原来汉字也会写，佟语声看着那工工整整的字体，愉悦起来。

本来还想多跟他聊两句，结果还没开口，这人便已经合上笔盖儿，不再搭理人了。但这却不影响佟语声的好心情，就算这人说话做事都很被动，但单单是看着他蓝色的眼睛，佟语声就觉得呼吸顺畅了起来。

他之前特别羡慕别人上课可以和同桌说小话，现在终于也有近在咫尺、可以传小纸条的人了。因为生病，哪怕人缘再好，也没有人敢当佟语声的同桌，所有人都打着"保护"的名号避之不及。

抬头间，方玲刚刚走下讲台，温言书的腰背立刻塌了下去。

他赶紧撕下那张早就写好了的小纸条，左顾右盼，趁着老师训话的时候传了出去。佟语声把纸条摊开在手里一看，眉眼里立刻藏不住笑意来——"为什么你同桌这么有意思！为什么我旁边就坐了个'书呆子'！"

像是自己私藏的宝贝被夸赞了一般，佟语声颇有些得意扬扬地抬起头。他看了一眼温言书身边那个坐得端端正正的"书呆子"，没回纸条儿，只是颇有些欠扁地给他做了个口型："好好学习！"

那人便愤愤地趴回去了。按理说，已经睡了一上午，剩下半堂课的时间应当过得很快。但没有人陪聊，那短短二十分钟对于不听课的佟语声来说，就像是被黑板上的单词拉成了两个小时，板凳上也生生长出磨人的钉子来。

于是，他趴到桌上看着新来的同桌。

一束光落在吴桥一的睫毛上，他皱了皱眉，颤动的睫毛将那光抖落。佟语声撤回目光，拿起抽屉里一本课外书打起了掩护，翻到的那页恰好是帕斯捷尔纳克的《邂逅》："雪在睫毛上融化了，你的眼里充满忧郁，你的整个身形匀称、和谐。仿佛一块整玉雕琢……"

放学的铃声终于响起，同学们快速涌向食堂排好队。佟语声坐在原地等着最后一个人离开，却没想到，一旁这位刚刚醒来的同桌，根本就没有要走的意思。担心他是新来的不懂规矩，佟语声轻轻提醒："你不去食堂吗？再不排队就吃不上了。"

吴桥一看了他一眼，嘴唇翕动，似乎想要回答什么。想来自己还没听过他的声音，佟语声盯着他欲言又止的唇，眼里写满期待。

"Joey？"

就在他快要开口的前一秒，一个熟悉的女声从门口传过来。一抬头，黑发黑瞳的亚洲女人正朝教室内望着。佟语声看着女人手里拎的餐盒，惊喜道："你也在班里吃饭呀？"

吴雁在门口的时候，就认出了吴桥一的这位新朋友，这回又不小心打扰了他们的交流。自己的出现似乎总不是时候，吴雁有些懊恼，她只能小心翼翼地坐到吴桥一面前，犹豫再三，不知道怎么开口。气氛被她

忆昔花间初识面

023

搞得有些尴尬，直到旁边那男孩看过来，脆脆的声音响在她耳边："阿姨好！"

是个光听他的声音就会让人心情放松的孩子。吴雁笑起来，一边将餐盒打开，一边跟他打招呼："你好。"

她也不是话多的人，不太会和小孩子寒暄，怕吴桥一嫌她多事，把带来的一摞课本和工具书放下，叮嘱了两句便走了。佟语声热情地把人招呼走，奶奶还没来，他就撑着脸去看吴桥一吃午餐。

外国人的午餐比不上渝市美食的半分，一块三明治，几片生菜，也难怪吴桥一吃得这么郁郁寡欢。如果换成别人，肯定会对吴桥一产生一肚子的好奇但佟语声并不好奇。因为他曾经也是断断续续地休学，曾经也长久不见笑意，他也没法和大家一起去食堂吃饭。

他不愿别人问他为什么，他也就不会这样问别人。吴桥一也是奇人一个，被这么直勾勾地盯着也没有不自在，一副"不以物喜不以己悲"的模样。他也全然不去问佟语声饿不饿，要不要吃一些，任由佟语声饿到对他那寡淡的三明治都起了心思，也没半点表态。

终于，在他快要吃完的时候，佟语声的奶奶姗姗来迟。

"幺儿！"门口，奶奶提着大包小包，额头渗着一层薄汗，"对不住哟，出门跟门口的老太婆子吵嘴耽误了，可把我幺儿饿坏了！"

佟语声应了一声"奶奶"，便嘻嘻笑着接过保温桶。"不饿，我早上吃得多。"接着他抬头关切地问她，"吵嘴赢了吗？"

奶奶一脸骄傲："必须哩！"

佟语声咯咯笑起来，这才放心地打开了保温桶。一打开，香气扑鼻的玉米炖排骨直勾得他垂涎三尺。身旁的吴桥一也没忍住，眼巴巴看过来，手里的三明治瞬间不香了。想到刚刚这人对自己的不闻不问，佟语声瞬间觉得神清气爽，像极了刚刚吵嘴赢了的奶奶。然后奶奶就给他额头弹了一个响栗："你把人家小崽儿馋坏咯！"

意思是让佟语声给他分点。吴桥一能听懂普通话，但渝市方言就有些听不懂了。他只馋兮兮地听祖孙俩拌嘴，接着就看佟语声把一动未动的排骨汤推到他面前。

"吃吗？"少年笑着问道。

吴桥一手里握着黯然失色的三明治，看着眼前的排骨汤，刚填饱的肚子又饿了。但他不点头也不摇头，似乎没听见佟语声的问话，只是眼巴巴看着那汤。一旁的奶奶瞅了一眼，伸手给佟语声后脑勺又来了一响栗："你不把筷子给人家，人家拿手抓哦！"

那响栗分明不疼，佟语声却极度夸张地龇牙咧嘴，一边捂着脑袋争辩，一边又把还没用过的干净筷子塞过去："快点，请你吃个排骨真是要了我的命！"

看起来是真的要命了。吴桥一伸手接过筷子，细细打量了一眼，拿出一根，对了半天，终于戳出一块玉米来。不会用筷子。佟语声回头，跟奶奶笑起来。奶奶看懂他的意思，伸手给了他一脑瓜崩子："没礼貌！"

佟语声号哭起来："这么霸道，难怪吵嘴干架第一名！"

又拦截了老奶奶一波"隔空点穴"，他半凶着对吴桥一说："好啦，我要饿死了，你看着我怎么用筷子，学会了排骨都给你吃。"

于是吴桥一就乖乖把筷子还了回去，一声不吭地盯着佟语声吃。佟语声不像他那般没脸没皮，被人直勾勾看着吃东西，不一会儿耳尖就烧起来了。好巧不巧，奶奶来了一句："这小孩儿长得真撑头[1]！"

佟语声一口饭瞬间噎在胸口，伸手顺了两下，又埋头装作无事发生一般继续吃。吴桥一有些迷茫地看了一眼佟语声，那沉迷排骨汤的"小狗"却头也不抬："夸你长得帅！"

吴桥一又扭头看了看奶奶，似乎是想说什么，但是半晌也没嗫嚅出声。佟语声脸上被噎出来的绯红已经褪去，看着一声不吭的吴桥一，他一边咀嚼一边说道："奶奶你莫见怪，他到现在还没开过口呢，也不知道会不会讲话。"

见吴桥一还没回答，佟语声抬头，用标准的普通话矫揉造作地问道："吴桥一同学，请问你会说话吗？"

吴桥一愣怔了一秒，才小声道："会。"

他的声音是柔和的，像是一小捧细沙随意地撒在桌面上，闪烁着光。

---

[1] 撑头：地方俚语，俊俏的意思。

佟语声立刻弯起眼睛鼓掌："哦！真厉害！"接着像是哄小狗一般，从保温桶里夹出一块鲜嫩的排骨，"奖励你一块骨头！"

吴桥一显然没觉得自己被当成小狗逗了，本来就馋得慌，接过那块肉来。佟语声好久没见过这么配合的人了，忍不住夸赞道："真乖！"

奶奶又给了没礼貌的孙儿一掌。吴桥一抿着嘴认真吃着，对祖孙俩的动作没有任何反应，挨过打的佟语声揉揉脑袋，又趴回桌面，从下往上看着他漂亮的蓝眼睛。那平静的湖面又漾起了波纹。这平时伙食得差成什么样啊，佟语声怜悯起来。佟语声舔了舔嘴唇，悄悄瞥了奶奶一眼，把筷子递给吴桥一。

那人有些蒙地接过来，就听佟语声说："学会了吗？用筷子？"

似乎是笃定他根本不会用似的，佟语声的目光里露出一丝得意的狡黠，但吴桥一接过那筷子，仔细谨慎地握在掌心。可以看出动作依旧十分生疏，但角度和着力点已经很有一套规章了。

佟语声看着那人似乎在回忆着他刚才的动作，竟真的就像模像样地夹起一块排骨来。外国人学用筷子，确实不是件容易事儿，光靠这观察竟就能上了手，可见吴桥一的脑瓜子并不像他外表看上去那般木讷。

"这小孩儿学东西真快！"奶奶乐呵呵地夸起来。

佟语声也给他竖了个大拇指，接着把他快要握到底的筷子向上扶了扶。这是佟语声自己的毛病，拿筷子的位置特别靠下，吴桥一没别的学习对象，便也就有样学样地把这糟粕也复制了下来。佟语声调整好筷子的位置，轻轻把他的手重新握好，然后很认真地看着他，说："你不要这样，你是能出远门的人。"

有种说法是，筷子拿得近，长大就走不远。

"不要和我一样。"佟语声轻轻说道。吴桥一看着他，依旧没有说话，只是用左手摸了摸刚刚被佟语声握住的手背，点了点头。因为答应过吴桥一，学会了排骨都归他，佟语声便顺理成章地结束了午餐。他已经习惯了吴桥一毫不客气的行为模式，他感觉这家伙就像是一只刚从丛林里跑出来的小狼，对人群有着提防，却又因为没怎么见过世面而分外好哄。

更何况，他乐意把排骨分给他吃。奶奶察觉到了异样，面露担忧：

"幺幺今天又没胃口啦?"

佟语声笑起来:"瞎担心,是我失策,没想到他真能学会!"接着又安慰起奶奶:"奶奶,我早饭吃得多,你看他多可怜,八百年没吃过肉似的。"

早饭其实也不多,撇去偷偷藏起来吃的半份蒸饺,统共只喝了半碗小米粥,饱腹感是没有的,胃口更不会有。只是祖孙俩心照不宣——家里是不愿说任何"不积极向上"的话的。

奶奶叮嘱了半天吃药、休息和念书的事情,佟语声一边应着,一边把奶奶往外送。收拾好餐桌走了之后,佟语声跑到窗子边,一直等到看不见奶奶的背影,这才慌忙摸到洗手台。

这次住院之后,他就对大鱼大肉没多少兴趣了,排骨汤刚揭开时闻着香,多喝两口就腻得他有些反胃,但毕竟是昨晚自己央求奶奶熬的,不多吃两口总觉得于心不忍。好在吴桥一还能做个掩护,不至于浪费了奶奶的心血,让他过于愧疚。

他干呕了两下,没吐出来,又用凉水冲了把脸,呼吸才缓慢平稳下来。佟语声擦掉眼角生理性的泪水,有些疲惫地撑在洗手台边。半响,等那阵眩晕劲儿过了,才又整理好表情,慢悠悠晃回教室去。回到座位上,吴桥一也依旧没有挪窝去宿舍的意思。

佟语声觉得稀奇,这回他不仅有了同桌,还有了可以一起午休的"室友"。他弯弯眼笑着,手伸到抽屉里——那里有他中午必须吃的药,他想避开吴桥一吃,但他实在没有再起身离开的力气了。如果是温言书在,大抵了解他的心思,问过他身体是否安好之后,也会识趣地自行回避了。

但吴桥一是块木头,完全没有领会到佟语声的"难受"和"窘迫",对他依旧是不闻也不问。这是佟语声第一次感受到有一些烦躁,但又确实没有怪罪对方的立场,于是手里紧紧攥着那药丸,一动不动地生着闷气。

在他岿然不动的时候,吴桥一朝着自己的书包伸出手。他掏出两个药盒,大大方方摆到了桌面上。然后在佟语声的目光下,拆开包装把药片一粒粒摆在手心,又认认真真数了个数,就着水杯里的水,一把吞服。

似乎是感受到了佟语声的目光，吴桥一轻轻卷起他的长袖。

九月初的夏末，全班只有他们俩穿着长袖。也是因为这个，佟语声才一直对他的"怪异"非常包容。不出他所料，白色的衬衫之下，有几道疤痕。佟语声对它们太熟悉了。他也有，一道而已，可哪怕是痊愈了很久，也依旧会在下雨天隐隐作痛。

"我生病了。"这是吴桥一第一次主动对他说话，没有躲闪，大方得让他有些刺眼，"我需要吃药。"

他只是简单地解释自己吃药的原因，佟语声也清楚他这样的人不可能会有别的想法，但他莫名觉得对方给了他些许劝导和鼓励。于是他也将左手的袖子卷起来，将那道疤痕放进正午的阳光里，不自然地笑了笑："巧了呀。"

像是一只在黑暗里盘踞过久的蜈蚣，猛地见光让他有些无处遁形的慌乱。看着那人平静的、没有丝毫讶异的表情，佟语声一直高高悬着的心，轻柔缓和地落地了。

"相悲一长叹，薄命与君同。"

第二章

同是天涯沦落人

　　吴桥一的眼眸里终于漾起了一丝情绪，但佟语声还没来得及细品，那细微的波动就消失在了一片汪洋之中。看着他收回目光，佟语声罕见地升起一丝失望。如果那人能给自己点反馈就好了。看他已经转身去取抽屉里的东西，佟语声将那一把药囫囵吞了下去他刚要趴下来睡觉，听见旁边响起轻轻的翻书声，接着，那人一字一顿的声音在他耳边响起："同——病——相——怜。"

　　佟语声骤然抬起眼——那人正抱着一本英汉小词典。原来是特意去查了一下这个词，这本小词典是吴雁送饭的时候顺手捎来的，崭新的一本，显然没怎么动过。吴桥一本想说的是"我们都生病了"，或者"我们都有病"，但隐约记得吴雁说过一个更加贴合的成语，查了查，才想起那句话："Joey，这个世界上很难找到同病相怜的人，你要学着适应。"

　　同病相怜，应该是这么用的。佟语声又高兴起来，刚刚堆积起来的一点怨怼立刻烟消云散了："你中文还挺好的嘛。"

　　吴桥一似乎有些回避和佟语声以视线交流，但佟语声有些逆反，见他躲闪，就偏趴过去看他，算是对刚才的小报复。下一秒，这人就伸出手，将他的脑袋轻轻推回了"三八线"。佟语声趴在课桌上咯咯笑着，抬眼间，吴桥一已经迅速抽出一本书来，把头埋了进去。

　　佟语声定睛一看，竟是一本《花间集》。这本书的书页边微微有些卷起，显然是反复翻阅过的。佟语声仿佛找到了知音，惊喜地问道："你也喜欢古诗词呀？"

吴桥一不喜欢古诗词，但是看到那人眼中闪烁着亮晶晶的碎光，竟鬼使神差地点了点头。一个谎要用无数个谎来圆，吴桥一抿起唇，头微微痛起来。佟语声语调都克制不住上扬起来："国际友人啊！中华文化走向世界了！"

吴桥一窘迫起来，不知该怎么回应。这位新任"知己"看他慌了神，又退回三八线的另一端。"Joey。"佟语声轻轻唤了一声，条件反射地抬起头。

那人看着他，认真说道："如果你讨厌我打扰你，我会努力安静一点的。"佟语声是单眼皮，眼角微下垂显得温顺，黑眼仁却圆圆亮亮。佟语声说这番话的时候，吴桥一想起了 Anne 之前在路边捡的小白狗，犯了错误的时候就会这样看着他，摇着尾巴求他原谅。

但还没等他做出反应，那人又突然笑起来："但我觉得你不讨厌我，你讨厌上学、讨厌班集体，但是不讨厌我，对不对？毕竟我们还蛮有共同话题的。"佟语声的目光落在那本《花间集》上。吴桥一的手心都要渗出汗了，愣怔间，他才反应过来，自己又错过了否认的时机。

E 国那边没有午休的习惯，吴桥一便端着《花间集》，眼里艰涩地看着，他有严重的精神衰弱，很难集中注意力去做某一样事。但为了不暴露自己"根本不爱古诗词"的事实，他只能硬着头皮坐了一中午。这一坐，便也就坐实了自己"热爱中华文化"的"事实"。

"我很能理解你们国际友人，会对《花间集》这种类型的东西感兴趣。"佟语声总结陈词，"刚开始接触中华文化，很难不被花间词派的华丽和美感吸引到。但是花间派表达的情感和题材都比较单一，它们大多讲述的是充满脂粉气的情爱之事，我没谈过恋爱，对这方面的共鸣感就差一些。"说到这里，佟语声突然眨巴起了眼睛，"听说你们 E 国人都很开放。"

吴桥一听闻，只是摇摇头。看着佟语声将信将疑的表情，吴桥一难得起了争辩的心思。他憋了半天，终于闷闷吐出一句："我妈妈是中国人。"

意思是，他骨子里还是有着属于中国人的含蓄的。这句话七歪八扭转了十几个弯，但佟语声花了半秒钟就理解了。果然知己就是知己呀。佟语声开心地笑起来。

话说多了就容易缺氧，佟语声从书包里翻出一个小氧气罐儿，面罩往脸上一盖，闭上眼："我要充电了，文化交流大使可以继续读书了。"

他平时不会当着别人的面吸氧，但吴桥一就没关系了——他们同病相怜，谁也不比谁正常，而且他们是知音，远比别人更能理解生病的痛苦。果然，那人甚至没有多看他的制氧机一眼，又仿佛自带结界一般捧回那本《花间集》了。

不被人当作病人的感觉真是太好了。

阳光洒在他的小臂上，耳边只有吴桥一轻轻的翻书声，这个午休佟语声难得睡得很香，一觉醒来，同学们都已经陆陆续续回了班。佟语声皱了皱眉，低下头，这才发现吴桥一不知什么时候也埋在臂弯里睡着了。

原来外国人也会午休吗？佟语声想起吴桥一的话——人家妈妈是中国人，怎么体内就不能留着需要午睡的基因呢？正要去讲台边瞅瞅今天下午的课程表，温言书便飞奔过来，一把将他揪到了自己的座位边。

一看这人满脸疲态，佟语声了然于心："中午没睡呀？"

温言书一脸愤怒，似乎就差骂出了声："你别说了，我同桌看了一中午的书！"

佟语声问："他翻书声音很大吗？吵到你了？"

温言书摇头："不是。"

佟语声摸摸下巴，分析道："担心人家长得比你帅，焦虑得睡不着？"

"我是那种人吗？"温言书似乎感觉受到了侮辱，轻轻捶了他一下，"他让我压力很大啊，这才刚开学就这么努力，还让不让人活了？"

佟语声听闻，努力思忖了一下，抬头道："不能理解，但一想想你妈，我好像又能理解了。"

温言书有些焦躁地抓了抓头发，坐到自己的位置上，叹了口气："不只是我妈，上了高中以后，大家都太有竞争意识了，这才上了半天课，

同是天涯沦落人

我同桌已经快把数学必修一的题给做完了！"

或许是只看到了上课睡觉下课读诗、连中国话都说不利索的吴桥一，佟语声只觉得温言书嘴里说的和自己身处的完全就是两个世界。还没等他开口说两句安慰话，一个阴影就把佟语声整个从背后包裹住了。温言书也肉眼可见地厌了下去，赶忙把佟语声从同桌的位置上拉了起来。佟语声回过头，一个戴着眼镜、五官秀气的高个子男生正冷冷地看着他们。

他的手里还拿着一本习题集，见佟语声撤离，便摊开那本子，坐回了自己的位置上。佟语声瞥了一眼他整齐到有些病态的书桌，最上面的练习簿上写着他的名字——衡宁。那人摊开练习簿，连草稿都清清朗朗，工整得像是要交上去的作业。动笔的前一秒，那人开口唤了一声："温言书。"

"明天上午有摸底考，如果你不复习，也请不要打扰我。"衡宁推了推眼镜说道。

虽然佟语声的字典里没有"考试"这两个字，但温言书扑面而来的痛苦和焦虑已经快让他窒息了。佟语声瞥了一眼焦虑的源头——衡宁同学早已经摊开了习题册狂刷了起来，腰板挺得笔直，一副与世隔绝的模样，早已经把周围两个"混日子"的抛在了脑后。

前排，一批包括温言书在内的同学一来到座位上，便被衡宁周遭强有力的学习氛围感染，纷纷投入学习中去。佟语声很难和这样的气氛共鸣，朝后排一看，远远就听到一片闹哄哄的声音，这才有几分回了快乐老家的轻松感。果然上了高中就不要命的也只是少数罢了。

慢悠悠踱回去，这才发现热闹的中心竟是自己的位置。准确说，大家都是冲着他的漂亮同桌来的。"听说你是E国人，是不是英语成绩特别好啊！"有人问他。

佟语声只觉得听得不对味，自己都还不知道他是E国人，这群人哪儿来的消息这么灵通。再一看，被团团围住的吴桥一正面色铁青，微低着头，双手紧张地握拳抵在腿上，全身上下写满了"拒绝"。

那群人分明看得出来，却只道："他好高冷啊，真有气质！"

佟语声只觉得可笑，伸手拨开人群，带着几分矜持坐回了位置上，跷起了二郎腿："明天上午要摸底考了，都不学习的呀？"

大家定睛一看发言人，立刻笑起来："佟总都发话了，还不赶紧的。"

这话看似恭维，事实上懂内情的都知道是变相的玩笑。佟语声是出了名的"学习困难户"，除了自发性地对语文充满热爱，其余和"念书"沾边儿的活，他是沾也不沾。中考成绩也是烂得一塌糊涂，最后，是因为参加过几次全国性的作文比赛，成绩实在突出，便以类似于特长生的身份留下来了。佟语声对同学们的玩笑话倒也毫不介怀，甚至顺着杆子往上爬，借机把人都轰走了："快去吧孩子们，小心佟总把倒数第一的位置让给你们。"

看着同学们嘻嘻闹闹地散开，吴桥一的面色终于舒缓下来。佟语声看向他，伸出个大拇指，点在自己胸前："感谢佟总救吴桥一同志于水火。"

这话的句式略有些复杂，吴桥一的目光顺着他的手指划了一圈，最后也落在他的胸前。沉默半天，他才郑重开口道："谢谢。"

吴桥一的回复过于正经了。他每开一次口，佟语声就觉得稀奇，这次愣了半天才扑哧笑的出来："哈哈哈，不客气！"

看着这人傻乎乎的样子，佟语声想，或许这次自己真不用考倒数第一了呢。为了防止打消国际友人的学习积极性，佟语声关切地提醒道："明天上午考试，你可以和老师申请一下使用字典，有不认识的字可以查一下。"

看他直愣愣不带情绪的目光，佟语声忍不住又补充了一句："要不明天我帮你说吧，条件是你得多主动跟我说说话。"

吴桥一点点头，好半天才局促地补了一句："好。"

这便是他理解中的"多主动说话"了。这堂课是中学生心理健康教育，佟语声枕着老师的说话声，拿出个本子做着《瓦尔登湖》的摘抄。

"大家对未来都有着怎样的规划呢？选择文科还是理科？喜欢什么专业？心目中理想的大学又是哪一所呢？"老师在讲台上的提问钻进耳朵里，佟语声只装作听不见，埋头逐字逐句地抄写着。

老师见无人响应，便打破沉默道："那我们按照座位顺序来说一说，顺便让我们熟悉一下彼此。"

佟语声的喉头有些发堵，捏着笔的手心微微渗出汗来。

"我想学文科，考外国语大学，当一名翻译。"

"我想学计算机，应该是理科吧？渝大就挺适合我，离家近。"

大家一个一个回答着，每个人多少对未来都有所规划，这让佟语声有些不安起来。

终于轮到了吴桥一。佟语声忍不住放下笔，他想，这位知音或许会选择不发言，这样也多少会有个人陪他了。一偏头，发现这人桌上正摊着本《数学必修一》，桌角是一本汉英词典，手边的草稿纸上，抽象杂乱的公式宛如街头涂鸦艺术。光看这架势，就不是什么学习的好料子。

在众人的目光中，吴桥一轻轻起身。他身材极好，修长又高挑，硬生生把那校服穿出了西装的笔挺感，从佟语声的角度往上看，那优越的下颌线将他贵公子的气质凸显无疑。佟语声莫名有了些压力。吴桥一不喜欢被人团团围住，但当众发言，对他来说显然不算困难。他的目光没有和任何人接触，站定后，他只是快速说了一个英文单词："Psychologist（心理学家）。"

佟语声没听懂这单词什么意思，但吴桥一的发言还是给他带来了巨大的惶恐。原来连吴桥一也对自己的未来有了期许。佟语声有些紧张地站起来。大家齐刷刷扫来的目光，让他有种当街游行的恐慌感，他放下手中的笔，看着老师好半天才缓缓开口道："我……我还没想好。"

老师笑道："文科理科也没想好吗？"

底下立刻有人接了话茬："佟佟肯定选文科呀，这还用问吗？"

这声音倒是让佟语声自己觉得陌生起来。他还是摇摇头，紧着嗓子道："我不知道。"

汗水都快流到下巴尖儿了。佟语声是整个课堂上，唯一一个一星半点儿都没说出来的人。其他同学要么早有了规划，要么没想好也愿意随便糊弄几句，唯独他，接连说了"没想好""不知道""不确定"。

最后，老师有些无奈地摆摆手，对他说："你可以想一下，自己喜欢什么，擅长什么，如果对未来感到迷茫的话，可以提前开始留心了。"

佟语声恍惚地坐回位置上，偷偷低下头，钻在抽屉缝里吸了几口氧气,才慢慢缓过神来。他向来是忌惮"未来"二字的。他是随时随地都可能死去的人,或许是一次轻微的撞击,或许是一次感冒,又或者某天上楼时太急,任何一点平常很难在意的磕碰,都可能要了他的命。

爸妈也不止一次跟他说过——热爱生活、享受当下,细品来根本就是及时行乐的意思。他是个没有未来的人,他只配看见当下。手肘下,梭罗的字句正好停在他的笔尖"所谓的听天由命,是一种得到证实的绝望。"

佟语声只觉得被人诅咒了,红着眼趴到桌面上,把头埋进臂弯里睡觉了。连放学铃声都没把他叫醒,是温言书硬生生把他推起来的。

身边,吴桥一已经不见了身影,教室里的同学们也走得七零八落。佟语声看着挂钟才知道一个下午又混过去了。

温言书说:"佟佟,我放学不能跟你慢慢走了,我妈每天掐点儿在家等我,我得用跑的。"

佟语声脑袋还有些发蒙,只哑着嗓子"嗯"了一声,便看这人拎起书包飞跑而去了。等他收拾好书包闷闷地起身,才发现真就只剩他一个人了。夕阳下的教室是橘红色的,佟语声怔怔看了一会儿窗台上枯萎的吊兰,这才背上书包,离开了。匆匆走下楼,墙边刚好冒出一双熟悉的蓝眼睛。与他对视的一瞬间,对方的眼神里升起一丝无法忽略的疑惑。

"Joey,你还没走啊?"佟语声问道。

吴桥一也确实没想到,自己兜兜转转绕了十几分钟,居然还在学校里。碰上佟语声的那一瞬间,他也是震撼的。只是紧接着,他便想起来,今天早上他从家中窗口看到来上学的佟语声,那他回家的路上必定会经过自己家。

于是吴桥一挤出了两个字:"一起。"

佟语声似乎误会了什么,睁大眼睛惊喜地说道:"原来你一直在等我啊!"

吴桥一看着他眼里那簇晶亮的夕色,没否认。一路上,吴桥一便顺着佟语声步子的方向行进。这人走路特别特别慢,慢到把夕阳走成了月色。吴桥一便就这样走着,看他下哪段台阶,自己就一溜烟儿先去底下

035

等着。他看着佟语声扶着扶手喘气，就像看正常人张口呼吸一般，毫不新奇，也没有半句好奇或关心的话，好像真就把他当成导航的工具一般。

终于，吴桥一在天完全黑下去之前发现了自家的别墅，也没跟佟语声打招呼，直直拐个弯，便兀自回了家。

佟语声站在门口好半天才反应过来，这人应该是回家了。就这样就回家啦？佟语声看着眼前黢黑的路，有些无奈地笑起来。

佟语声站在漆黑的巷口，看着吴桥一的影子消失在鹅黄色的灯下。

这里是渝市著名的富人区，在寸土寸金的市中心商业区之中，硬生生建出一片安宁的栖身之所。佟语声每天上学都会经过这里。再过两条街，就到了佟语声家的老宅区。

老宅区其实叫野水湾，和它的名字一样建得随意，看上去也显得廉价。佟语声伸手挠了挠手臂上那道长而深的刻痕，抬眼看着黑洞洞的前路，半张脸没入了夜色里。

"同学？"正在他试探着迈出步子的前一秒，一个女人的声音从身后传来。一转头，吴雁正牵着吴桥一的手站在鹅黄色的路灯下。

吴雁问："天黑了，需要我开车送你回家吗？"

其实吴桥一放学的时候，吴雁就早早在校门口等着了。一直等了二十多分钟不见人影，她已经准备进学校找，便看到自己的儿子一步三回头地走出校门，身后跟着一个慢吞吞的男孩。

是他的新朋友，看到这番场景，吴雁自然不会再上前打扰，便一路保持着距离，悄悄走在两个人身后。一路两个人几乎没有交谈，吴雁说意外也不意外，只是当吴桥一一声不吭把人丢在家门口时，还是觉得有些太失礼了。

儿子难得交个朋友，她可千万不能把他弄丢了。于是她匆匆跟上楼，试着和吴桥一商量："太晚了，我们把你朋友送回家吧。"

儿子向来对她脾气暴躁缺乏耐心，但这回他只看着她表示默认。于是吴雁匆匆拉着儿子下了楼。

此时，那瘦瘦的男孩站在两片灯光间的黑影里，有些疲惫，目光有些许恍惚。

"阿姨好……"少年怔怔地开口,声音不如中午那般清朗。他回头看了看面前看不见方向的前路,又看了看灯光下的吴桥一,慢慢吸了一口气,才答道:"那麻烦您了。"

佟语声走在吴雁的左侧,吴桥一便沉默着走在右侧,两个人看不见彼此,像是两股不相干的河水。其实小时候爸妈就教育过他,不要随便跟陌生人走,小心被拐到偏远山区做苦力。但佟语声想,如果把他拐卖去做苦力,很可能半道上自己就病死了,这是赔本的买卖,没有人会做。

于是他闷闷地跟着吴雁走到别墅的停车库。

渝市有车的人家每年都在递增,曾经和他一起徒步上学的同学们一个个也都有了新的代步工具。以佟语声爸妈的工资收入,其实买一辆中低档的私家车其实不是问题,如果他没有生病的话。

看着吴桥一熟练地钻进后座,佟语声思量着自己坐副驾位也不合适,便和他并排坐在了后座。他不太熟悉汽车的各种品牌,只知道汽车启动时安静平稳,在渝市复杂的路段也没有半点颠簸。坐在车后座,佟语声疲惫又无措,似乎手脚都是多余的。第一个打破沉默的是吴雁,问的是他家的地址。

"野水湾"这个词在他嘴边摇摇欲坠了半晌,还是没能说出口。

最终,他只是倾着身子,用手指了个方向:"下个路口往左边,过两条街就好了。"

吴雁说:"那我们也算是邻居了。"

佟语声笑了笑,没敢继续说下去了。看儿子的朋友又陷入了沉默,吴雁犹豫着开口:"同学,你叫……"

佟语声刚要开口,身边几乎隐形的吴桥一骤然开口了:"佟语声。"

他轻轻吐出三个字,像是机械模仿的鹦鹉一般,用一模一样的语调说道:"话语的语,声音的声,'忽有人家笑语声'的语声。"

主动说话了,还是说的自己的名字。佟语声下意识地看过去,眼里终于亮了起来:"对,我叫佟语声,大家都叫我佟佟。"

后视镜里,吴雁始终紧绷着的神情也终于放松下来。眼看吴桥一的目光又游移到了车窗外，佟语声盯着他的后脑勺看了半晌，这才想起来什么。他有些怯生生地开口道："阿姨，不好意思，是我走路太慢了，耽误吴桥一回家了。"

但吴雁只是摇摇头："没关系的，他回家也没有什么事做，我倒希望他可以在外面和朋友多玩一会儿。"

接着她有些犹豫地开口道："佟佟，我看你身体好像不太好……"

听闻这话，佟语声心脏难免一紧，似乎是怕她多想，慌忙解释道："阿姨，我和Joey做朋友，不是为找他照顾我生活的，我保证不会影响Joey的学习和正常生活。我们家和学校签了合同，就算出了问题也不会怪学校和同学的。"

这话说出口，佟语声的喉头就有些发堵了。他轻轻握着拳，等着吴雁开口，像是等着判决书的囚犯。后视镜里，吴雁的目光落在他身上，终于柔软了下去："佟佟，我没有这个意思。我真的很感谢你愿意跟Joey做朋友。"

她瞥了一眼后座上看着夜景的吴桥一，确定他又搭起了隔绝一切声音的屏障，才开口道："Joey的情况也很特殊，我本来还希望你可以多担待一下。有时候他的很多行为可能会显得不太礼貌，所以很难交到朋友，所以他能遇到你，我真的很开心……"

佟语声憋得发酸的喉咙渐渐放松下来。

"总之，你不要有压力。"吴雁轻声道，"你们可以互相照顾。"

吴雁特意把车开得很慢，但两条街的距离实在太短，终于还是开到了佟语声指的路旁。那个路口就在慈悲桥下不远，周遭一片灯火通明，偏就唯独那一隅是漆黑一片。吴雁看着面前的十字路，问："需要我送你到家门口吗？"

佟语声下了车，看着眼前线条流畅的豪车，又看看路尽头光彩夺目的慈悲桥，犹豫片刻："不用了，我家就在路口，离得不远，谢谢阿姨。"

从路口到家的路其实并不近，剃头匠张二刀家的小黄狗听到声音，嗷嗷跑过来迎他。难得有接触小动物的机会，佟语声弯腰想摸摸它的脑袋，小狗却被张二刀唤了回去。

张二刀说:"小黄,你全身都是毛,不要碰佟佟哦。"

佟语声看着撒着欢离他远去的小黄狗,朝张二刀打了个招呼,又匆匆埋头走了。他喜欢小动物,但哺乳动物的毛可能会影响他的呼吸,爸妈不能允许任何隐患存在,自然断绝了他一切和猫猫狗狗的交流渠道。

回到家时,爸妈还在值晚班没回家,桌子上是提前准备好的晚餐,他放微波炉里叮了几分钟,吃了一半。胃口越来越差了。佟语声把剩下的菜罩好,正来到厨房洗着自己的碗,身后的防盗门被轻轻拧开来。

是妈妈下晚班了。

"你放下我来洗。"姜红进门前本一脸疲态,看见厨房灯火通明,立刻冲了进去。佟语声心里堵得难受,轻轻拧起眉:"我又不是没手,洗个碗而已。"

姜红已经二话不说抢走了他手里的洗碗布:"少沾水,免得着凉感冒。"接着把燃气热水器调好温度,把他推出门去:"先洗澡。"

似乎是怕他多走几步路,姜红特意帮他找好换洗衣服,放到浴室门口,又帮他放水。"快点洗,冲冲就好了。"姜红说。

水温不高,堪堪比皮肤热一点点。佟语声依言把浴室门开了道小缝透气。

姜红的声音遥遥从门外传来:"今天上学怎么样?"

佟语声沉默了两秒,说:"挺好的。"

没过一会儿,姜红又隔着门问:"今天身体还好吗?药吃了没?"

佟语声机械地回答道:"好,吃了。"

姜红:"今天是和温言书一起放学的吗?"

佟语声:"不是,是和同桌。"

两人毫无营养地一问一答了几分钟,终于,佟语声关掉了花洒:"别问了,妈,我洗好了。"

浴室是肺动脉高压患者的危险场所之一,长时间洗澡极有可能出现昏迷的情况。姜红每次都会在他洗澡的时候这样不停地问话,虽没有说破,但佟语声知道,她是要确认自己还有意识。

他突然想到,自己小时候还去温泉泡过澡,温热的泉水里,他可以边泡边玩一整天。他又想到自己曾经也养过仓鼠,后来笼门没关好,跑掉了。他想起自己以前一口气可以从野水湾跑到学校,上上下下的台阶也不会让他减速半分。曾经他可以毫无顾忌地和所有人交朋友,每个人都喜欢他,那时候他可以一口气吃一大碗饭。

以前爸妈不用上晚班,吃完饭一家人可以去门前的空地上打羽毛球,他们还商量过要买什么牌子的车,畅想过佟语声今后会上哪所大学。

现在一切的一切,都在他那间小小的房间内化成一台制氧机。面罩给他输送氧气,也同时捂住了他的嘴,不容许他想着过去,不允许他盼着未来。他看着回到厨房忙碌的姜红,眼泪忽然憋不住了。

"妈。"他委屈地问道,"我为什么要生病啊?"

回家的路上,吴桥一坐在车后座,沉默地看着窗外,看不出悲喜,读不出情绪。吴雁又自顾自地说了一路,让他记得懂礼貌,让他学会打招呼,让他多关心一下佟语声的身体。说了半天,只听见后座传来"啪"的一声,吴桥一盯了一路的蚊子终于被他拍死了。

根本没听进吴雁说的一个字。趁着吴雁去后院停车的工夫,吴桥一拎着书包回到楼上。他看着桌上的蔬菜沙拉鸡胸肉,鼻间却漾开了玉米炖排骨的香气,于是在餐桌前坐了半天,没有动叉子。

直到吴雁推门回来,看见他杵着叉子对着晚餐皱眉,这才担忧地问道:"Joey?怎么了?胃口不好?"

吴桥一垂下眸子,只烦躁地塞了几块鸡胸肉进口,味同嚼蜡:"不好吃。"

草草地用完餐后,吴桥一便钻进了自己的房间。他的房间很空,几乎没有什么东西,但室内仅有的物品也不遗余力地彰显着一个"乱"字。

就像他没怎么看过的书,书边也会卷起来,他就是个没有章法的人,是一幅随便画在草稿纸上的涂鸦。吴桥一花了三分钟,在墙角的空花盆里找到了自己正在振动的手机。他的通讯录里只有三个名字,现在显示的是他的妹妹 Anne 的号码。

电话接通,小女孩甜甜的声音从话筒里传来:"Joey!"

吴桥一轻轻"嗯"了一声，面上没有欣喜。

"小声点。"他用英文说道，"妈妈已经睡了。"

Anne 的声音立刻小了下去，她用气音说道："Okey（好）。"

再然后，吴桥一便不说话了，Anne 这边等了四五秒，才后知后觉地用英文汇报起来："我已经开学啦，Willam（威廉）每天都在学校门口等我放学，但是我不想见他，为此 Steve（史蒂夫）还和他打了一架。"

Anne 撒娇道："Joey，我和爸爸都好想你呀。"

吴桥一面上依旧没有表情："嗯。"

Anne 犹豫了几秒，然后悄声道："我说完了，晚安 Joey，爱你！"

吴桥一："晚安。"

说完，他挂了电话。Anne 每周都会给他打个电话，叽里呱啦通报一下这一周发生的事情，如果她不打来，吴桥一就会完全忘记这回事，他起身，快速回想起开学的第一天，脑子里闪过一串热闹又清亮的说话声，好像没有想象的那么坏。

他拿起笔在墙上的日历上随手画了一个圈，点了两点，再画一道横杠——一张面无表情的脸。再往前看，每天的日期之下都有一张脸，只是大部分是嘴角下撇的难过模样，或者是眉毛倒竖的生气状。

这是吴桥一的日记，没有一个字，只描摹着一天比一天差的心情。

今天是没有心情的心情，对吴桥一来说算是难能可贵的好事。他回想起今天保持良好情绪的秘诀，耳朵里响起了佟语声清脆的声音，接着，他想起自己书包里躺着的那本《花间集》。

莫名的危机感燃烧起来了。

他抱着字典，看两分钟书便在房间里焦虑地转一圈，好不容易忍住没去把那书撕掉扔掉，竟就这么堪堪到了半夜。集中精神读书是个体力活，吴桥一忘了吃助眠药，也就这么糊弄着睡着了。

清早，两个街道外的野水湾，醒得比整座城都早。佟语声窸窸窣窣地起了床，眼睛还肿着，坏心情倒是和昨夜的月一起藏匿了。昨晚临睡前，温言书偷摸着给姜红手机发了消息，说是明天不能和佟语声一起上学了,光猜也知道他又被他妈抓了个正着。对于他家的破事儿,佟语声已经差不多"免疫"了。

心情其实说好也不好,只是不能任它坏着。佟语声起了个大早,特意找出家里最好的鞋,来来回回擦了个干净,叼着个馒头便下楼去。

路过张二刀家门口,他把剩下的一小口远远扔给了小黄,这便是他这段时间里吃完的第一顿早餐了。走到那窄窄的青石路尽头,身后的一扇破木门"吱呀"一声打开。佟语声吓了一跳——这路两边的危房,是连野水湾的穷人都不敢住的地方,这么多年他从没见那破门里有人住过,今天却不知从哪儿冒出个人来。

定睛一看,这人正穿着和自己一样的校服,佟语声心里一惊,不由得轻喊出声:"衡宁?"

喊出声的那一瞬间佟语声便有些后悔了,他住在野水湾的居民楼里,都尚且不愿让吴桥一看到他的窘迫,此时冒昧地去喊衡宁,也未必不会让人感到反感。但那人只是转头看了他一眼,推了推鼻梁上的眼镜,目光中是坦然和冷淡:"早。"

看他没有排斥,佟语声的嘴又不听使唤了:"你也住在这里?"

衡宁不带感情地回答道:"前几天才搬来,上学近。"

话还没说完,身后的木门内就传来一阵撕心裂肺的咳嗽声。这样的咳嗽声,佟语声在住院时经常听见,光隔着道墙,都会感觉到无法逃脱的窒息感。但衡宁顿了顿步子,转身朝门内说道:"爸,药都熬好了放在床头,一会儿不烫了记得喝。"

那边只勉强回了一阵更加凄厉的咳嗽声,衡宁在门口停了三秒,最终还是转身,踏上了上学的路。对上佟语声探究的目光,衡宁坦荡地说道:"我爸身体不好。"

他和吴桥一一样,是惜字如金的人,但佟语声敢伸手摸吴桥一的头,却不敢和衡宁多说半句话。他忽然理解了温言书的恐惧。正当他抿着嘴不知该说什么时,衡宁像是听到他的心声一般,问道:"今天你没跟温言书一起?"像是在质问学生的老师。

佟语声一阵发寒,差点一句"衡老师"脱口而出。看佟语声不说话,衡宁又补充了一句："昨天早上我看你们是一起来的。"

应当是在解释自己没有恶意。佟语声强迫自己放下恐惧，答道："他妈管得很严，怕一起走耽误他看书。"

衡宁闻言，抬手看了看腕上的手表。那手表是佟语声都眼熟的牌子，学校门口的文具店有一排，二三十来块钱就能买一块。接着他又看了看佟语声缓慢的步伐，开口道："我先走了。"

似乎是生怕耽搁了一秒，那人迈着步子，眨眼间就消失在了巷尾。佟语声此时完全同情起了温言书——和这种人相处，真的很容易感到焦虑。

他低下头走在青石阶上，强迫自己不去踩到石砖的缝，他走路的时候就有这样的习惯，带着几分游戏性地边走边玩，脚下的路就不知不觉走完了。只有这样他才不会觉得去学校的路途很长，走得很累。

走出野水湾，站到昨晚的十字路口时，温热的晨风扑面而来。宽阔的马路、高耸的楼房、来来往往的车流……只走过一个巷子的工夫，便像是从过去穿越到未来。这么多年来，佟语声他本以为渐渐就会习惯，但每当他自以为适应了这巨大的落差时，外面的世界总归迎来新的变迁。

整个世界，除了佟语声和野水湾，都在奔忙着向前跑。

他慢悠悠地穿过街道，慢悠悠地走进隔着两条街的别墅区，等看到那熟悉的独栋时，才反应过来，自己正经过的是吴桥一家的楼下。他抬头去看二楼的窗子，却没想，正碰上了那双透明玻璃一般的蓝眼睛。吴桥一正趴在二楼的窗台上，对视的下一秒，他的脑袋便消失在了佟语声的视野里。

还没等他的心情从失落变成惊喜再变回失落，就听"嘭"的推门声响起后，吴桥一踩着干净漂亮的黑皮鞋，飞跑到了他面前。

"一起。"吴桥一站定对他说。

佟语声站在树荫下，只觉得这少年人皮肤白得有些刺眼。那一瞬间，他面上几乎时刻都挂着的笑意又浮现出来。

"早上好，Joey！"佟语声说，"一起呀！"

那人没应，只是快步走到了佟语声的身侧。佟语声慢慢迈着步子，一抬头看见吴桥一眼下一片青黑。他本没想提，却看那人突然伸手遮住下半张脸，然后不声不响地打了个呵欠，湛蓝色的眼眸子里泛出一小片泪花。佟语声其实是不困的，却也没忍住跟着打了个呵欠，伸手擦掉生理性的眼泪，他扭头责怪吴桥一："你把我传染了。"

吴桥一显然没听说过打呵欠会传染这么一说，只是有些愣愣地看着他，整个人就是个大写的迷茫。这表情又把佟语声给逗乐了："你昨晚熬夜复习了？这么认真？"

吴桥一听他这么一说，才想起摸底考这么一回事儿，他摇摇头，没再继续开口。此时已值初秋，七月流火的季节里，树叶按照时令一丝不苟地凋落起来。吴桥一的注意力已经不知飘去了什么地方，只瞥见一片金色的叶片划过，慢悠悠从树上落下，停在了慢悠悠的佟语声的肩头。

他伸手将那叶片摘下，是片爬满了虫斑的樟树叶，不如那片火红的梧桐树叶半分好看。于是他便头也不回地将那叶子丢了。佟语声看他脾气好，回头看了一眼被他遗弃的叶子，抬头问他："你昨天不是说好会主动跟我说说话吗？现在又不作数了？"

吴桥一涣散的表情立刻严肃起来。他看着佟语声不知什么时候又捻了一片叶子在手心，大脑混混沌沌的，回忆起了第一次相遇的情景。

那时，佟语声跟他说："'梧桐树，三更雨，不道离情正苦。'"

昨晚，他看到了后半句，第一次边看注释边读懂古诗的意思，第一次在一个方块字里看到了落叶，听到了雨声。这也是他第一次靠着理解记住一句诗词，而不是机械地记下每个字和每个读音，再不带感情地把它们拼凑到一起。

于是他说："'一叶叶，一声声，空阶滴到明。'"

此时天正晴着，头顶茂密铺盖着的也不是梧桐，但两人走在稀稀朗朗的树荫下，风一吹，却也奏出了滴滴答答的雨声。佟语声的眼里飘着叶子，也落着雨。他颇有些惊喜地说道："没想到你真的懂诗词啊，我还以为你是不会拒绝被迫喜欢的，所以逗你玩儿呢。"

吴桥一哽住了。他原本确实是因为不会拒绝才认下的这个爱好。现在误会好像彻底要坐实了。

佟语声开心地说:"我们下次玩飞花令吧!他们都太'菜'了,但我觉得你可以!"

要命,什么是飞花令啊?吴桥一的脑壳突突痛了起来。

佟语声上学的心情比放学好,一路絮絮叨叨和吴桥一讲诗文。

吴桥一本就难集中注意力,加上巨大的压力堆在心头,坐到教室时,额头直接起了一层薄汗。他有些烦躁地趴在桌上,宛如蜕壳的蝉一般一动不动,佟语声便也就顺势趴在他旁边,像一只睡在太阳下扁扁的小白狗。五分钟后,教英语的方玲便嗒嗒踩着高跟鞋,抱着一摞考卷走上了讲台。

第一门考英语。摸底考,说大不大,却又不得不重视的考试,决定着老师对同学的第一印象,也决定着新生对整个高中生涯的底气。佟语声抬起眼皮,把在一边蛰伏的吴桥一推起来。

佟语声对英语一窍不通,拿到卷子,一口气把单选题都做完了,要知道依靠选项长度写题,注定比看着题干认真选快太多。

佟语声开始做完形填空部分,转而发现一边的吴桥一已经百无聊赖地玩起了笔。抬头一看,那卷子白花花一片,一字未动。本来还期待着E国人考英语艳压全场的佟语声大失所望。吴桥一的耐心似乎也到了极限。他浑身上下都写着不耐烦。

佟语声只觉得一阵幻痛,慌忙拍了拍他的腿,递过去一张小纸条。纸条还没递到吴桥一的手中,一道黑影便将两个人团团包裹住。佟语声一抬眼,手里的纸条便被方玲抽了去。方玲的眼镜后闪着寒光,但佟语声只是双目晶亮地看着她,满面无辜,似乎下一秒就要摇起尾巴来。方玲摊开纸条一看,本以为是写着满满答案的作弊纸条,结果只有一行字——快写呀,写完提前交卷一起出去玩!

方玲毫不犹豫地弯起手指,关节不偏不倚敲在佟语声的脑袋上。听着那人吃痛得趴到桌上,又看见卷面一片空白的吴桥一,方玲伸手把纸条摊到他面前。吴桥一看了看纸条,又将信将疑地抬头看方玲。

方玲说:"快写,写完就放你们出去。"

于是,吴桥一低下头,拿起钢笔。写了两个字发现钢笔笔尖不出水了，又可怜巴巴地望着佟语声。佟语声接收到信号，又抬头可怜巴巴地望向方玲。

方玲叹了口气，点点头，看着佟语声借给他水笔，只觉得自己正教着的是两个小学生。吴桥一真动起笔来写得很快。吴桥一和佟语声胡乱写的速度差不多，两个人提前二十分钟交了卷子。

跑上讲台的时候，佟语声发现，其实衡宁也早早写完了卷子，他虽然看不懂，但是那扫一眼就看得出来的工整，让他知道这卷子分数绝对很高。但这人就这么端坐着，双眼像扫描仪一般一行行扫视着眼前的卷子，而他的右手边，奋笔疾书的温言书时不时抬头瞥他一眼，急得额头渗了一层汗。

佟语声拉着吴桥一出门溜达了一圈，半小时后，吴桥一又蔫蔫地被他揪回来，考数学。如果说吴桥一的英语水平等同于佟语声的语文水平，都有纯天然的优势，那么在佟语声的心目中，两个人的数学应当是同等水平的差。

真是个不分伯仲的倒数第一争霸赛啊，佟语声感慨道。

依旧做好了"写完提前交卷"的约定，佟语声看那人一边翻着字典读题干，一边在草稿纸上乱画着。到了大题，佟语声试着把脑海里有的公式堆一堆往上填，至少赚个步骤分，那人却依旧在草稿纸上乱画着，然后哐哐在大片的空白下潦草写着几个数字——直接把应用题当填空题写。佟语声只觉得这次自己的倒数第一保不住了，也加快了笔头速度，写完试卷带着人儿出去遛弯了。

下午考语文前，佟语声和吴桥一说好，自己没法提前交卷了。

吴桥一只面无表情地叹了口气，没争辩，没反驳。佟语声考起语文有多如鱼得水，吴桥一啃着那卷子就有多费力。光是读题干就吭哧吭哧翻了四五遍字典，佟语声很难想象，这人是怎么把一本《花间集》给啃下来的。

交卷的时候，佟语声洋洋洒洒刚把作文收尾，吴桥一只勉强写到了阅读理解，前面还有大半截空着的题。太可怜了，佟语声认真地心疼起来——让一个外国人写语文卷子，真的是"丧尽天良"。

他拍拍吴桥一的肩膀，本想说几句安慰话，却被早就在外面候着的班主任老谢抢了先。

老谢是个轻微谢顶的中年微胖男人，也是年级组的数学组长。老谢："吴桥一。"

吴桥一抬起眼，警惕地和那人保持三分距离。佟语声要和吴桥一一起回家，所以便也顺势放下书包，静候着老谢的发言。

"中午我改了一下数学试卷，全班只有两张全对的。一份是衡宁的，他做得很细致很工整，找不出半点瑕疵来。还有一张答案都对了，但是我不能给它满分，因为它只有结果，没有过程。"

老谢抽出一张正面满是红钩的试卷，上面写着吴桥一的名字："如果可以的话，可不可以给我说说你的解题思路？"

佟语声站在一边，看着试卷上的名字，原本百无聊赖而半眯着的眼睛越睁越圆。他满脑子只有这人在纸上看不懂的涂鸦，哪怕现在想起来，也不能把那草稿和全对联系到一起。这么说，这人还是个隐藏的天才选手？眼下，吴桥一站在座位前，满眼只有不耐烦。

"桥一，我没有说你作弊的意思。"

老谢也是个老实人，怕这么说引起误会，拖了板凳在吴桥一面前坐下，解释道："我知道你刚从E国转学回来，答题习惯和国内不一样，答题过程这方面以后可以再培养，我主要想听听你的解题思路。"

吴桥一的答题方式显然是极其豪放派的，答题位置上看不见计算公式，只看见一个个交叉的圆圈和线段。但吴桥一的目光早已不知飘到了什么地方，老谢的话，看样子是半点没进到耳朵里去。老谢又一次试探道："就做一下这个压轴题就行，我觉得你肯定能做得很快。"

佟语声实在怕老谢尴尬，便小声喊道："Joey？"

吴桥一终于勉强把目光收回来。他看看佟语声，又看看老谢，头也不回地拎起书包，满脸冷酷地说："明天。"

意思是今晚没空，他还要跟佟语声一起回家，其他事情先放一放。老谢一脸局促地拿着卷子，像极了被老板打发走人的下属，显得滑稽又尴尬。佟语声看着觉得好笑，又觉得心疼，只胡乱解释道："他可能需要晚上回家理一下思路。"

老谢的表情立刻释然了。

走出门，吴桥一又啪嗒啪嗒踩着皮鞋冲下楼梯，然后抬头看还留在楼上的佟语声，又啪嗒啪嗒跑上去。佟语声想起一道经典数学题，一只狗在主人和终点之间来回跑，问主人到终点时狗跑了多少米。没养过狗的佟语声之前只觉得这题出得幼稚，现在看来，似乎也是取材于现实。

看他来回越跑越急躁，佟语声便开口和他聊着："没看出来，你数学这么好啊，我还以为我俩一个水平呢。"

吴桥一骤然停下步子，一只脚还搭在台阶上，直直看向佟语声。看着佟语声慢悠悠地下台阶，他突然快速而小声地说道："对不起。"

佟语声愣了一下，觉得荒谬，却也几乎是立刻懂了他的意思。吴桥一可能觉得这样是一种不可言说的背叛，虽然这种心思见不得光，但这种嫉妒，却又是隐秘的人之常情。可怕的是，佟语声发现自己的震惊消散去以后，连嫉妒的心都没有了。

佟语声笑着安慰他："别说对不起，我上学就是来玩儿的，成绩什么的根本无所谓。"说着，他又开始晃起脑袋文绉绉地念道："凡事大半天注定，何必三更费心肠。"

吴桥一没听懂，但却又真的被安慰到了，他面上的焦虑少了一些，不再来来回回上下跑，只跟着佟语声并排走着，慢悠悠地踩起青石砖来。

第二天清早，两人又相约在教室里趴着睡觉，直到老谢又穷追不舍地跑过来，两人才想起昨晚的那一茬。看吴桥一睡眼惺忪，脾气还没上来，老谢趁热打铁："是这样的，昨天我和年级其他老师研究了一下你卷子上的草稿，大概能分析出你的解题思路来。"

老谢摊开那张试卷，原本吴桥一肆无忌惮的涂鸦上，多了密密麻麻一层属于不同老师的红笔更改字样，佟语声的脑子里立刻浮现出七八个考古学家围着一片龟壳研究的画面。

"我们觉得你的思维很适合参加竞赛，如果你感兴趣的话，可以试试往这方面发展。"

吴桥一的睡意立刻清醒了，蒙着一层水雾的蓝眼睛也警觉地澄亮起来，他冷漠地回答道:"不感兴趣。"

非常果断、干脆、毫不犹豫。老谢又开始挠头了，佟语声想劝他别挠，本来就没几根的头发，现在更显得"捉襟见肘"起来。但好在有这么多年教学经验，老谢的脸皮也跟着练厚了许多。

"没事，你可以慢慢考虑。"老谢说，"下了早读来我办公室一趟，我教你国内答题的得分点，争取下次做个满分卷。"

吴桥一眼皮都没抬，打了个呵欠便埋头补觉去了。佟语声抬头看看老谢，又看看吴桥一，联想到当年全年级的语文老师都来劝他参加作文竞赛的场面。当时他也是全身心拒绝的，因为没有未来的人不需要荣誉，故而这种比赛对他来说毫无意义。下课，吴桥一百无聊赖地坐在位置上翻词典，佟语声没忍住，问道:"你不去老谢办公室啊?"

吴桥一只是拧起眉，假装没听见，趴到桌上"装死"。佟语声便也就收起了多管闲事的心，跟他一起趴下去。两个人呼吸均匀地小眯了几秒，没有定性的吴桥一便偏过头来。似乎是感受到了视线的侵扰，佟语声的睫毛颤起来，打乱了他眼皮上血管的纹理。小白狗睁开眼，两个人蜻蜓点水般对视了一瞬。

"你偷看我。"佟语声一笑，眉眼弯成月牙状，打趣道:"怪我太帅了。"

吴桥一只是大脑脱线般感慨了一句:"你好像狗。"

尽管这位外国人的本意单纯无害，但这句话在中文的语境里已经相当冒昧了，前座的男生都忍不住转身，刻意露出惊恐万分的眼神。但佟语声知道吴桥一没有恶意，抬起小狗眼，"汪汪"叫了两声。

半响，佟语声突然像想起什么似的，睁眼道:"中文里说人像狗是骂人的话，你可以说我像小狗，别人就算了。"

吴桥一看不出他是生气了还是不介意，便也只能听话地更正道:"你像小狗，别人不像。"

佟语声给他比了个大拇指，乐呵呵地又趴下去晒太阳了。

英语课上，方玲公布了考试成绩，第一依旧是衡宁。吴桥一前面客观题都是满分，作文却因为乱涂乱画一分没拿，加上语文卷子没写完，

049

吴桥一总分在年级里排中等，但在班级中非常靠后，坦然地将自己隐藏起来。

这次总分全班第一不出预料地归了衡宁，据说这在年级里都是极好的成绩。温言书拼死拼活，好歹拿了个第五。佟语声的语文成绩"一骑绝尘"，但依旧没能在倒一位置上翻身农民把歌唱。

成绩下来之后，几家欢喜几家愁。得知自己的同桌不是"凡人"之后，温言书的心情舒缓了许多。第五这个名次，短时间内和自己老妈交差也是没有问题的。但是另一边，衡宁随手翻了翻错题集，罕见地没看得进去书。

突然，衡宁一脸严肃地问道："你觉得吴桥一怎么样？"

衡宁就没主动跟他聊过学习以外的事，温言书还在发呆，脑子一抽，脱口而出道："他很帅。"

说完，衡宁的目光变得怪异起来。观察到衡宁第一次露出相对鲜明的表情，温言书这才反应过来自己口不择言了，脸颊立刻"腾"地烧了起来。但他确实很帅啊。

衡宁推了推眼镜，说道："我昨天在老师办公室听到他们在聊吴桥一的卷子，他虽然成绩不高，但是答案都对了。"

温言书没听说这事，只是轻轻屏住了呼吸。

"吴桥一是个很有潜力的人，如果他适应了国内的考试环境，取得高分只是时间的问题。"衡宁说，"你要多努力了，对手不是只有跑在你前面的人。"

温言书好不容易消退的焦虑感又爆发了，在拿起笔咬牙埋下头去的一瞬间，他差点哭出声来。班级后排，这份压力面前更多的是几分听天由命的苟且感。前排的男生快速瞄了一眼成绩，就把卷子摊到一边，无所事事地四处张望着。如果佟语声没记错的话，这男生名叫程诺，是仅仅比他高个两三分的倒数第二。

眼下，他似乎正迫切地想找人唠唠嗑，却又不愿跟同桌的女生开口，便回头看了看与世无争的两个"学渣"。程诺长相很硬朗，可能是脸部线条过于锋利，看起来有些凶凶的。他拧着剑眉，半晌才开口道："有没有课外书,借我瞅瞅。"

佟语声打了个响指,掏出一本《瓦尔登湖》。

程诺盯着封面犹豫了两秒,摇摇头。佟语声又拿出一本《纳兰性德词选》,程诺的表情逐渐痛苦起来。于是佟语声翻翻找找把存货全部堆出来,让他随便挑。终于,那人皱着眉头,在一堆诗词经典哲学著作里,捏出一本阿加莎的《无人生还》。

看小说啊,谁不喜欢看小说。佟语声瞥了眼书壳,便弯眼笑着让他拿去。没承想,这人的手还没收回去,一直冬眠的吴桥一突然伸手抓住了那本书的书脊。程诺有些意外地看了这位不速之客一眼,只见吴桥一霸道地把书从他手中抽走,极度不客气地道:"我要看。"

程诺好不容易借到合口味的书,此时手里骤然一空,被震撼得说不出话来。而一向好说话没脾气的吴桥一,就这样拿着那书,站在原地,极不友善地看着他。佟语声看着他手里那本出自自己之手的小说,一时有些尴尬。

毕竟是程诺先选的书,佟语声只能看向吴桥一,轻声道:"Joey……"

但这人已经自顾自地把书收进抽屉里,显然是自己没有多想看,却偏就不让别人看的意思。

程诺有些恼了:"你干吗?"

吴桥一扫了眼自己凌乱的桌面,随手把那本《花间集》扔到程诺面前。

"你看这本。"吴桥一说。

程诺一看了眼封面的内容,嫌弃之情油然而生:"我就要看你那本。"

吴桥一立刻把《花间集》和《无人生还》一同收回桌肚,果断干脆:"不给。"

程诺显然不是好惹的主儿,一看这态度,"砰"地一拍桌子,站起来骂道:"你有病?!"

吴桥一站在原地和他对视,两个人都是高个子,只压得佟语声喘不过气来。

"对。"吴桥一说这话时,丝毫没有生病的样子,反倒思路清晰得像是挑衅。但佟语声的角度能清楚看到吴桥一脖子上凸起的青筋,似乎他下一句就是："我打人不犯法"。

于是他赶紧伸手把吴桥一扒拉着坐下，然后抬眼给程诺使眼色。看程诺退了半分，佟语声伸手，去拿吴桥一抽屉里的书。

"Joey。"佟语声说，"这本书我送给你了。"

吴桥一抬眼看他，没说话，但对面的程诺听到这番说辞，怒火又蹭蹭地死灰复燃起来。佟语声又慌忙给他使眼色，接着小心地问吴桥一："现在这本书是你的，你借他看看，好不好？"

吴桥一的眼里看不出情绪，这让佟语声有些紧张，但对视三秒之后，他便从抽屉把那书拿了出来，递给了程诺。

"好啦，程诺你看完记得还给Joey，Joey你等人看完记得要回来。"佟语声挥手打着圆场。

看两人互不服气地回到各自的座位上，佟语声松了口气。趁着吴桥一跑出去透气，程诺立刻回头，小声问佟语声："他是不是真的有病？"

这话有点歧义，佟语声抿着嘴，没敢立刻作答。程诺后知后觉，补充道："我是说，他如果真的生病了，那我就不跟他计较了。"

佟语声笑起来，没看出这人居然还是个善解人意的主儿，喃喃道："其实他挺乖的。"

程诺立刻翻了个大白眼儿："得了吧，你脾气可真好。"

话说了一半，因为"路痴"没敢跑远点吴桥一就又满脸煞气地回来了。程诺睨了他一眼，又扭头警告佟语声："把他管好了！"

佟语声临危受命，胸口"监护人"的牌子又锃亮了几分。

大课间时，同学们排队出去做操，吴桥一拒绝参加团体活动，留下来翻起那本《花间集》。佟语声更不可能出去跑操，去走廊呼吸了几口新鲜空气，回到位置上，便拿起那几张考卷在手里翻转折叠，捏成立体状，啪嗒一声放在吴桥一面前。

吴桥一抬眼，看着面前这只大头大脑、长脖子肥翅膀，还自带中英文文身的东西，笃定道："三只鸭子。"

佟语声哭笑不得地更正道："千纸鹤。"

吴桥一的眼里透出了迷惑。于是佟语声便又裁下一块巴掌大的草稿纸来，手指在吴桥一的眼前，快速轻巧地捻出一只小巧漂亮的千纸鹤来。这回吴桥一的眼神终于勉强认可了他的物种："千纸鹤。"

"叠满一千只千纸鹤可以实现一个愿望。"佟语声一边叠一边说。

"住院时，每次我们这层有人要做手术之前，我都会给他们折，祝他们平平安安。"

佟语声说着，又快速捻了一张："但是我从来没折到过一千只，很多时候不用一千只他们就出院了，说明他们不需要我的愿望，还有一些人没等到一千只就去世了，是愿望赶不上。"

吴桥一不知有没有听进去他的话，只是目光一直落在纸片上，难得一见的神情专注。几秒钟之后，他伸手裁了一块草稿纸，低头凭着记忆快速翻转纸片，一个不太精致但是像模像样的千纸鹤便诞生了。

他学习能力真的很强，佟语声心想着，如果他是个健健康康的男孩子，那可真的太完美了，长得好看又聪明，家庭条件也很好，不知道会多讨人喜欢。佟语声心情微动，将那只小小的灵巧的千纸鹤翅膀捻好，轻轻放在吴桥一的桌面上。

"只凭风力健，不假羽毛丰。红线凌空去，青云有路通。"佟语声说，"Joey，祝你健康幸福。"

一千个千纸鹤才叫愿望，一只千纸鹤只能叫祝福。

吴桥一看了一眼佟语声的小鹤，伸手把自己刚叠的那只轻轻靠在它的身侧，像是酒桌上轻轻一个碰杯。

"健康幸福。"他轻声重复着，不知是祝他自己，还是一同也祝福了佟语声。

第三章

高山流水遇知音

下午的太阳很舒服。

佟语声和吴桥一懒洋洋地趴在桌上,臂弯里圈着几只或大或小的千纸鹤。他们在讲课声中眯着眼,好似一切都与他们无关。"啪",一声轻响,佟语声施施然抬起眼皮——程诺捂着脑袋,方玲右手拿着卷成圆筒状的课本,左手从他抽屉里抽出那本《无人生还》。

应当是被抓了个现行。佟语声本还想笑,却突然意识到什么,还没等他扭过头去,就听到了吴桥一的声音幽幽地响起:"我的书。"

方玲的目光逐渐不和善起来。程诺一看那脸色,立刻转身道:"我明天还你一本一模一样的。"

吴桥一说:"我就要这一本。"

四周的目光齐刷刷地扫来,佟语声感觉有些窒息。他伸手轻轻抓着吴桥一的袖口,但那人却直接无视他的动作,就这样直直盯着方玲看。方玲应当是了解过吴桥一的情况,外加吴桥一天生的学科优势,对他远不及对别人那么凶。她用卷子轻轻拍了拍程诺的肩膀,下巴一扬,让他带着卷子去后面罚站。接着,在所有人的目光中,她把那本书合好,塞进了吴桥一的抽屉。

立刻有学生看热闹不嫌事大地唏嘘起来:"啊——老师好偏心——"

方玲倒也毫不掩饰,隔空点过去:"你们要是客观题能考满分,我也一样对你们偏心。"

接着她转过头来对吴桥一说:"上课就不要看了。"

吴桥一似乎被她提醒到了似的,从抽屉里把那书拿出来,摊开到桌上埋下头去。方玲叹了口气,没说什么,继续上课去了。下课之后,程诺过来赔罪:"不好意思,我的'反侦察能力'还得锻炼。"

吴桥一似乎没听到他在说什么,《无人生还》大概也只看了几个字,就被甩到了一边。佟语声笑起来,问他:"你看完了没?"

程诺点头:"看完了,我是在复盘做笔记,被她逮到了。"

说着拿出草稿纸来,上面密密麻麻写着人名,还用不同颜色的笔连线、做了标注。佟语声做摘抄也没这么认真过,只睁大眼,给他比了个大拇指。一直神游的吴桥一抬头,看着佟语声,又看看程诺,伸手把佟语声的大拇指摁了下去。佟语声回头看他,觉得有些好笑,等他的手松开,又把大拇指竖直了。吴桥一又伸手摁下去,这回怕他再伸,干脆把佟语声的手向里紧了紧。

佟语声咯咯笑起来,把手抽回来、把大拇指顶到程诺的面前。吴桥一肉眼可见地烦躁起来。佟语声怕他拿起小刀把自己大拇指给削了,连忙收回手。

"咦……"程诺看这俩的样子,鸡皮疙瘩起了一身,搓了搓胳膊肘子。转身回去之前,程诺没忍住,还是试探着问佟语声:"还有小说吗?"

吴桥一烦躁劲儿还没过,立刻抬起眼瞪他。程诺伸出一只手,隔空挡住了吴桥一的视线,可怜巴巴望向佟语声。佟语声伸手在书堆里翻起来:"有张爱玲的《倾城之恋》和沈从文的《边城》。"

程诺连连摆手:"要跟之前那本差不多的,不要这种。"

"推理小说?"佟语声摇摇头,"没带,都在家呢。"

于是那人只得悻悻地转回座位上。但佟语声突然像想起什么似的,伸手戳了戳他的背——又被吴桥一打了下来。佟语声乖乖收回手,问他:"我写的看不看?几篇短篇,在悬疑杂志上投过,我把手稿都留着呢。"

程诺的眼睛亮了起来。吴桥一"咔"的一声,把圆规的脚插到桌子上。佟语声收回了手:"等 Joey 看完给你看。"

程诺两手一摊："那我看不到了。"

佟语声拿出一个厚厚的活页本，放在吴桥一手边，问他："借给程诺看看，好不好？"

吴桥一说："我先看。"

佟语声伸手拍了拍程诺的肩膀："没事，短篇，看得快。"

吴桥一摊开本子，这厚厚的一沓写的全是短篇小说，不只是悬疑推理，校园恋爱、灵异幻想、古风权谋……什么类型都有。每页的右上角都写着日期，简单翻下来，这人断断续续写了有三四年了。字迹都很工整，但是从细微的运笔上能看出心态的区别，一气呵成的字迹里都带着洒脱，也有打瞌睡写的，字都歪歪倒倒跑出了格子。每一篇的情绪也不一样，有的看上去像是泡在带着阳光的牛奶里，温温润润的，有的则笔风凌厉，处处带着尖锐。

佟语声解释道："每家出版社爱好不同，这叫投其所好，我没有个人风格，命题作文就是我的风格。"

语文后进生吴桥一虽然没听懂，但也觉得他厉害，按照佟语声的指示，他找到了第一篇悬疑文。

"这是我第一次尝试悬疑小说。"佟语声小心地给自己铺了个台阶。五分钟之后，吴桥一看完了这篇《断指》，他将那活页摘下来，递给程诺。

他说："凶手是陈安可，他和被害人是情人关系，断指是被害人自己砍的，为了嫁祸给夏岚。"

这一波"终极剧透"迎面砸来，程诺的表情直接当场变了。这人平时讲话也不见这么顺溜，剧透的时候倒是思维清晰、理智在线。如果不是吴桥一的表情过于自然，佟语声都要怀疑他是不是故意为之，他忍着没笑出声，转头教育他："再剧透就不给你看了。"

吴桥一抿起了嘴。程诺叹了口气，拿起那篇已经失去灵魂的推理小说，一边努力清扫大脑中的剧透，一边硬着头皮读了下去。这篇小说短短五六千字，描写了一个扑朔迷离的断指凶杀案。提前知道凶手和作案手法让阅读体验大打折扣，但程诺还是被文章步步紧逼的紧张节奏带入了进去。

佟语声是个非常擅长情绪渲染的人,他的每个字句都有极强的暗示性,以至于就算知道了凶手的身份,程诺在阅读过程中还是产生了"吴桥一在骗我"的荒谬想法。直到一步步反转揭开,陈安可将被害人的断指埋在海边,看着浪潮将它卷入海中。小说的末尾引用了一句名言:"'宁可失去百体中的一体,不叫全身丢在地狱里。'陈安可想,或许他们是一同步入了天堂。"

程诺放下两页纸,起了一身鸡皮疙瘩。

"好看。"程诺认可道。

不算是传统意义上的推理,逻辑上还有些稚嫩的硬伤,但文中对人性的描写远超过了悬疑剧情上的精彩,只看得人惊心动魄,不敢喘气。程诺发现了,佟语声真的很会写"人"。程诺看了一眼这人一脸纯真无害的模样,又想到文章里残酷现实的描写,强烈的对比让他一阵毛骨悚然:"你好可怕。"

佟语声一听这话,朝吴桥一大手一挥:"Joey,咬他!"

吴桥一就真张着嘴咬过去了。程诺慌忙收回手,毛骨悚然的感觉又加深了一层。

中午吃饭,吴桥一拒绝了吴雁的炸鱼薯条和鱼柳包,一声不吭地趴在桌上,等佟语声奶奶来"投喂"。佟语声奶奶来的时候,吴桥一正抱着佟语声的活页簿看着,神情专注,丝毫不像先前那番始终无法集中注意力的模样。

"我们幺幺又收获小读者了?"奶奶一看那活页簿,便笑着问吴桥一,"好看吗?"

吴桥一向来不爱搭理人,但一听到奶奶的声音,就抬起头:"好看。"

奶奶一边把炖好的大份香菇炖鸡汤摆出来,一边拿出两套餐具摆到他们面前,骄傲地道:"我们声声写东西可厉害,好多出版社都花钱找他写,赚的钱比我天天摆摊儿都多!"

"奶奶!"佟语声被夸得耳尖通红,有点不好意思得让她打住。

但奶奶"叛逆",看他这样就夸得更起劲了。吴桥一正在喝奶奶带的鸡汤,忙里偷闲地抬起头,学着佟语声的样子比了个大拇指,也不知

057

道是跟着夸佟语声厉害，还是在夸鸡汤好喝。奶奶特别喜欢吴桥一，看着小伙子一声不吭把汤喝得见了底，弯眼笑出了褶子："小崽儿要不要来我们家里玩？婆婆做大餐给你吃？"

佟语声一听这话，咽了一半的香菇卡在了喉咙半截儿。

他想到了吴桥一家漂亮的大别墅，又想到野水湾沟沟渠渠的小路。他似乎看到吴桥一踩着昂贵的皮鞋站在破破的巷子里，在破屋子矮房子下，在稀稀拉拉的地摊儿边，皱着眉不敢踏入那破旧凌乱的一隅，带着些许嫌弃地问他："这是你的家？"

在看到吴桥一家的别墅之前，佟语声鲜少产生过这样自卑的情绪，他经常邀请温言书来他们家下飞行棋，却一点都不想让吴桥一知道自己住在瘦长狭窄的野水湾。

佟语声紧张起来："奶奶，算了吧，我们家有什么好玩的？"

奶奶从来领会不到他的心意，扭头瞪了他一眼："是我邀请他来我家，关你什么事？"

佟语声被这无法推翻的霸道逻辑震得说不出话来，只能把期望寄托于吴桥一身上。

他问："你想来我家吗Joey？我家很无聊的。"

吴桥一向来排斥社交，但似乎就没把佟语声的奶奶当过外人，一边闷头喝着鸡汤，一边应道："想。"

"周末。"他说。

吴桥一要来家里玩的事，让佟语声陷入了短暂的抑郁。他辗转反侧了一中午没睡着，终于等到了同样睡不着、早早来班里刷题的温言书。

"书书——"佟语声两眼泪汪汪地扑过去，"你最近都不来找我玩了——"

温言书把他的头从胳膊上扒拉下来，冷漠地道："是你沉迷交友，把我一个人扔在人间地狱吧。"

佟语声咯咯乐起来，然后又抓着他坐下来："我好苦啊，这周末吴桥一要来我家。"

温言书瞥了一眼趴在书上睡觉的吴桥一，瞬间被美颜击倒，睨向佟语声："你这是跟我炫耀？"

"我们的默契彻底消散了吗？"佟语声给了他一拳，压低声音道，"我不想让他来我家。"

温言书跟他一起趴到桌子边，抬眼看他。佟语声说："你知道东方花园那片的别墅区吗？他们家在那里有套三层楼的房子。温言书似乎不意外："他看起来就很有钱。"

一看和温言书对不上频道，佟语声的眼角立刻耷拉下来，不理人了。

温言书见状，赶忙去哄他："《梦游天姥吟留别》。安能摧眉折腰事权贵，使我不得开心颜。"

佟语声下意识地接过暗号，叹气道："可野水湾那块儿旧得都能申遗了。"

说白了，他在吴桥一面前的自卑感是挡都挡不住的，正是青春期要面子的时候，没有几个少年人能够大大方方袒露自己的窘迫。

温言书能懂他的心思，安慰道："佟佟，我一直觉得你超级酷的。"

佟语声懒懒地抬起眼皮，瞅他。

"真的。"温言书说，"我们这个年纪，能有几个人能自己赚钱的呀，你这几年下来光稿费就上万了吧？"

佟语声垂下眸子，后半句他们都没提——这些年的稿费拿的确实不少，但完全覆盖不了他的医药费。父母在外拼命打工，佟语声的身体又禁不住折腾，就疯狂找各家出版社，投其所好地写文章、赚稿费。他们家的困窘，不是因为任何一个人的懒惰懈怠，唯一的根源就是他那该死的病。他的存在就是整个家庭的负担。就在佟语声刚想转移话题、聊点轻松趣事的时候，衡宁又拿着一沓子习题进了班级。佟语声头皮一麻，和温言书一对视，赶紧起身要走。

但这回衡宁瞥了眼正在交谈的两人，只朝佟语声摆摆手："你陪他继续聊会吧。"

说着弯腰，从抽屉里找出一本错题集，坐到后座的空位上了。温言书一脸惊恐，没忍住压着声儿问佟语声："你猜他是不是怕我超过他，故意拖我的学习进度?"

他声音不大,但衡宁还是听到了。那人挑挑眉,抬起头:"以你目前的水平和心态,我暂时不需要有这方面的顾虑。"

佟语声没忍住笑出声,只伸手朝恼羞成怒的温言书抱了个拳。

回到位置上,吴桥一正在专心用圆规在桌子上扎洞——自从他上次把笔扎坏了之后,就在佟语声的推荐下选择了圆规,戳起来手感更好,省事不费力。吴桥一的刻板行为有些严重,扎洞这个动作如果被打断,就能肉眼可见地看出他的烦躁。每当这个时候,佟语声就会装作自己是个透明人,生怕打扰到他的重大工程。

"笃、笃、笃……"

吴桥一保持着同一个节奏和力度戳着桌子,佟语声听习惯了,就半眯着眼,听着这啄木鸟似的声音昏昏欲睡。和佟语声玩得好的人都知道他瞌睡大,因为缺氧,脑子永远昏昏的,前一秒侃侃而谈,后一秒可能就呵欠连天了。渐渐的,他在一旁的节奏音中意识迷离,同学们回到班级里的熙攘声在耳边扩散晕染,他隐约听到那"笃笃"的声音节奏乱了。

接着,他的耳边传来一阵嬉闹声,"砰"的一声闷响,有打闹的人撞到了吴桥一的桌子。

"抱歉……"那边话还没说完,佟语声就听身边人"哗"地一下站了起来。还没等佟语声慌张地聚拢视线,就听前排的女生发出一声尖叫来。

"你在干吗?!"佟语声忍着昏沉强制自己睁开眼,接着就看到吴桥一面无表情地举着圆规,要朝那撞了他桌子的男生扔去。

"你疯了吧?!"男生反应迅速,向后躲过了那毫不手软的一击。

看吴桥一一落臂的力度,真要打到人,估计直接能把人打青了。

"Joey!"佟语声连忙从身后将他拉下坐好。

此时,吴桥一的目光开始四处游走晃荡着,在周围人的围观中,他的焦虑和烦躁更是一浪高过一浪,整个人亢奋又紧张——佟语声知道,他是躁狂发作了。佟语声想伸手把那圆规从他手中拿走,可吴桥一看到他的动作,就像是提防着别人的护食小狗,猛地收回手里的东西。下一秒,那圆规的尖头就不小心戳进了他自己的手背。

佟语声只觉得心脏一阵抽痛,嗓子连喊都喊不出来了。吴桥一发起狠来的力气实在是太大了,佟语声几次想抱住他,都没能成功。周围的同学也慌乱成了一团,大多想阻止却又都不敢靠近,胆子小些的女生已经哭了起来。直到踩着预备铃进班的程诺飞奔过来,强硬地拧住他的胳膊,佟语声才找到机会把他手里的东西抽走。

吴桥一被程诺和衡宁死死控制住了,挣扎了几下,终于没了劲,深喘几声,反复游离的目光重新有了焦点。

缓过神来的佟语声只觉得目光一阵阵发黑,胸口也一下一下地刺痛着。趁着大家都围在吴桥一身边,他偷偷埋到桌子下吸起氧,好半天,视线才恢复了明朗。

十分钟后,吴雁匆匆赶到班里,不停地向受惊的同学们道歉。佟语声望着吴桥一毫不留恋地跟着吴雁回了家,看着身边骤然空下去的座位,突然反应过来——吴桥一和门口的小黄并不一样。

他也是个病人啊。

旁边的座椅空下去之后,佟语声忽然在班里待不下去了。他时不时就想伸手摸摸吴桥一的头,摸空了好几下,就连书都不想看了。也不知道他的手伤得重不重,精神上有没有受太大的刺激。

学校要怎么处理他的事情,他还能来继续上学吗?一想到晚上放学得一个人回家,佟语声叹气的声音都快压过老师的讲课声了。佟语声蔫蔫地趴回位子上,昏昏沉沉糊弄到了放学。他慢慢吞吞拎起书包,想起今晚得一个人回家,恨不得撂挑子不走了。磨蹭了一会儿,班里又空了下去,佟语声这才擦擦洒满了夕阳的桌面,往外走去。他就是故意走这么迟的,因为放学熙攘的人群对他来说是一种危险,更重要的是,他不想让来来往往的同学看见他龟速的步伐——他不想被人用奇怪的目光注视着。

但是吴桥一就没关系,佟语声心想,吴桥一是他的病友,是可以不用见外的存在。只可惜他今天不在。

当佟语声脑子里划过叹息的同时,两道长长的影子从门口延伸进教室,探到了他的脚下。还没抬头,就听到了奶奶响亮的声音:"幺儿?怎么这么慢!"

门口,奶奶不耐烦地朝里瞅着,身边站着的是穿着一身干净私服的吴桥一,他的左手上裹了一层厚厚的纱布。

佟语声惊讶地道:"你们怎么来了?"

奶奶怂恿吴桥一开口,吴桥一便乖乖地道:"今晚去你家吃饭。"

这个下午,吴雁带着吴桥一去医院做完处理后,就回了家。回家之后,吴桥一的状态也没有多稳定,他把自己锁在房里,摔椅子,又把书桌腿踢瘸了,最后是他自己疯累了,才躺到床上休息。

他半睡半醒了一个下午,直到不远的一中传来了熟悉的下课铃声,他突然条件反射般从梦中惊醒。初中部的孩子先放学,吴桥一看着一群穿着红白相间校服的身影从楼下穿过,脑子里不知在想什么,眼睛也不知在找些什么。他就这样趴在窗子边,仔细打量着来往的每个面孔,送走了初中部的小孩儿,又等到了高中部的放学潮。就这样一直一直趴着看着,人群从密集走向稀疏,阳光变成了橘黄色,不知不觉就等了有一个多小时。

直到他看见一个步履矫健的老人家,叉着腰隔空和楼上人吵架,他"呼啦"一声推开玻璃窗,把脑袋探了出去。按照佟语声奶奶的话说,趴在窗口可怜巴巴的样子,就像是只被拴在阳台等主人回家的狗崽,恨不得扑棱着挠门。

佟语声放心了,原来奶奶也觉得吴桥一有时候很像狗狗,不只他一个人这么觉得。

"他说他没吃晚饭,我想着周末吃也是吃,不如今晚就接你们回来。"奶奶乐嘻嘻地从花钱包里掏出一张五十块钱钞票,"正好搓麻将赢了五十块,请你们吃好吃的。"

奶奶一个星期总有那么一天不去摆摊儿,找来附近老头老奶凑一桌子搓麻将,今天站在楼下跟对面人吵嘴,按奶奶单方面的描述,是因为对方老头输急了眼儿。佟语声就喜欢听奶奶在外面的战绩,这个老人家越到老战斗力越强,站在夕阳下就像是只尾巴被染红了的大公鸡,雄赳起地要去每个人家啄一口。吴桥一也听得入神,佟语声发现他眼里逐渐产生疑似崇拜的情绪,赶紧遏制住这个苗头:"Joey,别净学这些坏的。"

老奶奶一皱眉,又一巴掌轻轻甩在佟语声的后脑勺。

转弯之后,奶奶赶着回家烧菜,就让他俩慢慢在后面走着,还让他们在外面多玩会儿,给她点时间准备。看着奶奶的背影消失在巷口,吴桥一又开始像先前那样,来来回回上下楼梯。佟语声注意到了,吴桥一的目光里总装不下路边的街景,他和吴桥一说:"看,这条路尽头以前有家小卖部,里面的辣条特别好吃。"

吴桥一的目光却飘在一边的树上。他便和吴桥一说:"这棵树以前特别招喜鹊,后来被小孩子捅了鸟窝,就再没回来过。"

吴桥一的注意力却已经移到了前路上。佟语声忽然觉得这样挺好的,他对事物很难做出应有的反馈,那么他对野水湾穷困破败的认知也会少几分,佟语声心里的压力也自然消散了不少。但当他牵着人走进小巷的一瞬间,四周粗俗的叫骂、喧闹的熙攘,各色各样的声音涌上来时,还是在一瞬间给了他怯意。

野水湾的人和城区的人似乎是两种生物,他们穿着灰扑扑的衣服,扎堆地窝在路两边东歪西扭的摊儿上,风里卷着散养家禽的气味,将整个街道烘得热气腾腾。吴桥一身上干净昂贵的小衬衫将佟语声心中的落差瞬间扩大了十倍,他把"要不你还是回去吧"的话都说到了嘴边,却发现那人的目光又不知什么时候飞到了一片树荫下。

那片树荫下,算是个中老年活动中心,紧俏俏排着几张木桌子,一到傍晚就有老年人来这里欢聚。下棋的、打牌的、唠嗑的,什么场子都有。奶奶就爱在这里搓麻将,爱坐西边那桌,说风水好,能赚钱。

吴桥一遥遥看了两眼,又伸起了脖子,佟语声看他一脸感兴趣的模样,便拉着他走到人群边,安静地旁观着。这一桌在下围棋,佟语声对规则半懂不懂,于是问吴桥一:"你会下吗?"

吴桥一摇摇头,但目光还在棋上。难得吴桥一能长时间专注一件事,又正好可以分散他的注意力,减少他对周围环境的关注,佟语声就这么安静地陪他看了一整场。

一直到身后，缝纫店的老板娘扯着嗓子的声音穿过整条街："声声！你婆婆喊你回屋！"

佟语声喊了一声"谢谢"，便拉着恋恋不舍的吴桥一回去了。

佟语声的家在野水湾的最里面，是栋墙皮发卷的居民楼，当年买下来的时候不算差劲，在被城市抛弃的野水湾里，也算是气派的一类了。斜对门的石板路边，是个相当原始的小卖部，小卖部门口有一棵粗壮的歪脖子树，辣条儿糖果都用铁丝挂在树干上，琳琅满目坠得像果实。

佟语声路过时照常朝店主爷爷打了个招呼，那老爷爷便乐呵呵跑过来，给他们俩怀里一人塞了瓶喝的。吴桥一显然鲜少收到过陌生人的馈赠，犹犹豫豫地看着手里的AD钙奶。

佟语声便解释，叫他安心："那个爷爷以前也有个孙子，跟我差不多大，后来车祸去世了，所以他对我们这个年纪的小孩特别好。"

吴桥一对这样的故事完全没有触动，只敢确定手里那瓶奶可以放心地喝了。他没喝过，戳好吸管喝了一口，眼睛都亮了三分："好喝。"

那一瞬间，佟语声的自卑感统统消散了。回到家，奶奶正准备起锅，厨房吱啦吱啦的，热闹非凡。一听到钥匙开锁声，奶奶就问道："他能不能吃辣？要不要放辣椒？"

吴桥一还没来得及看看佟语声的家，便被人伸手推进厨房里去。奶奶没等到回答，伸手拧开一边泡着红椒的玻璃坛子，拿干净筷子在里面蘸了点汤汁，递到吴桥一的嘴边："尝尝。"

吴桥一小心翼翼地伸出一小截舌尖，谨慎地舔了舔。一秒，两秒，吴桥一本来面无表情，等忍到了第五秒，突然蓝眸子里哗啦啦淌起眼泪来，刹都刹不住。早有准备的佟语声连忙递上纸巾，但看着那人面无表情地泪失禁，还是忍不住笑得直不起腰来。

佟语声说："奶奶，饶了他吧，他吃三明治都得把青椒剔了。"

奶奶便也就笑着作罢，把那少盐少油的菜端上桌。

佟语声来厨房，给人倒上一杯清水，三个人围坐在桌前，是顿难得像样的晚饭。一盘丝瓜炒蛋，一盘红烧鸡翅，一碗冬瓜肉丝汤，清淡得不像渝市人家的菜。吴桥一看着那碟绿油油的虎皮青椒,佟语声大方解释道:"给你介绍一下,这是我爷爷……"

"……最喜欢吃的菜。"佟语声咬着牙补充道。

奶奶对吴桥一说:"幺幺享你福,平时晚上我可没时间给他烧饭。"

奶奶的小摊儿也是佟家的经济主力军,尤其到饭点前后生意最好,奶奶根本抽不出时间去做大餐。吴桥一给自己夹了块鸡翅,眼睛锃亮的。佟语声的家虽然看起来上了年数,但内里是非常整洁干净的,东西摆得整齐,还有养得很好的便宜盆栽,墙上还挂着佟语声妈妈以前绣着的十字绣。一家人虽然过得拮据,但却也从没放弃过好好生活。他们家和野水湾一样,都是风雨腐锈不了的钉子。

"落砧何曾白纸湿,放箸未觉金盘空。"佟语声也跟着举起一块鸡翅,和吴桥一隔空碰了碰。

"干杯。"他说。

吃完饭,佟语声便带着吴桥一在楼下晃荡。

吴桥一真的很喜欢看棋,一下楼便自顾自地往人堆里扎。这一局棋刚好临近末尾,坐西边儿的老头举着黑子,显然局势对他不利。对面的中年人已经提前露出了胜利的喜悦神情,开始跟大家算账,商量着这一局结束,要请哪些人吃什么牌子的冰棍儿。就在老头揪着胡须快要放弃之前,吴桥一挤到老头身侧,"咔"地抓起一粒黑子,又"啪"的一声摁到了棋盘上。佟语声刚听说吴桥一不会下棋,眼下生怕他一颗子儿把人给惹毛了。果然,老头的头发立刻竖了起来——"欸!这是哪家的熊孩子……"

老头一句粗口还没骂完,就有旁观者发出了议论声:"这孩子下得对哇……"

"原来黑子还没走死呢!"

"这子走得好!"老头一听,又细细看了一眼吴桥一摁上去的那枚棋子,不说话了。三五秒之后,老头伸手摁了摁那颗黑棋,道:"我就下这里了。"

围观的人群掀起了一层又一层的慨叹声,吴桥一被视线盯着不自在,又伸脖子看了一眼棋盘，这才放下心来一般，脚底抹油溜之大吉了。佟语声看不出刚才那一子有多么绝处逢生，只看得懂周遭人的反应，心情和看到他的数学卷子一模一样。佟语声一边赶上吴桥一的步子，一边问："你不是说你不会吗？"

吴桥一加快步伐说："现在会了。"

看了一盘多就学会了规则，看起来还下得很不错，佟语声越发觉得这个人是个天才。放在半天前，这人穿着白衬衫尽情挥洒过人的天赋时，佟语声难免会觉得心里有些发酸。但眼下，他就这样自然地融入野水湾的犄角旮旯里，站在咸热的晚风中，却又和他坐在豪车的后座上、趴在别墅的窗台边没有区别。他就像是一粒被风吹散还没成熟的孢子，在哪里都无法适应，却又似乎在哪里都可以尝试着生长。

佟语声跟在他身后，吴桥一就像是忘了身后还有个人一般，胡乱逛了起来。怕他丢下自己不管，佟语声连忙找了个话题："你好厉害啊，这么快就学会下棋了。我每天放学都来这边瞅一眼，十几年了也没学会。"

吴桥一没有理睬，只伸手盯着串串店门口的发财树，趁佟语声不注意，伸手薅下来一大把叶子。店里立刻传来一串叫骂声。佟语声加快步子带人逃离了案发现场，等拐出长街时，刚想喘口气，吴桥一又不知被什么吸引走了注意力，迈着步子走了过去。

看到他步伐突然加快，佟语声不得不叉着腰，轻轻地唤了一声："等等我，Joey。"

但吴桥一似乎又将一切屏蔽了，仿佛没有听见一般，沿着笔直的街道快步走去。直到他走到街口的岔路前，杂糅在一起的东南西北冲进视网膜，他才有些慌乱地回过头，去寻找被他丢在街尽头的佟语声。

走快了的佟语声才刚刚赶到街口，一手撑着墙壁喘着粗气。如果是温言书的话，那人估计已经从街头狂奔过来扶他，或者说从一开始就不可能走得这么快、把他丢在一边。但吴桥一就这样站在路口远远看着他自己摸过来，面上没有不耐烦，却也没有任何温柔或是关怀的神情。

他很清楚，吴桥一停下来等自己，也不过是因为不知道怎么走罢了。虽然佟语声从不会对吴桥一抱有过高的期待，但他还是忍不住借着将暗的天色，抬眼去看他的眼睛——那澄澈的湖蓝依旧是空荡荡的一片，装不进街景，也同样装不下任何一个人的存在。无情不似多情苦，佟语声心想，感情空缺对他来说，或许也是一种简单的幸运。

终于把边跑边玩的吴桥一送回家，吴雁看了眼嘴唇发紫的佟语声，赶忙请他进屋休息一番。佟语声看了眼这豪宅，踏进去之前还是有些怯怯地收回腿，只叫吴雁倒了杯水，站在门口把今晚的药给吃了。疯了一天的吴桥一大概是累坏了，回到家便把自己关回了房间，吴雁喊了他几声没反应，便开车又把佟语声送回家。

坐上车的时候，佟语声打开车窗，只觉得脑子嗡嗡地响。吴雁一路上断断续续跟他搭着话，大抵不过是替吴桥一道歉，希望可以得到佟语声的包容。

学校那边也算是勉强搞定了，校方说这次没有对同学造成实质性伤害，让吴桥一先回家反思几天，下周回来上学，如果再犯，就要严肃处理了。佟语声勉勉强强坐在车后应着，他发现人不舒服的时候，注意力真的很难聚拢。于是他也就原谅吴桥一了——他也是个病人，他也自顾不暇，不能对他要求太高。

回到家，奶奶早就收拾好桌子回去了。他软着腿走了两步，终于没忍住跑去卫生间咳嗽起来。因为有了些许预感，他咳的力度非常轻，但还是憋不住胸腔刺痛得难受。他边咳边喘，脑袋嗡嗡地疼，清醒后，腿已经没了力气，水池子里只有一摊血迹。

佟语声怔怔地看着那摊血，半晌才后知后觉，慌忙伸手拧开水龙头，漱掉口腔里的血腥气。他看着那血斑被冲成聚拢的一束，看着殷红变成淡淡的粉色，粉色被稀释成透明的漩涡，旋转着流进下水道。他伸手洗了把脸，心想着如果那些杂七杂八的病也可以这么轻松消失就好了。水龙头一拧，似乎方才这些根本没有存在过一样，呼啦啦就全散去了。

佟语声以前没有经常咯血，这一摊血迹显然让他有些慌了神。

他一边回想着医生叮嘱过的话，一边跑回房间找了点药吃，然后安静地平躺到床上去，调整呼吸。直到听到"吱呀"的开门声，他没抬头，直挺挺地喊了一声："爸！"

佟建松在门口换鞋，闻言也不敢有太大动作，问道："怎么了？"

"周末再带我回医院检查一下吧。"佟语声哀声道，"我可能没有在变好。"

第二天早上，佟语声没去上学。因为处理得及时，身体其实没多难受了，但他总觉得自己翻个身都是血腥味儿。

"心理作用。"姜红说，"我打电话问了医生，问题不大，你就是太怕死。"

佟语声躺在床上不敢动弹，吸口气都成了负担："我本来就怕死。"

姜红摸了摸他的脑袋，确认不发烧，才责备道："说了多少遍不要乱跑，作践自己的时候没见着多怕死。"

佟语声把脸蒙进被子里，不搭理人了。等他像老乌龟翻面一般艰难地侧过身，终于没忍住问："Joey今天怎么上学的？"

问完才想起来，这人还在居家反思期，根本不需要上学。再说人家妈妈也不路痴，一脚油门下去直接能把人精准送到座位上。这时佟语声才想明白，自己根本不是什么不可替代的存在。

佟语声请假在家休息的代价是巨大的，家里有人少上一天班，工资就能哗哗少好几百，佟语声的吃药钱可能就跟不上了，但他身边如果没个人照应，出了事必定更加麻烦。反复确认过不需要立即住院治疗之后，佟语声终于克服了心理障碍，慢腾腾地起床，自己跑去上学了。

"慢点走，没人催。"姜红无奈地道，"往人多的路走。"

言外之意是在路上晕过去，也不至于干巴巴地挺着没人发现。带着这样别致的嘱咐，佟语声憋着一口气，硬是自己撑到了学校。

半个上午没来，佟语声确实急坏了他的一众好友，一堆人嗡嗡围过来问他身体有没有大碍，热情得让佟语声有些发晕。佟语声别扭地把人支走，只留下个温言书。

温言书问："你还好吧？你一缺课，我就怕十天半个月见不着你了。"

佟语声摇摇头："没事，我周末去做个具体的检查，可能要换药了。"

温言书叹气："你说你这又没好全，干吗急着出院啊？"

佟语声有些无奈地笑起来："住院是要花钱的呀大哥。"

温言书虽然是单亲家庭，但他母亲在外面补课赚了不少，物质条件不差，有时候难免会发表一些"何不食肉糜"的言论。但两个人都清楚，佟语声拒绝住院的根本原因绝不是因为钱。半晌，佟语声终于叹口气，开口却是另一个话题："你周末有空吗？"

温言书不可能有空，他的课内外辅导班都排到了高考毕业，有空对他来说简直是无稽之谈。但听佟语声这一番话说起来，温言书还是忍不住问道："什么事？"

佟语声道："周六我去医院复查，我想带你看看为什么我不想住院。"

温言书有些心动了，但话还没说出口，就被对方抢了先。

"不过你妈肯定不允许。"佟语声拍拍温言书的肩膀，"当我没说好了。"

话一旦说了就不能撤回了，佟语声随口一提，倒是戳得温言书几堂课都心痒痒。放学后，实在憋得难受的温言书忍着紧张地敲了敲衡宁的桌子："衡宁？"

那人刚刷完题在订正，抬起头来，眼里公式的冰冷还没褪去："说。"

温言书下意识地抓住桌边，手指关节开始泛白："你想来我家补课吗？"

衡宁微微眯起了眼，没有着急开口。温言书看出他面上的谨慎，语速都因为紧张加快了起来："我妈在隔壁七中教数学，是省级优秀教师，其他科目的老师也认识很多，你晚上可以来我家做作业，等我妈忙完了她可以给我们做辅导……"

衡宁的指腹在笔杆子上来回轻轻摩擦着，看出了他的动摇，温言书赶紧趁热打铁："我妈就希望我多和你这样的好学生相处，我们俩一起学的话，她不会跟你收费的。"

衡宁手上的动作凝滞了片刻，才抬头问道："说吧，有什么条件？"

温言书深吸了一口气，道："我周末想陪佟佟去医院，你能不能帮我打个掩护？"

衡宁摘下眼镜，来来回回仔细擦了擦，道："我今晚回去考虑一下。"

高山流水遇知音

069

看着那人步履匆匆拎着书包离开的身影，温言书心里的紧张劲儿又被莫名其妙的嘀咕盖住了——摆在衡宁眼前的，可以说是天上掉了个大馅饼，一次掩护换来长期高质量的一对二补课，居然还这么犹犹豫豫的，温言书确实理解不来。他看着那人行色匆匆地消失在夕阳下，想起佟语声说过，衡宁就住他家附近，但他每晚却又往相反的方向跑去。

真是个怪人啊，温言书心想。他加快步子往家里跑去，漆黑的影子被夕阳拉得斜长。一直等那乌黑的一片与月色相接，街对面快餐店的少年才换下员工服，匆匆踏入鹅黄色的灯光里。衡宁到家时已经快十一点了，他想尽可能悄声推开门，但那年久失修的木栓还是发出了"吱呀"一声长响。一阵难耐的翻身声后，床榻上卧着的男子又爆发出一阵惊天动地的咳嗽。衡宁放下书包，娴熟地倒了杯热水送到男人床头。

"有时间我把门闩修一下。"衡宁轻声说着。

这间房子哪怕是在野水湾，都显得破旧得有些突兀，房内是个完整单一的空间，只是用布帘子勉强划出了不同的功能区。一切都窘迫地挨在一起，就像病痛和贫困，也像男人柴瘦的皮肉与骨架，永远湿漉漉地粘黏在一起。

衡宁快速洗漱完，又快速洗好衣服做完家务，这才回到窄小却整洁的小房间，打开台灯，摊开书本。他埋着头学了一会儿，耳边没有响起熟悉的梦呓，放下笔回头，那男人果然在床头远远地看着他。

因为干瘦，男人的眼珠有些暴凸，开口的声音像是在沸水里滚过，带着一串串湿热的气泡："你有啥子心事哟……"

衡宁和他对视了片刻，终于忍不住放下笔。他搬了个小板凳坐到床头，却迟迟没有抬头去看男人的脸："爸……我想暂时把打工那边停一停……"

说到这里，他的声音明显弱了下去。男人有些忧虑地握住他的手："怎么了？有人欺负你？"

衡宁笑了起来，摇摇头，半晌才犹豫道："我同桌的妈妈是七中有名的数学老师，他说可以给我提供免费补课的机会。"

话说了一半，他便有些难耐地将脸埋进掌心。参与补课意味着什么他再清楚不过——没有时间打零工，家里的重要经济来源直接被切断，本来就拮据的日子必定会更加捉襟见肘。但他看了眼书桌上的课本，想起桌面玻璃下压着的京大的明信片，还是深吸了一口气。

"爸爸，我不想错过这个机会。"他说。

周六清早，温言书如约赶到医院门口，他带上了自家的卡片机，还有一堆笔纸，装备十分齐全。

"温记者。"佟语声只觉得惊奇，"你这样子像是要去做采访。"

温言书摆弄着相机，说："我想把所见所闻记下来，如果我不幸被我妈捉住了，我可以说我是来提取作文素材的。"

好端端一孩子，硬是被亲妈给逼成了地下工作者，佟语声只能表达同情。

周末清早的医院总是人满为患，热热闹闹的门诊大楼里，稍一分神，就能和同行的人走散了。挂号处的长队里，一对夫妻面色焦灼，妻子怀里抱着啼哭的新生婴儿，一边唱着跑调的童谣，一边拿小扇子给襁褓扇风。身后，一位面色苍白的女生扶着腰站在队末，她孤零零弯着腰，手里拎着大包小包的药和行李，更显得她单薄异常。

"来，麻烦让一让！"一阵呼啸声后，三五个白大褂推着一台担架车从人群中疾驰而过，身后传来一阵断断续续的痛哭声。

温言书下意识地往后退了一步，紧紧握着卡片机，给那远去的残影和攒动的人头拍了几张照片。只踏进这生门不过两分钟，眼前人便演着各自的"电影"，在同一个世界演着不同的酸甜苦辣。温言书站在潮水一般的人群中，只勉强跟着佟语声的步子。

因为自家老妈忌讳，温言书感冒发烧要么自己在家挺着，再不兴就去社区的小门诊，几乎没怎么去过市里的大医院。这热闹纷繁的开场白，让他有一瞬间的怅然。

"快来。"犹豫时，佟语声抓住他的手腕，带他取号上楼。这人在宛如迷宫的医院里来去自如，熟练得仿佛天生是扎根在这里的一棵绿植。佟语声擅长并且乐于社交，他们穿过人潮涌动的厅堂，不停有眼熟的医护来跟他打招呼。

"佟佟,不是说好了再也不回来了吗?"二楼门口的保洁阿姨一看他,眉头皱了起来。

佟语声在医院倒是比在学校坦诚许多,一听这话,嘴角一撇:"周阿姨,怪我不争气——我争取这次不回来住院。"

周阿姨轻轻拍了一下他的肩膀,没再说话,收起拖把放他们通行了。佟语声已经提前一天做好了核磁共振和检查,还拍了胸片又去拿了检查结果,兜兜转转好几圈,才来到诊室门口。温言书已经有些晕乎了,刚要陪佟语声进诊室,就被那人按在了门口的长椅上。

"这里我一个人去就好。"佟语声说。

推开门,穿着白大褂的爷爷就跟他打了个招呼:"佟佟啊。"

佟语声似乎有些惭愧,低下头,默默把检查结果一项一项拿出来摆在桌子上。

佟语声叹气道:"我没照顾好自己。"

各项结果显示,佟语声的病情确实有加重的趋势,但医生的话给了他定心丸:"这属于正常的病情发展,不用太担心,出院之后你精气神好了不少,证明你确实不需要住院治疗。"

佟语声的眼睛亮了。接着,医生又说:"调整药物的事情你父母和你商量好了没有?相比起之前的药,这个药确实效果要更好、更适合你一些。"

一听到这里,佟语声刚刚上扬起来的情绪又凝在半空:"一定……一定要换那种吗?还有没有别的便宜的可以代替?"

医生似乎猜到了他的顾虑,俯下身子对他说:"药物是根据你的病情安排的,佟佟,你不要想太多,身体健康才是第一位的。"

佟语声其实早就和父母达成了共识,毕竟新药要比原先服用的药物效果好上太多,但同样的,价格也是高得让人瞠目结舌。佟语声心里难受却又别无他法,只硬着头皮把医嘱听完,匆匆推开门去。

一开门,温言书正拿着笔纸速记,看到佟语声来了,立刻起身:"去拿药吗?"

佟语声含糊地"嗯"了一声，快步走去药房排队。拿药的时候，他甚至不敢抬头去算价格，只匆匆把带来的现金一股脑交上去，拿到的药物和找回的零钱却少得可怜。药拿到其实就差不多可以结束了，但是佟语声的保留项目还没有拿出来。他朝温言书招招手，拎着那昂贵的药走进梧桐大道中："来，带你去住院部，我曾经生活过无数个日夜的地方。"

住院楼在门诊楼的后方，没有正对着马路，幽幽藏在曲折的林荫道后，把那人声鼎沸的场景也一同抹了去。高高的大楼有十几层，密密麻麻的窗口像是一张张拼命呼吸的气口，迸发着艰涩的生气。

门口花坛边，肤色黝黑的农民工蹲在地上，吃着医院附近最便宜的早饭，身侧一个老人推着轮椅缓缓经过，上面坐着的年轻人全身绑满了绷带。这里的情绪不如门诊楼的那般大开大合，似乎人人都带着一丝认命的无奈感，却又都是因为不认命，而选择踏入了这扇门。

"生老病死，世态炎凉，悲欢离合，阴晴圆缺。"

佟语声微微扬起嘴角，伸手推开那扇无数次迎接他的玻璃门："欢迎来到'小人间'。"

第四章

我是人间惆怅客

小人间。

踏进这里的一瞬间，温言书就被这带着酒精味的冷气逼出了个寒战。这里的采光十分一般，大清早就亮起了白色的顶灯，空气在这样的空间里似乎并不会流动。

呼吸困难。温言书下意识地拉住了佟语声的衣摆，那人只是笑笑，径直按开电梯，带他去了九楼——呼吸与危重症医学科。病房不如他想得那般清冷，走道上尽是挂着吊水瓶的人，一排排加在病房外的病床，把走廊仅有的狭长空间切割得七零八落。

佟语声说："我以前住在最里面的那间病房，每次回来，都要走这样一条很长的路。"

只刚往里探了半个身子，此起彼伏的咳嗽声、喘息声、湿啰音和病痛的呻吟，便纠缠在一起涌了过来。这样的声音让温言书产生了一些可怕的联想，他下意识地屏息，不太敢往里走。

"没事，住在这里的都不是传染病患者。"佟语声笑起来，"但是晚上很吵，大家谁也睡不安生就是了。"

一段时间没回来，病房里又多了些陌生的面孔，佟语一边声弯着眼和他们打招呼，一边侧身轻轻敲响前侧的一扇门。应声开门的，是一个面容憔悴的女人，女人年纪不大，但整个精神状态已经差到了极点，不仔细看，甚至会误以为是个年近五十的中年人。

"佟佟，"看到来人，女人的表情短暂回了春，"你怎回来了？"

佟语声笑起来："我没事，回来拿药，顺便上来看看妮妮。"

一听到佟语声的声音，病房里立刻传来一声兴奋却又虚弱的叫声："佟佟哥哥！"

温言书忙跟着佟语声跑到病床前。偌大的病床上，一个干瘦的小孩儿正躺在被子里，头发被剃得很短，看不出是男孩还是女孩。那小孩儿脸上罩着呼吸面罩，一呼一吸都化成蒙蒙的白雾，遮住了她的五官，却又挡不住她眼里泛着亮晶晶的光。佟语声伸手将她额前的刘海拨到一边，表情却明显凝重下来，显然是病情加重了。

妮妮伸手握住了佟语声的手指，从嗓子眼里挤出来一句气若游丝的话："我好着急，我也想出院，我想吃火锅。"

女人的眼泪瞬间流了满面，她俯身亲吻着女孩的额头，却没忍住，打湿了她的脸颊。妮妮伸手抚干女人的泪水，蔫蔫地道："妈妈又哭，我都不哭。"

女人便彻底压抑不住哭声了。去年，妮妮爸爸所在的工厂发生了一起生产事故，化学原料泄漏导致大批员工肺部受损。妮妮的爸爸在事发后一周便去世了，妮妮当时在工棚里做作业，虽然离事发地较远，但吸入有害气体后，也出现了不可逆转的肺纤维化。

"医生说快不行了……"妮妮妈妈在病房外，压抑不住哭得抽搐，"我明明想尽一切办法了，但是她的呼吸，就是一天比一天微弱……"

佟语声叹了一口气，只从口袋里掏出一只叠好的千纸鹤，轻轻塞到女人的手里。他也已经买不起任何贵重的礼物了。再往前的一间病房里，曾经熟悉的面孔不见了，换了一张陌生木讷的脸。

护工见了佟佟，出来跟他聊天："48床的老曾，前两天没了。"

佟语声似乎不太意外，但表情还是肉眼可见地失落下去。48床的老曾是个五十多岁的中年男子，在矿上干了十年，一朝被检查出尘肺病。佟语声还在住院的时候，老曾是整个楼层最幸运的人——找到了合适的肺源，只要移植手术成功，就能重新拥抱正常人的健康人生。

"我出院之前,他已经做完手术了。"佟语声对温言书说,"据说他的两个肺取出来全是黑的,比正常人大一圈。"

"应该是术后感染吧。"佟语声道,"移植手术最难过的一关,他还是没挺过去。"

温言书一路听着,只觉得压抑得后舌根发酸,匆匆跑去走廊尽头用冷水冲了把脸。这些让他喘不过气来的故事,每天都在佟语声的身边上演,他枕着微弱的呼吸入眠,又听着压抑的哭声醒来。

"呼吸对你们来说,是平常到可以忽略不计的东西。"佟语声轻轻抚着走廊尽头那蓝色的空氧气罐,"但对于我们来说,我们需要克服病痛、花费金钱、忍受折磨,才能勉强换来以分秒为计量单位的氧气。"

"死亡在这里再常见不过了,再后来搬进来的人,我会尽可能避免和他们交往——因为虽然经历过无数次了,但是和熟悉的朋友分别,依旧是十分痛苦的事情。"

"这里也有短暂住上十天半个月就离开的人。"佟语声说,"看着他们住下没多久就走了,出了门就健康了,我也好羡慕。"

"我看着和我相同的人死去会惶恐,看着比我幸运的人康复会羡慕,你知道的,我也不是没想过要放弃。"

佟语声卷起袖子,将那道长疤暴露在苍白的灯光下,长长的伤疤落在温言书的视线里:"如果可以,我希望一辈子都不要回来了。"

医院就是这么一个奇妙的地方——你永远不知道推开那扇门之后,迎接你的是生还是死,是喜还是悲。这里是一部分人的救赎,也同样是另一部分人的噩梦。

新生儿产房和心内科在同一层,向左是生机勃勃的啼哭,向右却是生死未卜的哀鸣。每天有人在这里笑脸相迎新的生命,也有人在这里与心爱之人永别。人生一世,草木一秋。从诞生、孕育再到迟暮与死亡,人的一生便也就凝成一个个片段,同时上演在不同人的生活中。

茶水间,两个病人家属因为倒开水的事情争吵起来,佟语声与其中一人相熟,借着打招呼的契机将两人分开。佟语声刚一转身,对方那位中年女子便握着空荡荡的茶杯，站在原地无措地号啕大哭起来。

护士们纷纷跑出病房来安慰，女人顺势坐到地上，反复呢喃着"为什么所有人都针对我"——病痛折磨的永远不只是病人。

温言书难过得不敢回头，佟语声只笑着拍拍他的肩膀，开玩笑道："我是不是不该带你来，晚上得做噩梦了。"

温言书想开口说些什么，却发现喉咙被堵住了。他朝那长长的走廊尽头举起相机——那一个个落寞的、佝偻的、疲惫的背影，穿插交叠在昏暗的灯光下，刻进了相机的胶卷里。下了楼，温暖的阳光洒在林荫道上，与那道玻璃门内的凉气和阴暗泾渭分明。膝盖僵硬地走了几步，温言书被冰冻住的思维终于缓缓疏解开来，他有些讷讷地开口："佟佟，希望你好好的。"

佟语声伸手摸了一把他的脑袋，没说什么，只朝前慢悠悠地大步走去。

"我没想到你今天真的能出来。"佟语声岔开话题道，"我以为衡宁不会配合你干这种'坏事'。"

"具体方案还是他出的，你敢信？"温言书终于笑起来，"这人挺靠谱，就是念书太拼了，连带着我的任务量也跟着激增。"

佟语声咯咯笑起来。温言书给了这幸灾乐祸的家伙轻轻一巴掌。

两个人边聊边闹着走到梧桐大道下，金黄的叶子倚着秋风闪着稀稀朗朗的光斑，给病恹恹的空气带来了一丝阳光的香气。佟语声抬头看着天，忽然回想起什么来："我和吴桥一第一次见面就是在这里，我给了他一片叶子。"

温言书也跟着抬起头。佟语声的眼底划过一汪纯净的湖蓝，他忽然想起好几日没见吴桥一了，也不知他现在怎么样。于是他近乎自言自语道："当时我跟他说了两句话，他妈妈就远远喊了一声'Joey'……"

佟语声的脑子里回想着那天的场景，那个少年就这样捏着那片红叶子站在他的面前，女人的声音从远方传来："Joey！"

就是这样的女声，佟语声心想，只是情绪没这么焦虑……正想到一半，他看见温言书的脸上露出一丝惊悚，接着，门诊部大门外的救护车上抬下一辆担架车来。

"Joey！"那声音再一次响起，佟语声才意识到不是自己的记忆串了台。

担架车后，吴雁有些趔趄地跟在一群"白大褂"之后，一遍一遍呼唤着吴桥一的名字。佟语声只看了一眼，只觉得心脏一揪，立刻跟了过去。担架上，吴桥一面色苍白地仰面躺着，整个人无奈又疲惫。几天的禁闭让吴桥一彻底陷入了抑郁情绪。日历上保持了好几天的面无表情，逐渐被一张比一张下撇的嘴角替代，本来还间歇性地愿意起来发发脾气，结果从第二天早晨开始，他就直挺挺地躺在床上，不愿出门也不肯吱声。

吴雁发现了他的情绪苗头，立刻采取了预防措施。此时吴桥一被送进去救治，吴雁满脸疲倦。直到佟语声在温言书搀扶下喘着气走过来，她才勉强回过头来："佟佟？"

佟语声焦急地道："他怎么了？有事吗？"

吴雁对医院的处理似乎已经相当熟稔了，只摇摇头道："不会有生命危险，算是在闹脾气吧。"

佟语声听到没有生命危险，便松了口气，一边扶着温言书的手臂，一边缓缓坐在椅子上。吴雁也跟着两个孩子一起坐在长椅上，她疲惫地捏着眉心。她想起七岁时第一次被抢救过来的吴桥一，躺在病床上问她："为什么同学们都不和我玩？"

他无法理解正常人的情绪，因此遭受过排挤、辱骂和欺凌。但他同样因为人际交往障碍无数次半夜惊醒、寝食难安。接着，神经衰弱、睡眠障碍、焦虑和抑郁又都打包送到了他的身边。他的房间时常在半夜突然爆发出巨大的声响，吴雁便悄悄等动静消失，等他一遍遍闹累了，才打着地铺，在他房间睡下。他看上去四肢健全、无病无灾，但他就像是个封闭的蜂箱，每天只能任由糟糕的情绪在体内嗡嗡地打转。

这次闹剧的发生，吴雁从他被迫遭返回家关禁闭时便早有预料。他虽然不会觉得自己做错了什么，但他清楚被人围观议论并不好受，他也知道，自己不去上学和勒令不允许上学，是完全不同的。

"Joey他看上去虽然情感淡漠，但他其实是个对孤独特别敏感的孩子。"吴雁说。

佟语声觉得,他似乎可以理解吴桥一的"敏感"。他看了眼自己手中的黑色塑料袋,又下意识地握紧了袋口。生病的小孩都是敏感的,没有人比他更懂吴桥一了。治疗室里传来非常凄惨的声音,里面的人好似肝肠寸断一般。温言书听得面色发白,一言不发地攥着拳头,半响才猛地抬头看向墙壁上的挂钟,惊觉自己逗留的时间太久了。吴雁连忙起身送他走,两人互相道了几句客气话,才匆匆分别了。

"摁住他!"

身后的房间里,喧哗声伴随着吴桥一绝望的哭腔,在走廊上卷起叫人心焦的氛围。这是佟语声第一次听到吴桥一哭,单纯地因为生理上的疼痛而哭号。他原来也是有痛感的,佟语声产生了这样荒谬的感叹。比几个世纪还长的半个小时过去,治疗室里恢复了平静,吴桥一宛如一具死尸,侧躺着被推了出来。

医生扬了扬被他踢青的胳膊,感叹道:"小伙子,劲儿挺大。"

吴雁赶紧鞠躬给人连连赔了不是。佟语声看那人被推出来,立刻趴到病床前,轻轻唤他:"Joey?"

那人没有反应,佟语声差点以为他死了,忙不迭伸手去探他的鼻息,对方才疲倦地动了动眼珠,看向他的手指。

佟语声问:"疼吗?难不难受?"

闻言,吴桥一长长地叹了口气,像是个被针扎破的气球,几乎要整个瘪下去,看来是累坏了。佟语声没着急走,只跟在吴雁身边听着医嘱。

吴雁一面应和着,一面无措地低头摆弄着手指上的戒指。

"不过他身体素质不错,我们五个人才给他按住了,等他好了可以考虑培养成运动员。"末了,医生开玩笑道。

吴雁终于露出了个苍白的笑脸,转身去办住院的手续了。佟语声回到病房,发现吴桥一趁他们走了,竟自己跑下床洗了脸,还换了一身干净的病号服。还挺讲究,佟语声笑起来。看他进来,那蓝色的目光瞥来一寸,那人又匆匆钻回被子里,拧着眉,装作无事发生。

"你身体素质真不错。"佟语声笑起来,"我也没敢像你这样,就是怕身子遭罪。"

接着,他补充道:"不过还挺幸运的,现在感觉活着其实还可以。"

吴桥一充满戒备的神色渐渐放松下来。说到底,死亡对他们来说是一件隐秘的事情,没有人希望被人看见自己狼狈不堪的样子。果然,同病相怜远比任何隔岸观火的安慰来得有效。

看他表情逐渐松弛,佟语声坐到对面的空床上,跟他聊起来:"我之前住院就是在这里,今天刚带温言书去看了我以前的病房,把他都快吓哭了。"

吴桥一又开始听不进别人说话了,他目光还有些涣散,手就开始伸向病床边的铁栏杆,一下一下抠着快掉落的铁皮。佟语声晃荡着双腿,半晌觉得自己打扰了他,便跳下床:"要不我先回去。"

吴桥一骤然收回目光,怔怔地看着他。两个人沉默地对视了两秒,吴桥一便突然皱起眉,手揪着枕头,半蜷缩着身体,焦虑地喘息起来。佟语声想起吴雁说的,这人对孤独十分敏感,自己的离开怕不是又让他觉得被抛弃了,便赶忙拉了个板凳坐到他床头。

"不走了不走了。"佟语声像哄小孩儿似的伸手摸摸他的脑袋。

于是,吴桥一的呼吸就这么平缓下来。看他情绪逐渐稳定,佟语声便拿起床头的小扇子替他扇风。佟语声说:"Joey,我有时候真的好羡慕你。"

吴桥一轻轻抬起眼,有些恍惚地看着他。

佟语声说:"你看你身体这么健康,你出了院就还可以活蹦乱跳,你想活多久就活多久,你的命都握在你自己的手里。"

吴桥一不知有没有听进他的话,目光落在了佟语声撑在床边的手。佟语声低头看了一眼,嘴里的话也不知在说给谁听:"我最近一次住院其实是因为着凉胃不舒服,吐了三次之后就晕倒了,在医院捡了条命回来,结果一躺就是一整个暑假。"

"Joey。"佟语声又唤了他一声。

吴桥一拧着眉回头看他,似乎有些焦躁。佟语声轻轻开口,语气里还带着些恳求："不要糟蹋身体了好不好，不健康是很痛苦的。"

"你不开心的时候可以来找我啊。"佟语声的声音在他脑海里荡漾开来，"我觉得我可以理解你。"

吴桥一的耳朵还有些嗡嗡的，忽然想起这人算是他的病友。因为他们"同病"，所以他们可以"相怜"，确实也是难能可贵的缘分。

然后佟语声说："我们可以一起玩飞花令之类的，毕竟我们是知音啊。"

忍了许久喉部不适的吴桥一终于忍不住咳了出来，他看着那人闭上嘴安慰他，任由自己的眼泪宛如泄洪一般往下掉——这样就不用再提飞花令这一茬了吧，他痛苦地想着。咳完后，吴雁终于宛若天降救星一般降临，还顺手给佟语声削了个苹果梨。吴桥一就眼巴巴望着那鲜嫩多汁的苹果梨，忍不住咽了咽口水。佟语声伸手，把那梨凑到他鼻尖晃晃，趁他伸出舌尖想舔，又立刻收了回去。

"不行。"佟语声一本正经地教育道，"懂了吗？身体是革命的本钱。"

吴桥一那一小截舌尖在空气里晾了好久，眼看着都快风干了，这才悻悻收了回去。生气了。趁他扭过头闹脾气，吴雁赶忙给佟语声使眼色，佟语声跟着她悄悄来到走廊。

看吴雁开口有些犹豫，佟语声主动问道："阿姨，有什么事吗？"

"阿姨有个不情之请，如果你觉得不合适也不必勉强。"吴雁有些为难地说，"你也能感受得到，Joey一个人待着，状态真的不好。"

"我想，正好你在家父母照顾你也不太方便，要不这段时间你来我家，我来照顾你们俩的生活起居，你和Joey互相陪伴有个照应，你……觉得可以吗？"

听闻吴雁的话，佟语声先是眼前一亮，接着也难免有些顾虑道："阿姨，我有点怕给您添麻烦……"

他的日常起居是真的麻烦，要定时吃药吸氧，饮食也有很多讲究，还得定时监控血氧体重，他真的怕吴雁照顾不来。吴雁应该看出他真的想来，连忙道："佟佟，这方面你不需要有什么顾虑，我之前为了Joey特意考过护理资格证，会照顾好你的。"

吴雁看他满脸动摇，说："总比你每天一个人上学放学好，在学校可真没人照顾你。"

佟语声便彻底屈服了，一个人上学对他来说真的太折磨了。给爸妈打了两三个电话，一而再再而三保证不会出事之后，终于得到了口头批准。佟建松说下班回去帮他收拾行李，姜红说记得给人拎一篮子水果带去，一家人显然都期盼着，却又因为怕麻烦吴雁而感觉到不好意思。趁着吴雁还在电话里跟家人客套，佟语声兴冲冲跑回病房，这才想起还没经过吴桥一的允许。

于是他小心翼翼趴到床头，斟酌措辞："Joey，这段时间我到你家住，可以吗？"

吴桥一原本正心不在焉地抠着床边的标签，闻言骤地抬起头，看向佟语声。两个人就这样意义不明地对视着，先败下阵来的是佟语声，他撤回目光，小声道："不可以就算了……"

吴桥一这才火急火燎地开口："可以。"

佟语声瞬间弯眼笑起来。他怎么能不清楚这人想让他陪着，但自己偏偏就是想听他亲口说出来罢了。末了，还要装腔作势地逗逗他："吴桥一同学，我们马上就要住在一起了，请问你现在的心情可以用什么诗句形容？"

吴桥一一听要考诗句，立马紧张得手脚蜷缩起来，但佟语声偏就爱在这个时候装傻，月牙似的眼就弯弯朝他笑着。终于，吴桥一挠着凝固的大脑，从不知什么时候看过的言情电视剧里找出那么一句台词来："……百年修得同船渡？"

佟语声手里的苹果梨一个没握紧，滚到病床那端去了："Joey，不懂装懂是搞学问的大忌。"

但吴桥一却只管着自己完成任务，思绪又飘飘然不知所终了。

吴桥一的身体素质好得叫人害怕，医生本意是至少住院观察两天，但这人当天晚上就跑下床，甚至不知在哪儿找了个足球，在院子里踢起来。他的身手还挺不错，足球在他足尖上飞来跃去，就像是会听话似的，乖巧灵动。佟语声远远站在旁边看着，那人不会顾及他的情绪，只低头专心玩自己的。他有些庆幸吴桥一不会把球踢到自己脚边,让自己和他一起踢。抬抬脚的动作对他来说不至于构成威胁,但一旦勾起他对于运动的念想,他就会忍不住想尝试更多。

吴桥一把足球玩出了花,从最开始的颠球,逐渐开始精准扫射院子里的石墩子,再然后一脚射中那棵老梧桐树,一堆晚归的麻雀被惊得叽叽喳喳乱叫,金黄的叶片在月光下纷纷洒落下来。终于,在野猫都被吓得乱蹿的动静下,住在一楼的大爷再也忍不住,探出身子嚷嚷着要拿拐杖敲他脑壳。

吴桥一抬脚就要把球往窗子里踢,被佟语声一把揪住了。毕竟医院是养病患的,不是用来养拆迁队的,闻讯赶来的医生匆匆把他捉了回去,翻来覆去检查一遍,终于答应放他回家了。两人被吴雁两两塞进了车后座,佟语声便晃着腿去看窗外。吴桥一正躁动不安地反复开关窗,一时间,两个人又陷入了沉默。

不知道为什么,佟语声在吴雁眼皮子底下,就不太好意思放开了和吴桥一说话。明明平时也不会聊什么见不得人的事情。一路胡思乱想终于熬到了吴桥一家,又是那栋熟悉得压得他喘不过气的大别墅,只是这会儿佟建松和姜红提着大包小包在外面等着,平时显得有些冷清的前院亮起了一丝热闹的"光"。

两方家长一见面,便迫不及待地客套起来,姜红提着一个精致的果篮和佟语声平时吃的药,佟建松则拖着那台重重的制氧机。他们一家的穿着打扮,出现在这片街区,就显得有些太寒酸了。尽管姜红把每个人的衣领都熨得笔直,但夜色也遮不住反复晒洗留下来的褪色痕迹。

穷,是遮也遮不住的。吴雁上楼去送东西,佟语声则有些窘迫地站在父母身边,他不敢抬头去看他们的脸色——他觉得自己有愧于他们。佟建松也显然被富人家的陈设吸引了,他抬头看着这房子,又回头看看那车,毫不避讳地夸着房型地段和车辆款式。姜红怕佟语声想多,给佟建松使了好几个眼色,佟建松却一把捞过佟语声的脑袋揉了揉。佟语声莫名其妙觉得好受了许多——这是他们父子之间独有的默契,他懂这是佟建松笨拙的体谅和安慰,有些事情,藏着掖着对他来说,不如拿到台面上来得舒坦。

终于安顿好了,佟语声转身进了别墅。

他已经做好了接受视觉冲击的心理准备,但真走进厅堂,却发现这家也是接地气得让他没有半分距离感。家具装饰应该都是不错的牌子,但是桌面上却乱乱的,有随手放上去的采购用的布袋子,还有开了口胡乱摆放的零食。墙壁上挂着的是佟语声鲜少见过的液晶电视,和家里那台大屁股电视机不同,它薄薄一层挂在墙上,屏幕右上角却有一小块蜘蛛网大小的裂痕,估计又是被吴桥一随手打裂的。

他忽然觉得有些好笑,那一点点对有钱人的幻想,都被这久远的一拳砸了个稀碎。

到了吴桥一的房间门口,就听到里面传来稀里哗啦的动静,佟语声怕他出事,慌忙探头去看,结果门"嘭"地一下从里面关上了。佟语声愣在门口,一时不知道该如何反应,只傻傻站着,听着里面传来收拾桌椅床铺的声音。好半天,那人终于"哗"地拉开门——被子被勉强叠成了块状,桌上的东西被一股脑儿塞进抽屉,连口都没来得及合上,一边蔫了的吊兰叶子还手足无措地晃动着。

一切都很凌乱,但凌乱中能看出极致的努力。佟语声笑起来——原来刚刚那人惶惶不安的,是在加急收拾房间呢。此时,门内的吴桥一满脸冷漠,仿佛没事儿人一样让他进来。

他拍拍自己的床,严肃道:"你睡这里。"

整个卧室只有一张单人床,绝对塞不下两个人。佟语声愣在原地没反应过来,就看到吴桥一又把他拉到了床另一头的过道处:"我睡这儿。"

佟语声低头一看,地上早已经打好了地铺,便立刻反应过来:"那怎么好意思?"

吴桥一倒是一副理所当然的样子:"你身体不好。"

吴桥一说得没错,佟语声的身子娇贵得很,千万要避免着凉,也经不得跟人挤,自然是要睡在床上的。但是因为自己就要把吴桥一挤去打地铺,他也确实十分愧疚。但吴桥一却真诚地说:"我喜欢睡地上,可以打滚。"

佟语声惊讶地吸了一口气，但是想到这人是吴桥一，想到他从不会说谎，便又不得不接受了——或许这人是真的喜欢睡地上。

佟语声犹豫了一下，又环顾起整个房间来——吴桥一的房间虽然乱，但整体意外得很干净，空气中弥漫着一股淡淡的草本香，让人实在讨厌不起来。看佟语声干站在原地，吴桥一伸手把他摁倒床边坐下，接着思索了一番，从柜子里找出一只缺胳膊断腿的泰迪熊，动作强硬地塞到他的怀里，独特的待客之道。佟语声笑起来："谢谢你！"

吴桥一不知是装作没听见，还是又走了神，转身去衣柜里翻找洗澡用的换洗衣服了。他们家的每个房间都有一个独立的浴室，佟语声瞥了一眼一声不吭找衣服的吴桥一，又瞥了一眼浴室的大门，脑子里闪过洗澡对于自己的危险性，居然有些紧张起来。

吴桥一先是翻翻找找，又掏出一套叠好的长袖睡衣、三条没用过的新毛巾放在佟语声身边。意外的还挺会照顾人。佟语声把睡衣放在腿上，刚抬起头，面前的吴桥一便背对着他，哗地脱掉了上衣，冲进浴室里了。佟语声发愣的工夫，浴室里已经响起哗哗的水声来了，他听了会儿水声，心不在焉地玩起了手里"残疾"的泰迪熊。这还是他第一次在家以外的地方洗澡，他想，一定要把水温调低些，洗澡的速度要快一些，他可不想自己头一次在外面过夜，就以晕倒在浴室给人家添个大麻烦而告终。

吴桥一洗澡很快，还没等佟语声做好心理准备，他便吱呀一声推开门，穿着一身整齐的白T恤和睡裤，单手拿毛巾擦着头发走了出来。

尽管他穿得整齐，但在这透亮的灯光下，佟语声还是能清楚地看到——他全身上下都带着勤于锻炼的年轻人独有的张力，一种自己不敢奢望拥有的张力。他一定是那种可以在操场上肆意奔跑的人，一个健康的、有活力的、真正年轻的人。而不是像自己这样，连睡觉、洗澡都要额外注意的病秧子。

轮到自己洗澡了，佟语声拿起睡衣起身，走进浴室时，有些不太好意思地说："我得开个门缝。"

那人没回答，也不知道听没听见。就在水温刚刚调好的时候，浴室外，吴桥一突然喊了一声："佟语声。"

因为门没关紧，这声音近得像是从他背后传来，佟语声吓了一跳，手里的花洒险些直接掉到地上。

"嗯……"确定对方没进来，他赶忙支支吾吾应了一声，"怎……怎么了？"

之后门外便没了动静。佟语声紧张地攥着花洒，一直等他发话。

约莫过了三十秒，吴桥一又喊了一声："佟语声。"

佟语声被他搞得又慌又怕，连忙应道："什么事？"

依旧没有动静。

又过了半分钟，这人精确得像是个电子秒表，重复道："佟语声。"

这回佟语声似乎想明白了——应当是家里人嘱咐过，洗澡的时候得多多留意他的情况，隔一段时间就得确认他还有意识，所以吴桥一便"兢兢业业"地实施起来。

佟语声笑起来，积极应起来："到！"

就这样一来一回了五六下，佟语声终于洗完了这场"战斗澡"。

等佟语声走出来时，吴桥一刚好擦完头发，整个人湿漉漉的。他上下打量了佟语声一眼，然后伸手拿起一边的干毛巾，裹在佟语声的脑袋上，一下一下地擦拭起来。也不知道是不是家里人叮嘱他这么做的，佟语声悄悄想着。

擦干了头发，佟语声还是觉得憋闷得有些不舒服，便拿过制氧机吸起氧来。吴桥一似乎对这个大块头机器很感兴趣，蹲在床沿边端详了半晌，完全没有平时半分钟都无法专注的样子。佟语声看他感兴趣，就隔空指着给他介绍，哪里是输氧管，哪里是湿化杯，哪里要接出氧口，哪里要定时清洗。吴桥一也不知道听没听进去，一直这样盯着。

"其实这个机器冬天用会很麻烦。"佟语声的声音在氧气面罩里闷闷的，"去年冬天一个晚上，它突然就罢工了，我还以为它坏掉了，结果一看，是杯子里的水给冻住了。"

吴桥一抬眼看了看佟语声。

"渝市的冬天很少有零下的时候，去年算个例外。"佟语声说，"那种温度对我来说太难熬了。"

吴桥一闻言，默默起身，关掉了地上那台被他砸破了洞的移动小空调。佟语声又咯咯乐起来。

看一眼时间，已经不早了，佟语声小心翼翼躺到吴桥一的床上，那人便也就大刺刺躺到了地铺上。佟语声的愧疚之心又升起来了，小心翼翼地探头问道："你睡地上真没事儿吗？"

吴桥一便在地上打了个滚，似乎是想展示自己的自由："爽。"

佟语声不太能共情他的爱好，下意识地攥了攥拳头，小声说："晚安。"跑了一天，洗完澡他就觉得有些气短，白天这种程度不会给他带来多少影响，晚上却会严重影响他的睡眠。他干瞪着眼，看床边的制氧机在陌生房间里运转。

但他不知道的是，床下的吴桥一也正对着窗外的月亮干瞪眼。精神衰弱本来就让他有睡眠障碍，佟语声的呼吸声和制氧机轻微运转的声音更让他清醒异常。吴桥一木木地扫视着房里的一片狼藉，此时却安静得像一只鹌鹑，无奈地面对着月光侧躺着叹气。

不知过了多久，吴桥一终于率先忍不住了。他悄悄掀开那薄被子，蹑手蹑脚地坐起来，抓起床头那本催眠宝典《花间集》，小心翼翼地慢慢调亮床头灯。看着那一排排汉字，吴桥一燃起了希望——自己离睡眠应当不远了。结果，他刚刚翻开一页，一边憋了半宿不敢说话的佟语声便噌噌地爬起来。

"早说啊，原来你也没睡着。"佟语声的声音有些微弱，"我胳膊麻了都没敢翻身，怕吵醒你。"

吴桥一见状，第一反应是赶紧把手头那本书藏起来。结果还是被人抓了个正着。

"我的天。"佟语声小小地惊呼了一声，"你这么喜欢古诗词啊？"

吴桥一看着佟语声饱含惊喜的目光，伸出手合上了他的眼皮。佟语声眼前黑上加黑，但却挡不住他逐渐变本加厉的兴奋："既然你也睡不着，那我们不如玩飞……"

"飞行棋。"吴桥一抢先一步说。趁佟语声还没反应过来，吴桥一

我是人间惆怅客

火速起身开灯，把书塞进抽屉里，然后又掏出一盒飞行棋，强硬地摆到床上。佟语声盘起腿，扶了扶氧气面罩："我不是很会。"

吴桥一看了他一眼，然后又转身又掏出一盒："围棋。"

那就更不会了。佟语声话还没说出口，那人便不由分说把棋盘给摆开了。他盘坐在地上，把黑子摆在自己面前，把白子推到佟语声的腿边，然后自顾自地在棋盘靠近边角的地方落下了第一个子，抬头看着佟语声。

佟语声对上吴桥一的眸子，心道反正玩玩消磨消磨时间。于是他捏起一颗白子，看似谨慎思考，实则脑袋空空，装模作样了五秒之后，"啪"一下，落棋。吴桥一有些疑惑地看了看这一子，相当摸不着头脑地抬头。

"瞎下的。"佟语声坦白。

于是吴桥一便疑神疑鬼地落下了另一颗。随着佟语声越发胡作非为的布局，吴桥一的思考时间越来越长，显然是被这没有阵法的阵法打乱了分寸。十分钟过去，吴桥一伸手擦了擦额头渗出的汗，轻轻说了一句："你快输了。"

佟语声却只觉得惊奇，自己瞎玩居然能撑到十分钟，也着实算是个奇迹。正当他拍拍手准备收摊的时候，吴桥一拦住了他要随便终结这一局的动作，把手伸到他的棋盒里，拿了一颗白子。然后在佟语声的注视下，他仔细盯着棋盘，良久，落下了佟语声的白子。

"好了。"吴桥一说。

佟语声也不知道吴桥一说的"好了"是什么意思，只知道他又快速回到自己那一边下黑子，下完了又去他手里拿了一颗白子。此时佟语声已经完全退出战场，留吴桥一自己和自己对弈起来。佟语声对围棋的了解仅限于懂一些基本的规则，对技法和思路一无所知，这样看着吴桥一对着一盘残局认认真真下起来，一边有些佩服，一边又有些犯困。他看那人实在有些热，便又下床把小空调打开了，然后轻手轻脚钻回空调被里。佟语声本来想随口问问讨教一番，但一看到他沉浸专注的模样，又舍不得开口打扰了。

观棋不语真君子嘛！他倚着床头，一边吸氧一边看吴桥一下棋，又觉得怀里空荡荡的不自在，便伸手捞过那只泰迪熊抱进臂弯里。一开始他眼里确实在认认真真看着棋盘，但毕竟这是项摧残意志的活动，渐渐地，他的视线就移动到了吴桥一的脸上。这人还挺会制造氛围的，知道要下棋，还把台灯调成了朦胧的暖黄色，那光没有侵略性地占据整个房间，只暖暖地包裹着棋盘和对弈的人。

月色洒在地上，灯光洒在他的脸上，他整个人好似被浅浅的光描绘倒模，变成一个柔和的发光体。大约一个小时之后，吴桥一终于落下最后一子，难得，他的情绪有些上扬，他再三揣摩着记得乱糟糟的棋谱，带着些兴奋地扭过头，看向佟语声。

"你……"他的话刚说到一半，发现这人已经靠在床头睡着了。

他很难共情别人的情绪，唯独切身体会过被打搅睡眠的烦躁。于是他轻手轻脚把那人掉在一边的小熊塞回臂弯里，没再说话了。收拾好棋盘之后，他蹑手蹑脚跑到日历前，把今日份愤怒的表情划掉，换了一张嘴角平平的面瘫脸。端详了良久，他还是提起笔，给那平平的嘴角向上提了一个小到几乎看不见的弧度——只有一点点的开心。

第二天，佟语声醒来的时候已经接近了中午。

自己不知什么时候倒回了床上，怀里还抱着那个破破烂烂的小熊，而吴桥一则蜷成虾米状窝在他的地铺上。他只蹭到了一点被子角，被子大半都被卷到了一边干晾着，佟语声有点害怕他着凉，便伸手把被子给那人搭了回去。轻微的动静把吴桥一给弄醒了，但估计是昨天真累坏了，他只抬抬眼，惺忪地看了他一眼，又调整了个姿势继续睡去了。佟语声觉得他睡眼惺忪的样子很好玩，细细地打量好久，才轻轻下床。

出了房间，吴雁已经把早餐做好了摆在桌上，看他一个人出来，便端着盘子去厨房加热。吴雁问道："昨晚还好吗？我本来想收拾个客房给你单独睡的。"

事实就是吴桥一二话没说把人邀请进了自己的房间，吴雁向来不敢逆着他的意思，便惴惴不安地搬到了隔壁，生怕闹出一点动静。

佟语声说："刚来第一天，我俩都有点睡不着，半夜爬起来玩了一会儿，所以睡到现在才醒。"

吴雁松了口气，把切好的水果推到他面前："你要是觉得一起睡影响休息,我让他收拾收拾去客房……"

佟语声又起一块苹果塞进嘴里,边嚼边说:"没事的阿姨,Joey睡觉很安稳,倒是他因为我打地铺,我真的很不好意思。"

吴雁听到"Joey睡觉很安稳"的话时,几乎要把惊讶写个满脸,但转而又觉得心里的大石头落了地,便对佟语声说:"他在这方面一点儿也不讲究,睡哪里都行,昨晚我就让他睡客房,他非要赖着要跟你睡一间。过两天我有空给他买张小床,他爱睡哪里就睡哪里。"

说完,她又认真对佟语声道:"真的太谢谢你了,你的出现真的让Joey有了很大的改变。"

不知怎么,这话让佟语声听出了一丝别样的味道来。佟语声心猿意马地吃完了早餐,跑到书房摊开书看了一会儿,还没看进去几个字,隔壁吴桥一便嗒嗒嗒在地板上跑出脚步声来。他回过头,那人的头发还是乱糟糟的,眼睛也似乎没有睁开。他飞一般从书房门口掠过,又愣愣地退回来,看佟语声。

然后没头没尾地蹦出一句:"你赢了。"

看佟语声没跟上他的思路,便补充道:"白棋。"

他绞尽脑汁下了一晚,终于让白棋赢了。佟语声愣了半天,终于反应过来吴桥一在说什么,忍不住笑起来。

"谢谢,我真厉害。"佟语声伸手摸他的脑袋。

吴桥一微微低头,等他揉够了,才直起身,嗒嗒嗒跑去洗漱吃早饭。

佟语声听吴雁闲聊时说过,吴桥一经常一个人闷在房间里,自己和自己下棋,瞬间便又觉得他孤单得有些可怜。他放下书本,慢悠悠地走到楼下餐厅,坐到吴桥一的对面,撑着脸,伸出手指点点他的桌子。

吴桥一抬起头,一边喝牛奶一边看他。

佟语声说:"今晚你教教我怎么下棋吧?"

学会了就可以陪你玩了,佟语声想。吴桥一"咕嘟"一口吞下牛奶,舔舔嘴唇:"现在。"

意思是现在就可以,现在就教。但佟语声刚起床,脑子还迷糊着,于是摇摇头:"Joey,我有个一直特别想去的地方,你可以陪我一起去吗?"

吴桥一听话得很,擦擦手,点头说:"好。"

佟语声早就想带吴桥一好好参观一下真正的渝市了。这个人来国内不久,天天只知道家、学校、医院三点一线地跑,怕不是对渝市只留下了个匆忙而寡淡的印象。

于是两人一拍即合,当即收拾好行李准备出发。佟语声带上了氧气罐,又带了急救用的药。吴桥一翻翻找找,揣了两包三明治和一沓子钱就准备好上路了。细想起来,佟语声自己也很久没有出过远门了。自从生病之后,这两条腿似乎就只是为了支撑身体而存在——不能运动、不能爬坡,走路也得慢慢的。所以他的世界也逐渐从整个市,变成整个江北区,最后也就缩成了住院楼的那一小片光景。

他和吴桥一都被一副无形的枷锁困住了。

大约是不认识路的缘故,吴桥一在外比在室内要乖巧黏人得多。他既不问此行的终点,也不关心路边的风景,只认认真真盯准了佟语声,似乎生怕他加快了步子,自己就被丢在这陌生的城市街头了。佟语声瞥着那个不敢瞎走、慢慢挪动和他一起磨蹭的人,似乎上次被他落在街角的那次,只是一个不太开心的梦境。太奇怪了,佟语声心想,吴桥一这个人真的太奇怪了。他们慢慢走在熟悉的街区,在午后的阳光下,一切色彩都变得不再各自为政,繁华的商业区和破败的野水湾,似乎也很好地融在了一起。

"吴桥一。"佟语声看着烂漫的天,轻轻唤道。

因为鲜少听到对方喊自己中文全名,吴桥一便有些严肃紧张地转头看他。

"渝市是个多雨多雾的城市。"佟语声说,"但是自从你来了之后,这里每天都是晴天。"

他们一同抬头看着被树荫遮住的太阳,吴桥一空洞的蓝眸子里,微微荡出一抹光来。

渝市的路实在立体得有些魔幻,吴桥一完全没看明白,自己怎么下了长长的一节楼梯,就出现在了另一片楼的顶层。他本身适应新环境的能力就不如常人，迷路的困苦更让他觉得有些慌乱起来。这份无措落在佟语声眼里，他有意无意地说道："渝市本就是座山城，路况特别复杂，出门少的本地人都经常会迷路，小时候我奶奶出门买菜，结果硬是拎着只大公鸡在菜市场附近转了快一个上午。"

"后来奶奶和公鸡吵起来了，鸡公煲没吃成，但她好歹是回来了。"佟语声一边说，一边咯咯笑起来。

吴桥一的心情，因为奶奶跟他一起迷路而变得轻松起来，佟语声便也跟着开心了。他带着吴桥一拐过最后一个路口，一条马在眼前路豁然开朗。佟语声指着面前的公交站牌说："山重水复疑无路，柳暗花明又一村。"

因为身体问题，佟语声的外出计划总会尽可能地缩减步行距离。他带着吴桥一坐上了公交车，给他选了个靠窗的座位。吴桥一看着一边的街景，只觉得有些不安，目光总锁死在一边佟语声的身上，似乎稍一松懈，身边的人就消失不见了。但佟语声的目光却越过他的眼神，看向窗外说："外面的景色很好。"

吴桥一便不得不压抑着慌张，只能死死盯着窗外。他看着楼房和路在窗前掠过，思绪又禁不住飘忽起来，直到他缓过神来，才发现面前的景色又一番巨变——拥挤褪去，车身仿佛悬浮在了半空，视野中，是一片广袤的江水。吴桥一完全被吸引走了注意力，他没想到，在城市坐公交会突然来到江面上，他盯着那半个巴掌大的货船，只觉得新奇。

佟语声看他这副少见多怪的模样，笑起来，"渝市有很多特别高的立交桥，有时候坐车跟坐飞机似的。"

说完，他品了品，才颇有些失落地补充道："哦……我还没坐过飞机。"

他没钱坐，也坐不了，他可能一辈子都没有机会坐飞机了。吴桥一听到了他的话，并不能领会到他的失落，自顾自地说："我坐过。"

佟语声愣了愣，勉强地笑起来，便靠在车座上继续看风景了。两人沉默到了下车，佟语声又劝好了自己，下了公交他领着吴桥一继续征服山城的道路。他们边走边歇，在路边吃掉了吴桥一带来的三明治，终于来到了佟语声口中的目的地。

这是一片住宅区，高耸的楼围成一圈，密密麻麻的窗户和颇有些年代的墙体，像是过了期的老电影。爬了灰色水渍的墙上，挂着几个快要掉色的字——"白橡街5号"。周围，带着小孩的父母、晒着太阳的老人随处可见，生活气息很浓。

　　这就是个单纯的居民楼。吴桥一不太能理解这样的"景点"意义何在，只跟着佟语声慢慢进入住宅区内，走到一栋高楼之下。那楼很高，也是真的沧桑，交叠向上攀爬的楼道暴露在视野之中，仿佛想拼命够上那蓝天一般。

　　"这是白橡居。"佟语声站在楼下，仰头望向楼顶，感叹道："足足有二十四层。"

　　二十四层虽说不矮，但在慈悲桥那一片繁华商业街来说，也不算突出。吴桥一还是不明白，这个人为什么会大老远过来，就为了看一栋老楼。

　　佟语声说："Joey，我听说从这栋楼里，可以看见对面的索道。"

　　"我好想看一看红色的缆车与高楼擦肩而过的样子。"

　　他说着说着，眼中却露出一丝悲哀来："可是它没有电梯，吴桥一。"

　　白橡居，是整个渝市唯一一栋没有电梯的高层住宅，无论想要去几层，都要靠着双腿，一步一步地爬上去。

　　"可是他没有电梯。"佟语声望着那楼，轻声重复道。

　　一阵风从楼间吹过，佟语声慢慢让自己从思绪中抽出身来，一边，吴桥一正看着他，似乎想说些什么。他忽然有些害怕起来，便抢在那人之前开口："哎呀，我只是觉得这么高的楼没有电梯真的好奇怪，就想带你来看看，没有别的意思。"

　　闻言，吴桥一又把想要说的话慢慢收回，抬头，去看那楼。佟语声心里清楚，吴桥一对他人情绪的理解能力基本为零。他在人际交往中做出的一些反馈，几乎只留在浅表层，就连受到馈赠需要说"谢谢"，也是一遍一遍被指正、教导后才总结出来的程式化的规律。

　　所以听着这拐弯抹角的感慨，根本不可能做出什么值得自己期待的反馈来。

　　于是他问："Joey，你想上去看看吗？"

吴桥一闻言，转身走向楼梯口。他的背影只消失了片刻，接着，蓝色的眼睛又从墙后探出来："一起。"

佟语声只觉得心里有些说不出来的发堵："我去不了啊Joey，我不能爬楼的。"

这一刻，佟语声终于认清了自己心中那一丝隐晦的期待。他突然觉得自己非常好笑，仿佛大老远把人带过来，就是想让他背自己上楼一般，欺负他听自己话罢了，真是过分得要命。

于是佟语声说："我可以在楼下等你。"

吴桥一犹豫了一下，说："那我不去了。"

"你不去了吗？"佟语声有些遗憾地问道。

吴桥一重复道："不去了。"

于是他们就只是在楼下流连了一圈。

两个人在居民楼的光影中穿梭，就像是走进了老电影之中，白橡居在他们的身后，从一栋楼变成了他们世界的背景。佟语声望着头顶湛蓝的天，心里忽然空荡荡的。白橡居之于他，似乎已经成了某种莫名其妙的"胜地"，也是永远达不成的遗憾。佟语声的脑海里肖想着白橡居的一切，却再不敢回头了。两个人就这样慢悠悠地走出了白橡街，佟语声发现，一旦自己不开口说话，他和吴桥一之间也永远只有无尽的沉默。但他不太想说话，只是木讷地看着地上的地砖，一步一步地踏着，装作吴桥一不存在的模样。

但他没想到的是，这次率先开口的，居然不是他自己。一路上，吴桥一似乎瞥了他无数次，才小心翼翼地试探道："心情不好。"

应当是个疑问句，但他却像是在下鉴定书一般，不带主观色彩地得出结论。佟语声抬头看了他一眼，想开口却不知道该说什么。

但吴桥一似乎很希望得到他的反馈，继续问他："是吗？"

像是解完了一道数学题后，翻阅答案求证自己有没有答错一般。

佟语声只移开目光说："不是。"

吴桥一便沉默了下来。佟语声忽然想起这人的情绪感知能力很差，又想起吴雁说过，他从来没有企图了解过别人的情绪。眼前这番话对他来说应当是难得的，佟语声想，以他这么聪明的人，想要学着去理解别人，应当也不会是什么难事。他便觉得不能误导他了。于是佟语声问："你觉得我心情不好吗？"

吴桥一被他否决了一遍，便不敢再随意回答了，只紧张地看着他。

佟语声问："你为什么会这么觉得？"

吴桥一说："你不说话了。"

这就是他的逻辑——佟语声不说话，便是心情不好了。

"你说对了。"佟语声说，"我刚刚确实心情不好，你真厉害。"

吴桥一的眼睛亮了起来，显然是答对了让他感到愉悦。看见他清澈的眉眼，佟语声又觉得刚刚那一抹不悦随风而去了。这一路，吴桥一对佟语声的情绪产生了极大的兴趣，看见他笑，便问他开心吗；看他话少下去，便问他是不是生气了。

佟语声乐于教他剖析情绪，告诉他如何从表情上分辨生气和伤心，告诉他某些话其实话里有话。这样的学习模式对于别人来说，是非常机械枯燥的，但是吴桥一是个非常善于整理和消化公式的人，很快，他就能准确地分辨出佟语声提到的各种情形，将表情、对话、语气等多方面因素整合起来，形成了一套相对比较精准的分析体系。

他像个电脑，佟语声想，他几乎不能依靠直觉去判断，一切都是他"运算"的结果，但也总归是有了进步。在白橡居快要消失在视野里的前一刻，吴桥一突然回过头，仔仔细细看了一眼那高楼。

他说："你希望我上去。"

佟语声愣了愣，说："我想知道那里能不能看到缆车，我想让你代替我看看景色。"

吴桥一说："可我想和你一起。"

或许是因为怕跟丢了没有人陪，或许是怕佟语声不等他，又或者是出于其他的原因，吴桥一说，他想和佟语声一起。

佟语声有些无奈地笑笑，耐心地重复道："Joey，我不能爬楼。"

吴桥一小心地试探道："我背你。"

佟语声觉得心里的一个小结慢慢打开了。但已经迟了。两个人依靠惯性又往前走了几步，他们拐过了巷口，白橡居的楼顶便彻底淹没在了其他高楼的背后。

"下次吧。"佟语声轻轻地感叹道，"谢谢你。"

拐过巷子，他们在较场口站坐上了轻轨。

"这是前几年刚建成的地铁 2 号线，渝市人习惯叫它轻轨。"佟语声说，"我一直都想带你来坐坐。"

吴桥一盯着他的眼睛，片刻后分析道："兴奋。"

这样被人一句一句地解剖情绪其实挺奇怪的，但佟语声能理解他刚学会新技能，处处都想施展，便给了他一个大拇指以资鼓励。吴桥一恨不得面无表情地当街摇起尾巴来。

这一次，两个人上了最靠近驾驶室的车厢，透过玻璃可以看见最前面的景色。随着轻轨缓缓启动，吴桥一惊诧地感叹了一句："Roller Coaster（过山车）。"

佟语声没听懂什么意思，只当成是他没见过世面的感叹，便满面期待地趴在玻璃上。2 号线是渝市一道独特的风景线，它越过山峦、掠过江水，凌驾于公路之上，穿梭于高楼之间。但这都不是他想给吴桥一看的，佟语声看着面前的风景，一站一站数着，心里越发期待起来。

终于，迎面一座青绿的高山朝轻轨匀速"驶"来，高大而威严，给人巨大的视觉震撼。

"喔！"车厢里，一群来观光的外地人发出惊叹，一瞬间，视野便黑了下去。

接着，一排排橘色的灯光在黑暗中亮起，仿佛是一圈圈带着科幻感的灯环，不断地扩大、逼近，似乎要将整个世界吞没进去。吴桥一也被这突然而来的地形变换震撼到了，他扶上玻璃的手逐渐攥紧，浅蓝色的眸中也闪烁起橘黄的亮光。

"欢迎来到时空隧道。"佟语声说，"请把我带回生病之前的时光吧。"

有句话说，穿过长长的佛图山隧道，就是春天。但佟语声从来不期待穿过隧道尽头，他总觉得，只要待在这隧道里，他的期待和幻想就永远不会落空。吴桥一的目光依旧闪烁着橙色的光环，空荡荡的眼睛有了焦点，他微微双手合十，盯着隧道尽头的光点，双目轻阖。

直到隧道彻底在视野中被抽走，天光照亮整个车身，佟语声没有回到过去，吴桥一睁开了眼。佟语声没想到吴桥一也会有这么唯心的一面，有些好奇这人会许下什么愿望。

但他知道，一切默念在心中的愿望都是私密的，他不主动说，自己就不应当去问。整个2号线的风景实在太多，从黄花园到牛角沱，从李子坝到佛图关。他们穿过了葱茏的树木、连天的水光，在高耸的墙体中呼啸而过，又在时空隧道里许下了愿望，这才匆匆折返，回到了旅行伊始的慈悲桥下。吴桥一终日紧锁的眉头难得舒缓，步伐轻快起来，甚至还想拉着佟语声再去坐一遍2号线。

疲倦却甚是满足，佟语声感觉到了体力的透支，却压不住心底的愉悦。他回家便忙不迭地打开制氧机，他头一次如此心甘情愿地吸氧，两眼发白地躺在床上，天旋地转，却觉得世界是在愉快地飘忽。细想根本就是一次很普通的出行——没能去成的白橡居依旧没能去成，无法倒流时光的时空隧道依旧没有奇迹。但开心是不假的，佟语声轻轻拿起吴桥一给他的那只破烂小熊，靠在懒人沙发上打起了瞌睡。

他听见吴桥一在楼下短促地喊了一声"Mom（妈妈）"，应当是对路过的吴雁打了个招呼。这对吴桥一来说是极其难得的事情，佟语声没听过，吴雁显然也愣住了。

半响，他才听到吴雁惊惶失措地回道："回来啦。"

吴桥一没有接过这个话茬，却又说了一句："今天去了白橡居，坐了轻轨。"

吴桥一居然主动跟吴雁聊天说话了，尽管他说这话的样子像是在自言自语，完全没有给人对话的感觉，但这对他来说，也足以算是个奇迹了。佟语声隔着楼层都能感受到吴雁的惊喜。吴桥一真的开始慢慢打开自己，和外面的世界接触了。接着，只听见楼下传来噔噔的脚步声，吴桥一飞奔进房间，又哗哗脱掉上衣，还没等佟语声反应过来，就看见一抹雪白从眼前唰地一下飞走了。

佟语声听着浴室里响起的水声，忽然觉得脸被面罩遮得有些发热，

我是人间惆怅客

只能闷头把手心贴到脸颊上降温。今天吴桥一在浴室里待的时间比平时长，佟语声也怕他出意外，刚要唤他，就听见里面传来他轻轻哼歌的声音。说是哼歌，也确实为难了佟语声的辨别力，这人哼出来的，是一个一个短促没有调子的音节，如果不是听到了"支离破碎"的歌词，佟语声根本不知道他是在唱歌。

一开始，这人还在一个单词一个单词地往外蹦，终于，破碎的点连成线，一句完整的歌词被他宛如念经一般，毫无感情地念了出来。

佟语声听不懂歌词，而且全凭调子完全听不懂他在唱什么，只被这人一本正经低声念叨的样子逗乐了，忍不住轻轻笑出声来。吴桥一的听力相当敏锐，只一瞬间便噤了声，浴室里只留下水声。

"你继续唱呀。"佟语声为打断他的吟唱产生了歉意，不得不违心地夸了一句，"还……挺好听的。"

但显然，吴桥一并没有那么好糊弄，他沉默着关掉了水龙头，片刻后快步走出浴室，直奔衣柜找了换洗的衣服塞到佟语声的怀里，打发他速速洗澡。整个过程中吴桥一表情严肃，像是在完成一场委派任务。佟语声没忍住，还是抱着衣服笑了半天。推开浴室门，没有预料中扑面而来的热气，佟语声这才发现，这人很贴心地帮他把浴室的窗子打开了，还打开了换气扇，水温也在比较合适的挡位。

佟语声瞬间觉得这湿漉漉的空气都温和起来。打开水龙头，他便下意识等着吴桥一喊他的名字，但自己对他歌喉的嘲笑似乎让他非常介怀，半天也没等到这人开口。再不喊我我就要死了，佟语声正心想着，耳边就传来了"咚咚"的轻响。这人还在别扭着，不肯说话，便靠着敲门传声。

太幼稚了，佟语声觉得好笑，便也不说话，"咚咚"叩门回应了两声。

两个人又开始了你来我往的拉锯战。等洗完澡时，佟语声已经疲倦得睁不开眼了。

他能明显感觉到最近需要吸氧的频率越来越高，但他只劝自己，是因为活动量激增，耗氧量也就大了。他随意地套上睡衣外套，昏昏沉沉地趴在吴桥一松软的大床上。是正常眩晕，他便熟练地闭上眼，等昏黑劲儿自己散去。

这一回，佟语声没有了第一天晚上的紧张，眼睛闭着闭着也就困了，他伸手抱住吴桥一的小熊，还没来得及进入睡眠状态，吴桥一就伸手，翻烙饼似的把佟语声翻了过来。

他晃了晃手里的棋盒，说："下棋。"

佟语声便觉得脑壳突突地跳了起来——他已经忘记了今早答应过他要学下棋的事情了。他仰面看着头顶的吊灯，长长地叹了一口气，只觉得自己快要瘪掉。这人虽然已经在努力学习理解别人的情绪，但他发现，吴桥一对于他人表现出的"疲倦""痛苦"之类神情的解析，要比其他困难得多。所以与其等他自己感悟，不如主动坦白从宽。

佟语声伸手，搭住了被灯光刺痛的眼睛："对不起，我今天实在太累了。"

吴桥一寻思了片刻，问："不下了？"

"不下了，睡觉吧。"佟语声说。

于是吴桥一就又把棋盒放回了原位，"咔"地关上灯，迅速躺回地铺上去。吴桥一越是答应得干脆，他就越于心不忍，他怀着满心的愧疚感，听吴桥一躁动地翻着身，终于忍不住问："Joey，你今天在时空隧道许了什么愿？"

他是真的太好奇了，吴桥一这样的人会许下什么愿望——许愿成为一个健健康康的正常人，还是许愿未来成为一名真正的 Psychologist？听到这问句，吴桥一悄悄翻过身，暖黄色的月光落在他浅蓝色的眸子里，一瞬间，好似再一次穿梭在那狭长的时空隧道之中。

他想起佟语声许愿时光倒流，回到没有生病的日子里。他再次闭上眼，虔诚地说："我许你愿望成真。"

佟语声从不觉得吴桥一是个有欲有求的人。他似乎对一切都兴致缺缺，也从未想过要改变现状，甚至让人觉得他是那种对自己的健康都无所谓的人。所以当佟语声看到他朝着隧道许愿时，真的非常意外。能让他这样郑重许下的愿望，必定是很有分量的，佟语声这么认为。现在吴桥一背对着自己说，他希望自己的愿望成真。

佟语声感觉一股暖意流过心尖，只把那破烂小熊抱紧在怀中，小声道:"谢谢你。"

他不知道自己这一晚是怎么睡着的,只知道吴桥一比他先醒,还忙不迭把他从混乱的梦里揪了出来。刚一睁开眼,就看见那蓝眸子居高临下地盯着他,还没等他思绪再乱飞起来,就听吴桥一催促道:"快。"

这是让他快点起,且语气相当急促。佟语声被他短促的命令震慑到,一瞬间以为世界末日快要降临,吴桥一急着要去避难。佟语声没敢多问,只紧张地爬起身,换好衣服,快速洗漱完毕等待部署。他差点因为太着急而忙岔了气。看佟语声整装待发,吴桥一二话不说拉起他的手腕,直朝着门外走去。佟语声不能跑,所以到了这一步,吴桥一只能一边看着佟语声努力尽快走下楼梯,一边反反复复上楼下楼干上火。直到两个人终于走到了楼下,吴桥一二话没说拉开宅门,刚想撒腿就跑,就硬生生刹住了脚步。

院子前,吴雁和老谢正朝屋内走来,看见吴桥一带着佟语声站在门口,还朝他们招了招手。

"Joey,"吴雁说,"谢老师听说你住院,特意来家里探望你。"

吴桥一抿起嘴,小小地往后退了半步,老谢看到他戒备的动作,几不可闻地叹了口气。

佟语声看看吴桥一,又看看老谢,扬声道:"老师好!"然后戳戳吴桥一的肩膀,小声对他说:"跟老师打招呼。"

吴桥一这才痛苦地挤出一句:"……老师好。"

出逃计划失败,两个人宛如小鸡崽一般被拎进了客厅,静候发落。本来没有佟语声什么事,但吴雁怕没了他吴桥一完全不受控制,便给他申请到了这场"探望"的旁听权。大家都心知肚明,老谢这哪里是来探病,这分明就是在下最后通牒了。

"原本我觉得有些话当着桥一的面说不太合适。"老谢说,"但是学校给我的压力也很大,我还是希望我们三方积极主动配合,争取让问题得到一个最优解。"

事情很简单,学校最开始给他判的是"缓刑"——先回家冷静,同时进入考察期,如果一直没有再犯,就大事化小小事化了,可一旦再有苗头，就不能再让他回学校上学了。但这孩子刚回去没多久，就闹进了医院，虽然老谢解释说他还在应激期容易失控，但一些学生已经不敢再靠近他了。

"现在已经不是九年义务教育阶段了，学校肯定还是会以大多数学生的安全为重。"老谢揉了揉眉心，"我很想把他留下来，但看目前的情况，再不补救，他就不能回来上学了。"

佟语声没想到事情会发展到这个地步，立刻抬头去看吴桥一。

结果那人从老谢进门开始，就坐在椅子上出神，这会儿手指甲都快在桌子上刻出幅《清明上河图》来了。这一瞬间，佟语声理解了什么叫恨铁不成钢，他有些着急地伸手敲了敲吴桥一面前的桌子，示意他给点反应。这时候，吴桥一才停下手中的动作，懒懒地开口："那就不上了。"

干脆利落，毫不留情。还没等佟语声开口说什么，吴雁就连忙制止道："Joey，不要任性。"

但吴桥一没理她，又低下头去抠桌面，整个客厅只剩下这"咯吱咯吱"的声响在尴尬地回荡。

佟语声慌起来，小心翼翼地扭头问他："为什么不想？觉得适应不了可以多请几天假……"他有些怕自己这话强人所难，毕竟吴桥一是个病人，强行融入集体对他来说未必是件好事，如果他觉得痛苦，自己便真不应当强迫他。

但他只说："没意思。"

不是"烦人""讨厌""难受"，而是单纯觉得没意思——教室哪有外面的景色有意思？闷头写卷子哪有吃喝玩乐有意思？听课哪有坐轻轨有意思？就是心玩野了罢了。佟语声看他这副样子，罕见地有些生气了，他说："那行吧，那我明天自己回学校了。"

末了还不忘补一句："我以后不会再来找你了。"

吴桥一这才有些恐慌地抬起头看他："为什么？"

佟语声说："我要去上学，没时间。"

吴桥一就保持着这样震撼的表情，许久才说："不行。"

佟语声只继续道："没什么不行的，到时候老师会给我安排新的同桌，我会和他一起学习、考大学。"

吴桥一彻底慌了："不行！"

佟语声便环抱着手臂，盯着他看，严肃地道："那你回来上学。"

吴桥一烦躁地揉了揉脑袋。其实这次他的厌学情绪并不严重，只是老谢给他摆出的两个选择——积极补救换回他并不稀罕的入学资格，或者干脆休学一了百了，当然是后者更轻松。但前提是建立在佟语声不拿"不找他"和"新同桌"之类的条件要挟他。在现在的交易环境下，吴桥一没有底线的价值天平自然而然倾斜到了另一侧。

他抬起头，问老谢："什么条件？"

老谢没想到这人这么能屈能伸，弹指一瞬间就迎来了态度一百八十度大转变，忙不迭地道："我们学校现在在着重培养尖子生，就是各学科能力均衡的优秀学生，我从摸底考的那一天就觉得桥一他有这个能力。"

吴桥一一听这个，就更烦躁了，但他心烦意乱地看了眼佟语声——那人正面无表情地看着自己，他突然觉得有点害怕，于是又乖乖盘腿坐回了位置上。

"下个月会有一场全市联考，如果你能拿到市里前十名，学校一定会想方设法把你留下的。"

吴桥一完全不清楚"全市前十"的概念，单纯对老谢的"乘人之危"极其不爽，手已经捏住了桌沿儿，随时随地准备把一桌子东西掀翻在地。但佟语声只在一边冷冷地盯着他蠢蠢欲动的双手，一声不吭。佟语声从没表现过这样的情绪，吴桥一分析不出来他到底是怎么想的，便强忍着不敢肆意妄为了。吴雁先开口替他求情："谢老师，这要求是不是有点太高了……"

渝市的教育水平不低，除去一中之外还有很多尖子生辈出的重点高中，就算全市前十给每个重点高中平分名额，也至少要考到年级里数一数二的水平。可眼下，吴桥一还是个连写卷子都要翻字典的后进生，这条件一出，连佟语声都忍不住觉得离谱。

佟语声说："谢老师，我也觉得不行……"

本来还思绪游离的吴桥一，一听到佟语声说"不行"，逆反心就噌地燃起来了。

"行。"他一拍桌，看着佟语声的眼睛又重复了一遍，"我行。"

于是老谢推了推眼镜儿，点头说了声"好"，便目送着那人头也不回地上楼了。临走前，老谢对吴雁说："你不要小看你儿子，这孩子的抗压能力远比你想象中要好得多，不用总把他当成病人看。"

一个楼梯之隔的二层，吴桥一快步钻回房间里，丝毫不管身后佟语声的小声呼唤。

"Joey……"佟语声也知道刚刚自己话说重了，声音明显没了底气。

吴桥一确实生气了，"嘭"一声，把佟语声关在门外。佟语声没了脾气，小心翼翼地敲门，厚着脸皮问他："我可以进来吗？"

里面不出声，佟语声便默认他同意，小心拧开门把手，钻到房间里。那人听到他来了，立刻转过身去，用后脑勺表达抗议。佟语声第一次看到他对自己耍脾气，便主动凑到他的身侧坐下，歪着头去看他的脸。那人低头睨了他一眼，然后伸手推开他的脑袋，表示拒绝。佟语声顺势趴到桌子上，抬头看他："对不起，刚刚不该那么跟你说话的，我跟你道歉。"

吴桥一闻言，抱着膝盖转过身来，神色依旧萎靡。好半天，他才含糊地咕哝了一句："不许换同桌。"

不许换，不许说，不许想。吴桥一细品着刚才那人说的话，越想越气。佟语声忍不住咯咯笑着发誓不会再犯。吴桥一来气快，消气也快，被摸摸头就不生气了，温温驯驯地盘腿坐在椅子上，仰头等着佟语声开口。

佟语声说："吴桥一，你有自己的梦想，你要考好的大学，去你想去的地方，做你想做的事情，不要让自己后悔。"

吴桥一也不知有没有听进去，低头用脑门拱着佟语声的手，直到那人轻轻推了推，示意他抬起头来，他才说："一起。"

佟语声没反应过来，下意识地问："什么？"

"学习。"吴桥一说。

佟语声愣了几秒，接着笑起来："行。"

其实学习对他来说只会徒增痛苦，他甚至不觉得自己能参加高考，但他不想打消吴桥一的积极性，便应了下来。或许和他一起，学习就不是一件痛苦的事情了吧，佟语声心想，这也不失为一种消磨时光的好办法。于是两个毫无章法的人便对上了触角，手忙脚乱开始行动起来。

"他们成绩好的都有学习计划的。"佟语声拿来一个本子，"我们也试试看吧。"

他们花了足足半个小时，把吴桥一的课本从房间的各个角落收集起来，然后摊开。佟语声的手停在半空中，他盯着满面张牙舞爪的涂鸦打量了半天，才犹豫着问："你这鸡爪画得也太肥了。"

吴桥一伸手将书翻过那一页，冷漠道："是树叶。"

他画了满满一面的梧桐叶子，心烦意乱的时候画，生气的时候画，想要发作的时候也画。他脑子里回响着那清脆的"梧桐叶，三更雨"，笔下疯狂套着圈，画着画着就奇迹般平静下来——屡试不爽，堪称良药。这人居然说是鸡爪，简直是在亵渎自己的救赎！吴桥一愤愤地捏着书边，不给他往回翻了。佟语声突然联想到这人念经一般的歌声，忍不住笑起来："得亏国内素质教育不把美术音乐纳入考核范围，不然这全班倒数第一还真不一定是我的呢。"

吴桥一听出那人在嘲弄他，便伸手抓了一块切好的梨塞进他嘴里，堵着不让他说话。两个人闹腾了一会，这才想起来是要去学习的，便又拿起课本来。佟语声把吴桥一摁回椅子上，有模有样地道："数学你学得快，回头找老谢教一下答题步骤就好了，英语你下次把作文认真写完也没问题，语文我来教，其他的科目，我们一天复习一章好不好？"

吴桥一随便翻了翻课本，然后说："三章。"

这才开学没多久，三章三章来，两三天就能学完了。佟语声觉得任务量太大，但转而想想，这人学什么都快，只要不强迫自己跟着来，便就由着他去了。离计划表上的学习时间还有一段时间，佟语声决定从识字抓起，利用琐碎时间，一边让他描字帖背汉字，一边强迫他多开口说话。

吴桥一对此感觉异常疲惫，小声呢喃："不影响。"

佟语声纠正道："完整地说。"

吴桥一深吸一口气："少说话不影响我考试。"

佟语声不理他:"多说话不影响你呼吸。"

吴桥一只能叹口气,摊开那本从书柜顶找到的《汉语对话手册》。他现在还是 E 国国籍,根本不用参加国内高考,但他本身也只是为了阻止佟语声换同桌,对于学习便也没那么多怨言了。佟语声摸摸他的脑袋,指着书让他读。吴桥一的目光跟在他的指尖上:"你好!"

佟语声跟他对话:"你好!"

吴桥一继续读:"今天是个好天气。"

佟语声说:"是的!是晴天。"

吴桥一读:"你最近身体好吗?"

佟语声愣了片刻,低头看了一眼课本。课本上写着:"我很好,谢谢!"

他没读,伸手关上了课本,对吴桥一说:"这书太简单了,跟不上你的水平,你多跟我说说话就好了。"

吴桥一乖乖地点头:"好。"

佟语声把拿书收到视线看不到的地方,撑着脑袋看窗外斑驳的影子。

"Joey,你上次在课上说,你长大以后想做什么?"佟语声问。

吴桥一回头,跟他一起看窗外:"Psychologist。"

佟语声问:"什么意思?"

话音刚落,便听到一边传来了哗哗的翻书声。吴桥一的名词储备量有限,有的词必须查字典。

"名词,心理医生,心理学家,心理学研究者。"吴桥一朗读道。

佟语声有些讶异地抬头看他,他以为这人会想做数学家、工程师,或者下棋的棋手,但确实没想到他想做的是心理医生。这时他才发现,他的书柜里有几本保存得比较完好的书,都是以"Psycho"为词根的英文原著。

"为什么?"佟语声下意识地问道。因为想治好自己?因为受到了心理医生的帮助?可是这个人连别人的情绪都理解不了,真的能做心理医生吗?

"因为很难。"吴桥一说,"我喜欢难题。"

用纯理性的方法去学心理,当然很难,但吴桥一已经习惯把一切整

我是人间惆怅客

105

合成逻辑链和公式体系，做题可以、理解情绪也可以，学心理学凭什么不能用纯理性解决？佟语声只微微眯大眼，继而似乎理解了他的脑回路，但还是下意识地脱口而出："遇到解不了的问题怎么办？"

吴桥一摊开手，有些无奈地看着掌心说："我会很痛苦。"

但是有心理学家说，当一个人处于不能克服且无法避免的痛苦中时，就会爱上这种痛苦，把它看成幸福。人多少都有点受虐倾向，吴桥一想，他确实是在享受这种无法破解的痛苦。在心理学的对比下，国内高中教育的内容轻松得让他有些犯困。这一晚，他学了五十多个新词汇，快速背完了很多知识点。他几乎不需要理解意思就能记住课本上的内容，就像是脑子里有台摄像机，把书页一张张印在脑子里，甚至能记住第几页他画了什么涂鸦。他有着非常强的图像记忆能力，但就是对认路毫无办法。

第二天返校上学，吴桥一依旧死死跟着佟语声缓慢的步子，生怕他脱离视线，自己便又要在蜿蜒的山路里迷失了。眼前的路弯弯曲曲盘旋着，看不见尽头也看不见来路。

佟语声说："Joey，你总有一天要学着自己去上学。"

吴桥一低着头跟在后面，说："不。"

这人很少拒绝自己的提议，佟语声停下脚步看他："为什么？"

吴桥一说："不想一个人上学。"

两个人沉默着走了一路。到了班里，吴桥一钻进老谢办公室补课，许久未见的温言书便从前排跑过来，跟佟语声嘘寒问暖。

"听说你这段时间一直住在吴桥一家？"温言书问。

"是呀。"佟语声想了想，打探道，"衡宁最近在你家学得怎么样？"

温言书立刻道："他真的好厉害，而且学习巨认真，我妈让他这次联考冲一冲全市前十。"

全市前十的名额就那么十个，佟语声悄悄做了统计，历届联考，一中冲进前十的人要么只有一个，要么一个都没有。也就是说，如果衡宁考在了吴桥一的前面，那吴桥一基本就没可能了。想到这里，佟语声突然如临大敌："那可要不好意思了，书书。"

佟语声觉得自己说这句话的时候，就像是日本漫画里的男主在向对手下战书，整个世界都洋溢着热血青春的味道。

"这个位置，怕是要另有其人了。"

温言书本身对衡宁的事情没多上心，但佟语声这莫名其妙一挑衅，他的胜负欲也忽然跟着起来了。"另有其人？"温言书拔高了嗓音，像是个站起身梗着脖子的猫，"开玩笑，你是不知道衡宁有多厉害！"

自己这么多天和他在一起补课，对他的努力和实力可就太有谱了。一开始，温言书还硬着头皮跟他刚，渐渐地他就明白了，自己根本不可能拼得过这种人——无论是努力还是天分都是他望尘莫及的，把这种人当成目标会活活累死，当成神仙考前拜一拜倒是不错的选择。

但他还是忍不住问："你是说的吴桥一吧？他打算好好读书了？"

一下猜中对象，让佟语声莫名其妙觉得有点没面子，他反问："怎么就不能是我这头沉睡的雄狮突然觉醒了呢？"

温言书直接就没理他："衡宁确实说过吴桥一很厉害，但眼下到联考也没多久了，我不信他能在短期内提高这么多。"

佟语声闻言拿起笔，在草稿纸上信手立了张字据，签字画押："赌呗，一包辣条。"

温言书冷哼一声，跟着签下名字："我赌两包。"

两个人郑重地抱拳立誓之后，温言书得到了佟语声的批准，顺手捞走了他桌上没吃的红豆包。回到位置上，衡宁正在刷题，温言书又一阵肃然起敬，一边啃起佟语声的包子，一边窸窸窣窣从抽屉里拿书。

衡宁瞥了他和包子一眼，说："我记得你家不困难。"

这段时间温言书显然都是没吃早餐来的学校，要么像这样厚颜无耻地蹭别人的吃，要么就饿到上课抱着水杯咕嘟嘟填肚子。温言书抱着包子弯眼对他说："我想攒钱买个 MP3（一种音频播放器）。"

衡宁笔没停，问："听听力？"

温言书摇摇头："听歌。"

衡宁抬头看了他一眼，那人似乎因为自己"思想觉悟不高"而陷入了短暂的惭愧。这人或许比他想象中更会自我调节，衡宁心想。再次动

缺氧

第四章

笔之前，衡宁还是忍不住补了一句："早饭还是得吃，想攒钱不如联考努力一把，拿个奖学金。"

渝市一中每个大型考试都会根据成绩排名，颁发金额不等的奖学金，作为对成绩优异的学生的鼓励。温言书想起来，衡宁不止一次提过，自己的目标是特等奖学金，他又想到那在奖学金面前唾手可得的MP3，便也跟着踌躇满志起来："带带我，有钱一起赚！"

教室后排，佟语声同样因为钱的事情发愁起来。

吴桥一刚从老谢办公室回来，非常烦躁地对着一堆卷子发愁。他便悄悄从抽屉里翻开药盒，皱着眉算起了这段时间的开销。良久，他叹了口气，没有心思去关心吴桥一的学习进度，而是抓了抓头发，拿出那写小说的本子，闷头动起笔来。大课间，同学们出去跑操，吴桥一继续去办公室补课，佟语声却没留在座位上，而是带着本子跟着一起去了办公室。语文和数学老师就坐隔壁桌，吴桥一铺开本子才发现佟语声也跟来了，抬起眼直直地看他。

佟语声有些窘迫地朝他眨眨眼，做口型说："别分心。"

吴桥一便听话地低下头，坐到老谢身边去了。教语文的钱小琪看到门口佟语声，立刻开心地喊他："佟佟！"

佟语声是整个学校语文组的宝贝，刚毕业才入职场的年轻教师钱小琪，为了抢到佟语声，差点儿跟语文组年级组长掀桌子撕破脸。大课间的办公室人不算多，两三个被揪过来补课的学生，四五个埋头写教案的老师。看到钱小琪直接拖了张椅子请他落座，佟语声也笑着迎过去："小琪老师。"

钱小琪是名校毕业的大学生，年纪小且教学风格轻松，佟语声和大多数学生一样，特别喜欢她。等佟语声乖巧地坐好，钱小琪才问："今天要讨论什么？我没提前做功课，不一定答得上来哦。"

佟语声听闻，看了看办公室里零零散散的师生，摇摇头，然后把椅子往前挪了挪，凑到她耳边。钱小琪看这架势，也偏过头，神情严肃起来。

"老师。"佟语声清了清嗓子，这才有些不好意思地问道，"你还认识稿费比较可观的出版社吗？"

钱小琪闻言便懂了："最近……不太宽裕吗？"

斜对面，吴桥一早已经走了神，睒着一边勤勤恳恳讲解的老谢，隔着两张办公桌看过来。佟语声注意到他游离的目光，皱着眉悄悄伸手指了指他，对面便又倏地把头埋了下去。办公室的冷气开得有点低，佟语声搓搓胳膊，抬眼看了看窗台的富贵竹，才小声地叹了口气，解释道：

"嗯……前一阵子刚去复查了，又加了几种辅助药，医生已经把开销最大的药换成平价版了，但还是……"

他话说了一半就有些发哽了，蔫蔫地坐在椅子上，像一只刚从水里捞出来的小白狗。钱小琪也跟着鼻子发酸，又看他不停地搓胳膊，便伸手把空调调高了几度。一边，隔壁班的班主任正要没收一个男生的手机，那孩子是个暴脾气的"富二代"，难管出了名。他直接抢过那最新款的手机，扔到地上摔了个稀碎："你收吧！我今晚回去就换个新的！"

一瞬间，精细的零部件四处飞溅。佟语声看着地上好几千的手机"尸体"，只觉得心脏一揪——都赶得上一盒药的价格了。

良久，钱小琪才缓过神，对他说："如果实在困难，你可以向学校申请捐款……"

她说了一半就没了底气，她太清楚佟语声的性格了——她偷偷帮佟语声垫过药费，但第二天就被原封不动地还回来了，他也不止一次明示或暗示自己，不要区别对待他。就和无数这个年纪的少年人一样，他实在太不愿在外人面前表露出窘迫了。但这回，佟语声只是咬咬牙，似乎有些愿意松口了："老师，你再让我试几个出版社吧，如果实在撑不下来，我就真得麻烦大家了……"

钱小琪又安慰了他两句，他也没听进去多少，便匆匆撤退了。组织正规筹款需要提交使用的药物清单，要是放在以前，他还没有多少心理负担，但是这次换了新药，确实是让他非常难以启齿。甚至，他一想到那孤零零躺在抽屉里的药盒，就不自觉地加快步子，生怕被人发现一般。或许是某种预感驱使着他的恐惧，又或许是怕什么来什么，赶回班里的时候，同学们已经下了操，后排依旧是闹哄哄的角斗场。

佟语声远远就看见两个男生在自己位子边打闹着，四周一片都喧腾。

其中一个站在自己桌前的男生抬起胳膊肘,那一瞬间,佟语声就感觉心脏已经悬到了空中。"砰"的一声,桌子还是在他眼皮子底下倒了下去,抽屉里的东西哗啦啦散了一地。

男生抬头,大大咧咧朝正往这边赶来的佟语声道歉,然后忙不迭弯下腰,要帮他拾起掉到地上的东西。

"我自己……"佟语声还没来得及阻止,那人的手已经摸到了他担心了一路的药盒。

本来都已经放回了抽屉里,结果不知怎么,男生又多瞅了那蓝色的小盒子一眼。看清那字的一瞬间,他先是一阵肉眼可见的惊讶,继而露出了只可意会的笑来。那一瞬间,佟语声便觉得四肢的血液都凝固起来。

"妈呀,佟语声,真是人不可貌相啊!"

那男生把药盒举到半空,四周同学的目光齐刷刷地聚拢过来。

"你还吃这个?"男生笑道。

感受到四周逐渐变质的目光,还有不怀好意的笑声,佟语声有些无措地站在原地。他紧紧捏着校服的一角,有一肚子要解释的话,大脑却空白得发麻。起哄的大多是不了解他病情的新同学,平时在面对点头之交仅存的一丝体面,都在这不清不楚的玩笑面前,破碎得不剩丝毫。

"我……"

"哎呀,懂的都懂!"

嘲笑的话在他耳边像潮水一般上涌又退去,他想开口说点什么,但肺部却挤不出一点空气。刚确诊的时候,佟语声用的药是另一种,一盒就要好几千。这种药吃掉了佟语声家的存款,吃掉了他家的新房子新车,吃掉了爸妈下班后的休息时间。

现在他们手中的药,也就是眼前这拿不出手的蓝色药丸,一盒只需要几十元。这种药物最初的作用就是治疗肺动脉高压,却因为意外开发出的另外一种功能,成为少年们嘴边嘲弄的对象。医生和佟语声说过,适用于治疗肺动脉高压和另外一种疾病,药物的用法用量都不相同,并不会产生他们口中所谓的反应。医生也说过,这就是一种治疗疾病所必需的药物,他应当更坦然地去面对、去接受。佟语声抓着桌椅想先坐下来,周围的人便轰地散出个位置。

他听见有人笑他:"行不行啊?"

他便感觉心脏紧揪着,丝毫不给血液回流的余地。就在他觉得双目昏黑的前一秒,他看见温言书从前排冲了过来。佟语声看见以前相熟的同学朋友围过来,有帮他捡药盒的,有忍不住帮他骂那群始作俑者的。乱成一团,自己却像是被整个摁进了水里,只听着嘈杂声,四肢瘫软。

"你们都在说什么?不知道他生病了要吃药吗?!"温言书愤怒的声音在佟语声的耳边忽远忽近地漂浮着。

佟语声记得自己也没跟温言书提过换药的事情,但那人还是第一时间站在了自己身边。温言书一边招呼其他人将佟语声扶好,一边快速果断地从抽屉里找出制氧机。他熟练地给佟语声戴上面罩,把氧气输送的流量开大。直到看佟语声窒息得快要发紫的面色渐渐缓和,一向温和的温言书才指着那群起哄的人骂道:"龌龊下流!"

他根本不敢看那些男生的反应,招呼着衡宁通知班主任,转身背起佟语声就快步赶往医务室了。常年的病痛折磨,让佟语声变得单薄又瘦削,温言书把他背在身上,感觉就像肩头落了一只蝴蝶,总担心下一秒佟语声扇扇翅膀就飞走了。

感觉不到自己耳边有呼吸的气息,温言书赶忙问:"佟佟?"

那人有些难受地摘掉了氧气面罩,半晌才挤出一句气若游丝的话来:"我没事……"

随后,温言书听到他轻轻吸鼻子的声音,知道他在偷偷抹眼泪,便也只能无奈地叹气。他背着人,穿插过两栋楼里一条窄窄的路,走在阳光照不到的逼仄小道里,一路无言。这是他们初中时摸索出来的一条直通医务室的捷径,一地茂密的杂草丛,硬是被他们两个人踩出一条若隐若现的小路来。路尽头是再熟悉不过的医务室,门口是熟悉的砖块和熟悉的树,就连空气里飘浮着的酒精味,都是熟悉的浓度。

值班校医是个漂亮年轻的姐姐,也差不多是佟语声确诊那年入职,早就对他的症状信手拈来。她三下五除二做好了应急处理,看着那蔫成一块干虾米的少年,柔声问:"要请个假去医院吗?"

这种征求意见的口吻,其实就意味着没事。佟语声躺在床上吸着氧,也清楚刚才的天昏地暗,不过是情绪激动引发的眩晕而已,并没有什么大碍。于是他摇头轻声道谢,一想到刚才大家的嘲笑,还是忍不住整个人缩成一团,难受得心口发酸。还没等校医姐姐起身,门口就传来老谢气喘吁吁的声音:"去医院去医院!出了问题怎么办?"

老谢身材略有些臃肿,从班里跑到校医室渗出了一额头的汗,额前仅剩的几缕头发局促地耷拉着。佟语声遥遥看着他发亮的脑门,莫名觉得有些被治愈到。

"没事儿老师……"佟语声撑起身子,开口还有些气虚,"我躺着休息一会儿就好了。"

看他还要坚持,佟语声忍不住说:"我不想去医院,就算检查没事,那边也会出于保险起见,要求我住院观察的。"

"我真的不想再住院了。"佟语声有些惶恐。

一边的温言书一听这话,立刻想到了那场窒息的医院之旅,连忙跟着说:"老师,确实没必要,这种情况我们遇到很多次了,休息一下就能恢复的。"

老谢还是不放心,又扭头看向一边的校医,直到对方投过来认同的目光,他才有些惴惴不安地勉强应了下来。看到他拖了一个板凳坐到空调口疲惫地吹风,佟语声忽然觉得老谢作为一个班主任,实在是太不容易了。他和吴桥一的情况,无论摊上哪一个,都能让一个班主任掉一层头发。现在这一出,他有些担心老谢仅存的那一圈刘海,也即将"寿终正寝"了。

于是他非常诚恳愧疚地道:"老师,给您添麻烦了。"

自己真的一直在给别人添麻烦——给父母、给温言书、给吴桥一、给老师们……老谢一拧眉,伸手摸了摸他的脑袋:"生病的事情,哪儿能怪你哟。"

老谢开始汇报起始作俑者的处理进度:"那群家伙已经送去办公室顶着《辞海》面壁了,回头我再去给他们上上课,一个个身体长得比脑子快,不管管迟早得长歪。"

想到三四个人头上顶着《辞海》、对着白墙站桩，佟语声忍不住笑起来，糟糕的心情似乎轻松了一些。老谢也跟着放轻了声音："你不要有压力啊，情绪好身体才能好，再在这里躺躺，等休息好了再回班里也不迟。"

佟语声点头，刚想让老谢赶紧回班上课，医务室的门就被"咔嗒"一下拧开了。他探头去看，温言书却比他先一步喊出声来："衡宁？"

医务室门口，衡宁一脸无奈地扶了扶眼镜，然后回头，朝门后的人说了一声："到了。"

紧接着，门后探出一颗头发微卷的脑袋，吴桥一铿亮的蓝眼睛跃到他的视野里。

"Joey！"佟语声有些惊讶地唤了一声，"你们怎么来了？"

准确地说，想来的只有吴桥一一个人。佟语声出事后不久，老谢就被衡宁喊去了班里，为了防止乱上加乱，他临走前安排了一道过程极其复杂的应用题，让吴桥一做完再回班上。吴桥一对外部情况的感知基本不在线，任由班里班外忙得宛如救火现场，他也只是一边啃着手指，一边与世隔绝地哗哗做着题。之前学了一个课间，他已经掌握了一点门路，虽然做得心烦，倒也一点点按规律啃下来了。

于是他拿着习题本回班找老谢，却发现老谢不见了，佟语声也不见了。他在班里认认真真找了一圈，确定佟语声不在，便彻底忘记了老谢的存在。他心中升起强烈的不安，却又偏偏不愿开口去问，只能勉强竖起耳朵去听周围人的议论，好半天才在他们的只言片语里摸索出佟语声的去处——医务室。刚来的时候，佟语声带吴桥一去认过几次路，但记不记得还得另说。他试探着走出教室，又犹豫着走出教学楼，直到发现楼的左边一棵是枣树，右边一棵也是枣树，两边的路交叉重叠没有区别，才颇有自知之明地撤退了。回头，进了嘈杂的班级，看着闹哄哄的人群里没有佟语声，他便又忍不住开始情绪上头了。手已经握到了桌边，他忽然想起来，自己如果失控，就再也不能来上学，不来学校，佟语声就要找新的同桌了。

想到这里，吴桥一忽然涌起一阵强烈的后怕，用另一只手生生掰开

113

了自己抠在桌子边缘的手指节。坐回位置上时，他已经憋出了一脑门的汗，好半天气息才勉强恢复平稳。这是他第一次在没有外力作用下，自己压制住了情绪，对他来说是堪比里程碑的一刻，但他此时根本无心庆祝，只在位置上做了半天的心理斗争，才咬着牙起身走向衡宁。

　　至于为什么会选择向衡宁求助，原因非常单纯——他看起来比较安静，话少的人带给他的不安全感要小很多。但他去的不是时候，衡宁刚处理完佟语声的善后工作不久，正掐着表计算着怎么把浪费掉的时间补回来，吴桥一偏偏就一头撞上了南墙。

　　"医务室。"他不懂打招呼，也完全不做铺垫，径直走过去敲敲衡宁的桌面，生硬地道："带我去。"

　　衡宁正做题做得热血沸腾，那敲击声对他来说完全如耳旁之风，甚至没让他的笔尖停顿半秒。于是吴桥一便生气了，直接拔掉了那人唰唰的笔尖，只留衡宁握着空气在原地一脸错愕。

　　"医务室。"吴桥一又重复了一遍。

　　没有人知道衡宁做了多大的心理建设，才忍着没有当场跟吴桥一发飙，唯一可以得知的是，他左手握着的胶带直接被他捏变了形，中间的塑料环都崩断了。衡宁看着吴桥一，深呼吸了好几口调整心态，想到吴桥一似乎在人际交往上有不小的障碍，又看了看撒丫子一去不复还的温言书的空位，咬咬牙，答应了这个无理的要求。两个人一路沉默着，吴桥一达成目的便一副"四大皆空"的模样，衡宁看着他满脸云淡风轻，想到自己写了一半没写完的题，只感到深深的无力。

　　现在，两个人站在医务室门口，一个容光焕发，一个满面疲倦。吴桥一看到佟语声，便径直趴到床头去了，老谢见状揉了揉眉心，顺势起身回班，随这群孩子去了。佟语声一看衡宁的表情，大概猜到发生了什么强人所难的事情，于是敲敲吴桥一的脑袋，扬起下巴："快说谢谢。"

　　吴桥一乖乖地转身，对衡宁说："谢谢。"

　　衡宁眼镜背后的表情几不可闻地变了一下。他轻轻说了声没事，确认过佟语声已经完全没事后，便睨着一边认真看热闹的温言书，没好气地道："快上课了。"

温言书闻言，立刻弹射起来，跟佟语声说了声拜拜，就跟在衡宁身后溜之大吉了。

校医也叮嘱了几句便出了门，房里便只剩他们两个人了。见到佟语声之后，吴桥一的情绪便完全稳定下来了，他拖了个板凳坐到床边。吴桥一身上有着淡淡的草本香，将四周浓烈刺鼻的酒精味驱散了不少。佟语声低头看着他搭在自己胳膊上的脑袋，之前反复的情绪也逐渐平静下来。佟语声非常清楚，对方来找自己完全是出于本能的依赖，就像是一种雏鸟情结，是出于对独立行动的拒绝和恐惧，而不是出于对自己的关心和爱护。但佟语声从一开始就对他没有太大的幻想，因此也不怎么失望——毕竟自己也只是单纯地需要他的陪伴，两个人各取所需，倒也颇有些抱团取暖的意思。

他低头，轻声问："今天学得怎么样？"

吴桥一抬起头，说："很快很好。"

这是老谢夸他的原句——"很快很好，就是缺乏耐心"，他保留了后半句没说，不知什么时候，这耿直的家伙也学会了报喜不报忧。虽然吴桥一的脸上始终缺少表情，但佟语声能从他细微的语气波动中感受到他的情绪变化。比如他现在就颇有些得意。佟语声从被窝里伸出一根大拇指，突然想到和温言书的赌局，便说："你好好学，到时候赢了的辣条都给你吃。"

吴桥一不知道是什么赌局，这整句话里就只听见一个"吃"字，便问："辣条是什么？"

"一种色泽诱人、味道鲜美的中华传统美食。"佟语声又比了另一根大拇指，说，"是我心中的宝贝。"

吴桥一的眼睛亮了起来——这可比"好好学习就留你下来继续上学"有诱惑力多了。一直在床上躺到了快下课，佟语声实在待不住了，便掀开被子下了床。说来惭愧，自己刚刚一本正经地劝吴桥一好好学，但联想到自己的方才的遭遇，瞬间半点儿回班读书的期待都没有了。想到同学们刚才本能的排挤，佟语声背后又渗出一丝冷汗，接着不免想到自己的处境。

强饭日逾瘦，狭衣秋已寒。

原来人真能又病又穷到这个地步。

回到班里的时候，老谢正揪着带头起哄的家伙们兴师问罪。那几个人看到佟语声进来，立刻齐刷刷地跟他弯腰道歉，还有人特意从小卖部买来了牛奶赔罪。佟语声知道这场闹剧的源头，就是个无知引起的误会，但他心里憋了口气，没法那么大度，便垂着眼睛一声不吭地拿走牛奶，坐下喝了起来。几个人被晾在那里无比尴尬，一直眼巴巴地看着佟语声。佟语声似乎完全不在意他们的凝视，只慢吞吞把牛奶喝完，才说了一句："想要做些什么弥补一下吗？"

见同学们立刻点头，佟语声又平静地开口道："那你们周末就去医院病房做义工吧，最好在呼吸病房那边过个夜，那里的咳嗽声，应该很快就能帮你们脱敏的。"

这个听起来让人有些摸不清深浅的要求一提出，几个人便紧张地面面相觑起来。但佟语声显然不在意他们的态度，只疲惫地收回了目光。他看了看课表，见只剩下一节自习，便扭头对一边的老谢说："老师，我可以先回家调整一下吗？休息半天就好。"

老谢忙不迭地点头，还没问要不要送他回家，便对上了吴桥一灼热中带着渴求的目光，无奈地叹气道："那你们一起回去吧。"

又一次踏上回家的路，佟语声此时的心情还算平稳，看着脚下青红相接的地砖，又忍不住主动开口聊起来："Joey，你知道今天发生什么事了吗？"

吴桥一接过他的书包背到身上，摇摇头，又想起自己正在训练口语，便字正腔圆地答道："不知道。"

这个人什么都不知道，最开始就错过了"案发现场"，去医务室接人也是一脸懵懂，就连刚刚全程目睹了赔礼道歉的全部过程，也完全没有弄清楚事情的原委。佟语声脱口而出问道："难道你都不好奇吗？"，但转而又怕自讨没趣，便自顾自地阐述起了事情的原委。说到底是写小说的，简单的事情经过佟语声的一番艺术加工，瞬间变成了一个跌宕刺激的短篇故事。吴桥一只是安安静静走着,虽然在认真听,但自始至终他的情绪也没有任何波动,更没有半句关心他情绪和身体的话。

直到佟语声说完,他只是点点头,表示"已阅"。

今天本就被折磨得十分脆弱敏感的佟语声,瞬间难过起来。他不再说话,疲倦地小声叹了口气。这是象征消极情绪的信号,吴桥一听到这声叹息,立刻顿住了步子,盯着他的表情看了半天,才紧张地问:"你不开心吗?"

他的逻辑推断还是简单粗暴——生气、难过、失望统统归为不开心,倒也确实不会猜错,却也永远得不出正确答案。佟语声知道自己的要求对他来说确实是有些勉强,但还是忍不住问道:"你就不能偶尔关心关心我吗?"

吴桥一彻底慌了神,手足无措地站在原地,好半天才挤出几个字:"我……我不会。"

他不会,他生病了,所以他理所应当不会。佟语声站在原地看了他半天,直到看到这人眼底真实的慌张、不自信,才慢慢恢复了理智——这样要求一个情感障碍的患者,也实在是太胡搅蛮缠了。沉思片刻,深深的无力感还是把佟语声仅存的那一点无理取闹的心思彻底掩盖了。

路边短短的树影只够遮盖住佟语声一人,他看着阳光下惊慌无措的吴桥一,安慰般伸出手,轻轻拍拍他的肩膀:"对不起,是我要求太过分了。"

吴桥一只是垂丧着头,一直等他撤回了手,才慢慢迈开步子,跟到他身后。疲惫不堪的佟语声完全不再想开口,而他一秒钟不说话,吴桥一的恐慌就更深一层。脑子里将佟语声刚才说的事情经过颠来倒去地温故了好多遍,终于,吴桥一鼓起勇气尝试着问道:"你为什么不开心?"

他应当是在努力尝试去学着"关心"了,但这话配上他严肃的表情,就颇有一番"刑讯逼供"的意思。佟语声觉得无奈又好笑,便有些萎靡地说道:"因为大家误会我、排挤我,让我想到以前不好的事。"

接着,他又想到了更多:"也因为药太贵了,生病开销太大,我家快承担不起了。"

吴桥一努力地分析起了他勉强能理解的后半句，半秒后，他又问："你缺钱吗？"

佟语声几乎没有犹豫："缺。"

一听到这个答案，吴桥一几乎是脱口而出道："我不缺，我家有很多钱，我给你。"

真诚又热烈，听得佟语声鼻子有些发酸，他笑着摇摇头："那是你父母挣的钱，我不能用。我爸妈也很辛苦地工作，我写小说也可以挣点钱，自己动手，丰衣足食，生活还是可以勉强继续的。"

吴桥一看着佟语声，似懂非懂地点点头，便又不说话了。佟语声今天想回自己家休息，便在别墅前和吴桥一道了别。临走前，他还是有些介怀地问道："Joey，你会害怕我吗？会不会担心我传染给你？"

这次吴桥一几乎没有思考，说："不怕，那不是传染病。"

佟语声终于如释重负地朝他挥挥手："明天见。"

"明天见。"吴桥一说。

转身回到别墅里，他便匆匆上了楼，在房间里翻找了好一会儿，才又嗒嗒嗒跑下楼。吴雁刚接到老谢打来的电话，对儿子突然回家并不算惊讶，但很快吴桥一又在他眼皮子底下冲出了家门。不出她所料，五秒之后，吴桥一仿佛被马路烫了脚一般回到屋内，气急败坏地把自己摔进沙发里。直到看到儿子焦虑地薅起了自己的头发，吴雁才跑过去问："你想去哪儿？我带你去。"

吴桥一有些戒备地看了她一眼，权衡了半天，跑去楼上拿了一套笔纸，然后站到了吴雁面前。

"野水湾。"他说。

这才分开没几分钟，就又急着去找人。吴雁笑了笑，转身就要去拿车钥匙。吴桥一看穿她的动作，摇头道："走去。"

虽然不知出于什么目的和原因，但吴雁向来没有过问的习惯，便也就顺从地应了下来。母子俩很少这样一起出门走走，吴雁拿了遮阳伞，便招呼吴桥一出门。刚关上大门不久，吴桥一便停下脚步。他转身看了眼身后的房子，又看了看四周的路，低头，在纸上窸窸窣窣画了几笔。

非常潦草粗暴，看样子是个不够严谨的地图。

看他画得专注，吴雁没好意思提醒他，但凡他把纸张转个方向，这地图，就又能解读出七八种不同的意思来。吴桥一就这样稀里糊涂又全神贯注地边走边画，他的构图丝毫没有规划，路才走了三分之一，白纸就快画满了，于是剩下的部分就骤换了一种尺寸，紧紧凑凑地缩成了一团。时间临近中午，吴桥一这么走走停停，很快就热得一头汗。吴雁也只是默默跟着，伸手帮他打着伞，没去打扰他分毫。终于，花了平时大约五倍的时间，两个人走到野水湾狭窄的巷口，再往里吴雁便没去过了。

"你认识他家吗？"吴雁看着里面曲径通幽的岔路，有些担忧地问道。

吴桥一回头看了她一眼，只说："不去他家。"

说罢，便扎进那巷口，直朝眼前最亮最阔的大路走去。

这条路只走过一遍，但他记得佟语声跟他说过，沿着最宽的那条路一直走就能找到了。吴雁一头雾水地跟在吴桥一身后，却不自觉地就被这野水湾奇特的内部生态吸引走了注意。现在差不多是大家午休的时间，路上人不多，七零八落的小商铺半打着烊，只敞开一半的卷帘门，似乎不怎么欢迎客人的到访。

路边卖什么的都有——捕捞专用的渔网渔具、手工制作的拖鞋毛衣、廉价花哨的小饰品，还有藏在拐角的五金店铺。吃过饭的老人靠在躺椅上边晒太阳边听收音机，刚刚忙完的商户端着小碗，满大街追着贪玩不吃饭的小孩儿喂食。她先前只以为观音廊那样的商业中心才是热闹的聚集地，但她看着这处处都是烟火气的小巷子，便感觉，这个世界的每个角落都有属于自己的热闹非凡。终于，这条笔直的巷子快要走到尽头，吴桥一停下步子，看着面前空荡、无人的桌椅发愣。

"没有人。"他转头，震惊又慌张地对吴雁说。

吴雁闻言，又细细打量了一番这排桌椅，看出像是个露天棋牌室，才问："你是想来这儿下棋的吗？"

吴桥一点头，手下意识紧张地攥紧了衣角。吴雁看明白了，解释道："一般大家都是吃完晚饭来这里下棋打牌的，你要想来，等太阳快下山

119

的时候来。"

吴桥一脸上的表情便慢慢轻松下来，拿出纸，在上面又画了几笔。

原来急匆匆赶来这里，还亲手绘制地图，不是来找朋友，而是为了来下棋。吴雁心想着，无奈地笑起来。两个人在野水湾附近的小商铺里随便找了个面馆吃了午餐。渝市的小面算是全国有名的特色美食，但吴桥一水土不服，哪怕点了声称"一点儿不辣"的微辣，一碗面也足足就了四五杯水才吃完，还是因为耐不住辣，哗哗流了一脸的泪水。

回去的路上，吴桥一十分严谨地拿出画好的地图，左看右看发现还是不认识路，便把之前那张扔掉，重新又绘制了一幅。

一整个下午，母子俩什么事儿都没干，就沿着家到野水湾这条路，来来回回反反复复走。直到吴桥一手里的地图完善到他自己能看懂，在没有吴雁指引的前提下能自己走个来回，棋摊子终于来了人，吴桥一便招呼吴雁，让她自己回家了。

"一会儿自己回家？"吴雁有些犹豫地问，"不认识记得给我打电话。"

吴桥一看着快占满了的棋摊，心不在焉地点点头，转身便扎进人堆里了。当晚，吴桥一快到十点才捏着地图回到家。他中途几次差点走错，但靠着只有他自己能看懂的注解，还是磕磕绊绊找到了自己那熟悉又陌生的别墅。一直到进了房间，他才想起学校还有作业要写，累得想放弃，却又怕被佟语声抓住叨叨。他硬着头皮，边打呵欠边糊弄完了。兴许是累过了头，他没有借助任何安眠药物，也没有借助《花间集》这种物理催眠，几乎倒头就睡着了，连日历上的心情日记都忘了画。

第二天清早，他还是等着佟语声回来带他上学，不动脑子坦坦荡荡地跟了一路，让他第一次体会到被人带路是何等的轻松。佟语声桌子上摆了四封道歉信，他没拆开看，随手塞进抽屉里便不了了之了。昨天的一切都像是没发生过一般——因为药物引发的闹剧，因为渴求关心而短暂掀起的波澜，还有偷偷摸摸走了无数遍的路，都尽数隐藏在了昨天不会逆转的分秒之前。

吴桥一的作业得到了老谢口头颁发的"最佳进步奖"，这人的学习劲头便肉眼可见地高涨了三倍，下课居然主动跑去办公室接受了补课。佟语声的精气神也得到了恢复，兴致来了还会跟着问几道题，以示尊重。

晚上放学后，佟语声依照约定跟着回了吴桥一家的别墅。安排好佟语声的吸氧和洗漱之后，吴桥一没跟他打招呼，便匆匆跑出家门。问吴雁也只说他是跑出去玩了。如果不是他跑得太快，佟语声也想跟着去看看在玩些什么，但他只能被困在房间里。心不在焉地写了会作业，便去看书写小说了。这样的情况持续了快一周，每天晚上，吴桥一都会匆匆跑出去玩，一直等佟语声一个人待到快要睡着时，才又忙不迭地赶回来把作业写完睡觉。

他去跟谁玩？玩什么？谁给他带的路？怎么能一玩就是这么久？

佟语声想着，越琢磨越不对味，这些问题几乎折磨得他睡不着觉，终于有一天佟雨声忍不住，在吴桥一快要睡着之前推醒他。

"Joey？"佟语声皱着眉，面朝着吴桥一的后背，有些别扭地问，"你每天晚上出去干什么？"

吴桥一犹豫了一下，翻过身，几乎脸贴脸地观察了一番他的表情，怕他又"不开心"，这才慌忙起身打开灯。他从床头柜里掏出一个保存完好的存钱罐，"啵"的一声拔开塞子，然后哗啦啦，把一堆硬币、纸币倒在桌子上。这些钱的面额有大有小，小到一毛两毛的硬币，大到五十一百的钞票，堆在一起能有好几百了。

他有些局促地把钱推到佟语声面前，说："给你钱。"

似乎是怕他怀疑一般，吴桥一又补充道："不是父母的钱，是我自己下棋挣的。"

第五章

春风得意马蹄疾

佟语声看着他捧在臂弯里的零钱，感觉有一瓶梅子汽水被"啵"地打开，翻出酸甜的气泡来。

"我打算多攒一点再给你……"吴桥一有些紧张地捏住了衣角，似乎觉得面前这点钱实在拿不出手，也有惊喜被提前戳破的懊悔，"太少了……"

总共加在一起三百出头，可以买十分之一盒新药，或者吸三十次氧气。这是吴桥一花了七天，下了十四盘棋，得罪了七八个年纪不等的叔叔爷爷才换来的，但对佟语声的治疗费用来说，仍是杯水车薪。他听到最多的话就是对方输了之后的赖账——"一个小孩儿要那么多钱干什么？"有的就这么赖着不给，还有的直接把讲好的价格压到一半。

吴桥一现在能听懂一些渝市话。一开始他难免生气，好几次差点掀桌子跟人干架，多亏有惜才的老棋手出来讲公道，才把他应得的钱都尽数要了回来。时间久了，就有当地有名棋手听说野水沟来了个厉害后生，大老远坐轻轨来应战。后面几场虽然不敌高手遗憾落败，却也一并赚到了不菲的"出场费"，几十一百的大钞便是这么来的。

其实吴桥一很怕一个人出门，那张特制地图即使翻掉了色也不敢扔，他也很怕下棋的时候被人一层层地围着，人群里的目光让他如坐针毡。但佟语声说他缺钱，说要自己动手，丰衣足食。吴桥一不会打工，不会写小说,思来想去似乎也只有这个赚钱的法子了。此时他小心翼翼地抬眼看着佟语声的表情,捏着钞票的手指尖也在轻轻发颤。他猜不透佟语声的想法,怕他嫌自己赚得太少,又怕他怪自己浪费时间,不去好好学习。想到后者,他又忙不迭地补充道:"我最近作业都很认真。"

这一点佟语声当然清楚,他有时候下棋下到很晚才回来,佟语声都已经抱着小熊躺在床上昏昏欲睡了,他才窸窸窣窣打开台灯写作业。他有时候也会暴躁,半夜忍不住拿笔笃笃笃地戳着桌面,佟语声只要听到了,便会迷迷糊糊爬起来拍拍他的背,偶尔还抱怨他不该在外面玩那么久才回来。

一直没等到佟语声说话,吴桥一又一次慌乱起来:"你……"

台灯的柔光下,佟语声温顺的下垂眼里晃荡着浅浅的水光。

哭……哭了?!

吴桥一的头皮瞬间炸裂开来,他问道:"你……不开心吗?"

佟语声没憋住,笑出声来,"金豆子"却顺着脸吧嗒吧嗒往下掉:"我很开心。"

吴桥一听到这话更慌了——佟语声说过,人有时候是会说"反话"的,他也说过,哭就是代表不开心的意思,那么现在这个情况,必定是他不开心了还偏偏要说反话。

"你告诉我哪里错了。"吴桥一紧张到连语文水平都变高了,"你说了我可以改,你不说我不知道。"

他哗哗抽了两张纸盖住佟语声的脸,从头到尾不敢去看佟语声的眼睛。应当是想给他擦眼泪,但动作僵硬得像是要强行堵住他的泪腺,叫人哭笑不得。佟语声看他真慌了,乐得不行,一边把纸接过来,一边安抚道:"我没生气,我是感动,谢谢你特意跑去帮我赚钱。"

吴桥一疑神疑鬼地收回手,不敢吱声。佟语声揉揉他的头,又伸手把他拉回桌边坐下,把散到桌上的一沓子钱一张张、一枚枚地收好,然后又原封不动地塞回存钱罐里。收到了退款,吴桥一开始震颤了,疑问还没说出口,佟语声便先发制人道:"你先帮我存起来,等什么时候它装不下了,我就把它拿走。"

吴桥一看着面前硕大的存钱罐，张了张嘴，没说出话来——早知道换个小点的存钱罐了。

"你以后不用瞒着我跑去下棋赚钱了。"佟语声说，"晚上早些回来，把作业写完就睡觉，不然每天都太辛苦了。"

完了，吴桥一痛苦地想，这是既嫌弃自己挣得不够多，又觉得自己耽误学习了。佟语声完全不知道吴桥一清奇的脑回路，只关上灯，把吴桥一拉回床上，然后躺倒。闭上眼睛之前，他对着黑暗说："谢谢你Joey，我真的很开心。"

吴桥一也跟着困惑地闭上眼——所以他到底是开心还是不开心啊？

第二天是周末，佟语声本想着可以睡个懒觉，却没想一大清早就被呜哝呜哝的读书声扰醒了。一睁眼，吴桥一已经整装待发坐在桌子前，拿着语文课本艰难地读着。佟语声看了看时间，想起这是他们约定好的学语文的时间，这才有些不太情愿地爬起来。

吃完早饭回来，他发现吴桥一正趴在地上做俯卧撑，一边做一边背着书。这是吴桥一奇特的习惯——他无法专注地去做某一件事情，所以比起胡乱不受控地走神，他更愿意直接找个单调乏味的事情，去分散过剩的精力。比如右手做数学题，左手就必须拿着笔乱画，背语文课文时，就得做做俯卧撑。现在吴桥一正俯在棕色的实木地板上，穿着白色的无袖运动衫，肩胛在上下起伏间划出漂亮的线条。

他正在背着的是《沁园春·长沙》，少年的蓬勃气和课本的书卷味恰好符合意境："恰同学少年，风华正茂；书生意气，挥斥方遒……"

直到他顺畅地背完，拍拍手站起身来，佟语声才回了身，夸奖道："你背书好快呀。"

吴桥一瞬间开心地摇起了看不见的小狗尾巴。

佟语声看着眼前这个少年，他就像一条缓缓向上的路——他在变好，变得有朝气，会主动学习，也渐渐懂情绪懂得关心人。要不了多久，他就能变成一个正常的少年，可以和同学们在操场上踢球，可以在教室里奋笔疾书。以他体贴温顺的性格，肯定会有很多喜欢他的朋友，如果他想，一定能找到喜欢的合适的女孩，他们可以恋爱、结婚、生子，拥有美好的家庭，和无限美好的未来……佟语声看着他，由衷地替他开心，又想到他的未来将会和一群人度过，那时候的自己大概率已经成为渝市地底的一抔泥土，早已经在他的世界里消失，瞬时酸涩中带着一丝羡慕。

对于他这样一个短命的人来说，现在是少年也是暮年，面对的是旭日亦是夕阳。

耳边突然传来一串嬉戏声，佟语声下意识扭头去看窗外。青郁的树荫下，一群骑着单车的少年人在葱茏中呼啸而过，掀起一阵清爽的风来。后面，两三个少女奔跑着互相追逐，在空气中划出雀跃而热烈的弧线。他愣怔在窗边，看着他们的背影，长久无法收回艳羡的目光。

直到吴桥一带着探究意味地问他："你在想什么？"

佟语声愣了半天，才摇摇头："我在想不可能的事情。"

想跑步，想骑车，想肆无忌惮地玩闹，可不就是在想不可能的事情。吴桥一伸头跟他一起看向窗外，好半天，他突然拉起佟语声的手腕说："出去玩。"

佟语声就这样脑子发木地被他拉到了楼下，这才想起自己根本不能快乐地玩，便勉强推脱道："Joey，我不行……"

但吴桥一又一次屏蔽掉了他的话，看他不配合，便松开了他的手腕，自己一个劲儿往后院的仓库扎。仓库有很多灰尘，对呼吸非常不友好，佟语声只能傻傻站在屋外，干巴巴听着里面传来乒乒乓乓的翻找声。或许是去找足球，或者是别的东西，佟语声心想，总之是自己玩不了的东西。

约莫四五分钟后，那人果然抱着一个足球探出身来。他炫技一般，在佟语声面前做了几个看起来非常有难度的花式动作，然后把球抱在怀里，似乎是在等着佟语声夸奖。佟语声便顺着他的意思，心猿意马地鼓起掌来。这人还是学不会顾及别人的感受，佟语声想着。

"开心吗？"吴桥一又问。

这时佟语声才反应过来，这人可能是方方看自己往窗外看，误以为自己想看别人做运动。体会到他的这般心情，佟语声便也不得不笑起来，说："开心。"

佟语声发现自己开心的阈值一天比一天低，但凡那人是为自己着想，无论方式无论结果，他都可以开心。吴桥一又把球递给他："你想玩吗？"

佟语声连忙摆摆手："不了，碰了球我就想跑步，我很不知足的。"

但吴桥一似乎没有听到他的推脱，强硬地把球塞进他的怀里，一定要让他踢。实在是拗不过他，佟语声便站在原地，用足尖轻轻把球踢开，不敢过度调动身体的肌肉和力量。在球离开他足尖的一瞬间，吴桥一就像看见飞盘的小狗一般弹射出去，把球拦停，然后转身抬脚，稳稳地把球送到佟语声的脚边。佟语声下意识地把球截下来，伸出右脚，这次用了些力却踢得很歪，吴桥一又火箭发射似的冲过去，再次把球送到他的身前。

吴桥一喂球十分精准，无论佟语声把球踢到院子里的哪个角落，他都能第一时间拦下、再送到佟语声的脚边。自始至终，佟语声没有离开他站的位置半分，吴桥一却满场跑得大汗淋漓了。方才踢球的动作虽然动作幅度极小，但佟语声依旧觉得全身的经络悄悄舒展开。他喜欢又惧怕这种感觉，他感觉身体真的兴奋起来，他想要跑动的心情已经让他如芒在背了。

少年人不就应当像风一样满世界地跑吗？

正想着，吴桥一突然消失不见了，一回头，又听见仓库里传来凌乱的翻找声。这一回，他抱出来的是一块刚刚才擦干净的一块四轮滑板。佟语声以为他要再给自己表演一段炫技，但是这人却只是牵起佟语声的手，把他往板上引。

"站上来。"吴桥一说。

佟语声没玩过滑板，只听说这东西很容易摔着人，便有些缩手缩脚的。但吴桥一却直接把他一把拉上来，抬脚抵住滑板前端，手稳稳扶着他的手臂："我扶你。"

这三个字似乎让佟语声吃了定心丸，抬手扶着吴桥一的肩膀，全身的僵硬感慢慢纾解开来。看他站稳，吴桥一便撤去前脚，扶着他往前滑出第一步。他启动的速度是极慢的，但佟语声还是吓得心跳一阵错乱，下意识地攥紧了他的衣服。直到确认自己找到了平衡点，佟语声才敢慢慢抬起头——他们已经离开了吴桥一家的后院，来到了那群少年方才奔跑过的林荫道。

吴桥一慢慢加快步子，从快走变成了小跑，四周的景色在越来越快地掠过，佟语声一时间忘了害怕，只任由着风在耳边呼呼地吹着，任由全世界在他身后倒退。直到面前陡然出现一片坑洼的路面，滑轮在路面上颠簸着快要翻倒，运动神经几乎退化的佟语声下意识地去抓吴桥一，那人却提前一秒，轻轻将他从滑板上放下来。

"平稳着陆。"吴桥一幼稚地说道。

佟语声双腿发软地站在地面上，发现自己的心跳轻微有些加速，额头上也渗出了一层汗水，就像刚刚运动完一般。他看着刚才他们穿梭过的路和巷子，看着跑得大汗淋漓的吴桥一，那人的眼中正闪烁着恣意的光。自己仿佛刚从独属于少年的风中奔跑而过了。虽然并没有任何剧烈动作，但是心跳、汗水和耳畔的风都是真的。

这是自佟语声确诊以来，第一次感受到了自己的血液还会流动。他曾经不止一次抱怨过自己没有青春，但现在想来，青春其实一直都在。他弓着腰，面色绯红地站在滑板边，同每个刚奔跑完的少年一样，恣意而畅快。吴桥一看他的动作，计算出结果来："累了。"

"请你坐车。"不等他回复，就拿出纸擦擦站过的地方，又掏出一根绳子系在了滑板前段。他蹲下身拍了拍滑板，邀请佟语声坐上去。佟语声玩上了瘾，没有半分推托，顺势坐到滑板上。确认他盘好腿，吴桥一便牵着那根绳子慢慢往前迈开步子。佟语声又一次看到街景缓缓挪动，不知为什么，他总觉得吴桥一这动作像极了老大爷遛狗，优哉游哉。

他们慢悠悠地穿梭在树荫中，斑驳的树影把他们揉成一捧发光的碎片。

轮子滚动的声音惊起了一群飞鸟，它们在绿荫中扇动羽翼，掷下一串清脆的鸟鸣。佟语声抬头看着那朝天空飞去的身影，突然起了兴致，用蹩脚的播音腔讲解道："看，我们正在穿越的是有'地球之肺'之称的亚马孙热带雨林，这里植被丰厚，动植物种类繁多，是万物生灵自由的天堂。"

吴桥一听到他的解说也跟着抬起头，头顶那片葱葱绿意似乎真的变得幽深神秘起来。往前不到几步，是一个立在地上歪斜的老旧消防栓，佟语声伸手指道："这是位于意大利奇迹广场的比萨斜塔，伽利略曾经在这里投掷下两颗铁球，它们同时落地的声音敲响了整个物理世界的大门。"

右手边的一个小水沟上，为了方便骑车通过，人们横着搭了一块薄薄的木板，佟语声伸出手指，比画出一个取景框来："刚刚和我们擦肩而过的，是E国的康河与剑桥，那里有无数名人留下的画作诗篇，有徐志摩没能带走的云彩，最重要的是，十六年前，它们所滋养的城市诞生了一个伟大的艺术品，也正是我们这趟环球列车的列车长，吴桥一。"

吴桥一听到自己的名字，跟着回过头来，精致立体的五官一半没在阳光下，更像极了古欧洲充满美感的雕塑。

他直直地看向佟语声，这是佟语声第一次在他清澈的蓝眼睛里看见自己的倒影，也似乎是转瞬即逝间，他的眼底竟划过一丝笑意。佟语声从没见过吴桥一笑过，就像擦肩而过的女孩裙摆上的香水味，淡到让他怀疑是个美好的错觉，但却真实得让人抓心挠肝，让他好半天都说不出话来。被夸奖了的吴桥一显然是开心的，他突然把绳子缠到腰上，回头道："抓稳。"

佟语声有些慌张地扶住了板子的边缘，就看那人突然迈开腿小跑起来。这一片的路是平坦的，确认平稳之后，吴桥一慢慢提高了速度，佟语声的视野便就跟着呼啸起来。或许是因为重心低，这跑动起来没有先前那么叫人害怕紧张，倒是有种风驰电掣的兜风感。

佟语声突然有感而发地朝吴桥一喊道："Joey，你知道哈士奇是西伯利亚雪橇犬吗？"

吴桥一也觉得自己这样子像极了狗拉雪橇，便边跑边模仿哈士奇的叫声："汪汪！"

他们一直疯玩到变了天，一直放晴的渝市终于憋不住暴露了本性，黑云尽头雷隆隆地滚着。眼看天空一片乌黑，急雨骤降，佟语声朝吴桥一喊道："呼叫战犬呼叫战犬，风暴即将降临，请立即撤退！"

吴桥一也跟着紧张兮兮看了看天，把手腕架到嘴边道："Roger（收到）。"

下一秒"哈士奇"便加速狂奔，一路风驰电掣地把雪橇拉回了家里。刚一关上门，外面就哗啦啦下起雨来，似乎是抓着他们的脚跟追赶来的，更增添了一丝紧张的气氛。佟语声一回家便窝进沙发里笑起来，吴桥一也跟着四仰八叉地躺在一边。两个人就这么傻愣愣地望着天花板，听了好半天窗外的雨声，佟语声才后知后觉地道："Joey，你今天的学习任务还没完成。"

他明显感觉到沙发隔壁的身体僵硬住了，然后就看到吴桥一若无其事地翻了个身，背朝着他，假装没听见的样子。佟语声也玩得静不下心来，便不再念叨，继续仰面朝天躺着。但吴桥一显然心虚了，不敢看他，盯着吊灯欲盖弥彰地解释道："下雨，不适合学习。"

佟语声笑起来，问他："那适合做什么？"

见吴桥一火速翻身，佟语声又补充了一句："除了下棋。"

吴桥一的动作硬生生地卡在了原地。他保持着一条腿着地一条腿跪在沙发上的动作，差不多十秒钟，终于慢慢扭转了方向，跑到电视面前坐下。

"电影。"他背朝着佟语声，晃了晃手里的碟片。

佟语声也乐意看电影，便盘起腿坐直，等那人随手找了张光盘，放进播放器里。很小的时候佟语声跟着爸妈一起去过几次电影院，也是从那时候，他才明白所谓"大银幕"的真正含义。生病之后，因为看电影并不便宜，加上电影院空气质量不好，他便再也没看过。在家里，爸爸试过用老式电视放租来的碟片，不知是碟片有划痕，还是电视太老旧，雪花点比人脸还大，连一部电影都没能完整看下去。再穷苦一些的日子，家里的影碟机也被用来换治病钱了，电影这种东西就再没出现在他的生活里。

吴桥一放好碟片，又颇具仪式感地跑去拉上窗帘，氛围感立刻拉满。

一片漆黑的视野里，墙壁上那面又薄又大的液晶电视亮起，一段雄浑的号角声后，太阳光突破地平线，蔚蓝的地球伴着电影公司金色的标志出现在黑暗正中。

这一瞬间，佟语声仿佛回到了好多年前，自己和爸妈一起去电影院看电影的日子里——时间仿佛真的倒流回了生病以前，他默默地想着，他在时空隧道里的愿望，仿佛真的成真了。这是吴桥一随手挑的一张影碟，等内容顺畅地播放起来，他便挪回了沙发上。影片开头，一对对父女、朋友、情侣相拥在一起，男人操着一口英式英语快速念白，佟语声这才反应过来，这部电影没有中文字幕——吴桥一看电影，怎么会用得上中文字幕。

于是他就稀里糊涂地问道："他在说什么？"

吴桥一前面没听进去，一听佟语声说话，这才勉强接上现在正听到的一句"Love actually is all around（爱其实无处不在）"。

于是他翻译道："爱其实无处不在。"

接着，屏幕上便留下一个红色的"Love（爱）"和一个白色的"Actually（其实）"。

佟语声愣愣地看着屏幕，还没等把画面和翻译联系到一起，镜头就切进了下个画面。同声传译不是什么容易的事情，尤其是在翻译官中文水平有限、注意力有缺陷的前提下，断断续续能听出个大概都算奇迹。到后来，吴桥一已经偷懒到三句话才翻译一两个词出来，已经错过大部分剧情的佟语声便也无欲无求了。

这是部爱情电影，一部不需要字幕都能感受到满满爱意的电影。佟语声窝在沙发里，羡慕他们正常人的生活如此简单快乐。

他此时就是简单快乐的。他们一起靠在沙发上，看到电影中的情侣互诉衷肠、拥抱亲吻。进度过了大半，受伤的男人终于敲响了女人家的门，他一言不发，把写满了字句的卡片一张一张翻给女人看。

佟语声猜道："他是去告白了吗？"

早已经忘了翻译的吴桥一骤然清醒过来，他们一同凑到电视前，看向男人写在卡片上的字句。

吴桥一的声音便轻轻落到佟语声身边，他说："我荒芜的心会永远爱你。"

荒芜的心，佟语声心想，或许他们两个都曾是荒凉的孤岛，一个无望生,一个艳羡死。只是现在,在时空隧道的光环下,在渝市倾盆的急雨前,他们的天空终于破晓。

生死的意义便不再重要了。电视里,背景音乐在漫天的大雪里飘荡,女人冲出房门和男人亲吻。"Enough(够了),"男人转过身,和自己支离破碎的过去告别,"Enough now(现在就够了)。"

这是一个千疮百孔的心灵被治愈的故事,男人和女人最后没有走到一起,他们的故事只有开始,没有结局。佟语声看完只觉得满心遗憾,吴桥一却先一步仰起头嚷起来。

见佟语声投来疑惑的目光,吴桥一情绪激动地"He、she、他、他们"地调整了半天语言模式,才理顺出个中英混杂的句子:"她有husband(丈夫)!"

意思是,女人有了家室,怎么还能和别的男人亲吻。佟语声没太看懂,只是猜测着解释道:"或许他们是在告别?你们不是有这种亲吻礼吗?"

吴桥一却只是无法接受一般抱住了脑袋。

他一激动,语言系统就开始错乱,佟语声好半天才听明白,听吴桥一断断续续地表达完,佟语声下意识地道:"你们不是挺开放的吗?"

吴桥一便义正词严地道:"我的妈妈是中国人。"我流着中国人的血,骨子里有中国人的含蓄和传统。这人还挺有家庭责任感的,佟语声笑起来,脱口而出道:"你未来会成为一个好丈夫。"

这话一出,两个人不约而同地沉默起来,似乎是同时联想起吴桥一以后结婚、成家的画面,气氛变得有些奇怪。好半天,吴桥一才闷闷说了一句:"No。"也不知是在否认什么。佟语声觉得吴桥一相比起从前,真的开朗了很多,这样的开朗,预示着他注定有一天会走向正常的人生,结婚生子、成家立业到那时便也是水到渠成。那一瞬间,佟语声承认自己真的羡慕了,只是他根本没理清,自己究竟是羡慕吴桥一能脱离苦海,还是羡慕有人能和吴桥一共度一生。

佟语声又一次彻夜难眠起来。他偷偷摸摸打开制氧机时,吴桥一的呼吸声已经平稳了下来。或许是这段时间体力脑力的双重消耗,最近吴桥一入睡的速度越来越快。之前两个人都睡不着的时候,他们还会有一搭没一搭地聊两句，现在佟语声只能侧身抱着小熊，看着制氧机在黑暗里发出微弱的光来。他脑子里混混沌沌地回放着今天发生的一切，那些开心的浮光掠影让他觉得幸福。

此时，吴桥一累了一天，正四仰八叉地躺在地铺上睡得安稳。听着他平稳的呼吸声，佟语声只觉得新奇——前不久，这人还跟自己一样入睡困难，眼下他却好像已经放下了那满满的负担和累赘，比自己先一步迈向光明了，真是好羡慕。佟语声摸了摸自己的肋骨，感受着胸腔的起伏，心里悄悄想着——如果自己也能像吴桥一一样慢慢好起来就好了。

每每念到这里，佟语声又难免伤感，但他转念又想到了今天发生的一切，想到了那前所未有的气喘吁吁、大汗淋漓。有吴桥一在，自己不也可以像其他同龄人一样在风中奔跑了吗？他就是自己的双腿双眼，能带自己路过全世界、看遍天下所有的美景。

遇到吴桥一，真是太幸运了，你应当知足才是，佟语声这样劝自己。

昏昏沉沉地劝好了自己，第二天清早，两个人磨磨蹭蹭地艰难起床。下楼时，吴雁正在打电话，看见来人，立刻朝吴桥一招招手："Anne 打来的。"

吴桥一似乎有些嫌麻烦，但佟语声在后面推了推他，便只能无奈地跟了过去。吴雁把电话开了免提，放在桌子上，就转身去了厨房。

"Joey！"电话里传来小女孩稚嫩的声音，"我现在用中文跟你说话！"

这小孩儿声音脆脆亮亮的，佟语声隔着电话，都能想象出一个古灵精怪的金发小姑娘的模样。小朋友中文说得很好，除了不太分得清声调之外，语法的流畅程度几乎要比他亲哥好上几个档次。

吴桥一托着腮，不感兴趣地闷哼："嗯。"

Anne 似乎早已经习惯了他的冷漠，继续兴高采烈地道："因为我和 William 绝交了，找了一个中国朋友，他中文很好！"

听声音，这小孩儿最多小学三年级，一口一个"绝交"的，把正喝着牛奶的佟语声差点儿笑呛了。吴桥一伸手拍拍他的后背，安慰道："你中文也很好。"

佟语声只觉得那口牛奶是真的咽不下去了，怎么能拿自己和外国小朋友类比啊？

果然，电话那头的 Anne 突然惊觉起来："你和谁在一起？你交到朋友了？"

佟语声咳了两声，吴桥一给他递了一张餐巾纸，对听筒说："佟语声。"

还没等佟语声主动打招呼，就听 Anne 小声地问道："Ming（明），哥哥的朋友怎么说？"

那边，一个还没变声的稚嫩男声从听筒传出："嗯……老朋友？"

于是 Anne 又脆生生喊道："老朋友你好！"

佟语声实在没法不接话了："……你好？"

一听这声音，Anne 和她的小男朋友双双发出一声惊呼："真有！！"

那一瞬间，小朋友的热情让佟语声觉得自己的存在仿佛犯了罪一样，他恨不得掘地三尺从地道逃跑，但仔细一想，也不知在紧张什么。电话那边，俩小孩的尖叫几乎要盖过外面树上的蝉鸣，吴桥一拧紧眉，把手机往远处推了推。这人怎么回事啊，也不知道解释一下，佟语声有些羞恼地想着。似乎是听到他的心声一般，吴桥一缓缓吞下嘴里的面包，对手机说："好朋友。"

Anne 和小男友便乖巧道："好朋友哥哥！"

很快，小朋友立刻严肃道："Joey，我要和好朋友哥哥单独说话。"

吴桥一挑了挑眉，看了佟语声一眼，应当是在征求他的意见。佟语声根本拒绝不了，只能伸手接过电话。

"哥哥你好！"Anne 说。

直到吴桥一自觉躲进房间回避，佟语声才轻声说："你好呀 Anne。"

Anne 的语气突然变得十分认真："你真的是 Joey 的好朋友吗？"

佟语声愣了一下，才回答道："是的。"

"Joey 没朋友。"Anne 说，"Joey 很奇怪，没有人喜欢和 Joey 玩。"

佟语声现在才觉得自己是在和小孩子说话，语气便柔和下来："现在有了呀。"

Anne 沉默了半晌，又问道："你喜欢 Joey 吗？"

还没等他回答，Anne 又小声地说道："如果你喜欢他，你可以做他一辈子的好朋友吗？"

她的语气恳切又真诚，像是一朵对着蝴蝶许愿的小玫瑰："我希望 Joey 可以永远开心。"

纯真而虔诚的祈求，让佟语声的心脏轻轻颤动了一下。

他的声音柔和得像是怕惊扰到花瓣上的蝴蝶一般："哥哥努力活得更久一些，陪 Joey 更久一些，好不好？"

Anne 沉默了几秒，才小心翼翼试探道："It's a deal（一言为定）？"

佟语声没听懂，Anne 和 Ming 也说不出中文意思，于是他抬头朝楼上喊了一声："Joey，'It's a deal'是什么意思？"

吴桥一的蓝眼睛立刻出现在楼梯口，朝他喊道："一言为定！"

佟语声会意地笑起来，既像是对吴桥一说，又像是对电话里的 Anne 说："好！一言为定！"

Anne 在对面咯咯地笑起来，一口一个"哥哥谢谢你"，同时约好了来中国找他们玩，说要给他带崭新的泰迪熊。佟语声被这小天使哄得心都快化了，也算是明白，怎么会有那么多男孩子排着队去跟她玩。他满心欢喜地跑上楼去和吴桥一说："你妹妹也太可爱了！"

吴桥一似乎有些不太高兴，只从鼻腔里轻轻哼出一声来，转身装模作样去背书了。太幼稚了，小孩子的风头都要争一争。佟语声伸手摸摸他的头："你是帅。"

吴桥一便勉为其难地开心起来了。佟语声看着他满书龙飞凤舞的笔记，不得不有些佩服起他来。这人倒是说干就干，学习劲头铆得很足，虽然方法和风格上看起来非常杂乱无章，但从不定时的课堂小练、随机检测的结果看，他的成绩已经属于非常优异的那一类。他实在是太聪明了，就连语文阅读这样看起来没有章法的题，他也在搜集了钱小琪给的题型总结之后，琢磨出了一套复杂却精准的答题模板。

佟语声觉得他整个人都在闪闪发着光。

第二天清早，两个人又慢悠悠地踏上了上学路。吴桥一手里拎着自己的书包，肩上挂着佟语声的双肩包，活像是要大老远跑去赶集。

佟语声觉得有些抱歉，便问："你累吗？"

吴桥一耸耸肩，一口气冲到台阶顶，又吧嗒吧嗒跑回佟语声身边，展现自己的精神百倍。佟语声笑了笑，怕拖累他的步子，便加快了速度，嘴里自嘲道："我好慢呀。"

吴桥一定住步子，回头看了看他，脑子飞快地转动，选出一句合适的话来："骐骥一跃，不能十步；驽马十驾，功在不舍。"

是他这两天熟背的课文《劝学》，佟语声只觉得很惊喜，原来他背课文也会理解文章的意思。吴桥一就是在劝他，走得慢，慢慢走也能到。佟语声起了兴致，跟着他的句子念道："马。马作的卢飞快，弓如霹雳弦惊。"

突如其来的飞花令，让吴桥一瞬间神经紧绷起来。他这段时间背了很多古诗，但每当想到"飞花令"这三个字，他就会条件反射一般头皮发麻。他在大脑内快速检索，犹犹豫豫说出一句："世有伯乐，然后有千里马。"

佟语声本没期待得到他的回应，没想到这人不仅答了，而且答得又快又好，眼睛瞬间亮了："春风得意马蹄疾，一日看尽长安花。"

吴桥一憋了半天，有些恼火地道："不玩了。"

佟语声满足地笑起来，他努力往上跃了两级台阶，然后略有些气喘道："吴桥一。"

吴桥一惴惴不安地看向他。佟语声弯着眸子看向他，眼里盛着台阶尽头的天光："你就是骐骥的卢，是千里骏马，你可以日行千里，可以春风得意，快迈开步子，往前跑吧。"

别等我了。隐没的后半句，他在心里悄悄喊道。往前跑吧，别等我了，我身上的砝码只会越来越沉，往前的步子只会越来越慢。如果可以，希望我们是天平的两极，我的徐徐沉没能够换来你的缓缓升起；我稳稳扎根在地底，长出的枝蔓可以送你触碰天际。

佟语声知道自己的病情越来越重，他不知道自己还能不能等到吴桥一成为一名心理学家，但好在他知道吴桥一是一匹疾驰的奔马，他在马不停蹄地奔向黎明，这便足矣。呼啸间，吴桥一已经奔向了楼梯的尽头，那里没有树木遮挡，大片大片的光洒在他的肩上。

葱茏的树荫下，佟语声抬着头看他，眼里有光，也有那匹骄傲的骏马。看到那人流连地向后回头，佟语声把手握成了话筒状，遥遥地朝他喊着："向前进！吴桥一，向前进！"

奔向真正属于你的世界吧。

晨风将树梢吹得沙沙作响，两个人隔着漫长的天梯对视。不知为什么，他远远看向吴桥一，似乎觉得那人的表情带着一丝伤感。转念他又觉得可笑——吴桥一怎么会有这样细腻的情绪，定是他自己过度揣测了。

佟语声缓缓迈开步子，扬声催着吴桥一继续向前，吴桥一却不再听话，而是一动不动站在原地。似乎是意识到佟语声在催赶他，有些委屈地问："就不能一起吗？"

大约是第一次接触到吴桥一这样的眼神，佟语声站在台阶上，忽然有些心不忍起来。

"我想和你一起走。"他把"一起"这两个字咬得很重，言语间似乎有些无能为力的恼怒，"我可以走很慢，我可以等你。"

佟语声抬起头，听见他说："我不想一个人走。"

这一瞬间，佟语声忽然想起昨日和Anne许下的约定，他说好要活久一些，陪吴桥一久一些。他这才记起吴雁说过，吴桥一是个对孤独很敏感的人，他好不容易从"独自一人"的状态里脱离，怎么能又残忍地将他扔回孤独里。佟语声无奈地笑起来，看来不得不再努力变得健康，不得不努力生活，在吴桥一找到新的集体和朋友之前，他不能一走了之。

那人看他向自己走来，便迫不及待地朝他伸出手。佟语声犹豫了片刻，也伸出手。那人轻轻把他从树影中拉进了阳光里。

两个人一起来到班级，吴桥一磨蹭了一会儿，居然主动开始学习，佟语声便趴在桌子上，心想——这样就好，每天自己都可以和他一起肩并肩，一起上学放学，再看着吴桥一慢慢好起来，便是他能想到的最美好的未来了。他忽然想到和Anne的约定——何止是吴桥一单方面依赖他的陪伴，他现在也同样迫切地需要吴桥一。他们现在就像是两根互相攀附的藤蔓，互相扶持，努力共生。他们两个手掌中的生命线，已经在交握的一瞬间彼此缠绕了。

一路从家赶到学校，佟语声感觉眼前有些昏黑，怕又是劳累过度了。

疲惫感让他闭上眼，脑缺氧让他的耳朵嗡嗡的，他已经持续好几天这样了，只是吴桥一的存在降低了他对痛苦的感知，提高了他难受的阈值。前两天快活得不像是个病人，现在从天上回到人间，他才想起自己仍旧气虚体弱。

他浑浑噩噩地把头埋进臂弯里，口中吸着氧，思维短暂地断了片儿，可能是睡着了，又可能是晕过去了，只知道脑中的时间被掐断了。醒来的时候，时间不知过了多久，只知道全班人都已经走光了，只有一双蓝色的眼睛，逆着一边赤红的光盯着自己。

看到他睁开眼，吴桥一的眼睛亮了起来："你醒了。"

佟语声昏昏沉沉地抬起头，只觉得视线模糊，全身都绵软一般没有力气。努力看了眼时钟，已经放学快一个小时了。自己应当是真的昏过去了，但吴桥一只当他是睡着，甚至还把校服外套叠成小方块儿，垫在他的脑袋底下，不催也不喊，一直坐在他身边，等他恢复清醒。如果自己死了，他会不会就这样安安静静等自己一辈子？佟语声忽然产生了这样荒谬的想法。

他抬起头，只觉得四肢特别沉重，半天没能抬起手，便撑着桌面深深地呼吸了两口。吴桥一完全看不出他的不舒服，只期待地问："回家吗？"

佟语声看着他恨不得摇起尾巴的样子，感觉整个世界都被治愈了。他点点头，想起身，却又因为直立性低血压一阵眩晕，险些一头栽倒在地上。本来一切正常的身体，因为一个环节出了差错，就开始发生塌方一般的连锁反应——心脏、肠胃、血压和血糖，都开始拉响了红色警报。

摔倒地面的前一秒，吴桥一一把将他扶起，面色中是不解，却没有正常人会有的担忧。佟语声坐回椅子上，缓了半天，才有些懊恼地道："我走不动了……"

吴桥一终于感觉到他情绪不对，弯下腰捧起他的脸观察表情。佟语声觉得自己这样被人双手捧着脸，按理应当心跳加速，却发现心脏跳动本身就十分吃力，根本没有过渡的空间了。这次，他比在白橡居开窍太多，几乎想都没想便弯下腰：“我背你。”

自己确实不能动，有家又不能回。佟语声费劲地攀上他的肩头，本来因为身体不舒服而有些焦虑，但趴到吴桥一的颈侧，嗅到那淡淡的草本香，他便又平静下来了。吴桥一蹲下的身子慢慢站起，天尽头的斜阳也从山头钻回了视野中，佟语声心情好起来，轻轻地拍拍吴桥一的腰侧，手里扬了扬不存在的鞭子：“嘚儿——驾！”

吴桥一往前跑了两步，然后回头问他：“马怎么叫？”

佟语声想了想，说：“吁——！”

吴桥一皱着眉头，嫌弃太难听，倔强地仰头道：“汪汪！”，像一只西伯利亚拉雪橇的哈士奇。佟语声笑起来，还是觉得胸口不太舒服，便搂着他的脖子让他别跑太快。要是这野马真撒开蹄子，他可能半道儿就会给颠没了命。

于是吴桥一就背着他，慢悠悠地从橘红的夕阳下穿过，掠过被暖意浸透的树林，踏过沾染着暮色的石阶。他硬底的皮鞋在地上"嗒嗒"响着，真就像是一匹悠闲散步的马。佟语声看着那一眼望不到底的台阶，有些抱歉地问："累不累？"

说完就又一阵后怕，担心这人为了彰显自己优异的体能，背着自己就是一个百米冲刺。但这回，吴桥一却稳重得很，只是稳稳将他背到背上："不累。"

吴桥一不会跟自己撒谎，不累就是真的不累。吃下定心丸，佟语声就这样心安理得地埋在他的背后，被他清新的草本香安抚包裹，听着他健康有力的心跳。这个少年的肩背已经颇有几分成年人的宽阔，哪怕佟语声觉得胸腔里憋闷得翻江倒海，但藏在他身后，都变得有恃无恐起来。这样的依偎莫名给了他力量，像是溺水前抓住了岸边的芦苇。他想起王小波曾经说过的那句："当我跨过沉沦的一切，向着永恒开战的时候，你是我的军旗。"

佟语声终于缓住呼吸，努力让自己变得平静。吴桥一，谢谢你带给我蹚过黑暗的勇气。

佟语声一路心安理得地挂在吴桥一的脖子上,只觉得全世界都在脚下飘忽着。

他觉得自己可能在发烧,意识不是很清楚,他的心情因为身体难受而低落。肺动脉高压本身不会引起发热,但几年熬下来,佟语声的体质已大不如前,身体时不时就来点"下马威",警告他不要忘了自己病人的身份。

吴桥一也感觉到了他异常的体温,回头道:"你好热。"

佟语声懒懒得不想说话,只是含糊地"嗯"了一声,继续藏在他的背后。发烧不是最难受的,缺氧才是。这种感觉不像是鼻塞,张口还能换来新鲜空气,他现在可以大口大口地吸气,但那氧气却很难钻进肺里,呼吸像是徒劳,半点不能化为己用。这种难受是外界难以干预的,佟语声只能竭力喘息,却丝毫改变不了憋闷的现状。他晃动腿挣扎了一下,吴桥一便会意地把他放下,从书包里掏出便携式的氧气瓶递过去。

在吴桥一的面前,佟语声很少表现出负面情绪,但这样的无能为力实在让他有些烦躁。他胡乱地扎进面罩中,呼吸无力让他恨不得直接钻进氧气罐里。吴桥一看他脸憋得发红,便伸手帮他扶着面罩。佟语声几乎本能地将他的胳膊紧紧抓在怀里,宛如救命稻草一般。

呼吸,呼吸困难。佟语声轻轻蹬着腿,欲哭无泪。这种感觉就像是突然掉进了海里,挣扎无用,呼救无声,只能拼命攀着身边那一截断掉的桅杆,祈祷它能把自己带回岸上。他觉得自己在海底不断沉浮,每当他快要放弃时,手中的救命稻草又会猛地拉他一把。经过大流量输氧之后,深深的无力感终于褪去,心跳缓和下来,佟语声觉得耳目逐渐清明些许。

愣了半天才回过神,他发现自己的指甲正掐在吴桥一的小臂上,从臂弯到手腕,直接留下一道长长的划痕。佟语声顿时意识清醒,他慌乱地收回手:"对不起……疼吗?"

吴桥一只是看着他,没有什么情绪:"还行。"

有一点点疼。佟语声看着他满目疮痍的皮肤上又因为自己平添了几道"勋章",懊悔极了,赶紧低下头,从背包里翻找出一瓶碘附和一小包棉签。——他的背包里,除了课外书,就是药和医疗用品,就是怕哪天出个意外,不至于直挺挺地躺在外面等死。

这时候,吴桥一才感觉手臂上有些火辣辣的,于是任由佟语声远轻轻握住自己的手腕,把微微有些渗血的胳膊放在他的膝盖上,然后拿起棉签蘸上碘附,小心翼翼地触碰上自己的伤口。其实他非常厌烦被人处理伤口,既是讨厌疼痛的地方被反复刺激,也是反感有人直接触碰到他最脆弱的地方。以前每次吴雁拿着棉球帮他清创,他都恨不得直接去大街上狂奔,这一回,他却安安静静的,心情十分平静。

佟语声的动作很小心,凉凉的碘附点在伤口上,清爽得叫他觉得安逸。

"对不起,对不起啊……"佟语声一边帮他擦碘附,一边难过地道歉,他似乎有一肚子懊悔,却除了"对不起",再说不出半句话来。

吴桥一观察着他的表情,半响,也愣头愣脑地说:"对不起。"

佟语声一听,有些摸不着头脑地抬起头:"你道什么歉呀?"

吴桥一看了看自己的胳膊说:"让你不开心了。"

佟语声愣怔了一瞬,眼睛又差点红了,却忍不住笑道:"没有,没有。"

他低下头,轻轻在吴桥一处理好的伤口上吹了口气:"吹吹气,就不疼了。"——无论多大,这都是百试百灵的魔法。

小时候,爷爷还在,佟语声还没有生病,祖孙俩就喜欢大街小巷地乱蹿。那时候佟语声机灵得像只小猴子,最喜欢拉着爷爷去爬树,楼下那棵黄葛树比爷爷还老,健康的脊梁却能托起一个孩童的重量。他喜欢骑在树枝上晃得落叶纷飞,喜欢在半空跟爷爷炫耀自己比他还高,喜欢让爷爷看着手表看他是不是爬得更快了。上蹿下跳难免会磕磕碰碰,轻则被树枝划破皮,重则直接摔个狗啃泥。

每次奶奶看到,定会叉着腰去"讨伐"爷爷,爷爷就会装模作样吹吹他胳膊上的红印、吹吹他额头肿起来的小包,笑着刮他的鼻梁:"吹吹气,就不疼了。"

随着佟语声的声音轻轻落下,吴桥一便真就觉得不疼了,他怔怔地看着佟语声,又低头看自己的伤口,眼中流露出莫大的震撼。佟语声也笑着,模仿爷爷的动作刮了刮他的鼻梁,那人的睫毛慌张地扑扇了一下,又温顺地垂下去,仿佛孩童时被爷爷安抚的自己。

时光仿佛回到了过去,可那棵黄葛树却早已经不见了。

他有点想爷爷了。吸完氧后,佟语声落地走路又有了力气,两个人便一块砖一块砖地将剩下的路走完。

回到家,趁吴桥一去洗澡,佟语声找吴雁要了电话,站到阳台偷偷打给妈妈。今天的昏厥和窒息还是让他有些后怕,他隐约感觉自己的病情已经开始有恶化的趋势了。

"妈。"电话音接通,佟语声听见姜红疲倦的声音,便内疚地蹲进阳台的拐角,"对不起,我没把自己照顾好。"

他想不明白,明明自己有按时吃药,也注意调整情绪和心态,一切都在遵循医嘱,为什么他却依旧在一步步下坠,情况也在一点点变坏?姜红安慰了几句,又道:"不行就搬回来住吧?妈妈可以请假回家照顾你,你要是想,今晚就让你爸接你回来?"

佟语声也觉得自己可能还是回家静养更好,但他突然抬头看了眼客厅墙上的电子钟,看了一眼日期——离联考还有不到一周了。

吴桥一为了这场考试,从一个月前便开始努力。他清楚这次联考对于吴桥一的意义,他也清楚,如果今晚说走就走,势必会影响到吴桥一的情绪和状态。他不想让他这段时间的心血都白费了。

于是他缓缓站起身,朝阳台外看去,说:"妈,等联考结束吧。"

"考完我再回家。"佟语声说,"也没几天了。"

姜红叹了口气,又叮嘱了几句,便由着他去了。这一刻他忽然联想到了吴雁,她们因为种种原因,都会尽可能无条件地顺从孩子,无奈和疲倦不敢在孩子面前显露半分。太辛苦了,佟语声内疚地想,他真的亏欠了太多人,但他同样觉得,这个世界也亏欠了自己太多。自从生病以来,他觉得自己周围的一切都一点点褪色成了黑白,即便他努力忽略让他痛苦的一切,也改变不了他的生命正一点点走向晦暗的事实。

刚挂断电话,转过身便看到身后的客厅走来一个身影——吴桥一刚洗完澡，穿着干净清爽的白T恤，擦着头发光着脚朝他走来。佟语声所有的负面情绪，在见到吴桥一的一瞬间就会悄悄藏匿，他调整好表情，扬起一丝笑意。那人应当没听见自己跟姜红的对话，佟语声刚一打开透明的玻璃门，吴桥一的头就探了过来："洗澡吗？"

佟语声刚要动身，却正巧看到他的眸子里倒映出一片闪烁，欢喜在他的心底荡开，一扭头，夜空上方是一片纷繁的星海。方才只顾着低头捡拾掉落在地上的病痛，却忘记了抬头，去看这浩瀚的夜空。

佟语声情不自禁地拉过吴桥一的手，抬头指了指天："看。"

吴桥一仰起头，星光洒在他的眼底。路上行人能看见星星，他们也能。无论健康与否、富裕贫穷，星空总是平等地把光分给每一双眼睛。

只要你愿意抬起头。

初秋的晚风撩起门前的薄纱，漫天的星辉轻轻落上阳台，在地上也铺出一片光来。他和吴桥一肩并着肩任由星光拂面，就像北岛的诗——"我的肩上是风，风上是闪烁的星群。"

此时，他们在黑暗中，却也站在光里。夜风吹得很舒服，和吴桥一相遇的那天如出一辙。两个少年不约而同地仰起头，秋日夜空便顺着他们的耳侧吻过。星星总是会给人带来各种联想，譬如希望，又譬如死亡。佟语声抬头望着那颗最亮的星星，那颗星星也闪烁着望着他，他想到了爷爷和那棵老黄葛树。他看着那温柔的光，突然觉得死亡也变得温柔了。

佟语声轻轻唤了一声："Joey？"

那人眼睛没舍得挪开，只是应道："嗯？"

"以后你也经常来阳台看星星，好不好？"佟语声说。

如果我也一不小心变成了星星，你在阳台看着天，我也可以在天上看着你。吴桥一扭头看了他一眼，好似突然没了安全感一般，悄悄挪过去："你和我一起。"

佟语声笑了笑，便不再说话了。

这一晚，佟语声吸了整整一夜的氧，半秒钟都离不开呼吸面罩。他觉得难受，就死死抱着那只破破烂烂的小熊，去揉它的肚子，去捏它的耳朵——他再不敢去抓吴桥一的胳膊了，痛苦是他自己的，他没有理由让别人因他承受伤害。好在清早醒的时候，呼吸恢复了正常，他虽然一身疲惫，却还能陪着吴桥一一起上学。

因为上学路上大多是上下坡的台阶，吴雁的车开不到学校，吴桥一便二话没说，直接把人背了去。这就是渝市有意思的地方，无论是朱门绣户的有钱人，还是家徒四壁的穷苦人家，脚下的路，都得靠自己走。

快到门口时，佟语声眼尖，瞥见了学校门口停下脚步的男生——是上次开他玩笑的人之一。佟语声本就心虚，看那人朝自己走来，怕他又要说东说西，便慌乱地让吴桥一放自己下来。

"要我背吗？"结果那男生气喘吁吁跑来，问，"到班里还有一段路，要不换我来吧？"

佟语声愣了愣，抬头，那人正红着脸，到底还是对放下面子有些不好意思："上次的事情，真的太抱歉了。"

真正了解他的病情后，所有心存善良的人，都会情不自禁带上温柔。这比让他们手拉手去药店买药，能使佟语声好受太多。他笑了笑，还没来得及开口说什么，吴桥一就面无表情地答道："不用。"

看男孩子手足无措的模样，佟语声打起圆场："谢谢你，马上到了，就不麻烦你了。"

男生挠挠头，最后还是接过佟语声的背包，一溜烟地送回班里去了。

到了班里，前排的丁雯看到他，从抽屉里拿出一个小小的梨，摆到他桌上："我外婆种的，说是养肺就给你带来了，悄悄吃，别给老谢逮到了。"

"谢……"还没等佟语声道完谢，一边的程诺便嚷嚷起来，伸手就要抢："我怎么没有啊？我也想吃！"

丁雯红起脸，赶紧帮佟语声捂住梨子："你是土匪吧？"

程诺笑了半天，收回手："开个玩笑。"

说罢，又从抽屉里掏出一个本子，上面抄了一排网址："我上次特意找我姑打听了一下，她现在在做网络文学的网站，正在起步阶段，想签一些有潜力的写手，待遇收入比投出版社好，而且长篇连载期就可以有收入，想问问你要不要来？"

佟语声的眼里放出光亮，却又犹豫道："可我没有电脑……"

没有电脑，去网吧空气也不好，写网络小说对他来说也是困难重重。

"没事儿。"程诺说，"你写好我可以帮你打，我乐意当第一个读者。"

佟语声便连连应下，感激却又愧疚："真的……真的给你们添麻烦了。"

程诺一拍桌，故作生气地道："你这是什么话？"

一边一直暗中观察的吴桥一也跟着拍案而起："不要吼他！"

佟语声笑得趴在桌上直不起腰来，又趁机给他上了一堂情绪管理课。所有人都太好了，有一瞬间，他甚至觉得全世界所有的温柔都聚在了他的身边。他总担心自己给他们添了麻烦，却又总在抬头间，看见这些人眼里无法遮挡的真诚与快乐。不幸，却又太过幸运。

联考将至，班里气氛紧张起来，就连佟语声也不太好意思整天无所事事，索性拿起书本，一点一点地从零开始学。他还是没扛住，在老谢的课上昏睡过去，醒来时，正看见衡宁拿着纸笔朝这边走来，身后，温言书也抱着草稿本，跟伴儿似的凑过来。衡宁这样的"神仙"几乎很少出没在后排的"人间"，佟语声偷偷抬起头，一边观察他的行踪，一边和温言书使眼色。那人给他挑眉挑，佟语声也不知他想表达什么意思——暗号对接失败。

一边，吴桥一正趴着戳桌子，衡宁便径直站到他身边，弯下腰问："可以请教你一个问题吗？"

他说话很礼貌，但可能因为平时的形象，多少显得有些清高，这番讨教，姿态放得很低。被他的情绪感染，温言书也连带着全身紧绷，一脸严肃。吴桥一仍旧低着头，似乎没听见一般，继续埋头戳桌子。温言书立刻警惕地观察起衡宁的脸色，衡宁还没露出什么表情，他便先一步慌起来。佟语声也以为衡宁会因为拉不下面子而生气，没想到这人却耐心得很，弯下腰轻轻敲了敲吴桥一的桌面："吴桥一？"

被打断了的吴桥一皱着眉把笔放下，佟语声看见他额角暴起了青筋，怕他要发火，刚要安慰，就听他又酷又不耐烦地来了一句："说。"

——当是念着送自己去医务室的旧情，顺手帮他这个忙了。

一边"观战"的两个人几乎同时松了一口气,他们挤眉弄眼地乱对着暗号,便同时探过头,一个真诚请教、一个凑凑热闹了。从衡宁简单易懂的陈述中,佟语声弄明白,老谢上课发了一张随堂小测验,最后的思维发散题全班只有吴桥一一个人写对了。衡宁准备去问老谢,结果班主任正忙着接待学生家长,便不得不退而求其次,跑来吴桥一面前询问思路。吴桥一非常耍大牌地转起了笔,佟语声觉得好笑,他根本想象不出来吴桥一给人讲解题目的样子。果然,吴桥一随手在题目上划了几道,又按照老谢传授的答题规范列了两个公式:"这样。"

然后张牙舞爪地在图上画了两道辅助线:"这样。"

最后在图、题干、公式上,像蜘蛛吐丝一般连起箭头,从容地放下笔:"完了。"

佟语声听不懂,但靠着直觉便觉得问题出在吴桥一的表述上,再抬头一看温言书的表情,直接笑趴了下来。但衡宁只是双眼紧盯着吴桥一在卷子上留下的笔迹,甚至跟着伸手在题干上画了起来,半晌,那眼镜后面突然闪出一丝豁然开朗的光:"懂了,谢谢。"

吴桥一扬了扬眉,得意地道:"不用谢。"

温言书的表情直接原地变了。此时此刻在他眼里,做出这道题的吴桥一不算神,能跟上并理顺吴桥一思路的衡宁,才是他心目中的神人。看他站在原地,衡宁抓住他的肩膀,朝座位推:"回去,我教你。"

佟语声从后面看着温言书涨红的耳朵,露出老父亲一般慈祥的笑来。一转头,对上吴桥一大狗一样的眼神,知道他在向自己讨夸奖,便送给他一个大拇指:"你好棒啊。"

他知道吴桥一学习好,没想到已经好到了让衡宁都要来问他问题的地步,现在想来,老谢给他定的目标,并非遥不可及

吴桥一看着他,眼里透出被夸赞后开心的光亮。

佟语声笑着问道:"你对联考有信心吗?"

吴桥一毫不犹豫:"有。"

有也得有,没有也得有。吴桥一想着老谢的话,心道,考进前十,佟语声就可以一直做自己的同桌了。

{第六章}

少年也识愁滋味

远远的教室后排,程诺在偷偷地看推理小说,丁雯在一根一根地收拾着自己精致漂亮的水笔。身后,佟语声撑着脸,看着吴桥一桌上的《满分作文选》,问:"你现在可以在考试时间内写完一张语文试卷了吗?"

所有科目吴桥一都可以很好地完成,唯一让佟语声有些担心的就是语文。毕竟汉语对他来说是相对陌生的语种,阅读速度上肯定要弱于中文为母语的其他同学,加上作文和阅读有很大的主观性,对于吴桥一来说,实在是不小的挑战。吴桥一没有回答,只是乖巧地从抽屉里翻出一摞子乱七八糟的试卷,然后翻来翻去,把跟语文搭边儿的剔出来交给他。

佟语声像检查作业一般严肃接过来——吴桥一写字变快了,也变丑了,扭斜中带着一丝力不从心的潦草,但倒也好认。佟语声原谅了他无法兼顾字迹和速度,便去仔细看试卷的内容。果不其然,吴桥一的客观题已经可以几乎全对,阅读理解答得虽然生硬些,却倒也能拿到基本分,他看了看阅读的扣分点,又教了他几个拿分的技巧。

吴桥一点点头,看上去像是心不在焉,但只有佟语声知道,这就是他的天赋所在——无论是课堂上还是课后,永远不可能看到这个人去做笔记,因为说一遍他就能完全记住了,根本不需要复习。果然,佟语声又翻找出几个相似的题型,平均每道下来,吴桥一能多拿两到三分,这在咬得很紧的前排,基本可以算是决定生死的分数。在他做题的时候,佟语声又去看了看他平时用来练作文的本子，他平时一直没有去看，这次倒也好奇，吴桥一笔下的文字又会是怎样的风格。

看到文字的一瞬间，他不由得皱起眉——他让吴桥一自己限时，一篇八百字作文控制在四十五分钟到一个小时写完，但很明显，他有四五篇根本没来得及收尾，写了不到六百字就戛然而止了。最关键的问题并不在于此，佟语声看着他的议论文和记叙文，无论是论点还是中心思想，都是麻木又悲观。

有一篇的题目是《人就是一棵树》。吴桥一写："人就是一棵树，长在土里，不能动弹。树会夺取土的养分，让土变空，树根会把泥土扎碎，变得稀烂。树没有水就会死，水太多，树根会烂……"

看他的文字，一切仿佛都像他笔下那棵树一般被困住了，没有大起大落的悲喜，却有一眼望不到头的麻木。此时，让佟语声难受的早已经不是吴桥一的文笔或者写作能力，而是他字字句句散发出的消极。

佟语声担忧地抬头，问他："Joey，你不开心吗？"

吴桥一经常这么问他，却从没有被人这么问过，他愣愣地抬头："我不知道。"

开心与否，对他来说只是衡量佟语声情绪的一个标志，他自己的情绪并不重要。佟语声看着他一脸茫然的模样，忽然有些心疼起来。吴桥一自始至终都是个满身空洞的人，装进去的东西都会像沙子一样漏出来，所以他迷茫，因为一切对他来说都是抓不住的虚无。那么自己的存在，会让他的世界完整一些吗？

佟语声试探着问他："Joey，如果你是一棵树，那我是什么？"

吴桥一思索了一番，说："树枝上的一只鸟。"

树依旧不能离开土壤，但是有飞鸟在肩头筑巢，至少风雨中会有个依伴。所以他一直不想放自己走，佟语声想，枝丫上的鸟飞走了，树就真的会永远孤独地被困在原地了。佟语声刚想说什么，吴桥一便低下头，拿起笔在纸上胡乱画起来，他说："鸟可以飞，但是树只有鸟了。"

鸟一离开，带走的便是树的全世界了。

吴桥一真的是个很没有安全感的人，自己大概是少数能够接近他的内心世界、给他带来安慰的存在。佟语声想给他一些安慰，但当他开口，发现呼吸依旧不再顺畅，心跳不再清晰，就连他清脆的声音都被病症侵蚀到都有些喑哑时，他忽然觉得，自己不该再给吴桥一许下太多无法兑现的诺言、带来太多可能落空的希望了。

于是他说：“虽然树的一生都扎根在土壤里，但它可以看到暮去朝来，可以看到春暖花开。只要它向上生长，它的花叶可以招来蜂蝶燕雀，他的根枝可以吸引草木虫鱼。鸟不是它的唯一，因为一棵树就可以成为一个世界。”

吴桥一看了他良久，似乎在思索着他话中的含义，终于负气一般说道：“不，不要。”

看他的眼神，佟语声便也觉得自己方才的话，有些太过残忍了。吴桥一不清楚的是，佟语声真的是在强撑着陪他考完试。缺氧已经让他将近一周没有踏实睡过，焦虑和烦躁顺着氧气罐爬进他的身体里，他便一次又一次靠着去看吴桥一的脸，咬着牙坚持了下去。

终于到了考试的日子，佟语声总算教会了他作文要求中的"内容积极向上"是什么。那人的作文始终只能写出个大概，更不要去想着追求辞藻的华丽，佟语声掰着手指头算着，其他科目接近满分，就可以弥补语文多扣的分数了。联考比周考和堂测更加正规，所有人的考场都打乱了坐，吴桥一和佟语声的缘分暂时搁浅，遥遥分在两个同层的相邻考场内。

去考场的路上，佟语声再三跟吴桥一叮嘱："你安安静静地把卷子做完，考完试我就来找你，不要乱跑。"

吴桥一有些紧张地握着文具，不是因为考试，而是因为佟语声不在身边。怕他情绪受影响，佟语声一直在他考场门口待到被监考老师催促，才给对方一个鼓励的手势，吴桥一皱着眉，低下头，开始拿圆规戳起桌面。佟语声慢慢地走回考场，又慢吞吞地摆好文具和笔袋，这才看见同考场的温言书姗姗来迟。

他平时考试都会提前很久来考场，这回不仅险些迟到，而且两手空空，什么都没带。抬头间，温言书径直走到他面前，说："佟佟，借我支笔。"

他还有些喘着气,衣摆沾着些没拍干净的灰,手肘处有些微微泛红,表情颇有些狼狈。佟语声一边拿笔递给他,一边皱着眉问:"怎么了?去哪儿了?"

温言书咧嘴笑了一下,没作声,道了句谢就匆匆回座位了。

每个人都自顾不暇,佟语声没力气问温言书的情况,温言书也同样没有心情去关心佟语声的身体。两个人趴回座位,一个已经酝酿着要好好歇息一番;一个则不断抹着脸,试图让自己清醒几分。

一直等试卷发来,佟语声才知道,第一门考的是数学。分文理之前,学生们要兼顾九门课,每半天考一到两门,战线也整整拉长到三天。佟语声看到那满满一串数字时便感觉,这三天可能难熬得有些过了头。

考试铃响,大家开始动笔,佟语声这才慢吞吞地瞎填起了答案。

和他一起瞎猜的人其实也不是少数,但每场考试,佟语声都能稳稳坐在倒数第一的位置,他想,这是运气差到了极致的人,才能考出来的稳定水平。他平时都立志把整张卷子认真填满,但这回,考试只进行了一半,他便"咚"的一声昏睡在了试卷上。

最后是老师把他的头推开抽卷子的动作惊醒了他,他这才软绵绵地拖着身子,跑到隔壁考场找吴桥一。这人交卷之后就十分惶恐地坐在原位,哪里也不敢去,仿佛一只走丢的小狗,乖乖地坐在失物招领处等着主人来接。佟语声忍着倦意坐到他对面,问他情况。

他紧张又严肃地显摆起来:"简单。"

靠这绝对优势考完了英语,第二天早上考完政治两人接着碰面,对文科稍微缺少自信的吴桥一远远看着其他人围成一团对答案,想去又不敢去。佟语声看出来了,他先是悄悄和正在对答案的丁雯打了个招呼,继而伸手轻轻把吴桥一推到人群中:"去听。"

吴桥一便手忙脚乱地融进人群中。

他有些怕大家投来异样的目光,但丁雯有了心理准备,只是扭头问他:"吴桥一,你第七题选的什么?"

吴桥一很少被这样点名回答问题,惊慌地回头看着佟语声,结果那人只朝他扬了扬下巴，让他自己跟他们谈。吴桥一这才忍着慌乱，从脑子里找出第七题的题干和答案："选D。"

一批选了D的点头应和，选A的阵营中有人扬声反抗："不可能！怎么可能选D！"

目光齐刷刷地落向了新鲜出炉的"选D分子"，吴桥一头皮一阵发麻，脑子却清晰得很："政治书第15页右下角配图的小字。"

有人立刻翻书求证，哗啦啦地翻到吴桥一提供的坐标，"A阵营"立刻传来一阵懊悔的哀号："真选D啊！"

大家忙着为答案感慨，只有身后坐着的佟语声远远旁观着一切，由衷佩服起吴桥一分毫不差的照相机似的记忆来。

第三天下午，终于熬到了语文。

这是佟语声唯一一门可以考出高分的科目，但因为考试的战线拉得太长，他的体力已经被消耗到几乎透支了。考前他就觉得视野里一阵阵地起黑斑，眩晕得厉害，嗓子眼也开始发痒，不停扰得他想咳嗽。可这是最后一门课了，下课之后还得把吴桥一接走，佟语声心想，无论如何也得熬下去。

他拿起笔，头一次觉得自己手里这支五毛钱一支的中性笔，居然重得像被吴桥一戳坏的高档钢笔，像是笔杆儿上压了秤砣，只让他越写越没力气。开考前，他早就向监考老师申请使用氧气罐，等他写到阅读理解时，那一瓶氧也吸得差不多干净了。他摇了摇空罐儿，又看着那空荡荡的作文纸，心想，吴桥一应该也开始写作文了。他只觉得视野里一阵一阵飘起雪花点，但还是忍不住看着题目：《向前》。

吴桥一会选择向前吗？佟语声难免联想起来，自己已经教过他作文的基调，他还会写下那些灰色的句子吗？会跑题吗？能在考试结束之前写完吗？这张卷子他能拿多少分，可以考进全市前十吗？

他脑子里混乱地想着，喉管的刺痒却愈演愈烈。怕影响到别人答题，整场考试他都忍着没敢咳。但这回，胸口像是有千万只蚂蚁在行军，难受得叫他流下生理性眼泪，缺氧又让他双目昏黑。他的手没拿稳笔，掉到地上，他弯腰想去捡，那忍了一整场考试的咳嗽终于爆发出来。佟语声印象中自己只咳了一声，面前白花花的卷子就染了红，这一声咳没多响，却疼得他觉得肺管子都破了个洞。视线昏黑的时候，他已经感觉不到四肢的存在了，似乎是监考老师把软得像根面条似的他从座位上捞起。

他被老师背在背上，直冲着楼梯口去。

出门的一瞬间，他想跟老师说，能不能稍微绕绕路，走东边的楼梯，这样就不会被吴桥一看见了。但失去知觉的他说不出半句话来，只闷在氧气罩里，看着世界充斥起白雾。经过隔壁教室的时候，他还是忍不住朝里看了眼。正巧，那人被窗外的异动惊扰，正扭头往窗外望着。那一刻，佟语声的视野里只有那两片宝石般的湖蓝。

他看见湖上掀起了不安的巨浪。佟语声觉得自己仿佛是晕厥了，但是却能听见耳边所有的声音。他听见监考老师慌张地问他怎么回事，刚要开口，又觉得嗓子里开始冒血。佟语声连忙蹬蹬腿，让老师把他放到地上，这才一口直接染红了教室外墙的白瓷砖。

生理性的眼泪毫无节制地往外流，喉咙里像是开了个水泵，但凡他想发出一点声音，堵在嗓子眼的血就会冲出来。这也是他自己先前没见过的场面，他看着满地的血迹，感觉自己可能就要死在这条走廊里了。正当他完全不受控地咯着血时，耳边朦朦胧胧又听见监考老师的吼声："你跑出来干什么？快回去考试！"

佟语声一边捂着口鼻，一边撑着眼扭头看，吴桥一正挣扎着从监考老师的束缚中跑过来。佟语声看不清吴桥一的表情，但能听见那人慌乱惊恐的喘息声——他被自己吓到了，佟语声内疚地想着。

老师恐吓着："如果擅自离开考场，将直接取消所有科目的考试成绩！"

吴桥一闻言，愣在了原地——取消成绩意味着他今后再也不能来上学，更意味着他将和佟语声彻底分开。莫大的恐惧缠绕上心头，吴桥一惶恐地哀求了一句："提前，我提前交卷。"

作文只写了一小半，这下语文彻底砸了，但他更害怕佟语声就这样被人带走了。他理解不了佟语声此时的痛苦，但是直觉告诉他，如果不紧紧追上去，自己就要彻底迷路了。老谢大老远从对面教学楼跑来，他

少年也识愁滋味

151

打了电话给佟语声的父母，按照他们的嘱咐，从佟语声的书包里找到药，盛在水杯里找着机会让他喝下去。这考场的学生也跟着躁动起来，有人从窗户里探出头来看着，大多都是惊慌又惶恐。

佟语声听见老谢安慰着同学们，说："不要害怕，不是传染病，你们好好考试。"

又听见有人抱怨："都这样了还来学校，也不知道家长怎么想的。"

佟语声被转移到了老谢的背上，难过得都快要活不下去了——自己是不是太任性了些，坚持来上学，又让爸妈担心，还给学校老师添麻烦。

但他听见老谢说："孩子已经很好了，从来没给我惹什么麻烦，不要讲这种话。"

临出发前，老谢拉过吴桥一的胳膊，又转回身说："等他好了还会回来上学，我们班的学生我永远欢迎。"

佟语声埋在老谢的肩膀里，眼泪吧嗒吧嗒掉着，把老谢的肩膀都沾湿了。渝市崎岖的山路让救护车都无能为力，好在学校离医院不远，老谢和吴桥一就轮换着把人背了过去。到了急诊，佟语声终于缓口气，喝下了那一杯止血的药水，等着去做肺部CT，吴桥一慢慢把他放平，让他侧躺在自己的腿上，吴桥一的肩头被他咳出一片血迹来。

桃花扇，佟语声看着那血色的走向，莫名想到了张爱玲的那个比喻——"普通人的一生，再好些也是'桃花扇'，撞破了头，血溅到扇子上。"

他把吴桥一的肩膀染脏了，难受和愧疚再一次让他崩溃到泪失禁。老谢不经累，坐在长椅上不停地擦着汗，半句都话说不出来，几乎一路把他背来的吴桥一也不会安慰人，就只能模仿着他平时地样子，一遍一遍摸着他的脑袋。

佟语声总忍不住想咳嗽，半天才噙着满眼的泪，虚弱地道歉："对不起……"

老谢一听，直皱着眉，让他别再瞎想了。姜红和佟建松上班的地方都离家很远，一直等到佟语声拿到CT结果才急匆匆跑过来。一直负责跟进佟语声病情的李医生说，佟语声肺部出现了感染，至少这段时间又得在医院度过了。挂上水的佟语声状态好了不少，不再咳嗽了，呼吸也缓和了很多，但依旧没什么力气。他躺在病床上，看见佟建松被李医生单独叫走，又开始控制不住地瞎想——电视里快死去的病人，医生都会这样悄悄地把家属喊走，怕真话影响到病人的情绪。

那么一会儿爸爸回来，如果带来坏消息，自己注定是活不了了；如果带来好消息，又怎么知道是不是骗自己的话呢？两下牛角尖一钻，佟语声便笃定了自己活不长了，哀哀地望着自己手臂上的输液管，又哀哀地看向了床边的吴桥一。

这家伙因为今天的事情受了些刺激，面色苍白半天说不出话来，一直捏着佟语声的大拇指，无法控制地颤抖。佟语声知道他根本不能共情自己的痛苦，他只是怕自己离开。这对佟语声来说已经足够了，但却也远远不够——他知道这个世界上有太多爱他的人，不想让他死去，不想让他离开。但哪怕是全世界的人为他祈愿祝福，该走的却终究留不住。爱真的是最伟大，却又最无用的情感。

他觉得自己终于可以说话了，就轻轻喊了一声："Joey？"

那人骤地抬起头，眼眶里却还是惶恐不安的波澜。他像是快要哭了，除了被辣椒辣到之外，佟语声从没见过吴桥一因为情绪波动而流眼泪。酸涩让他又说不出话来，只是伸手碰了碰吴桥一的鼻梁，让他别难过。吴桥一的眉头拧成了一个结，似乎在努力隐忍着，半响，他才红着眼睛说："对不起，我语文试卷没写完。"

"我好像考不到前十名了。"他无力地垂下手，像是非常自责。

隔着窗子看到佟语声被背走的那一瞬间，他实在是太害怕了，这么多年来他都没有过这样的恐惧，让他拿不起笔，让他不敢呼吸。跑出考场的那一刻他便后悔了。他慌张地捻着自己的指尖，半天才怯懦地乞求道："你能不能不要找新同桌？"

他想到今天那雪白的瓷砖上大片大片的血迹，又想到今天差点在他面前离开的背影，耳边许久未响起的噪声又唰唰地冲进了大脑。尽管佟语声一遍一遍地在他耳边保证，说绝不会丢下他不管，说他永远是自己唯一的同桌，但吴桥一总觉得自己脑子里有一根神经骤地崩断了。他紧紧抓着床边的栏杆，觉得自己身体里装着的蜂箱又被捅烂了，他的思绪和感受都嗡嗡地乱成了一团，体温升高呼吸困难。

正当他想要逃离病房，至少不让自己的发作打扰到佟语声时，一只冰凉的手轻轻握住了他的手腕："别走。"

脑子里的火焰渐渐冷却，面前，佟语声苍白虚弱的面孔浮现在眼前。他轻轻地朝自己笑起来，又抬起那只没有扎针的手，轻轻在空气里一抓，握成一个拳，小心地递到吴桥一的面前。吴桥一短暂地忘记了烦躁，目光迷茫地落在那拳头上，似乎在好奇，这人到底要耍什么花招。

只见佟语声把手抬到他的鼻尖，轻轻摊开掌心，像是捧着一颗晶莹的珍珠："别难过，分你一口新鲜空气，你再陪陪我，好不好？"

吴桥一的双眼因为情绪激愤而充满血丝，他的胸腔还在上下起伏，目光却克制不住看向佟语声。那人看他没接，只张开五指，在他面前轻轻推了推："喏！"

像是传输内功一般，强行灌入了吴桥一的体内。吴桥一看着他的笑脸，终于缓缓伸出手，把那人给自己的空气收进了掌心。佟语声还在发着低烧，药物作用让他全身舒适很多，吴桥一在一边又让他没有多余的担心，于是他就这样浅浅地睡着了——他好久没有这样安稳地睡着过了。

醒来的时候，吴桥一正趴在他的枕头边，双手还捧着自己的手掌。

他的手很好看，白皙的手背上铺着浅蓝色的血管，它们分出支流，一点点延伸向他修长的五指，就像是节节攀升的树权，佟语声想，这应当是一棵很健康的树。空调开得有点低，他想伸手给那人盖条薄毯，但只是轻轻转身的一个动作，吴桥一便警觉地睁开了眼。

他显然没反应过来发生了什么，但手已经先大脑一步倏地攥紧，全身也紧紧绷住，直到失焦的双目找到了佟语声，他才松了口气，趴在床边一点点放松下来。一旦没有安全感，他就又变回了原本那个敏感、紧张、似乎全身都长满了刺的流浪狗，患得患失。

佟语声看他这个样子，忽然就放心不下了。他想起了电影里那只每天等待主人回家的忠犬，如果自己死了，吴桥一也一定会那样，每天在相同的地方执拗地等着他归来。此时，那人懵懂的蓝色眸子正死死盯着他,半分不肯偏移,似乎怕一个侧目,自己就从他眼前消失了一般。

此时已值日暮,佟语声看见窗棂的斜影刻上雪白的床单,弯弯眸子,对吴桥一说:"早上好,Joey。"

吴桥一慌乱地看了一眼太阳,似乎是怕他脑子烧糊涂了,纠正道:"傍晚。"

佟语声笑起来,狡辩道:"睁开眼就是早晨。"

吴桥一便深以为然地道:"好,早上好。"

佟语声咯咯笑起来。

手臂上的吊瓶刚刚好收了尾,吴桥一娴熟地帮他摁响床头铃,他这才忽然想起,这人也跟自己一样,是个医院的常客了。这次负责他的护士姐姐叫夏梦,也算是老熟人了,刚一从门口探进来,佟语声便有些羞愧地低下头来。自己几个月前才发过誓,说走出这道门,就再也不会回来了。但夏梦却似乎并无所谓,进门就跟他打招呼:"佟佟,好久不见,我涨工资啦!"

那洋溢在脸上幸福万分的笑意,让佟语声心底的那一丝纠结一扫而空,只拍拍手,夸道:"念念不忘,必有回响!"

吴桥一夹在两人中间,瞬间觉得自己多余又尴尬,他下意识地抓紧床单,一面警惕地盯向夏梦,一面悄悄朝佟语声贴近。夏梦每天跑上跑下的,势必认识这个救治当晚就踢球,精力过剩到被"赶出"住院部的混血儿。

她弯着眼上下睨了他一遍,大方地同他打招呼:"小帅哥呀!"

吴桥一经不住夸,看她那么诚恳热情,防备心倒也散去了不少,只依旧抿着嘴,不敢说话。佟语声看出他紧张,便从身后捏了捏他的肩膀,要他放松下来:"夸你呢,怎么说?"

吴桥一硬着头皮,好半天才挤出一句:"谢谢……"

夏梦脸上立刻乐开了花儿,伸手干净利落地拔掉了佟语声手臂上的针头,又给他测了测体温:"行了,去玩吧,别太疯就行。"

方才还觉得浑身无力的佟语声,立刻充满了电,噌噌地翻身下了床,拉起吴桥一的手就往外跑。

夏梦只能朝两人的背影喊着："饭点准时回来吃药啊。"

姜红回家去拿住院必备的生活用品了，佟建松则在医生办公室里询问佟语声的病情，一想到这个佟语声就头皮发麻，赶紧加快脚步让吴桥一带着他去玩了。两个人坐电梯来到大院儿，门诊楼门前的那条梧桐大道，是整个医院里佟语声唯一不讨厌的地方。吴桥一也下意识拉着他朝那边走去——毕竟是他们第一次相遇的地方。此时正值夕阳西下，火一般的太阳把那一片树叶都染了红。

佟语声忽然想起那片特立独行的红树叶，便扭头问道："那片叶子，你扔了吗？"

话问出口，他多少有点没底气——那叶子根本不是什么贵重物品，吴桥一又是个毫无章法还不懂情趣的家伙，根本没理由把东西留着。但他还是有些期待，期待他有把这颇有意义的树叶好好珍藏。

吴桥一真就摇摇头说："没有，在书里。"

那人当时问他："你要拿它做什么？书签？还是制成礼物送给别人？"

暂时做成了书签，只不过因为他手笨，还没学会怎么把它做成礼物。两个人急匆匆地从楼梯狂奔下来，结果也只是在梧桐大道里来回散步。玩到天色越变越晚，佟语声倒也暂时忘记了自己脖子上，还悬着一把摇摇欲坠的"铡刀"。

饭点，两人准时赶回了病房。门口等着的吴雁朝吴桥一招招手，那人还想留下，但又看了看佟语声，不知脑子怎么转通了，默默扭头退了出去。紧接着进门的是佟建松。一看见自家老爸的脸，佟语声脑子里立刻拉响了警报，方才那一系列古怪的猜想涌上心头，还没等人完全进来，表情先哭丧起来。

"干吗呢这表情？"佟建松看他嘴撇着，忍不住笑起来，"不知道还以为我是阎王爷来收你命了。"

佟语声心想，可不是嘛，不管你嘴里传出来的消息是好是坏，在我这里都成死亡预告了。但是佟建松说："李医生跟我们商量了个事儿。"

既不是好消息，也不是坏消息，这总不能是死亡预告了。佟语声抿着唇，有些紧张地等着他发话。

佟建松笑起来说："你的病，目前来说还可控，但是已经开始对你的心脏功能产生影响了，慢慢拖下去，活人也得拖成死人。"

佟语声没想到自家老爸讲话这么直白，死啊活啊的丝毫不加掩饰，一瞬间，那一点点半死不活的矫情都被他弄没了影儿。

"所以呢？"他抬头问道，"商量什么？"

佟建松抽了张板凳，在他床边坐下："我们想观望一下，如果有合适的机会，可以考虑给你做个换肺手术。"

佟建松的语气太过轻松，听起来像是在讨论今晚吃包子还是小面。佟语声被他短暂地蒙骗了几秒，接着直接气笑了："那这意思是，我差不多玩完了？"

"怎么这么说？医生说了你现在没事儿。"佟建松局促地摸了摸鼻子，"这叫等待时机，我们要做好万全的准备，要提前观望规划。"

佟语声被气到了，侧过身闷闷地道："没到时候就不要说这种话。"

佟建松叹了口气，伸手给他削了块梨放在床头，便匆匆离开了。提出要换肺，佟语声便清楚自己走到哪一步了。肺移植手术对于肺病患者来说，可以说是穷途末路的选择。佟语声知道自己迟早会发展到这个地步，但其实真正让他恐慌的，是这个手术本身。

整个医院里，多的是得了慢阻肺、尘肺病、肺纤维化的病人，他们为什么不去做？为什么宁可每天像干柴一般躺在床上，也不愿进行肺移植？有能做的不想做——肺移植手术前后，在医院花的费用就至少三十多万，移植成功后，每年所需要的药物费用也是万字打底，穷，足够劝退太多对生活没了希望的病人。有想做的不能做——肺移植对受体身体条件要求严格，年纪太大做不了，身体太差不能做，有的人到死也等不到一个合适的肺源，多少有钱人握着手里的钞票，眼睁睁看着病痛将自己折磨死。

但困扰佟语声的，其实是对这场手术的恐惧。

他想到了换肺失败的老曾，如果没有动这个手术，他可能苟延残喘再活个两年，但他有钱，他等到了供体，他做完了手术，最后却和太多接受移植手术的病人一样，死于无法控制的排异反应。佟语声想，如果自己本来还可以再多活两年呢？两年，足够看他着同学们毕业、高考，足够他再多看上百本书，足够他和吴桥一多待一万七千五百二十个小时，足够完成太多未完成的心愿。如果明天就通知他做手术，手术完他就像老曾一样死在了手术台上，那这两年，谁来还给他呢？

他缩进被窝里，难过地抓紧了枕头的边角。佟语声隐约听说过，就算是熬过了手术后的感染期，换过肺的人也大多只能再活两三年。用两年换来可能根本不能到来的两到三年，怎么都算是个赔本的买卖吧？

他难挨地翻了个身，忽然觉得自己想得有些太美了——医院里还有那么多苦苦煎熬的病人，为了等一个供体等到油尽灯枯，太多的人在等待中死去，那自己这么个生来就没被好运眷顾过的人，又凭什么有这些自大的期待呢？

太自作多情了。佟语声像被抽干了一般躺在床上，只觉得视野又昏昏沉沉起来，难受得要命。正当他艰难地去够挂在床头的呼吸面罩时，一双手轻轻把面罩摘下，罩在他的脸上。他知道那是吴桥一，看他刚好端着椅子在他面前坐下，就顺势把头搭在他的腿上，懒懒的不愿再动了。吴桥一对这样的近距离接触有一些束手无策，双腿紧绷了半天不敢动，许久才伸手摸摸他的脑袋以表安慰。

吴桥一看他眉头紧锁，稍稍地挪了挪腿，让那人躺得舒服。

"你不开心吗？"他问。

佟语声正吸着氧，有些困困的，但还是说道："我很难过，Joey。"

吴桥一慌乱地抬起手，一时不知自己哪里做错了，但还是下意识地道："对不起。"

佟语声没忍住笑出声，面罩里起了一层白色的雾，把五官遮了个大半："不是你的错，你不用总是道歉了。"

吴桥一这才惴惴不安地把手放回他脑袋边，试探道："为什么？"

佟语声抬眼看了看他漂亮的五指，伸手牵过来，抵在脑袋边："我生病了，吴桥一，生病很难受。"

吴桥一低头看着他因为低烧变得绯红的脸，想了想，说："吃药。"

就像自己一样，生病吃药总不会错。佟语声伸手指了指床头的那一排药，又无力地垂下手臂："我有在努力吃药，但好像不行。"

吴桥一不作声了，只低下头，沉默不语。

佟语声知道这个人无法共情痛苦，所以说再多也是瞎聊，但正因为这样精准的全过滤，反而能让佟语声肆无忌惮地袒露心声来："我真的真的好想要一对健康的肺啊。"

吴桥一低下头，摸了摸自己的肋骨，好半天才抬头，诚恳地说："如果可以，等我到十八岁。"说完又犹豫了一下，捂住了左边，说："但只能给一个。"

他生物学得很好，知道肺移植需要配型，知道未满十八岁捐不了肺，也知道捐走两个肺自己就会死了，所以还小心翼翼地给自己留了一个下来，不能全给。乍一听，佟语声还觉得有些好笑，但细想却又觉得更感动了——这人不是孩童一般信口开河，他显然知道捐肺的危险和伤害，但几乎没有犹豫，就这样应下来要为他分担生命的重量。

佟语声不可能同意，但他还是伸手环住了吴桥一的腰："谢谢你Joey，遇到你我真的太幸运了。"

吴桥一被他说得耳尖都红起来。他挠了挠耳朵，由着佟语声去了。

晚上，佟语声因为刚吐了血，所以只能吃流食。他一边喝着奶奶煲的白米粥，一边不停抬头瞥着吴桥一碗里的糍粑、锅贴、米饺。他虽然没什么胃口，但是嫉妒心没减去半分，得不到的偏就更想要。偏偏吴桥一是个看不懂脸色的，一边抬头看着他的白米粥，一边真诚地夸赞道："锅贴好吃，比粥好。"

佟语声恨不得拔起针头把吴桥一扎成筛子。

吴桥一终于看出他眼中的怒火了，慢慢地放下筷子："你不开心……"

佟语声便长叹了一口气，不说话。吴桥一花了一个小时才弄明白，这种名为"嫉妒"的不开心是怎么样的情绪。

佟语声望着天花板，蔫蔫地问他："Joey，你会嫉妒别人吗？"

吴桥一想了想，摇头："不会。"

少年也识愁滋味

159

佟语声心道也是，这人连自己的悲喜都分不清楚，又怎么能知道什么是嫉妒。他决定把吴桥一当成一个机器人看待，一个学习能力很强的机器人，正在努力学习人类情绪的机器人，一个内心空空荡荡的机器人。想到这里，他便也有一点点失落了。

"你读书给我听吧。"佟语声拍了拍他听话的小机器人，"你读，我给你讲。"

吴桥一就乖乖拿起那本沈从文的《边城》。这本书佟语声看了很多遍了，但是他还是想讲给吴桥一听。那人哗哗翻开书，佟语声说："从翠翠和傩送相遇开始读吧。"

他指出那一页，吴桥一就开始读："原来水中还有个人，那人已把鸭子捉到手，却慢慢地踹水游近岸边的……"

吴桥一其实很有语言天赋，现在阅读基本没有任何障碍，虽然读起来没有什么感情，但佟语声一想到他是个小机器人，便也就原谅了他。佟语声听着翠翠在岸边和傩送斗嘴，听着傩送喊伙计把翠翠送回爷爷身边，终于慢慢地在这浪漫又悲伤的水乡爱情故事里，安然睡了过去。醒来的时候，吴桥一也趴在自己手边呼呼地睡着，感觉到他醒来，吴桥一也迷迷糊糊地睁开眼，两个人一齐注意到了床头柜旁，不知什么时候送来的削好的梨。

吴桥一清醒过来，立刻伸出手把那梨拿起，一边咽着口水，一边递到佟语声嘴边："吃。"

馋得都快哭了，还知道把梨子让给自己，佟语声笑起来："你吃吧。"

吴桥一完全不知道"客气"两个字怎么写，一听这话便求之不得地啃起梨来。啃了两口，他似乎才后知后觉地有些不好意思，问道："要分你一点吗？"

佟语声摇摇头："梨子不能分，在汉语里谐音'分离'，寓意不好。"

吴桥一拿着梨子的表情骤地惶恐起来，再不敢提半点儿分梨的话了。

晚上，夏梦过来测体温，佟语声本来还想着晚上再拉着吴桥一出去撒野，但却被直接拦截下来："还发着烧呢，安分点，下午放你出去，我们护士长给我一顿臭骂。"

佟语声便又蔫了，真真切切感觉到自己发烧了，哪哪儿都酸，眼皮子都不住耷拉着。吴桥一不知什么时候学会了照顾人，又是给他端水拿药，又是扶他在楼道里溜达。睡觉前，吴桥一听医生说他不能洗澡，就端来热水毛巾，说要给他擦身子。佟语声怕麻烦他，又悄悄担心他不知轻重把自己擦出毛病来，赶紧连连摆手，拒绝了吴桥一的好意。

这晚，是佟建松来给他把身子擦洗干净了。他没再提肺移植的事情，一向大大咧咧的人，在他面前讲话也变得有所顾忌起来。

佟语声忽然有些自责，便问他："我是不是脾气变差了？"

佟建松伸手给了他一个响栗子："想啥呢，你脾气就没好过，小时候让你骑大马，没按你的指挥走路，你差点把我薅成秃子。"

佟语声释然地笑起来，又装模作样伸出手道："我现在手大了，能一次性薅个全秃。"

佟建松便抱着脑袋落荒而逃了。吴桥一见有人出来，就又见缝插针钻了进去。佟语声见到他就开心，滚烫的手去摸他搭过来的脑袋，又看了看墙头挂着的时钟，快九点了，便说："你早点回家休息吧。"

吴桥一看了看钟，又慌忙看了看佟语声，委屈得像是只被抛弃了的小狗。但佟语声知道，他要是待在这里过夜，无论对自己的康复，还是对吴桥一的休息，都是没有好处的，索性一狠心，翻过身去不看他的眼睛。吴桥一直接伸手把他翻过面来，直直盯着他的表情——只有这样他才能大体推断出佟语声的情绪和想法。看来是真的不想，他便收起小小的失落，听话地收拾起来。

走到门口，他突然想起来，转身确认道："你明天不来上课。"

佟语声说："对，我可能很长一段时间都不去上课了。"

吴桥一又慌起来——这是又找不到待在学校的理由了，想天天赖在医院陪着他了。这人总不能一辈子只和自己交往，佟语声心想道，他还是需要去学校学着和同龄人社交的。

于是他说："我很久不能去上课，所以我想拜托你，能不能去学校学会了，然后放学再过来教我？"

吴桥一看着他温顺透彻的目光，又想到独自一人上学的恐惧，纠结

161

了好久，才做下决定："好吧。"

佟语声目送着他出了门，在门被关闭的前一秒，那人又"哗"地拉开门，问他："你晚上一个人会不会孤单？"

佟语声有些摸不着头脑，只笑道："我以前每天都是一个人睡。"

吴桥一又看了他一眼，终于下了楼。九点，离佟语声睡觉的生物钟还有段时间。他看了一会儿书，又觉得脑子昏昏的，便干躺在床上放空。或许是吴桥一临走的那句话提醒了他，他忽然就觉得有些空落落的。

佟建松怕陪护的这段时间家里经济跟不上，申请安排了大夜班，要很晚才能回来。姜红还在反复跟医生了解佟语声的身体情况，也不知什么时候才能结束。他们都不在，但佟语声清楚，自己觉得空落落的，还是因为吴桥一不在。他翻了个身，耳朵边不再有睡眠脆弱的少年跟着翻身的动静了，他抬头看着灰蒙蒙的月亮，也不知道今晚有多长。

佟语声异常清醒地在床上放空了十几分钟，忽然身后响起敲门声。

他下意识地以为是吴桥一来了，便兴奋地坐起身，结果进来的却是姜红。他有些失落地滑回被子里，不想讲话。

"还没睡吧？"姜红看他一眼，走到他床边。

佟语声瘪着嘴，叹了口气："嗯。"

姜红不知道他脑子里在想什么，只是笑着往他怀里塞了个东西："刚刚吴桥一特意跑回家又跑过来，就是想让我把这个给你。"

佟语声一听吴桥一的名字，眼睛便亮了。一低头，怀里正是那只他天天抱着睡觉的泰迪熊。此时，这破破烂烂的泰迪熊，正睁着它摇摇欲坠的纽扣眼睛，和佟语声对视着。

"他怕打扰你休息，就没进来了。"姜红伸手掖好被角，又帮他把小熊靠在枕头上，"他让我跟你说晚安。"

姜红带完话就关了门，只留佟语声一个人忍不住笑着。吴桥一真是太好玩了，佟语声悄悄把小熊搂进怀里，手指轻轻玩着它的胳膊。它穿着的这件红底白纹的T恤衫，吴桥一也有一件差不多的，仔细看，居然连神态都和吴桥一有几分相似。

一身伤疤，面无表情，举手投足间还带着些不屑和淡漠。他看着这小熊，忽然吴桥一的脸就晃在面前，他忍不住笑起来，把小熊埋进心口的位置。刚刚没睡着，大概就是少了这么个仪式。佟语声蹭了蹭小熊毛茸茸的脑袋，安稳地闭上了眼。

第二天清早，上学的生物钟把他叫醒。迷迷糊糊地睁开眼，刚准备吃药，就听见楼道里传来硬底皮鞋嗒嗒嗒的声音。吴桥一大清早地跑来了——意料之外却又在情理之中。他赶紧揉揉眼撑起身，下一秒，病房门就被小声而礼貌地敲响。

佟语声对着镜子抓了抓头发，清清嗓子："请进。"

一双蓝色的眼睛就倏地出现在他眼前："早上好。"

阳光刚好照到门口，穿着校服的吴桥一朝他挥了挥手，干净、雪白、明朗。从来没有哪个早晨这么神清气爽过，佟语声跟着弯起眸子："早！"

那人在病房里绕了三圈，然后看向他："我去上学了。"

他不会客套，不会带一堆探望的水果鲜花，特意跑个远路只是为了跟他道个早安——笨拙却又无比真挚。

吴桥一走到门口，又邀功一般转过头看他："晚上回来教你。"

怕他上课走神，又想借机让他多和老师同学交流沟通，佟语声便又叮嘱了一句："我要听老师教的思路，你的我听不懂。"

吴桥一点点头道："好。"

临关门前，佟语声突然想起什么："你认得路了吗？"

吴桥一抿起嘴，眼睛瞥向一边："不。"

他学会撒谎了，但是技巧太过拙劣，简直就是把"假话"两个字写在了脸上。昨晚跑回家里拿熊，还能又快又准地送到位，怎么可能不认得路。佟语声笑起来，他知道这人担心自己以后不再和他一起走，便不忍心戳穿他的谎言。

"那你路上小心。"佟语声挥挥手，"好好听课，不懂的问题记得问老师同学。"

吴桥一非常乖巧地点点头，拎着方书包便又嗒嗒地走了。

与其说撒谎，也多少有些冤枉了——他靠自己的脑袋瓜子还是走不明白，昨晚来送泰迪熊的时候根本没想太多，只知道朝着最亮最高的住院大楼跑，居然也就稀里糊涂摸了过来。

但回去没有这么明显的地标，他原地转悠了半个小时，才打了个电话，让吴雁在"马路边两棵树中间的路灯下"把他找了回来。

于是他又拉着吴雁去实地勘探出一张从家到医院、从医院到学校的手绘地图来。吴雁像往常一样，委婉地表达了对儿子艺术细胞的惋惜，平日里只当作耳旁风的吴桥一，这次却莫名其妙屈辱起来。其实这屈辱表现得并不明显，吴桥一只是冷着脸快步拉开了和吴雁的距离，但一看到岔路口，就又低头，乖乖缩回吴雁的身边了。只是这么一个动作而已，吴雁却惊喜了半宿——他的儿子这回表现得像个人，而不再是块对外界刺激毫无反应的木头了。

此时，这个刚刚觉醒人类意识的木头同学正独自走在上学路上。他对情绪的接收与反馈，通常会有很长一段时间的延迟，比如现在，一直等他走到看不见住院大楼，他才慢慢想起，自己今天要一个人了。不只是一个人走，还得一个人听课、一个人写作业，遇到困难需要自己向别人求助，一切的一切都需要自己来打点。刚才因为佟语声而明亮的心情，终于后知后觉地变得灰暗起来。他已经完全不想再往前多走一步了。吴桥一慌乱地拿起地图想往回跑，却发现自己手里的这张图，只画了怎么从医院走到学校——掉个方向，他就完全看不懂了。

蹲在路边自闭了三分钟，他还是颤抖着拿起地图，朝着箭头指着的唯一一条康庄大道走去。到学校的时候，他的额头上已经蒙了一层细汗——就像第一天误打误撞走过来一样，只是现在班里没有佟语声等着他罢了。他失落又烦躁地钻回位子上，此时正是早读的时间，周围人叽叽喳喳的读书声吵得他头疼。

好几次想掀桌子，但又怕佟语声怪他，就改成了悄悄用手抠起了桌子皮。他打开书包，发现自己忘了带课本，偌大的书包里，只有一本孤零零的《花间集》。

吴桥一一看到这三个字就一身冷汗，嫌弃地皱了皱鼻子，把书推到了桌角。正要枕着书补个觉的时候，他看见那书缝里冒出了一小截叶柄。他伸手慢慢把它抽出来，一片火红的梧桐叶子便躺进他的手里，似乎正对他说:"我们玩飞花令吧!"

吴桥一险些吓到直接扔掉那片叶子。那叶子在空中转了几圈,差点掉到地上,吴桥一赶紧手忙脚乱地接住,又宝贝似的捧进手心里。行吧,玩飞花令也行,吴桥一闷闷地想着,随手翻开一页——"知我意,感君怜,此情须问天。"

他选了个"天"字,低下头,和这片树叶玩起了飞花令,一个早读就这么混了过去。

下课后,前排的丁雯转过身来看向他。发现她的目光移过来,吴桥一慌张地看了眼右手边,这才反应过来,丁雯就是要跟自己说话。吴桥一觉得头皮一阵发麻,低下头准备装死。丁雯却敲了敲他的桌子,似乎是跟他杠上了。

"佟语声怎么了?听说他昨天在考场上吐血了?"丁雯问。

听到佟语声的名字,吴桥一才骤地抬起头,做了一番思想斗争后,才点点头,紧接着就又垂下目光。

"他现在怎么样?"丁雯又问,"住院了吗?还能回来上学吗?"

这人问题怎么那么多,吴桥一听得一阵烦躁,刚想低下头逃避问题,就又看到了桌上那片叶子。那叶子说:"别人问你问题要回答,不然很不礼貌。"

于是吴桥一只狠狠叹了口气,说:"住院了,暂时回不来。"

丁雯便一脸担忧地转了回去。吴桥一松了口气,但一想到过不了多久就要公布联考成绩,他又忍不住紧张起来。前排,衡宁刚背完今天的课文,疲惫地捏了捏眉心。他虽然每晚都去温言书家补课,但却不敢因此对打工的事情有半点怠慢。父亲最近在化疗,花钱如流水,但凡懈怠半天,他们一家的天可能就会塌下去。这段时间他一直熬到将近两点多才睡,哪怕是他这样精力过人的人,也根本扛不住长时间的身体透支。

他疲惫地把头埋进臂弯里,却又不敢睡——浅尝辄止的睡眠只会让身体更加痛苦,他晃了晃脑袋,又伸手去拿抽屉里的习题本。正当他的太阳穴在控制不住地跳动时,一边的温言书凑过来,轻轻地开口:"你最近是不是压力有点大?"

这句话最开始是自己问他的，衡宁叹了口气，摘下眼镜，不置可否。这时，那人塞给他一只耳机，朝他摆摆手，让他压低点，别被其他人看见。衡宁便下意识接了过去。那人还没开始放歌，衡宁看了眼他手里的MP3，问他："你不是说等拿了奖学金再买吗？"

温言书悄悄地揉了揉他满是瘀青的肋骨，有些无奈地笑起来："我这次应该拿不到了，但我好想听，我就找我表姐借了她的。"

衡宁没怎么用过耳机，捣鼓了半天才戴进耳朵里，问："怎么了？没考好？"

以他的水平，就算发挥失常，也不至于拿不到奖学金，衡宁抬眼看他，那人却只低下头，去找歌："你有喜欢的歌手吗？我放给你听。"

听歌对于衡宁来说，完全是奢侈的行为，他平时接触音乐也很少，便摇摇头说："没有，听你喜欢的就好。"

看他兴致不高，衡宁又问："你呢？你喜欢什么歌手？"

"王菲。"温言书想都没想就说，"我还想去听她的演唱会，但是好可惜，她已经好几年不唱了。"

衡宁看他低下头一脸沮丧，心道我也不能去喊王菲，让她重新回来唱，但也想不到更好的话去安慰，就只专心听起来。衡宁对王菲并不熟悉，只听说是个挺有名的女歌手，这回趴在桌上，悠悠的女声从他耳边穿过。正在播的那首叫《红豆》，温言书说他很喜欢这首歌，衡宁便去听它的词。

"有时候，有时候，我会相信一切有尽头，相聚离开，都有时候，没有什么会永垂不朽……"

衡宁问他："你能听得懂吗？这些歌词。"

相聚离开，永垂不朽，对于少年人来说，似乎有些太过复杂了。

温言书摇摇头，说："听不懂，等我能听懂的时候，我可能已经不喜欢这首歌了。"

他又趴下来，有些颓靡地把脸埋进去。耳机把两个人连在一起，全世界唱着同一首歌，心里想的却是南辕北辙。

学校和医院离得也近，病房里能隐隐约约听见下课的铃声。

佟语声忍不住朝窗外看去，耳朵里充斥的，却是走廊上此起彼伏的咳嗽声。他这次运气好，正好捞到了一间单人看护病房——这间病房的前一任住客才去世不久，便被紧急加塞来的佟语声捡了漏。他心浮气躁地读了会书，抬眼看看钟，发现一个上午才过了一小半。

没有吴桥一陪伴的时间太漫长了，佟语声痛苦地搂住小熊，叹了口气。

终于等到消炎的水挂完，经过夏梦的同意，他扶着床沿起了身。今早起床之后，身上就没什么力气了，从病床走到门口，他都有些喘，但他还是扶着墙走到了走廊上。他见过太多卧床不起的人四肢萎缩，临死前干枯无力的下肢看起来像是被抽空得只剩一根骨头。佟语声还是喜欢体面好看的，无论是死去还是活着，他都希望自己不要那么狼狈，尤其是在吴桥一面前。

等他走到走廊尽头的时候，若即若离的上课铃声刚好从远处飘荡过来。这堂是体育课，佟语声看了看自己有些发抖的小腿，他从确诊那天开始就没上过体育课，有吴桥一黏着他，便也就没去过操场。不知道这堂课他怎么过的，佟语声撑着下巴从阳台上往外看去。

班级里，男生们一个个抱着篮球跃跃欲试，长发的女孩子们也摘下橡皮筋，把辫子绾高盘起。体育课对于大部分学生来说，都是调节放松的绝佳时机，但吴桥一并不感兴趣——他似乎根本没有要参加集体活动的自觉。前排的程诺拍着篮球在教室内绕了一圈，刚吆喝着一帮兄弟准备去抢篮球场，回头就看见孤零零坐在位置上的吴桥一。

于是他扯着嗓子喊了一声："老吴，出来打球啊？"

吴桥一没听过"老吴"这种叫法，根本没觉得那人是在喊自己，继续埋着头，笃笃笃地戳着桌子。但程诺热情似火，直接猴儿似的跑回来，翻到自己的桌子上坐下，低着头问他："出来玩呗，我听佟语声说你体育贼好。"

听到佟语声的名字，他才像是被激活了一般，缓缓抬起头。班里的人稀稀拉拉地已经快走完了，程诺回头看了一眼，催促道："今天又没人陪你在班里待着，来咯。"

缺氧 第六章

吴桥一刚准备无声拒绝，那人就拿出撒手锏来："佟语声让我监督你，你要不出来我回头就去告状了啊。"

吴桥一便"哗"地一下起了身。这是他在国内参与的第一堂体育课，素未谋面的体育老师盯着他打量了半天，似乎在想这是哪儿来的插班生。直到他点名，象征性地喊了一声吴桥一的名字，程诺就哗抬起手，指指吴桥一："到！"

原来是你啊，体育老师感慨起来。一整堂课，吴桥一都一个人缩在最后面，非常敷衍地学着广播体操。体育老师了解过他的情况，没怎么为难他。自由活动时间，程诺又拍着篮球跑过来："来，我们队正好差个人！"

说着就把篮球扔给了吴桥一。吴桥一看了一眼，往后撤了一步，"啪"地把球停在脚下。在四周人迷惑的目光中，他一抬腿，"砰"的一声，把篮球踢飞起来。那篮球"咻"的在空中划了一道弧线，然后稳稳地从篮筐正中落下——三分，还是个空心球。

程诺站在场外，无比惊讶。

吴桥一看向他，轻轻地点了点头："我不会打篮球。"

看出来了，毕竟是贝克汉姆的"老乡"，术业有专攻也挺正常。程诺惊恐地把球抱回怀里，半句话说不出来。这人可以玩玩杂耍，组队确实不行，程诺惊惶失措地捞着球，继续满场找人组队。跑道上，衡宁摘了眼镜正在跑步，程诺看看他手臂上的线条，立刻闻风而动："衡宁！"

衡宁转头，眯了眯眼，伸手接过球，迈着步子从跑道奔向球场——三步上篮，直接进球！

程诺笑起来，他就知道这人会打，伸手刚要捞过他的肩膀，衡宁便又把球塞回他手里："我有事，你们打。"

在程诺悲痛的目光中，他又重新戴上眼镜，径直走向花坛边独自坐着听歌的温言书。这人性格其实挺好的，但似乎人缘总是很一般，自从好朋友佟语声住院之后就更显得孤单了。他从地上捞起一瓶没开封的矿泉水，远远递给他。

"谢谢。"温言书抬起头，摘下耳机，眼里短暂亮了一下，"我不渴，你喝吧。"

衡宁能感觉到温言书这段时间萎靡不振，他看起来太瘦了，衡宁心想，或许不吃早饭、不爱运动的人就容易没有精神。他拧开水，咕嘟咕嘟地喝了两口，说："你早上不能不吃早饭。"

温言书便低下头："好。"

看他心情不好，衡宁又伸出手："耳机分我一个。"

温言书愣了愣神，乖乖地把耳机递过去。里面放的是王菲的《笑忘书》。

衡宁问他："你能听懂歌词吗？"

温言书摇摇头："听不懂，情歌都这样，听听调子就可以了。"

"这哪是什么情歌？"衡宁笑起来，"这首歌是说，要对自己好一点，即使不被别人爱着，也要学会爱自己。"

温言书愣了愣，低头去看屏幕上飘过的歌词。

"更何况还是有人爱你的，不是吗？"衡宁又递给他一颗糖，"以后别忘了吃早餐。"

温言书没忍住，眼泪啪啪地掉下来。

"好。"他说，"我会好好吃早餐的。"

衡宁看着他突然崩溃大哭，却也毫不意外，递给他一张纸巾擦眼泪："以后上学也一起走吧，我到你家楼下等你。"

不落单的话，应该会好一些吧？衡宁心想。有人不落单，就总有人落单。

佟语声孤零零地趴在窗台上发了半天呆，思绪又止不住到处乱飞。直到听见有人唤他一声，才有些慌乱地转过身去——他这次回来，没敢跟任何熟人打招呼，似乎是觉得丢人，又更像是怕再和这样的世界产生联系。

"佟佟哥哥！"小姑娘的声音闷在氧气面罩里，浑浑浊浊的，但还带着些孩童独有的稚嫩。佟语声眨眨眼，视野里因为缺氧而产生的雪花点褪去——头发被剃成光头的妮妮被妈妈抱在怀里，努力撑着眼皮跟他打招呼。佟语声很少看见妮妮脸上挂着这样的笑容，她朝他比了个"耶"，费力却又得意道："我要回家咯！"

佟语声忙不迭地笑着恭喜，眼里却没忍住上下打量着这个小姑娘。

全身瘦削到只剩一张皮，嘴唇因为缺氧几乎瘪成了黑紫色，说了不到两句话，就上气不接下气地喘息，小小的胸腔里传来呼噜呼噜的混响。佟语声又看向妮妮的妈妈——比上次见面似乎又老了十岁，双眼浮肿，明显是哭了一整夜。此时她正看着他，嘴上笑着，眼里却是无奈又悲伤。

佟语声便懂了，不是康复出院，而是没得救了。妮妮想抬起手，但是努力了半天又耷拉下去，佟语声慌忙把手伸过去，握住她小小的手掌心，对她说："太好啦，妮妮回家要开开心心的哦。"

妮妮又笑起来，咳了好久才说："好。"

女人的眼睛又红起来，朝他狼狈而局促地打了声招呼，抱着妮妮转身准备离开。这时，妮妮又小声说："妈妈，你再找个叔叔结婚吧，给我生个弟弟，健健康康的，像佟佟哥哥这么帅的。"

女人的身体开始颤抖，妮妮却看不清楚，只一边喘着，一边说："以后你想我了，就给弟弟喂颗糖吃，我喜欢吃草莓味的，他应该也喜欢吃。"

原来她什么都知道，知道自己快不行了，但还是会因为可以回家而感到开心。女人崩溃地大哭起来，佟语声慌忙把妮妮接过来抱在怀里，听着小姑娘在自己的肩头沉重地喘息着。

"我是不是惹妈妈伤心了。"妮妮叹着气，她的脑袋有气无力地耷拉在佟语声的肩头。

佟语声却说不出半句话来，他的心口酸涩得要被堵住了，便只能伸手，一遍一遍地摩挲着她的后背。不出意外，这应当是他最后一次看到妮妮了。最后女人把他从自己身上抱走的时候，小姑娘已经昏厥了，她像一团被揉皱了的草稿纸，缩成了哀伤而瘦小的一团。佟语声觉得难过极了，他又一次觉得双目昏黑——无论是熟悉的小朋友离开，还是联想到自己之后的遭遇，莫大的情绪都让他小腿发软。他有点想吐，又想赶着回病房吸氧，两种冲动让他疯狂撕扯，害他蹲下身无法抉择。正在他想向护士站的姐姐求助时，远处又嗒嗒嗒传来皮鞋声，还没等他抬眸，就听见吴桥一的声音:"你走吧。"

走?谁走?佟语声的情绪被突如其来的疑惑打断了,接着他就看见走在吴桥一身边的程诺。

"把你送到了就轰我走,真就过河拆桥啊?"程诺嚷嚷起来,"我是来探病的,你少自作多情啊。"

佟语声耳边的嗡鸣声逐渐消失,他看着两个身材高挑的少年朝他走来,还一路小打小闹地拌着嘴。他应当是交到朋友了,佟语声替他开心,又有些小小地酸涩起来——这是不是意味着,他们两个终将要越走越远了?这样的想法持续了大概两三秒,佟语声忽然之间就颇有些自责了,吴桥一好不容易朝世界打开了心扉,应当真心替他高兴才对,怎么能有这些小心眼儿的心思?脑子里还在纠正想法,吴桥一看到他,就一溜烟地跑过,身后跟着小步跑来的程诺。

程诺身上有他们没有的、独属于健康的人的朝气,叫人看着就一阵神清气爽。佟语声想,无论是自己还是吴桥一,和这样的人相处,都是可以汲取到巨大能量的。

进了病房,程诺大大咧咧地坐上一边的看护病床,然后从书包里掏出几本推理小说:"我最近扫地摊儿发现的珍品,给你看。"

吴桥一不悦地伸手拦下来,程诺会错意,只当他小气,便顺着他理解的意思把书推给吴桥一:"行行行,你先看,看完了再借给佟语声好不好?"

语气和当时佟语声劝架的时候一模一样,却因话是为从他嘴里说出来的,怪异得叫人头皮发麻。吴桥一的脸上露出一丝嫌弃,手上却默默把书收了下来。佟语声笑起来,安安稳稳地躺回病床。他今天呼吸还是不太顺畅,便只能弯弯眼,听他们讲。吴桥一看程诺坐在床上,便拉过一边的椅子坐到床边,末了还挑衅一般朝程诺看了看,似乎在说:"看,我比你坐得近。"

程诺领会不到他这点小心思,只莫名其妙地挠了挠头。刚要开口,吴桥一便火急火燎地抢在前面,生怕他比自己先:"我今天表现很好。"

程诺便一脸不解地看着他自我表彰起来。

"我自己上学，认真听课，和同学说话，去上了体育课。"吴桥一细细回顾着这一整天让他心梗的瞬间，全部拿出来讲。

放学还挑了个倒霉蛋带自己认路，鉴于这个人的存在有点碍眼，吴桥一就自动把他剔出表扬范围内了。他兴奋地摇起看不见的尾巴，佟语声便也很配合地夸起来，整个房间，只有程诺抱着自己的背包蜷缩起来，警惕而惊恐地看着这诡异的画面。佟语声夸好吴桥一，怕冷落了程诺，便转头看向他。

程诺终于找到开口的机会，忙不迭地开口道："身体还好吗？我放学顺便来看看你。"

看到吴桥一充满敌意的凝视，程诺轻轻噎了一下，赶紧补充一句："其实主要是想迟点回家，不想做作业。"

一触即燃的气氛缓和下来。佟语声笑起来："我已经达成住院常态化了，你见多了就习惯了。"

接着，他想起什么，转身从床头抽出写小说的本子递给程诺："本来打算让吴桥一带给你的。"

他草草翻开，里面有他最新写的两篇短篇："住院之后精力跟不上，只写了一点点，麻烦你看看能不能找到渠道，帮我发表一下。"

程诺刚要接，吴桥一便伸着脖子要看，他就只能叹口气，撒开手。佟语声看到吴桥一拿到本子，忽然有点紧张起来，但他没敢此地无银三百两，只默默观察着他的表情。好险，那人看似投入，但不过十秒目光就开始飘忽，接着象征性地翻完了，又塞进程诺手里。程诺津津有味地看完了，满意地点点头："短篇小说不适合发表在网站，但是我姑姑认识很多实体出版社的编辑，我争取帮你卖个好价钱。"

佟语声一听，赶紧道："太谢谢程老板了。"

临走前，程诺又想起什么，问道："对了，你什么时候能出院？"

佟语声看着自己手臂上刚刚才扎进去的针头，摇摇头："不好说。"

程诺说："如果能早点回来就好了，马上要校庆了，可能会搞个晚会之类的，不知道你能不能赶上。"

佟语声很喜欢这些文娱项目，但这回只是无奈地笑起来："我尽量吧。"

看他要走，佟语声又问道："我们班有节目吗？"

程诺直接气笑了："别提了，正发愁呢，问了半天没一个人有拿得出手的才艺，丁雯跟我说她想唱歌，但是太多人报名唱歌了，节目单里就保留了那么几个歌唱类节目，估计悬。"

这是渝市一中难得的百年校庆，一个班级要是能出一个节目，都算是跟流动红旗平级的荣耀。更何况佟语声在一中待了快四年，对学校的感情也比其他同学深，所以还是多少有些期待的。只可惜，才艺这种东西，想强求还真强求不来，他能不能赶回去看晚会，也是真的勉强不来。他有些遗憾地点点头，和程诺挥手道别，一直等那人的身影消失，自始至终保持沉默的吴桥一终于站起身，给他削了个苹果。

佟语声小心翼翼地打量着他，问道："今天在学校都做了什么？跟我讲讲呗。"

吴桥一骤然放下了对旁人的提防戒备，慢吞吞开始梳理语言表达，从早上到学校开始，把细节都说给佟语声听："早读课我自己玩飞花令，背了很多诗，下课前排的女生问你的情况，我和她说了……"

佟语声小声提醒道："她叫丁雯。"

吴桥一停顿了一下，似乎记住了，又似乎没有，只皱着眉头继续说道："语文课我走神了，听不懂，不喜欢文言文。"

佟语声安慰他说："没关系，我可以教你，慢慢来。"

吴桥一点点头，又继续往下说着："午餐吃了三明治，不好吃，没有鸡翅好吃。"

两个人同时咽了口口水——佟语声这两天也在忌口，听见这些东西就馋得慌。

"我奶奶可不止鸡翅做得好，我最近特别馋她包的饺子，小时候过年，谁吃到了带着硬币的饺子，就说明要被好运光顾了。"佟语声想到小时候的画面，整个人都手舞足蹈起来，"我奶奶嫌硬币不卫生，就在幸运饺子里多包一个虾仁儿，谁吃到虾仁饺子，谁就是新一年的幸运儿。"

说到这里，他又遗憾地道："但我从小到大运气都好背啊，这么多年一直都没捞着过,每次看到别人吃到都得哭,但他们咬了一半要给我我又嫌脏不肯吃。"

说完,佟语声仰天长叹道:"不行了,我要馋死了,好想吃饺子。"

吴桥一还没吃过饺子,只是看他的表情就饥肠辘辘起来。

两个人又窸窸窣窣地讨论起美食,一直等到馋得双双馋得眼含泪水,佟语声才及时叫停话题:"说说下午吧?英语课上你都干什么了?"

吴桥一还沉浸在美食的诱惑里,只能心不在焉地说:"英语课我学语文了,老师的发音好奇怪,声音还很大,我睡不着。"

听到方玲被吐槽,佟语声笑得快从病床上翻下去。吴桥一看他笑,眼里也亮起碎光,伸手把他扶好,又用尽了他的表述能力,给佟语声讲今天的学习内容。佟语声基本没有高中的学习基础,吴桥一从中间开始讲,对他来说基本就是对牛弹琴。再加上吴桥一艰涩的语言表达和中英混杂的奇特语法,佟语声刚从化学听到数学的下半节课,就扛不住打起瞌睡。吴桥一看他慢慢倒下去,也不去叨扰他,只帮他把枕头理好盖上被子,才悄悄关上门离开。他拎着书包抱着地图——路已经越走越熟了,偶尔会在一些岔路口犯迷糊,但只要手里有地图,他总能找到正确的路。

今天他难得心情很好,一路风风火火地飞奔回家。进了门,吴桥一先一路小跑到楼上,哐哐地在大床上弹了几下,又一个鲤鱼打挺站起身,然后拿起笔,翻开日历,在今天那空白处画了一个笑脸。他拿出作业本,刚写了一会儿就又开心得静不下来,想到明天是周末,写作业完全可以拖一拖,于是优哉游哉晃到楼下,跑到厨房去凑热闹。

吴桥一平时极少出现在自己房间或客厅以外的地方,他进去的时候吴雁正在洗碗,看到他出现在身后,颇有些惊讶地顿住了动作。

"怎么了?来找东西吗?"吴雁问道。

吴桥一瞥了她一眼,没说话,只是轻轻把她推到一边,拿起水池里的碗,埋头洗了起来。他似乎不太会表达开心的情绪,佟语声在的时候还能跑过去给他一个拥抱,一个人待着,那直冲天灵盖儿的兴奋无处发泄,就只能四下里找点活干。

吴雁难以置信地往后退了一步,好半天才缓过神来,小心翼翼地试探着：" Anne 马上要放期中假了，Daddy 说想带她过来玩，行吗？"

虽说 E 国的家庭模式更讲究以夫妻为主，孩子只是家庭成员之一，但因为吴桥一从小情况特殊，一家人的行动基本以他为中心。吴桥一听到 Anne 的名字，脑子里蹦出那个聒噪的小丫头，第一反应是要拒绝，但他又忽然想起佟语声说过 Anne 特别可爱，还很期待和她见面，就勉为其难地答应道："行。"

吴雁又惊又喜地把手在围裙上擦干，看了看时钟——现在 E 国时间正值中午，便忙不迭打了个电话给丈夫。

电话刚一接通，对面就传来小女孩儿热切得有些刺耳的呼唤："Mommy（妈妈）！"

吴桥一一想到他和自己争宠的画面，脸色又沉了几个色号。吴雁在一边应付完小朋友，丈夫终于找到机会插话，和吴雁寒暄了好一会儿，然后理所当然地问起吴桥一。刚刚关上水龙头的吴桥一回过头，跟爸爸打了声招呼："Hi, Dad（嗨，爸爸）！"

声音相较之前明亮许多，隔着电话也能听出他不错的状态，爸爸在对面立刻开心起来，又问了问最近学习生活上的事。吴桥一英语说得比中文顺畅太多，加上今天心情确实不错，就慢悠悠地跟他聊了起来。吴雁站在一边，恍惚间竟以为自己在听一对正常的父子的对话，险些没忍住双眸湿润起来。

好像真的一切都慢慢好起来了。挂了电话，吴雁就开始絮絮叨叨，紧张起父女俩回来该准备些什么好吃的。吴桥一已经钻到沙发上坐好了，他抱着膝盖，看到吴雁从冰箱里掏出一把生菜，瞬间表情都皱了起来。他忽然想起今天在病房里，和佟语声讨论的美食，想起那人哀号着说馋死了饿死了，他猛地抬头看了看钟。

现在有点太晚了，他赶紧洗澡睡觉——经验告诉他，早点入睡，长长的夜晚也会变短，果然一眨眼，天就已经亮了。

第七章

是人间烟火

周末,不用上学。

确认这点后,他唰唰地拿起手机和书包,飞快地冲出家,却没有第一时间跑去医院和佟语声说早安,而是凭着记忆里佟语声的话语,稀里糊涂摸到了野水湾附近的一个小商品批发市场。他一家家进门,一家家看,终于远远听到一个老人家脆亮的声音:"怎么跑这儿来啦?"

一回头,正好看见佟语声的奶奶。她刚刚才把编织的小摊子摆开,遥遥朝吴桥一招手。吴桥一便轻快地跑过去:"奶奶!"

这是他第一次这么干脆地喊奶奶,奶奶听得一阵心花怒放,连忙掏出小板凳让他坐下:"怎么啦?"

大清早,吴桥一竟跑出一头汗,他咕嘟咕嘟喝下奶奶递给他的水,这才问道:"奶奶,饺子怎么包?"

佟奶奶原本一早来,就是想把摊子摆出来干活,但是看到这漂亮小崽儿,顿时干活生计统统排在了后面。

"小崽儿想吃饺子了呀?"奶奶把刚摆出来的东西收回去,拉好卷帘门,"想吃什么馅的呀?"

吴桥一弯下腰帮奶奶收好小马扎,对她说:"是佟语声想吃,我没吃过饺子。"

奶奶一敲脑门,拎着包健步如飞起来:"哎呀,我好久没给他做好吃的咯。"

吴桥一小跑着才跟上她，半天才小心地问："他现在能吃吗？"

奶奶点头，操着一口浓重的方言说："可以呀，医生都说没得问题的。"然后又补了一句，"清淡一点嘛，不要辣咯。"

听到不加辣，吴桥一就放心了，轻快地跟在奶奶身后。走了两步路，他又觉得路线陌生，不由紧张起来："奶奶，我们去哪儿？"

奶奶大着嗓门道："到菜市哇，女娲捏小人还得用土咧。"

吴桥一和女娲不太熟，但老奶奶说话气势很足，让他半点不敢反驳提问。这是他第一次去国内的菜市场，正好赶上早市，熙熙攘攘的，很多人。他站在门口就有些犹豫了，右手边，蔬菜特有的气息让他没了胃口；左手边，活禽区鸡鸭的惨烈叫声在他耳边挥之不去。他整个人被这热闹又复杂的环境困住，半天不敢挪脚。但奶奶在前面嚷了一声，问怎么一眨眼他就不见了，他瞬间一阵头皮发麻，忍着恐惧跟了上去——人群可怕，奶奶生气更可怕。

自从他看过奶奶叉着腰和对面楼的老头吵嘴后，这样的认知就在他心里深深扎了根。奶奶战斗力确实厉害，一路叉着腰和人边吵架边讲价，好几次吓得吴桥一准备报警，结果下一秒，老奶奶就美滋滋拿到了价格满意的菜。终于，奶奶买好一大提菜，细细跟吴桥一介绍分别做什么馅儿用的，吴桥一蹲下来逐个看了看，然后抬起头说："奶奶你再等我一下。"

还没等奶奶应，吴桥一就一溜烟儿跑开了。此时在原地等吴桥一的不只奶奶，还有一大早就起来的佟语声。虽然那人并没有约好要来找他，但不知为何，他早就在心底默认了他要来。早晨，他喝了半碗寡淡的粥，等到剩下的半碗放在床头直到凉了，吴桥一都没来。佟语声想，今天是周末，他应该在睡懒觉。

上午，他写了半章小说，写到主角站在悬崖边等挚友归来，吴桥一还是没来，佟语声想，他早上睡了那么久，现在肯定是在忙着补作业。

中午，送到床头的是一小碗挂面，佟语声看着挂面，忽然间一点胃口都没有，往前推了推，半句话没说，又缩回被窝看书了。午睡的时候，他做了个梦，梦到吴桥一在前面走，自己在后面追，他追得气喘吁吁，

云间烟火是人家

177

吴桥一步三回头的表情也逐渐不耐烦起来。

他梦见吴桥一对他说:"你走得太慢了,我不等你了。"

吴桥一转身,就小跑进了前面的巷口,再不见了人影。

佟语声惊醒的时候还在喘着气儿,似乎真是跟在人身后跑了几个巷子一般。他挣扎着按了护士铃,直到换了个新的氧气瓶,才慢慢缓和下来。

吴桥一还是没来,佟语声的脸藏在面罩后面,正当他浑浑噩噩顶着低烧胡思乱想时,门被轻轻敲响了。他赶紧一个激灵爬起来,心想今天吴桥一怎么没穿嗒嗒响的硬底皮鞋了,就听门口传来一个女孩子的声音:"我能进来吗?"

不是他。莫大的失望爬上佟语声的心头。

"请进。"他调整好表情,朝门口喊了一声,丁雯便"吱呀"一声,推开门进来了。

她拎着一大提水果,碎花裙摆给苍白的病房增添了一抹色彩——比平时穿校服的样子好看多了。

"佟佟。"她把水果摆到佟语声的床头,柔声问道,"你好点了吗?"

虽然吴桥一没来让佟语声有些失望,但丁雯的体贴关心却又让他感动不已:"谢谢你呀,大老远跑一趟。"

丁雯咯咯笑起来,斯斯文文地坐到他的病床边:"平时晚上做完作业都很久了,只能周末来看看你。"

佟语声和她寒暄了几句,又忙不迭地问道:"吴桥一在班上表现还好吗?有没有给你们惹麻烦?"

那次联考对答案的时候,佟语声就拜托过她,有机会多让吴桥一开开口,丁雯也自然了解他说的是什么意思:"挺好的,我特意找他搭话,他虽然不太情愿,但也都可以配合。"

佟语声松了一口气:"听说他还去上体育课了。"

丁雯笑起来:"对,还把体育老师吓了一跳,之前根本不知道咱们班有这号人。"

佟语声也跟着笑起来。他觉得手背有些发胀,就伸手调慢了输液的速度,丁雯的视线顺着被吸引过去,她又好好看了看他的脸,感叹道:

"你最近瘦了好多啊。"

佟语声的动作顿了顿,再躺回床边,他便觉得自己那两块肩胛骨嶙峋得有些硌人了。

他悄悄把输液的手藏回被子里,转移起了话题:"对了,听程诺说你在准备校庆的表演,现在怎么样了,有希望吗?"

丁雯一听这话,立刻笑起来:"海选已经过了,老师都夸我唱得好呢,我觉得很有希望。"

佟语声也跟着洋溢起笑容来,听着她说彩排的事情,又听她描绘着校庆现场的阵容,心底里都是羡慕。如果自己现在还好好的,他必定会积极参与到这场校庆里去——他没有什么可以拿上舞台的才艺,但是他可以出力,可以帮忙做后勤,可以去给舞台布景,可以去给在台上唱歌跳舞的同学拍照摄影。

渝州一中留给了他太多属于青春的记忆,对于他这样注定短命的人来说,这样的青春在他生命中占的比重实在太大,以至于缺席一场校庆也会让他产生无尽的懊悔和遗憾。

他垂下眸子,问道:"你准备好唱什么歌了吗?"

丁雯摇摇头,说:"还没想好,我看了好几首,总觉得不太符合校庆的气氛,所以还挺犹豫的。"

佟语声心不在焉地点点头,伸手玩起了手边写小说的本子。

他一点点把那发皱的页脚捻平理好,又郑重地把东西放回枕头边。

突然,丁雯说:"其实,我有点想自己写一首歌。"

佟语声抬起头,看着她。

"我找了很多备选曲目,找的都是描写青春年少的歌曲,但我总觉得不对。"丁雯说,"后来我想想,每个人的青春都是独一无二的,别人的歌写的是别人的青春,我们的青春,也应该由我们自己来唱才对。"

不知道为什么,听了她这句话,佟语声只觉得心跳莫名加速起来,似乎是某种隐约的期待,正从他心底疯狂地生长出来。他忍着牙齿的颤抖问:"你会写歌吗?"

丁雯耸耸肩:"我学过吉他,会一些编曲作曲,但是我不会写词,

云间烟火是人家

179

就只能暂时搁置了。"

佟语声的眼睛霎时亮起来，他说："你觉得我可以吗？"

丁雯一时没反应过来："什么？"

"写词，我可以给你的歌写词。"佟语声说，"你可以在校庆上，唱我写的词吗？"

带着我的青春，在我青春生长的地方，唱给我的青春听。

"太好了，我早就想找你了。"丁雯也兴奋得双目晶莹起来，"之前还怕麻烦你，都不敢问。"

丁雯走的时候，佟语声还沉浸在可以远程参与校庆的惊喜之中。他立刻爬起身，从以前写的现代诗里搜刮着句子，却又发现那时总带着一股青春伤痛文学的气息，便嫌弃地拿起笔。缺氧归缺氧，但他脑子的灵感却都还在，刚要唰唰地动起笔来，门口就传来小皮鞋嗒嗒嗒的声响。是吴桥一。佟语声啪地放下笔，抬头看了眼时间，就又有些生气起来——还知道来找他？这都快到晚饭时间了，不会是专程来蹭他的病号餐的吧？

想到这里，他突然有些饿起来，却又强迫自己坐直了，一副正襟危坐的高贵姿态。然后，"咚咚"的敲门声响起，他故意做作地道："进来吧。"

吴桥一便哐哐地走了过来。之所以他走路哐哐地响，是因为他手里提着两个保温桶，铁皮子互相碰着，发出好听的声音。中午几乎没有进食的佟语声突然起了食欲，瞬间就原谅他了。

吴桥一进了门，一声不吭，先是在他床上搭好懒人桌，接着又伸手把那两个保温桶拧开。腾腾的热气立刻在病房里氤氲开，佟语声探头去看，惊喜地发出欢呼声："哇，饺子！"

昨天刚说想要饺子，今天就吃上了，佟语声的心情一下扬到天上。

"你自己包的吗？"佟语声急不可耐地夹出一个白白胖胖的饺子，长得规整又漂亮，很难想象吴桥一的笨手可以包出这样的饺子来。

果然，吴桥一说："我和奶奶一起包的。"

佟语声认出这个熟悉的形状——确实是出于奶奶之手。于是他又把饺子放下来，在保温桶里翻找着，接着夹起一个奇形怪状的东西来。还没等他问，吴桥一就"投案自首"："这是我包的。"

佟语声憋住笑，仔细观察起这个饺子——它似乎是有造型的，肚子浑圆，封口处都渗出一些肉末来，头顶还捏了两个圆圆的装饰。

"这是什么？"佟语声问。

"小狗。"吴桥一一本正经地指给他看，"这是头，这是耳朵。"

佟语声立刻笑起来，满心欢喜地把这个奇形怪状的小狗摆到嘴边："那我要吃掉小狗了。"

吴桥一点点头，期待地看着他。佟语声轻轻咬了一口——馅儿还是他熟悉的味道，香菇猪肉，还带着脆脆的荸荠碎，加上奶奶特调的酱料，一入口，整个口腔都洋溢着幸福。想这个味道想得太久了，佟语声差点就要哭出来。但吴桥一眼里期待的光没有消减，他便又疑惑地吞下半口，忽然，一种嫩滑富有弹性的口感在唇齿间溢开，佟语声瞬间睁大眼睛："虾仁！"

是他年年都因为不走运而错过的、象征着好运气的虾仁。

"我要走好运了！"他惊喜道，"我第一口就吃到了虾仁饺子！"

他看着吴桥一满脸自豪的模样，忽然又觉得不对——这人刚刚的眼神，明显是知道自己这一口下去会吃到什么。

于是他又夹起第二个饺子。果然，里面也是有虾仁的，佟语声的兴奋慢慢冷却下来——是人皆有之的平常，而不是独属于他的幸运。他抬头看了眼吴桥一面前的那一桶饺子，有些不甘心地问："你的饺子也有虾仁吗？"

吴桥一连忙摇摇头，把保温桶推到他面前让他检查。

"虾仁饺子都给你了。"吴桥一说，"所有的好运气都是你的。"

在菜市的时候，吴桥一发现奶奶没买虾，便就特意去卖水产的摊点买。但他不知道一顿要吃多少个饺子，算了算怕佟语声吃不够，一口气买了五斤。当他拎着一大袋虾子回来的时候，奶奶还以为他要吃全虾宴，慌里慌张开始盘算着该怎么解决。

云间烟火是人家

181

"娃娃喜欢吃虾呀？"奶奶问，"明天早上吃虾仁炒饭，中午吃椒盐虾，晚上虾仁煲汤，好不好？"

吴桥一只是懵懂地点点头，跟在奶奶揉起面来。吴桥一学东西很快，但是在艺术审美上完全没有天赋。当他给奶奶看完他包的小狗时，见过大风大浪的老人十分有素质地忍住了没笑，甚至伸手给他塞了一瓣儿橘子，盲目地增长了他的自信。但就算他包起来动作很快，从和面、调馅儿开始的工程都难免烦琐，外加这一老一少都是容易走神的，一会儿尝尝零食，一会儿又停下来唠唠嗑，等饺子准备下锅，也差不多到晚餐时间了。

看见奶奶把有虾仁、没虾仁的呼啦啦地摞在一起，吴桥一连忙道："奶奶，分开下。"

"有虾仁的都给佟语声。"他说。

现在，佟语声抱着一保温桶的虾仁饺子，看着吴桥一期待的眼神，心绪都柔软下去。无论是过年吃虾仁饺子，还是小时候在学校边小卖部抽奖，拼概率的好事，他永远也蹭不上。他到底是不可能幸运的，但总有人会帮他把散落零碎的幸运收集好，送到他眼前——吴桥一就是他最大的幸运。佟语声弯起眼，笑着夹起一个小狗饺子，递到他面前："那我的好运也分你一口。"

吴桥一犹豫了一下，没敢张口，似乎是怕把他的好运抢走了。

佟语声说："快来，好运分享出去就是双倍的好运。"

于是吴桥一点点头，嗷呜一口分享了他的好运气。这是吴桥一第一次吃饺子，喜欢得双目放光。

佟语声说："看来你的口味还是偏向于中国人呀。"

吴桥一闷头吃着，也分不清口味不口味的，只含糊着说："反正不喜欢三明治。"

佟语声想起这人看见吴雁做菜时如临大敌的模样，又忍不住笑起来。其实这两天，佟语声的胃口一天比一天浅，甚至有时候吃两口饭就想吐，但眼前这些饺子，他却一个不落地全部吃下去了。吴桥一也吃得很满足，吃完饺子又扶着佟语声在走廊里慢慢溜达了一圈。

溜达完，吴桥一教佟语声玩了会儿围棋，就非常自觉地回家写作业了——佟语声已经向他保证，无论自己能不能考出好成绩，只要自己康复，就一直愿意做他的同桌。换在以前吴桥一早就不可能再费劲读书了，但现在，他却又莫名其妙地觉得自己应当继续学下去。回到家，他拿着笔，在日历面前站了许久，看着此前一排夸张狰狞的哭脸，没动一笔，只是伸手，将那一面撕了去。只有不开心的人才会每天关注自己的心情，他现在不再需要了。

第二天清早，他是被一串尖叫声吵醒的，猛地睁开眼，他才想起今天是 Anne 要来的日子。

"Joey?Joey!"

他听见小女孩飞奔而来的脚步声，立刻从床上弹起来，唰唰把衣服套好。接着就听见小女孩敲敲门，小声问："May I come in（我能进来吗？）？"

学会敲门了，吴桥一稍稍有些意外——自己以前以为这家伙习惯性破门而入，差点直接捏着她的后颈肉，把她从房间扔出去。他迷迷糊糊地跑下去推开门，香喷喷的小姑娘直接挂到他的腰上："Joey！我好想你啊！"

吴桥一往后退了一步，把这黏人的"狗皮膏药"从身上撕下来，拎到半空又放到地上摆好。嚯，吴桥一上下打量了一番，老爸说她长高了的时候还没当回事，现在一看，都已经长到他腰线那么高了。Anne 一看到他就兴奋得不行，叽叽喳喳在他耳边中英文混杂地聊了起来。吴桥一耳朵被刺得生疼，她说了什么半句也没听进去，只一边走一边认真敷衍起来。等把他送去洗漱，Anne 又飞跑着步子跑去抱妈妈。她应该是想和吴雁说悄悄话，努力压着声音，但还是给吴桥一听得一清二楚："妈咪，Joey 变了好多！"

一听这人要说自己坏话，吴桥一放慢了刷牙的速度，竖起耳朵听着。

吴雁问她："怎么啦？"

Anne 认真严肃地说："他变帅了！"

吴桥一便又放心地刷起牙来。

云间烟火是人家

183

第七章

"而且他刚刚还听我说话了!"Anne 的语气突然兴奋起来,"他以前看见我就跑!"

听见母女俩一阵笑声,吴桥一便优哉游哉地走下楼去。下了楼,老爸正夹在两个飙中文的母女中间一脸蒙,吴桥一便坐到他对面,捞起一片面包,示意他可以开口和自己聊天了。

"Joey。"老爸看到他,突然绷直背,双手在大腿上来回摩擦起来。

吴桥一想起来,他买的微表情心理学书上说过,这样的动作证明他在紧张,试图用这样的方式平缓自己的情绪。

"Dad, take it easy(爸爸,放轻松些)。"吴桥一按照书上的话安慰道。

吴桥一性格上的转变,让这对远道而来的父女惊喜万分。在家里别墅看了看,Anne 便坐不住,嚷着要去外面玩。吴桥一刚收拾好要带去医院的东西,顺口说:"我去医院,你要不要一起?"

一听这话,Anne 又开始大惊小怪地尖叫起来:"Daddy,Mommy!! Joey 要带我玩!!"

吴桥一耳朵一疼,开始后悔提这一嘴了。为了尽量让她少说话,去医院的路上吴桥一顺手买了几根棒棒糖,她一开始叽叽喳喳,他就剥一根塞进她的嘴里,勉强换来几分钟的宁静。

"Joey,你居然会认路了!"

听到小女孩带着外国口音的感叹时,佟语声刚刚把给丁雯的歌词写好——昨晚吴桥一走的时候他就灵感喷薄,写了一些之后早上又修改了一下,基本就定稿了。眼下,吴桥一的脚步声和小女孩的惊叹在他耳边响起,他才倏地把本子合上收起来。

"是谁在里面?佟佟哥哥吗?"临到病房门口,Anne 才想起来问。

佟语声忍不住笑起来,小姑娘心还挺大,到门口才想起来问是去探望谁。吴桥一在门外"嗯"了一声,开了一半的门突然又被推回去了:"你怎么不早说,我给他的礼物丢在家里了!"

佟语声刚要笑,吴桥一便直接无视了小姑娘的挣扎,伸手把门推开了。

门口,吴桥一的手正搭在小女孩的肩膀上,Anne 因为两手空空有些脸红,但看见佟语声又兴奋起来:"佟佟哥哥!"

"Anne!"佟语声也弯着眼笑起来。

他想象中的 Anne,应当是个金色卷发、戴着小皇冠、穿着公主裙的小甜妹,但眼前的 Anne 和他想象中的形象大相径庭——她确实是金发碧眼,五官漂亮又精致,大眼睛高鼻梁白皮肤,比起吴桥一,她五官上遗传爸爸欧洲人的特征要更多一些。和他想象中粉粉的小公主不同,Anne 全身上下都是黑色系的打扮,她头顶戴着一个镶着铆钉的棒球帽,黑色宽松的短袖衫配上颇具金属感的小皮裙,脚上踩着的是高过脚踝的马丁靴,高高的单马尾上还绑着一个镶着水晶钻的小骷髅。

尽管五官可爱得要命,但举手投足间,都努力在摆出一副酷酷的模样——是个朋克风格的小姑娘。

"你好酷呀!"佟语声惊喜地道。

Anne 在生人面前还是有一点害羞,红着脸往吴桥一身后躲了躲,却又被他不解风情的哥哥拔萝卜一般揪了出来。她悄悄朝吴桥一撇撇嘴,然后又小心翼翼地和佟语声搭话:"哥哥对不起,我不知道要来看你,给你带的礼物丢在家了。"

佟语声笑着说没事,又抬头弯弯眼,看向吴桥一。那人没想到会突然接到佟语声的目光,躲闪了两下,竟无所适从地看向别处。Anne 悄悄地瞥了他一眼,眼珠子转了转,没吱声。佟语声很喜欢 Anne,Anne 也很喜欢佟语声,没聊两句,这两个对得上频道的人便熟络起来。

待久了,走道上那些痛苦压抑的呻吟声又盖不住了,一连串狰狞而恐怖的声音传来,病房里的三个人同时噤了声。吴桥一跑去关紧了门,隔壁得了肺癌的叔叔咳嗽起来,Anne 吓得一惊,赶忙跑过去轻轻抚摸佟语声扎针的手:"佟佟哥哥,生病难不难受?"

佟语声笑起来:"难受呀,所以 Anne 要健健康康的才行。"

Anne 苍白着脸,听着走道里撕心裂肺的咳嗽声,除了点头不敢说半句话。实在怕 Anne 扛不住,佟语声就让吴桥一带着她先走了。吴桥一似乎是嫌她坏了自己的计划,伸手不耐烦地拨了拨她的马尾辫,Anne 吱哇乱叫着捂住脑袋,委屈地缩到他身边。

临走前，佟语声从本子上撕下一张纸，朝内折好交给他："帮我带给丁雯。"

吴桥一一听不是给自己的，立马想打开来检查。

"你不许看。"佟语声立刻道，"现在不行。"

吴桥一收回蠢蠢欲动的手，面露痛苦。走回去的路上，吴桥一完全忘记了身边还有 Anne 这么个存在，一路上脑子里都装着那张他不能看的纸，好奇极了，那纸放在口袋里，似乎要把衣服烧出个洞来。走到离家不远的一个人行天桥时，他实在忍不住，伸手就要去拿，结果"啪"的一声，被 Anne 握住了手腕。

"不行。"Anne 严肃地摇头，"我要替佟佟哥哥监督你。"

吴桥一千算万算没想到自家出了个"小叛徒"，气呼呼地把纸塞回口袋里，趴到天桥的护栏边。桥下熙熙攘攘车水马龙，却分毫入不了吴桥一的眼，他觉得心情复杂得很，满心只想看看那张纸条里到底写的什么东西。他又悄悄瞥了一眼 Anne，那小丫头早已经从医院的冲击中走出来，她站上护栏下的石台阶，踮着脚，也跟着像模像样地爬上去。吴桥一怕她多说话，伸手给她塞了根棒棒糖，回想到那张纸，忽然又觉得嘴里苦得很，便也给自己剥了一根，兴致缺缺地吃起来。

"Joey。"果然，连棒棒糖都塞不住 Anne 的嘴，"佟佟哥哥真帅。"

吴桥一撑着下巴，耷拉着眼望着远方恹恹的太阳，从鼻腔里发出一声："嗯。"

一阵沉默，兄妹俩继续吃着棒棒糖，惆怅的情绪荡开，像是聚众吸烟的颓废青年。

终于，吴桥一还是忍不住道："我就看一眼。"

"不可以。"Anne 斩钉截铁道，"No way（没门）！"

"咔嚓"一声，棒棒糖在吴桥一嘴里被咬碎了。

Anne 晃了晃脑袋后面的马尾辫，又转起棒棒糖的棍子来："这是佟佟哥哥给别人的信，it's none of your business（与你无关）！"

话刚一说完，吴桥一就"啪"地一巴掌拍下她的鸭舌帽，直到看到那家伙整张脸被牢牢遮住，才冷哼一声——这丫头也太烦人了！

一直到回家后，吴桥一都没跟 Anne 说过一句话。他"砰"的一声，把 Anne 关在房间外，又听到那小丫头没心没肺的笑声，整个人混乱成了一团乱麻。脑袋放空了好久，吴桥一才慢慢爬起来，这张纸此时还躺在他身边，打开着，里面写着字。

吴桥一只快速地瞥了一眼就收回了目光。好奇心摧残着他的意志，他真的好想看看佟语声给丁雯写了什么，究竟有什么自己不能看的，他被这股冲动折磨得心力交瘁，手都已经摸到了纸边，却又硬生生逼着自己收回来了。就算佟语声是他的好朋友，他也不能随便看他给别人写的信。自己答应过他，就应当说到做到才对。吴桥一痛苦地闭上眼，把那张纸摸到手里叠好，一直等到确信自己不会一不小心偷看到，才慢慢睁开眼，把纸塞进书包里。

第二天清早，爸爸妈妈带着 Anne 去市里的景点玩，吴桥一背着那张"沉甸甸"的纸，郁闷地到了学校。他一点都不想跟丁雯讲话，但是无奈，送信的重任在身，他不得不拍拍丁雯的肩膀，一声不吭地把叠好的纸递了过去。

"佟语声给的吗？"丁雯下意识地脱口而出，倒是让吴桥一更生气了——这两个人都商量好了，敢情自己真就成了个送信的。丁雯接过纸之后，吴桥一就开始观察她的表情——她一行行读着，眼睛慢慢睁大，吴桥一知道，这样的表情意味着她很开心。

"我的天。"丁雯合上纸，惊呼道，"我太喜欢了！"

喜欢什么？吴桥一愤愤地想着。

中午，下午，吴桥一就这么一直闷闷不乐地度过了。

等到最后一节自由活动课下课，一直没见人影儿的丁雯突然一脸欣喜地跑回班里，对吴桥一说："我选上了！麻烦你回去的时候跟他说一下，说我特别感谢他！"

真就是变成带话的了，吴桥一没吱声，趴到桌子上拿起笔戳桌子——他快要气死了。气归气，答应的事情还是要做到。放学后，吴桥一闷闷不乐地回到病房，想要把话带过去，却发现程诺比自己先一步到了病房，吴桥一心里一阵烦躁——都怪自己看地图耽误了时间，不然也不至于被程诺抢先一步。

佟语声半靠在床上,弯着眼同他打了声招呼。这人脸红扑扑的,应当又是发烧了,吴桥一看他这副样子,也舍不得跟他生气,就拿起小板凳,坐到他身边。程诺正跟佟语声说着话:"丁雯被选上了,想让你来看她的表演,你能不能回得来啊?"

吴桥一听到丁雯的名字,立刻垮下脸去。

这个周五就要校庆了,为了让同学们安心过好校庆日,学校特意把联考的成绩压到下周才发。晚会的节目单其实早早就安排好了,舞蹈小品之类的大节目,基本从两个月前就开始准备,唯独唱歌类节目,一直到今天才郑重地敲定了丁雯。佟语声躺在床上,艰难地吸了口气,然后轻轻说:"我不知道,最近我总是发烧,走路也不太能走得动。"

程诺叹了口气,伸手拍了拍他的肩膀:"你加油呀!"

因为发烧,佟语声的双眼里都盖了一层水汽,他又喘了三声,才艰难地笑起来,朝他竖了一个大拇指。吴桥一看着他烧得迷迷糊糊的样子,突然心里那些责怪和别扭都不见了。他就这样直直坐着,看佟语声逐渐意识模糊。正当他开始发呆的时候,佟语声忽然模糊地啜嚅了一声:"Joey……"

吴桥一陡然清醒,应道:"嗯?"

"我好想去看校庆晚会。"佟语声靠在他的手臂上,"但是我现在好像出不了门了。"

吴桥一感觉到手臂一阵潮湿,便知道他又忍不住流了两滴眼泪。他至今仍然不太会安慰人,只能模仿着动物世界里母猩猩安抚小猩猩的动作,一遍遍摩挲着他的头发。

"我现在连走到走廊那头都做不到。"佟语声攥紧了吴桥一的衣角,"我根本去不了学校。"

吴桥一怕他哭,伸手给他擦起眼泪,又拍拍他的背。半晌,佟语声慢慢把手垂下来,对他说:"你答应我,周五要替我好好看晚会,好吗?"

吴桥一愣了愣:"可我想陪着你。"

佟语声不在的话,看晚会有什么意思?一群人唱唱跳跳,还不如自己读《边城》给他听有意思。

但佟语声只是摇摇头，小声说："你得去，我给你准备了一个礼物，你要认认真真看完全场，回来我要听你的观后感。"

话都说到了这个份儿上，吴桥一便不再好推脱，只是又拍了拍他的后背，表示安慰。这一周过得很快，从周一到周五，佟语声又发了几次烧，咯了几次血，吴桥一也就照常学校、家庭、医院，三点一线地跑。他们也再没提过晚会的事情，心照不宣地期待又回避着。

周五上午，学校操场郑重地搭起了一个巨大的舞台，下午最后一节课，老师带着同学们把自己的座椅带到操场，紧张有序地准备迎接晚会的到来。吴桥一也懵懵懂懂地跟在队伍后面摆着椅子，人头攒动的时间里，他永远感受不到一丝愉悦。

或者说，佟语声不在的时候，他基本上不太可能开心得起来。

丁雯早在下午就被拉去带妆彩排了，吴桥一偷偷瞥到她穿着碎花连衣裙的模样，心想，如果佟语声在，他一定会觉得很好看吧。大家排队去食堂吃完晚饭，又陆陆续续入了座，演出终于轰轰烈烈地开始了。吴桥一被安排坐在了靠近舞台的大喇叭边，开场音乐响起的时候，差点直接把他送走。他看了看身边自己执意给佟语声空出来的位置，心里有些慌张起来。

吴桥一又低头看了眼节目单，里面认识的人名只有丁雯——排在靠近压轴的位置，还有好久才到。他准备去操场上转转。偷偷摸回去的时候，他正好碰见了丁雯。她正穿着漂亮的裙子，和一边同班的女生说："佟语声不能来真的好可惜，今天的演出，他一定会很喜欢的。"

佟语声听见远处响起闷闷的声音时，忍不住探头看过去。学校好像还特意租了花里胡哨的激光灯，在渝市的夜空投射出一片精彩纷呈的美景。难得他精神状态不错，烧也退了，呼吸也勉强顺畅起来。他趴在窗户上，遥遥看着那片灯火。吴桥一现在应该在看吧？他能领会到自己精心准备的惊喜吗？他听到了闷闷的开场乐，听见主持人模模糊糊的念白，听到糊成一团的舞曲。

好羡慕，他撑起身子探过去，真的好想去看。他抬头看了看钟，估计还有两个节目就要到丁雯的了,佟语声笑起来,猜测着吴桥一听到之后会有什么样的反应。似乎是思念心切,他甚至感觉朦朦胧胧中听到了吴桥一的奔跑声,刚想笑自己,门就被"砰"地推开了。吴桥一站在门口扶着膝盖喘气,显然是一路跑过来的。

佟语声看到他,第一反应却是非常生气——他怎么一声不吭地就跑来了?不是说好要好好看晚会?那自己准备的惊喜又要给谁看呢?他一想到这些,几乎都要气哭了,看着吴桥一直喘气,却说不出半句话来。

但那人似乎没注意到他的表情,只从一边的衣架上拿来外套帮他披好,接着,夏梦就骨碌碌推来一辆轮椅。

"来。"吴桥一喘着气,把完全蒙了的佟语声扶上轮椅坐好,"我带你去看晚会。"

佟语声瞪大了眼睛看向夏梦,那人给他递了一个便携式的氧气瓶,又给他盖了条毛巾毯:"李医生批准了,早去早回。"

一直等到轮椅在走廊上飞起来,佟语声完全凝滞住的大脑才慢慢反应过来——自己要回去听晚会了,他能坐在吴桥一的身边,看着他接收到这副惊喜的模样。他们下了楼,头顶的星光洒在他的膝上,夜风呼呼地吹,但他藏在密不透风的毯子下,有恃无恐。吴桥一带着他,在平路上疾驰,路边的树都画出残影。他又一次和吴桥一在渝市的道路上奔跑起来。他们拐过巷口,听见丁雯前一个节目的乐声热热闹闹地响起,他们停在了路边。

渝市是个对腿脚不便的人不太友好的城市,上学的路上,总免不了太多台阶。吴桥一站在台阶下,擦着满头的汗,又看着蜿蜿蜒蜒的山路,转过身:"我背你。"

佟语声真的很想和吴桥一一起听丁雯的歌,他忙不迭地攀到吴桥一的背上,一个起身,轮椅被丢在了身后。他发现吴桥一不用看地图也可以认识路了,他们在黢黑的小路中穿梭着,树影打在他们脚下,远处晚会的声响越发清晰。转过巷口时,主持人刚刚报完幕,干净清朗的前奏响起——他们赶不上了,赶不上回到学校听,但却又赶上了,在这个离操场不远的羊肠道,晚会的音效甚至比观众席还要好。

"不急了不急了。"佟语声轻轻拍拍吴桥一因为狂奔而起伏的胸口，"听她唱，听歌词。"

吴桥一缓缓把他放下来，撑着膝盖费力地喘息着，这时，丁雯的声音终于响起。这是佟语声也没听过的音调，他听着前奏哼鸣，和身边秋蝉的声响交织，他急躁得乱跳的心脏也渐渐安稳下来。他们踩着脚下弯弯的石板路，晚风拂面，丁雯唱道："弯弯的路在脚下弯弯地长，风呀在耳畔轻轻地晃，悠悠炊烟走得比路人慢，躺椅在树下吱呀地转。"

吴桥一听到歌词，抬眼看向佟语声。那人的双眸映在灯火下，闪着晶亮的光："我写的词，你仔细听。"

吴桥一只觉得心头一阵轻颤，耳边，丁雯继续娓娓诉说着佟语声笔下的诗："时光游啊游，落叶飘啊飘，化成诗句躺进你的页脚。年轮转呀转，日子摇啊摇，湖光轻轻蹚过我的桥。"

恍惚中，这个有些瘦弱的少年又从他的世界里慢悠悠地走来，一边吟着诗，一边走进他的双眸中。"你带我全世界晃荡，让沟渠变海洋。我牵你雪白的衣裳，越过莽莽苍苍。"

时间又回到了那个下午，他们踩着滑板，在楼下的"全世界"走过，那个少年点石成金，让灌木变森林，让水洼变江海。

"巷尾的灯在巷尾荧荧地亮，给夜晚点起清清的光，江上渔火照亮了晚归的人，三两吆喝成了避风港。"

吴桥一并不是在渝市长大的，但这里的烟火气，这里的市井生活，却早就深深刻进他的这段青春里。

"列车开呀开，开过旧时光，开往时间的隧道许下愿望，星辰洒呀洒，洒一片长河，让两岸的人不再相隔。"

他们乘着2号线，在时空隧道里许下心愿，他们又肩并肩站在阳台上，看着星河万里浩浩荡荡。

"奔马踏进了春潮，踏过冰雪融消，走过暮暮与朝朝，走过天涯海角。"

"待到枯木逢春，飞鸟将归往凌霄。"

丁雯轻柔的声音在耳畔落下，吴桥一看着头顶的星光，又看着眼前的人。此时,似乎一切的光亮都落进了他的眼中。

"吴桥一,这首歌叫《梧桐谣》。"佟语声说,"是写给吴桥一和佟语声的歌。"

一曲毕,两个人站在围墙的影子下,再也不着急往学校赶。下一个节目的乐声已经响起,但围墙内的一切都与他们再无关系。吴桥一抬起头,今晚是星夜,月光在群星的闪耀下黯然失色,于是他说:"我们走在星光里。"

佟语声抬头看着烂漫星河,看着面前被星光铺起的长路,说:"对,我们走在星光里。"

把佟语声送回医院后,吴桥一飞奔回了家。推开门,Anne 正坐在沙发上看电视,看见吴桥一这副兴奋模样,立马转过头:"Joey,你看起来很开心。"

吴桥一没理她,快步跑上楼冲了个澡,等他出来的时候,Anne 的声音又在门外响起:"Joey!!"

吴桥一心情不错,直接"哗"的一声拉开门放她进来。还没等 Anne 问什么,他便主动炫耀起来:"他给我写了歌,很好听。"

Anne 愣怔了几秒,接着又开心兴奋地尖叫起来。这大概是吴桥一第一次觉得这小丫头的尖叫声不那么刺耳,他一边擦着头发,一边得意扬扬地听她激动地自言自语。同一个夜晚,佟语声也兴奋得辗转反侧。在外面吹了冷风,体温便又烧了起来,肺里呼啦啦像是在拉着风箱,但这都不是让他这么亢奋的根本原因——吴桥一听了他写的歌,尽管没能去真正的现场,但他们一起在夜色中奔跑,看到了专属于他们的星光舞台。

一想到这里,他本就发热的前额又呼呼蹿起一团火来。夏梦一边帮他量体温,一边抱怨道:"哎呀,说了不要太疯了,这以后谁还敢放你出去啊。"

佟语声笑着道歉,却想着,这一趟出去,这辈子就应当再也没有遗憾了。夏梦看他心情大好,便不忍心再泼他的冷水,稍微回旋起来:"其实你只要注意保暖，天好的时候也是可以下楼转转的。"

佟语声闻言，抬起头。

"我看你们好像蛮喜欢楼下的梧桐大道，其实稍微远一点也不是不能去呀，双月公园附近也有很多梧桐树，你可以让小帅哥推着你慢慢地走过去看看。"夏梦说，"这附近有时候晚上会有喷泉表演，你应该看过，可以带小帅哥去嘛，散散心还是有好处的。"

说完又赶紧补充起来："但是得等炎症消了，不发烧了才行啊。"

佟语声混混沌沌地看着她离开，脑子里却依旧回荡着她说的那番话——双月公园、喷泉表演，在这附近的小景点他都看了无数遍，但是一想到自己还没和吴桥一看过，忽然就感觉无限地遗憾起来。

他发现自己变得贪心了——和吴桥一起听歌，并不能让他觉得死而无憾，而是勾出了他更多的期待。他想和吴桥一起去双月公园踩梧桐的叶子，想和吴桥一起去看附近的喷泉表演，再往远了想，他想带吴桥一去吃山城火锅，想和他一起爬上白橡居。如果能一起走出渝市就好了，他们可以去看看隔壁的川省，或许还应当去首都看一次升旗。

甚至，如果可以的话，他想飞去E国看看，看看和吴桥一那和渝市一样多雨的家乡。他越想越多，心中默默点亮的地图越画越大，忽然觉得好不甘心。他不应当任由自己这样死去才对。他还想要更长、更长的人生。第二天清晨，吴桥一照常给他送早餐——虾仁粥。

他已经连着吃了一周虾仁了，从炒饭到干煸，再从清蒸到煲粥。

佟语声委婉地道："好运要溢出来了。"

吴桥一却领会不到这份抗拒："还有很多，慢慢吃。"

送完早餐，吴桥一背上书包去了学校，看到趴在桌上闷闷不乐的温言书，忽然想起来，晚会结束了，之前联考的成绩也该发下来了。喉咙像是突然被一只手掐住了，他忧心忡忡地回到座位上，就听程诺抱着他的试卷哀号："佟语声不在，没人帮我兜着底了！"

成绩已经发了？吴桥一慌忙赶回位置上，看到堆在桌上的一堆试卷。

他慌张地翻起来——数学、物理、化学、生物、英语，几乎都是接近满分，稍微一两处细节掉分，都在吴桥一的意料之内。文科科目里，地理历史考得也不错，政治大题稍微多扣了一些分，但总的来说还算可以。他草草扫过那些试卷，最后，紧张地捏着语文卷翻开。

卷面完全没有被批改，分数一栏写着："考生提前离场，不予计分。"

他觉得自己的血液凝固住了——语文是零分。早读前，老谢拿着成绩单在讲台上公布成绩。衡宁拿了第一名，全市第七。吴桥一少考了一门语文，在全年级却依旧能排得上前一百名，但对他来说没有什么意义。吴桥一拿着那张成绩单，全身上下都已经冷掉了。老谢说了，只有考到全市前十，才能留下来上学。佟语声说，只有留下来上学，他才会跟自己做同桌。

吴桥一是个很少委屈的人，但此时此刻他忽然感觉有些伤心了。老谢还在讲台上，收拾好书包的吴桥一便"哗"地站起身准备离开。看他丧着张脸要跑，老谢赶忙一把将他拉回来，问清楚原因后，突然笑起来："你现在表现得很好，我破格把你留下来了。"

老谢当初开出这个条件，本身就只是给他一个安分读书的理由，但吴桥一偏就是个执拗到有些一根筋的人，一旦许诺，便偏执得转不过弯来——他自己说过要考全市前十，没考到，自然也没理由留下继续读书。

老谢又挠起头，他叹了口气，把吴桥一拎到办公室，朝桌边教语文的钱小琪眨眨眼，机灵的年轻教师立刻会意。

"吴桥一，你当时的情况我和监考老师了解过，严格意义上不算作弊。"钱小琪接过老谢递来的试卷，摊开到他的面前说，"我再给你四十分钟的时间把作文补完，然后我来替你批改试卷，这个分不会记在联考排名里，但是可以拿出来算算你真实水平应该在全市多少名。"

这样的一招，倒是让吴桥一可以接受了。他拿起笔埋头写起来，钱小琪也拿着老谢递来的分数条，悄悄算起来要给他放多少水，才能保送他进入全市前十。吴桥一递上写完的卷子时，钱小琪已经决定不必给他放水了——他其他几门的成绩实在太好，除去语文的几门总分，他几乎可以拿到全市第一第二的水平。

学校也不可能放走这么一个天才学生，钱小琪拿起红笔，忽然觉得肩负重任。语文确实稍微算他的短板，钱小琪酌情给他的阅读理解少扣了些分。作文的主题是"征途",吴桥一重新写了一篇,题目是《我们走在星星里》。行文其实就是大白话,结构也比较松散,文字里却又真挚得有些感人。钱小琪给了他作文一个及格分,拿起笔给他一加,两个人几乎同时松了口气:"刚刚好第九名,安心留下来上课吧。"

吴桥一握住笔,悬着的心慢慢落下,却又觉得肩上变得沉甸甸的。

与此同时,在渝大附院的住院部,佟语声的心情也同吴桥一方才等成绩一般忐忑。面前是来给他送衣服的佟建松,看着他忙忙碌碌的背影,佟语声鼓起勇气喊了一声:"爸。"

佟建松抬头看他。

"帮我联系换肺吧。"佟语声说,"我想做手术了。"

佟语声从产生想法到下定决心接受手术,整整纠结了一个晚上。他闭上眼,听着自己的肺里传来呼噜呼噜的声音,焦虑着想继续活下去,但是转个身,想到换肺之后丢了性命的老曾,心里又怯怯地犹豫起来。

临睡前,他抱住吴桥一留在床头的小熊,看着他歪歪的鼻子眼睛,忽然忍不住了——他还是想拼一拼,赌一把。他想再活十年、二十年,想和所有的正常人一样,活到年迈白头,自然幸福地老去。想到这里,眼前这低质量苟延残喘的生活便再也满足不了他,他愿意做手术。

佟建松听到这句话,愣怔了很久,才将他额头上被汗水打湿的刘海抚到一边。

他笑起来,说:"语声,肺移植手术都是束手无策之后的无奈之举,咱们当前的任务就是好好保养身体,同时也随时随地做好迎接手术的准备,好不好?"

肺移植手术优先选择的是预期寿命不到两年,或是生活质量非常差的患者。佟语声的病情已经严重影响到了他的日常生活,但医生对他寿命的预估值,要比两年更久,因此姜红不忍心让孩子冒着巨大的风险接受手术。

佟语声半张脸埋在被子里,点点头:"我知道的,等供体也不可能这么容易。"

曾经隔壁病房住着个三十多岁的大姐姐,做好了万全准备说回家等

195

云间烟火是人家

肺源，结果这一回去，就再没听过她的消息。但这并没有让佟语声感到沮丧——这都是他考虑过的。他深吸一口气，然后握住佟建松的手腕，抬起眼，认真地道："爸爸，我只是想告诉你，我现在真的真的很想活下去。"

"只要有机会就帮我把握住，好吗？"佟语声虚弱地说，"我已经不满足于再活两年三年了。"

这句话从儿子嘴里说出口，着实让佟建松惊讶了几分。

他一直清楚自己儿子的心理状态——表面上看起来还算轻松，但内里终究是个活在当下、得过且过的人。刚确诊不久的一次发作，佟语声险些直接窒息而死，醒来之后状态也特别差，甚至一度因为过于痛苦而产生厌世心理。他手腕上那道切痕就是那次弄的，缺氧本就让他烦躁不安，又听说这病基本不能痊愈，一想到自己剩下的日子几乎都要在这样的折磨里度过，他绝望到无法再吸入一口氧气。

但小年轻到底底子好，一番抢救之后还是勉勉强强把命捡了回来。之后，他缠着纱布面色苍白，看着姜红崩溃到泪流满面，忽然就觉得自己太自私了。

自那以后，佟语声似乎突然懂事起来——他不再说一些消极悲观的话，而是重新捡起自己的爱好，继续写文，继续看书；甚至似乎变得更开朗了，能开得起玩笑，也愿意和大家相处。其实只有佟语声自己知道，自己依旧不敢去想未来，依旧有渗进骨子里的悲观，那些轻松昂扬是做给周围人看的假象，活着对他来说依旧十分痛苦。

但他也清楚了，人活在这个世界上，一旦和旁人产生联系，生命便不再只是属于他自己的东西了。他不希望再给爱他的人添更多的麻烦和痛苦。佟建松能感受到儿子身上散发出的迷茫，因此，儿子此时的这番求生宣言，便显得相当珍贵起来。他终于主动想要变好了。此时心情大好的还有吴桥一，这个隐身的全市第九名一放学，就去小卖部给Anne捎了一大捧零食，还特意绕道去和佟语声的奶奶打了招呼。他绕了一圈赶到病房的时候，佟语声刚刚好闭着眼睛睡觉，他蹑手蹑脚地走进病房，然后把老谢手写的市第九成绩单放在他床头，转身就要走。

结果佟语声突然一个闷咳，把自己咳醒了。一看这人脸憋得通红，吴桥一赶紧放下手里的成绩单，轻轻拍着他的背。他扭头看着吴桥一，眼里不自主地溢出笑意。

吴桥一便也拿出成绩单，在他面前展开："全市第九名，但是是假的。"

这句话转折太生硬，佟语声还没来得及高兴，就被满满的疑惑淹没了。

"语文老师给我补考了作文。"吴桥一拿着那张试卷，递给佟语声看，"但是不能参与奖学金排名。"

佟语声终于听了明白，他开心地拿起吴桥一的语文试卷看起来。前面基础知识几乎没有出错，阅读理解难免有些思维局限，但能靠模板拿到的分，他一分都没弄丢。翻到后面，他看着密密麻麻的作文纸，抬头看向吴桥一，问："我可以看看你的作文吗？"

吴桥一点头："可以。"

作文的标题挺浪漫的，叫《我们走在星星里》。佟语声想起了昨晚的景色，不由得笑起来，但却不忘纠正他的语法错误："是'我们走在星空下'。"

一向听话的吴桥一这次却摇摇头："就是走在星星里。"

他说："天上有星星，山脚下也有星星，你也是星星。"

佟语声忽然懂了他的意思，铺天盖地的星辰大海，山脚下摇曳的万家灯火，身边熠熠生辉的人。每个黑暗中的光点，每个平凡的心脏，都是一颗星星。我们生来便属于星辰大海。吴桥一的作文显然没有拟过大纲，几乎是想到哪写到哪的意识流写法，松散得没有主旨，但佟语声却觉得每个句子都吸引人。

"我们可以慢慢走，不着急。路不一定要很辛苦，也可以让人开心。星光点亮路人，路人点亮夜晚……"

他的语言水平在高中生和幼儿园小朋友之间反复横跳，上升空间非常大，但佟语声却看得由衷地喜欢。比起上次那棵"枯树"，吴桥一笔下的世界已经靓丽了太多。像吴桥一这样的阿斯伯格综合征患者，天生缺乏正常的人际交往能力，他很难察觉出别人声调语气的变化，更无法领会到他人的想法和感情。

这样的缺陷相当于主动把他推出了正常人的交友圈，他无法换来同龄人的接纳和喜爱，只能在一次次欺凌和排挤中自我封闭，变得阴郁而狂躁。佟语声知道，其实像他这样的人是很单纯的——和你说话绝不会撒谎，对你好真就会为你肝脑涂地，而只要你也同样愿意把真心交给他，你就会获得一个忠诚的好朋友。

见那人主动朝他低下脑袋，佟语声便伸手呼呼揉了两把，然后他看着那篇作文，说："你这篇作文，让我想到了一本名著。"

毛姆在《月亮与六便士》里说："满地都是六便士，他却抬头看见了月亮。"

六便士便是他们生活中的苟且——是生计、是健康、是烦琐的衣食住行，是一切逃不开也躲不掉的琐碎，他们因为生活步履蹒跚，却不得不继续肩负重担继续前行。那头顶的月亮，就是他们在黑色的日子里依旧要追随着的光——被病痛折磨得喘不过气时，去梧桐树下转转，读一首诗，下一盘棋，聊上三言两语，便又觉得前路是明亮的了。

毛姆的月亮，是在眼花缭乱的财富间依旧清晰可见的梦想，而他和吴桥一的月亮则是对于常人来说微不足道的希望。想要好好活下去的那一刻，月光便已经照亮他们的前方了。

佟语声慢慢地教会吴桥一怎么修改这篇作文，那人看起来听得认真，手指头却早就不安分得快要抠掉椅腿的一整层漆。一直到说完一整篇，佟语声难得觉得没有缺氧，就拉着吴桥一的手，求他再多陪自己玩玩。

吴桥一握住了他的大拇指，刚想转身去书包里翻找，就听佟语声说："不玩围棋。"

被抢先一步的吴桥一收回手叉起腰，也赌气一般来了一句："那也不玩飞花令。"

佟语声又被他的幼稚逗地咯咯笑，再起来时，吴桥一的目光就已经游移到了他枕头上坐着的那只破烂泰迪熊。那小熊的纽扣眼睛已经快拖到肚皮上了，头和身体的连接处也裂开了口，这段时间每天起床，佟语声都得把掉进被窝里的棉花搜罗起来塞回去，不然小熊早就瘦得只剩张熊皮了。盯着它看了三秒,吴桥一突然起身,把它抱起来,接着一句话不说冲出了走廊外。

半分钟后,这人又嗒嗒嗒跑回来,手里是一堆各种款式色号的针线——他已经学会开口找保洁阿姨借东西了。

"来。"吴桥一举起手上的针线。

一看到他这番阵仗,佟语声立刻会意,伸手帮吴桥一固定小熊的四肢:"请。"

结果那人光是穿线就费了半天工夫,这不太灵巧的模样,足足让佟语声替他捏了把汗。结局是佟语声伸手帮他穿好了线,近距离指导他下手,在给吴桥一的食指被戳出一滴血珠之后,眼歪口斜破肚子的小熊终于勉强恢复了端正的模样。吴桥一最后在线头上打了个死结,大功告成后,立刻把小熊塞进佟语声的怀里。佟语声揉了揉小熊,发现没再漏了,朝吴桥一比了个大拇指。吴桥一把小熊抱起来,像是轻轻托举着一个新生儿,动作轻柔而富有成就感。

"他不再破破烂烂的了。"吴桥一说。

小熊的康复让佟语声颇受鼓舞,他从吴桥一手里接过那只打了各色补丁的小家伙,也跟着把它举高高。他把小熊端端正正摆在枕头上,想到明天早起不用再花时间给它塞棉花,心情极好。吴桥一趁机转过身,把他那几张接近满分的试卷炫耀给佟语声看,佟语声由衷佩服,又不免感叹天才的前进之路总是难免崎岖。

看到那试卷,他忽然想起另一个被成绩牢牢困住的人,便抬头问吴桥一:"书书最近怎么样?我住院他一次都没来,是不是又被他妈禁足啦?"

吴桥一和温言书不算熟,因为佟语声的关系,在学校时也多观察了几眼。

"他昨天拿到卷子就哭了。"吴桥一说,"我不知道他怎么了。"

拿到卷子就哭,通常只有两种情况——考得太好喜极而泣,考得太差而情绪崩溃。温言书自然属于后者。这次他的班级排名直接掉到了二十多,年级排名更是深不见底,其实他早有预感,但是看到一团糟的

199

考试卷时，他还是没收得住眼泪，滴滴答答把试卷沾湿了。

衡宁来的时候就看见他哭，只瞥了一眼自己全市第七名的成绩条，就匆匆收回了抽屉里，生怕刺激到他。

"怎么了？"衡宁拍拍埋进臂弯里抹眼泪的温言书，"排名掉得确实有点多，是出什么事了吗？"

温言书的真实水平应当至少在班级前十，年级前百，最近补课也能看出来他的基础比较牢固，除了发生了意外，衡宁不相信其他任何可能性。一看被他猜中，温言书只捏着成绩条，连啜泣都不敢大声，全身上下的瘀青似乎都开始一齐疼起来。因为性格温驯、长相秀气，从初中开始，温言书就已经被一群坏学生缠上了。

衡宁看他哭得通红的眼睛，又伸手卷起他的袖口，看见那已经开始褪色的瘀青，便轻轻问道："最近有没有好些？"

温言书哭噎住了，想起最近每天和衡宁一起走，那群人确实就再没找过他，忽然，悬着的心放下了一半。经过他的允许，衡宁拿来他的卷子，帮他看错题："大部分你都是可以做出来的，回去你就和你妈说考试的时候不舒服影响发挥了，我帮你作个证就好。"

温言书红着眼扭头看过来，点点头，难受的情绪逐渐消散了。

衡宁又帮他把袖子放下来，说："你也别太害怕。"

"谢谢你。"他说着，又紧张得有些磕巴起来，"今天放学能陪我去一趟医院吗？我想去探望一下佟佟。"

佟语声也没想到自己说曹曹操到，刚和吴桥一提起他没几秒，温言书就敲响了病房门。佟语声正和吴桥一聊着，看见来人赶忙直起身，吴桥一则警觉地绷着身子，像极了看家护院的大狗。看到温言书身后还跟着个稀客衡宁，佟语声颇有些惊奇："书书，你回去迟了，你妈不会说你吗？"

温言书眼睛还有些红，只把衡宁往前推了推，笑道："宁哥罩我。"

别看衡宁是个学霸，撒起谎来却次次都能以假乱真，确实能给人安全感。衡宁走在路上，手里还拿着个单词本，进了病房才装进口袋里，礼貌性地点点头："好些没有？"

佟语声耸耸肩，无所谓地笑笑："就那样吧。"

温言书从口袋里抓了一把水果糖放在他床头——这是衡宁怕他不吃早餐低血糖，从门口小卖部买了一大袋，让他每天带在口袋里的。他有些愧疚地低下头："我实在没时间去买礼物了，这段时间真的不是很方便。"

佟语声毫不在意，伸手拍他的肩膀："你能来我已经很高兴了！"

看着温言书满脸憔悴的模样，佟语声忽然觉得有些难过，于是抬起头看了眼衡宁。那家伙虽然看起来很冷淡，但意外的情商很高，立刻领会到佟语声的意思，伸手拍了拍吴桥一的肩膀，示意他跟自己出来。

但吴桥一立刻警觉起来："干什么？"

衡宁向来觉得自己和吴桥一沟通有障碍，这才刚起了个头，就无力地叹了口气，撇下他自己出了门。吴桥一无辜地看了看佟语声，佟语声觉得无奈又好笑，伸手摸摸他的头，说："我有话想单独和温言书说，你先出去一下好不好？"

吴桥一像是只被抛弃了的小狗，垂丧着脑袋却又顺从地出了门。等他关好门，佟语声便拉过温言书的手，让他坐下来，开门见山道："你怎么了？看你状态很差。"

温言书叹了口气："没什么，考试考差了。"

佟语声和他一起长大，太清楚他什么德行，直接问道："是不是有什么人欺负你了啊？"

初中的时候，温言书被欺负就一直瞒着佟语声，毕竟那人身体不好，多一个人知道只是徒增负担。但无奈佟语声实在太了解他，一个皱眉就能猜出他今天是饿了还是烦了。温言书只觉得自己在这两个人面前永远藏不住秘密，只能笑着打起马虎眼："哪儿能啊，我有衡宁罩着呢。"

佟语声听他躲闪的措辞，便知道他不愿和自己谈论，转头看着渐渐黑下去的天色，道："赶紧回家吧，迟了真不好交代了。"

温言书出门的时候，衡宁正向吴桥一讨教学习方法，这是他罕见地从衡宁的脸上看出一丝怒气。

"你没必要这么糊弄我。"衡宁说，"怎么可能从来不记笔记、不复习？"

面对衡宁极度怀疑的表情，吴桥一依旧是一脸淡然："但是我学一遍就全部记住了。"

接着，就听见病房里的佟语声探头喊了一句："是真的！我替他作证！除了语文，吴桥一的书从来都不会往前翻！"

衡宁愣了一下，他又回头看了眼一脸茫然的吴桥一，气得直接扭头带着温言书走人了。佟语声又把吴桥一召唤过来，躺着笑到缺氧："你太牛了吴桥一，你把年级第一都快气疯了。"

吴桥一只伸手帮他削起苹果，不咸不淡地说："他没我聪明，下次第一就是我了。"

佟语声太喜欢他不经意间流露出野心的样子，赶紧又给他比了俩大拇指。紧接着，他躺回床上看着天花板，一直等到情绪全部放空，才缓缓开口说："Joey，今天我做了一个重要的决定。"

吴桥一扭头看他，安安静静等他继续说。

"我决定要去做移植手术了。"佟语声说，"准确地说是开始排队，如果到了那一步，如果等到了合适的肺源，我会毫不犹豫地去做。"

吴桥一听了他的话，思考了良久，才说了三个字："有风险。"

佟语声早就知道吴桥一的生物学得好，但却不太习惯这家伙不顺着自己的话去说，于是只能点点头，把现实情况说给他听："对，是有风险，但是我愿意。"

他看着吴桥一干净清澈的双眸，语气变得平缓而温和："吴桥一，在遇到你之前，两年、五年、五十年，对我来说都是折磨。"

佟语声说："我活得很痛苦，你可以试试，每一次只呼吸三分之一口的空气，这就是我缺氧时候的感觉。"

吴桥一便就真的照做了，他小口呼吸了不到半分钟，整张脸就憋得有些泛红——这比憋气还叫人难受，每次他总是给你一些甜头，让你可以呼吸，但空气却根本进不到肺里，若即若离得叫人焦虑。吴桥一直接弃权，趴在佟语声胳膊边喘息，蔫蔫地一言不发。佟语声徐徐地解释给他听："我虽然活得难受，但是我也怕死，我怕躺在手术台上，我也怕自己像老曾一样，手术之后感染了，然后狼狈又难受地死掉。"

"所以我不想做手术，两年得过且过对我一个没有目标的人来说也足够了。"佟语声说，"先前我是这么想的。"

他看了看吴桥一忧虑的双眸，突然笑起来："但是我跟你待在一起的这段时间，过得真的太开心了，以至于让我觉得，两年真的完全不够。"

"所以我愿意承担风险，赌一把能更久地活着。"佟语声骄傲起来。

吴桥一有些害怕地攥住了拳头，沉默了良久，半天才没底气地应了一声："好。"

佟语声忽然觉得自己这番话，让吴桥一有些心理负担了。他看着这人从自己的手臂边撑起身子，然后伸手从包里拿出草稿本，"哗啦"一声，裁下一张正方形的纸片。他在佟语声的注视中，将那张纸翻转、折叠，动作非常熟稔，显然是把步骤熟记于心——虽然角对角、边对边，但根本没能对得齐。不一会儿，吴桥一便松开手，将成品轻轻摆到他的面前———只千纸鹤。

"一千只。"吴桥一说，"我会慢慢叠的。"

佟语声没想到隔了这么久，吴桥一还能记得有关"千纸鹤"的寓意。

他小心翼翼地把那肥肥的千纸鹤接过来捧在手心，对他说："那你慢慢地叠好不好，一天叠一只，等等我。"

一天叠一只，叠一千只就要快三年，两个人心里都很清楚这笔账。

佟语声想，真到了要做手术的那一天，说明自己的身体已经恶化到没有希望了，这一天终将要来，那么还是越迟越好吧。吴桥一刚伸手要去捻第二只，听到佟语声的话，立刻收回了手。

"好。"吴桥一说，"慢慢的，不着急。"

因为生病，佟语声做什么事都慢慢的，平时最怕被人催，也对这方面非常敏感。有的时候一起走，别人皱皱眉，稍微有些不耐烦都会被他看在眼里。但凡有这样的迹象，哪怕对方再三强调没关系、不着急，佟语声也不敢再和这人一起走了——怕耽误对方时间，怕自己拖累别人。

但吴桥一说慢慢的，他就真能放心地慢下来了。

时间慢悠悠却又快得很，在经历过一次昏迷和无数场低烧之后，佟语声体内的炎症终于褪去，成功从医生口中获得了赦免。

此时已经到了十一月底，天气转了凉，佟语声裹着夸张的大棉袄，在爹妈和吴桥一的护送下回到了家。这次出院，佟语声再不敢像上次那么得意扬扬了。他总觉得之前是自己太嘚瑟，不知道收敛锋芒，才让老天爷都看不下去，把自己收回了自己该待的地方去。

自从生病之后，佟语声就变得选择性迷信起来，坏事一律不做，给自己积善积德，好事来了也不敢声张，生怕把悄悄跑来的好兆头都给吓跑了。一再被叮嘱注意保暖、防止感冒之后，佟语声每天裹得像个蚕蛹，也再不敢回学校待着——现在看来，那一小截阶梯，也确实真的能要了他的命。

一个初冬的午后，佟语声照例去楼下透透气——天不冷的时候，他就会出门溜达一圈，毕竟闷着很容易出问题。走到楼下的时候，楼下的收音机依旧在兢兢业业地哼唱着。

他低着头往一边走，却被老爷爷的叹气声勒住了脚步。他回头看了看，老爷爷比起先前精神矍铄的样子早已经判若两人，他像是套了一层被抽空了的老树皮，蔫蔫地在摇椅里随风飘荡。

佟语声忍不住问道："爷爷，你有心事？"

爷爷抬眼看看他，又无奈地摇摇头："秋风扫落叶哦。"

感叹自己时日无多，佟语声听出这个意思——这约莫也是他最后一个冬天了。印象中，佟语声就没见过这老爷爷生病，一辈子乐乐呵呵的，却也逃不过一个年老寿终。就算不会生病，寿命也会有终点的，花到了冬天就会凋，人老极了就会死，这些东西用钱换不来，人真是太渺小了。

走到张二刀的理发店时，佟语声意外发现，这家关了好几个礼拜的小理发铺子又重新开了张。他探头往里瞧了瞧，张二刀的声音便响亮地蹦出来："佟佟啊，要不要进来坐坐？"

还没等佟语声回话，屋内就传来一阵婴儿的啼哭。

佟语声下意识地循着声音走去，就看张二刀抱着个小宝宝，一边往他嘴里递着个奶嘴，一边拍着他的背哄着："看，帅哥哥来啦！"

张二刀关门大吉的这段日子，是回去陪媳妇儿生孩子去了，他们家上头已经有个上小学的儿子，这回又生了个胖嘟嘟的二宝。佟语声笑着跑过去摸宝宝毛茸茸的脑袋，问道："小弟弟还是小妹妹？"

张二刀叹口气："又是个儿子，真的养不起咯。"

渝市这一带还真没什么重男轻女的概念，家里有闺女的都当个宝，没闺女的就天天望着别人家闺女眼馋。佟语声老早就听张二刀念叨着想要个女儿，老婆怀孕之后，两个人一厢情愿地把小裙子都买好了，结果生下来还是个男娃娃，据说小夫妻俩还头碰头抱怨了好久。

佟语声看他脸上是幸福的，但幸福之后满满的压力也是藏不住的。生养一个娃娃已经让张二刀家快翻个底朝天了，这又生了个男娃，自然经济压力大多了。佟语声怕他们对二宝有意见，忙说："男孩女孩都一样，健健康康就好，不要偏心啊。"

张二刀一听这话，立刻笑起来："那当然，我家娃娃我肯定好好带。"

店面后面是一张崭新的婴儿摇篮，床上铺满了全新可爱的婴儿衣服，佟语声瞥见张二刀的媳妇儿正裹着棉袄躺在靠椅上看电视，又瞧见张二刀哄孩子不骄不躁的模样，便放下心来——张二刀一直是个好人，也是个好丈夫、好父亲。这个中午，张二刀说要留佟语声吃顿饭，佟语声这才发现，他们门店里的那只小黄狗没了踪影。

"我老婆怀孕不能养了。"张二刀说，"所以我就给送人了，小东西有灵性得很，送出去跑回来好几次，差点我都舍不得送走了。"

这让佟语声想到了吴桥一。吴桥一是只不认路的小狗，但可以肯定的是，如果哪一天，他把吴桥一丢下不管了，这人一定也会满大街地乱找。他能找得到吗？佟语声刚这么想着，一回头，就瞥见吴桥一趴在门框边，那双蓝蓝的大眼睛正晶晶亮亮地看着他。

"你怎么找来啦？"佟语声惊讶地道。

吴桥一毫不见外地坐到他身边："我听到你的声音了。"

一只不认路的小狗，但是耳朵很灵敏，佟语声放心了，就算把他丢在大街上，也应该不会丢。张二刀看见吴桥一来了，把开始哭闹的宝宝递给妻子喂奶，又非常热情地添了一双碗筷："佟佟朋友吧？经常看你俩一起走。"

吴桥一抬头看了看张二刀，似乎是在思索"朋友"这个词是否贴切，许久才点点头："是。"

佟语声笑着跟两边都介绍了一下，三个人便塞塞窣窣地开始动筷子。离开了父母的监管，佟语声悄悄尝试着吃了口炒辣椒——他以前可以一口气吃小半碟，但这会儿，他刚吃了两口，就觉嘴巴里火辣辣地发疼了。

"我的天，我退化了。"佟语声拿手在嘴边扇了扇，嘶哈嘶哈地吸着凉气，"这点辣我都吃不了了，等我好了，我还怎么去吃老火锅啊。"

这句话说完他才反应过来，他现在敢畅想"以后"了，似乎未来对他来说已经慢慢清晰起来，不再是什么遥不可及的东西了。吴桥一倒是完全没有领会到他心底这层细微的涟漪，满脑子都想着他口中的"老火锅"。他小心翼翼地看向佟语声："你很喜欢吃火锅吗？"

佟语声愣了一下，接着被他奇怪的关注点惹得扑哧一笑："当然，火锅是天下绝品！于我而言，人生最大的幸事，不过一句'铜炉添炭火，茅屋酒新烧'嘛！"

吴桥一生怕他又要跟自己讲诗词，忙把话题又牢牢拴回火锅上去："可是火锅很辣。"

"是呀，所以我现在吃不了，如果……如果我身体能恢复的话，就能吃啦。"佟语声说着，又望向一边的吴桥一，"不过就算好了你也没法陪我一起吃，你连微微辣都吃不了，太可惜了。"

佟语声发誓他原本只是随口一提，说着"可惜"也是替他品尝不了人间珍馐而感到遗憾，但不知为何，这人忽然认真起来："我一定会努力锻炼的。"

"嗯？"佟语声眨眨眼，不知道他为什么突然这么认真，"我只是随口说说，口味这个事情，千人千样嘛，大不了我们点鸳鸯锅咯。"

"不好。"吴桥一态度十分严肃，"我还有很多地方需要锻炼，我要努力变得能吃辣，以后陪你一起吃火锅；我要变得更健康，争取以后不再惹你生气；我还要变得更成熟，我想像大人一样，帮你分担更多的事。"

佟语声没想到一顿火锅居然衍生出了这样严肃的话题，也跟着暗暗攥紧了拳头。

"但是，我可能需要很多时间。"吴桥一说着，几不可闻地叹了口气，"我不会吃辣，口味很淡，得一次次锻炼。我很笨，看不懂情绪，还得一点点学。我还很幼稚，想变成成熟的大人，还要很远很远……"

说完，他又看向佟语声，很认真地问："你能等我吗？我尽快。"

佟语声想要安慰他，其实吃不了辣也没事，他不仅不笨，甚至非常聪明，变不成熟也不用着急，他们本来就还是孩子，没必要提前变成大人。但眼下，比起得到安慰，吴桥一明显更渴望得到肯定答复，于是佟语声也赶紧点头答应道："能，能。"

蹭完饭，两个人诚恳地向张二刀表达了感谢，便又心满意足地出门散起步了。这个中午阳光很好，佟语声披着厚厚的大棉袄觉得有些热了，就"哗"的一下拉开拉链，初冬的风往里灌着，把浸了一身的汗吹凉。

吴桥一睨了他一眼，伸手给他拉了上去，刚收回手，一阵冷风吹来，他自己打了个颤儿，手插回兜里。虽然吴桥一不太在乎别人的眼光，却意外臭美得很，在大街上来来往往都穿起薄棉袄、薄羽绒服的大冷天，他只穿了一件不厚的长袖打底，外搭了一件工装外套。他夹克衫也大敞着，裤腿儿还非常时髦地卷到脚踝以上，大冬天看见白花花的一截皮肤，佟语声都替他冷得慌。于是佟语声也伸手帮他把外套拉到顶，领口竖起来刚好遮住口鼻，只留一双蓝幽幽的大眼睛直直盯着他看。

佟语声问："你中午怎么回来了？不在学校吃饭？"

吴桥一点点头："不想吃三明治，逃跑了。"

说完又补充了一句："我打过招呼了。"

佟语声忽然就放心了——吴桥一先前对家庭里的亲密关系几乎没有概念，更不会说怕家里人担心而去跟他们打招呼。吴雁和他聊天的时候提过，小时候吴桥一完全"目中无人"，自己悄悄经常跑出去玩，光是报警捉人的事儿都干过无数次，但无论怎么提都屡教不改。

现在他学会报备了。佟语声心想，真是天大的进步。他们又慢悠悠地往前走着，一路上两个人话都不多，听着风呼呼吹在巷子里的声音，倒也安安静静的，舒服得很。佟语声觉得自己平时话多得有些过了头——这其实是一种缺乏安全感的表现，他怕冷场，怕对方觉得无聊，怕对方因为没趣就不愿跟他相处了，所以他习惯性地把自己用开朗的壳子包裹起来，努力着讨好别人喜欢。

但是和吴桥一在一起就不会有这样的顾虑，因为他清楚吴桥一是喜欢和自己待在一起的，所以不需要刻意讨好，不需要时刻想着去找话题，他也依旧会陪着自己。他忽然开心起来，穿着厚重的衣服也不显得累赘了，甚至轻轻蹦了两步，蹿到吴桥一的前面，转个圈回头，看着他笑起来："我比你快！"

吴桥一盯着他的表情仔细看了看，往前迈的速度也肉眼可见地慢下来，然后站在原地远远看着他，浮夸地感叹道："你太快了。"

佟语声被他哄得尾巴翘到天上，大步朝远处迈着，真就像走在全世界前面一般。

"迟早有一天我可以快快地走！"佟语声站在远处朝吴桥一喊道，"不需要任何人等我！"

吴桥一也站在远处朝他喊："好！"

此时佟语声觉得，吴桥一答应了他的事情，那就肯定能实现的。

于是他朝吴桥一骄傲地招招手，说："来吧，我批准你现在和我走得一样快。"

吴桥一便就殷勤地小跑过去了。他乖巧地凑到佟语声身边，又看看天。今天是难得的好天气，吴桥一玩心大起，拉起佟语声的袖子说："我们去玩吧。"

难得吴桥一跟自己提要求，佟语声状态也罕见地不错，便点头："好呀，去哪里玩？我跑不了太远。"

吴桥一说："都行。"

他哪认得什么景点，无非就是想和佟语声多待会儿罢了。

于是佟语声就做主，慢腾腾地领着他去附近的小公园。这个小公园是他们一家常来散步的地方，当然是在生病前，自己还能奔跑，爸妈晚上还有空闲。吴桥一又开始绕着佟语声兜圈儿，一会儿跑到路边摘一根树枝给他,一会儿又揪一根草塞到他手里。

他们慢慢从冬日稀疏的叶影中穿过,把马路牙子玩出来平衡木的刺激感,他们拨开挡在路前的枝枝蔓蔓,来到一片波光粼粼的人工湖前。

工作日的人很少,湖边的长椅都空着,两个人相当有默契地躺过去。

佟语声半眯着眼看湖上的游船:"你下午又不去上课咯?"

吴桥一毫不心虚:"嗯,太简单了。"

补完之前欠缺的九年义务教育之后,吴桥一就彻底没在学习上下过功夫。这人的天资就是这么气人,学过一遍就真记住了,不记笔记不刷题,连作业都只挑看得顺眼的题目写一写,偏偏还就问什么什么都会。佟语声也不强行让他学,甚至对他这份泰然颇感自豪,于是两人又齐齐地沉默,看着湖面出神。湖亮晶晶的,但没有吴桥一的眼睛那么蓝,佟语声心想,吴桥一的眼睛比湖水还要好看。

他转头看向吴桥一,清澈的湖落进他的眼底。不知为何,他忽然想到了中午那由火锅引发的深度探讨,想起那人让自己等等他。佟语声心想,等他适应这里的生活,等他慢慢变得健康,等他变成大人,这似乎是一种期许,但更多的,像是对自己未来的一种祝福。

"那你也等等我吧。"佟语声笑起来,"等我好了,等你成熟了,我们可以赛跑、可以一起踢球、可以游泳爬山……可以把想做的事情统统做一遍!"

吴桥一的眼睛里发出光来,透蓝的眼眸看着他,朝他伸出小拇指:"拉钩。"

这一个简单的约定,从吴桥一的口中说出来,就变得前所未有得真挚。那人似乎还觉得不够,转头伸出大拇指,似乎要跟他签订一个隆重的契约:"拉钩。"

这人太喜欢搞这些幼稚的有的没的,佟语声弯起小指,递过去。那人白净的指节在日光下有些透明,触碰的一瞬间又轻轻一旋,大拇指抵上佟语声的大拇指:"盖章。"

佟语声咯咯地笑起来,跟着轻轻摁了一下:"一言为定,说话算话。"

得到了佟语声的许诺,吴桥一难掩心中的兴奋,弯腰在地上捡起一个小石片，朝湖中扔去。"咚咚咚……"石片在湖面上点出十几道波纹，一直蹿到正中央，再心安理得地沉进湖底。

"太厉害了吧！"佟语声睁大眼感叹道，"我最多只扔出两个。"

吴桥一一听，便弯腰翻找起来，在地上扒拉半天后，他找到了一块又扁又平的片状石头递给他："我教你。"

佟语声惴惴地接过石头，等着听吴桥一讲解。吴桥一凑到他身后，帮他调整好手臂的姿势。

"扔出去的时候，让它在掌心旋转起来。"他指了指那石片，又点了点佟语声的食指，"用手指去拨。"

佟语声被他这副认真教学的架势搞得有些紧张，就在他觉得手指有些多余的时候，吴桥一的掌心裹住了他的右手，带动他的手，找到一个合适的位置。

"我算过。"吴桥一认真解释给他听，"手臂和身体大约45度，石头和水面接触时夹角20度，效果最好。"

佟语声没想到他打个水漂居然都能搞出学术研究的架势，忽然心生敬佩。这时，吴桥一牵起他的整个手臂向后蓄力，说："抛出力度越大，石头转速越高，飞得越远。"

话音刚落，他就带动着佟语声的手腕，按照理论上的完美角度挥臂。在挥动到临界点时，吴桥一松开他的手，指挥道："扔！"

佟语声立刻松手，旋转的石片在视野里划出一道锋利的线，噔噔噔在水面上踏出一连串涟漪，宛如凌波微步。佟语声睁着眼紧张地数着那一片片波纹，惊喜地喊道："九个！"

吴桥一便非常捧场地鼓起掌来。两个人乐此不疲地玩了好久，直到脚边满足条件的石片统统沉入湖底才恋恋不舍地收了手。他们又慢慢沿着湖边走，每经过一张长椅就坐下来休息一会儿，没有人催，想玩到什么时候就玩到什么时候。他们边走边聊边歇息，一直走到公园门口，一个慢悠悠地骑着自行车的阿姨闯进他们的视野。

两个人都下意识地往后退了一步，视线跟着阿姨的自行车游移着——自行车后座上，绑着一大串蓬松的气球，飘飘悠悠地挂着，像是一大朵彩色的云。阿姨和车在气球堆前显得非常小,小到每踩一次踏板,两个人就担心她会被气球带到天上去。佟语声看着那一串五彩斑斓的气球,一直看着自行车吱呀吱呀地在面前消失,才喃喃道:"小时候,我每次和我爷爷一起来公园,就会吵着让他给我买。"

吴桥一便转头看向他,问:"你想要吗?"

佟语声不好意思说想,只觉得高中生拿着气球太幼稚了,但吴桥一只自顾自地盯着他的表情,不知怎么就猜出他想要了。还没等他说话,吴桥一突然一阵风似的刮过去,佟语声看着他挑了一个,然后付钱道谢,就像正常人一样,甚至还因为长得漂亮让阿姨笑得开心。他拽着那个气球,又脚踩风火轮一般飞跑过来,那白色的一团险些跟不上他的步子,在半空中被拖拽得一抖一抖的。

一直到吴桥一回到他身边,佟语声才看出来,这个气球是个白白的小云朵,圆圆的,还有笑眯眯的眼睛。

"你就像云朵。"吴桥一突然看着他说,"白白的。"

佟语声被他吹得真就快像朵云似的飘起来了,笑着仰头伸手要接过那片云。吴桥一却没有递给他,而是抬起他细细的手腕,把气球的红绳子轻轻绕上去,然后打了个歪歪斜斜的蝴蝶结。他一撒手,云朵就在佟语声的手腕上飘起来——他是被气球牵着走了。

安顿好后,佟语声看着那小云,忽然莫名其妙骄傲起来,跟着它雄赳赳地迈着步子,腰板笔直大刀阔斧。吴桥一走在他身后,每走两步就忍不住抬头看一眼,快出了公园,才终于忍不住道:"我也想要。"

说完又一阵风驰电掣,沿湖追了大半圈,追上卖气球的阿姨后,终于又乐呵呵地牵回来一只小狗气球。

"看!"他大老远就朝佟语声炫耀道,"我也有!"

佟语声抬眼一看,是个黑白的哈士奇头,蓝幽幽的眼睛发着睿智的光。

"跟你真像!"佟语声夸道。

吴桥一拽着那只随风飘荡的小狗跑到佟语声身边,伸手递给他,意思是让他给自己也系在手腕上。难得对方朝自己撒撒娇,佟语声忙不迭地接过来，给他打了个一个漂亮工整的结。佟语声指着他的小狗，说："犬吠水声中，桃花带露浓。"接着又指指自己的云朵，"行至水穷处，坐看云起时。"

吴桥一懂了又没懂，只看出佟语声开心得很，就问："什么意思？"

眼前无路可走时，胸间却是豁然开朗。佟语声说："就是好的意思。"

吴桥一快活地抬起手臂，欢呼了一声："好！"

佟语声也被他欢快的情绪感染，也跟着抬高手——云朵和小狗在空中轻轻碰撞了一下，绳子短暂交缠了片刻，又分开来。

"好——"佟语声对着湖面喊了一声，冷风呛进肺里，忍不住咳嗽，他却看着平静的湖眼含泪光。

吴桥一也朝湖的那头喊："好——"

牵着一车气球的阿姨在对面听见他们的喊声，慢悠悠地从车上下来，隔着一面湖给他们竖了个大拇指。吴桥一看见了，也抬起系着小狗的手腕，回敬一个赞——好！

太好了，一切都太好了。佟语声想，等到风波平息、健康常在，他可以和吴桥一一起，带着云朵和小狗在湖岸边飞奔。

到那时，一切都会变成最好的样子。

第八章

奈何天 良辰美景

回去的路上，穿着单薄衣服的吴桥一在冷风里一连打了三个喷嚏，佟语声顿时觉得大事不妙。果然，当天晚上，两人本来约好一起在佟语声家吃晚饭的，临到饭点吴雁一个电话打过来，说吴桥一感冒发烧，就不出门了。佟语声裹着棉袄跑来接电话，就听见吴桥一带着浓浓的鼻音说："我这两天不去找你了，会传染。"

这说的确实在理，别人感冒发烧喝喝热水可能就好了，但佟语声要是染上，可能直接就会送去抢救了。两个人都有点低落，但还好，科技的发展让他俩也可以听见彼此的声音。佟语声听见电话对面传来那人沉闷闷的呼吸声，拖了个板凳坐到门廊前："我就说你穿得太少了。"

吴桥一拒不承认错误，只用咳嗽声打起岔来。佟语声笑起来，又问："你难受吗？"

吴桥一有气无力道："嗯，喘不上气。"

佟语声脸上还挂着呼吸面罩，听到这话，也跟着调大了输氧量："你这病友当得还挺合格啊。"

都沉浸式体验了，确实合格，吴桥一哼唧了两声，不说话了。生病确实让人没有力气，佟语声从外面回来晕乎晕乎的，两个人话不多，但都舍不得挂断。

好半天，吴桥一想起什么，蔫蔫地道："我下周要回一趟 E 国。"

佟语声愣怔了半天，有些紧张地问道："怎么了？家里出什么事了吗？"

吴桥一咳了两声，说："没事，Christmas Day（圣诞日）。"

佟语声英语虽然很差，但多少清楚些基本词汇，他抬头看了看日历，才反应过来圣诞节快到了。那边有人软糯糯地哼了两声，又耍赖道："我不想回去……"

一回去至少十几天，本身就很漫长了，最近还得了感冒被迫在家隔离，这么粗略一算，将近一个月的时间都见不到佟语声了。佟语声也有点犹豫了，但想来想去，还是说："你还是去吧，圣诞节就像是我们的过年，这么重要的节日，还是一家人团团圆圆最重要。"

吴桥一还想挣扎，佟语声却打断道："你回去吧，多拍点照片，我一直想看看 E 国什么样子。"

他抬头，伸手拽了一下飘在天花板上的云朵气球，说："我不希望你这一辈子就被困在身边的一亩三分地里，你应该走出去，找到属于你自己的世界。"

吴桥一最不乐意听这话，隔着听筒就能听出他逐渐开始烦躁的情绪。但佟语声已经不再是从前的佟语声了，他明朗地笑道："你放心，无论你走到哪里，我都会努力追赶上你的。"

吴桥一终于服软了，开始自言自语般给他讲述附近的景点。他生病没什么力气，佟语声也因为缺氧打起瞌睡，两个人呜呜哝哝，像是一个念经一个听。佟建松刚从厨房忙完，看儿子在茶几边窝着，昏昏沉沉的，都快睡着了，赶忙上前问他："先吃饭，一会儿帮你把电话移到房间去吧。"

佟语声扭过头，看了看时钟，见快到饭点了，他也来了精神："等吃过晚饭再打给你吧？"

那边窸窸窣窣地挂了电话，刚刚还感觉没那么难受的吴桥一，忽然间就觉得浑身哪哪儿都不舒服了。鼻子痒痒的，想打喷嚏打不出，只能把眼睛憋得通红，泪水止不住地流，喉咙里也像是蚂蚁军团轰隆而过，咳也难受、不咳更难受，恨不得把手塞进喉咙里使劲挠。他晃晃悠悠站起身，一阵割裂般的剧痛刺穿太阳穴，脑袋瓜子像是有人在里面点着篝火野炊,噼里啪啦地热着,还生出一股股烟来。

吴桥一手足无措地抹着眼泪,难受得抓心挠肝,恨不得直接跑去佟语声家求安慰,又怕把感冒传染给他,便只能蔫巴着躺回床上。他一个身体倍儿棒的小青年哪曾遭过这种罪,近五六年从没感冒发烧过,这一遭下来甚至有种天崩地裂的绝望感。吴雁刚巧进来给他送姜汤,他爬起来咕嘟咕嘟喝了半口,整个人从嗓子燎到了胃,刚止住的眼泪又哗哗飙了一脸。

他崩溃地喊道:"我要死了。"

吴雁看他这副经不住折磨的模样,忍不住笑起来:"佟语声生病的时候,比你可难受多了。"

吴桥一忽然就不说话了,愣了两秒之后把脑袋塞到枕头下。他共情能力的缺陷是生理性的,在此之前只知道佟语声生病,却从没想过他该有多难受。现在吴雁一句话点出来,又让他想到上次屏气的窒息感,脑子似乎瞬间打通了。佟语声也太辛苦了,吴桥一憋得难受,把脑袋从枕头下面探出来。像这样的人,说他想活着,还可以笑得那么开心,每天还不忘鼓励自己好好生活,也太不容易了。他拖着昏沉的脑袋,咚咚地跑到门后,去看那张E国的地图。他的手指过剑桥,划过那里的每一片土地,他想,他一定要让佟语声看到最好看的风景。

另一边,佟语声短暂地和吴桥一告了别,拖着一身累赘坐到餐桌前。难得姜红和佟建松都在家吃晚饭,一家人其乐融融地围成一圈,心情相当不错。

"妈。"佟语声用筷子点了点那盘虎皮青椒,"爷爷给我托了梦,让我一定要吃一口。"

姜红拿着筷子悬空在佟语声脑门子上敲了一下。佟语声捂着头哀号:"你少跟奶奶学!"

姜红也不示弱:"嘴馋就少拿你爷爷做幌子!"

佟语声知道这话便是默许,舔了舔嘴唇下了筷子,刚吃了一口就开始脑门子冒汗:"辣死我了,再也不想吃了。"

姜红给他倒了杯温水,笑着说他自讨苦吃,佟语声嘶哈嘶哈吸着气,

良辰美景奈何天

215

也算了却了个心愿。吃完，他扒拉回自己的碗，说："我今天跟吴桥一出去玩，把他冻感冒了。"

姜红说："他穿太少了，大冬天的，也不知道是不是没带合适的衣服来。"

"才怪。"佟语声啧声道，"他自己臭美。"

吃完饭，佟建松去帮他移电话线，他起身去拿抽纸，看见沙发边摆了一团织了一半的毛线，便新奇地问姜红："这织的什么呀？"

姜红回头看了一眼："天冷了，给你织条围巾。"

佟语声便拿起来端详了片刻，说："教教我呗，我也织一条。"

姜红擦着手从房间里跑出来，一脸克制不住地问："圣诞节到啦？给好朋友送礼物？"

佟语声被她猜得透透的，嘿嘿一笑，把人推回厨房，匆匆地跑回房间去。

佟建松正低头忙着给他装电话，佟语声看着他忙忙碌碌的身影，脑子一浑，忽然开口问道："爸，你希望我以后过着什么样的生活？"

难得听儿子跟自己聊以后，佟建松动作没停，一直等理好了电话线，才回答道："什么样都行，你自己觉得满意就可以。"

这答案给得太宽泛，佟语声又忍不住小心翼翼地试探道："你就没有对我有什么期待，比如成为一名作家，或者是去当老师，再或者去做生意赚大钱……随便什么都可以，你就没有想过吗？"

佟建松终于停下了手里的动作，回头看向他，似乎是在认真思考他说的话。佟语声焦虑地等了好半天，他才开口说："只要你觉得开心，怎么样都行。"

佟语声皱着眉坐到床边，半天才把氧气面罩摘下来，有些难过地问："你们是不是觉得我活不了多久，所以才这么想？"

从生病伊始，佟语声就对他人的态度十分敏感。

刚回学校的时候，他忍不住上课打瞌睡，睡一觉起来，周围开小差的、看书的都被老师揪起来罚站，唯独他在一群罚站的人当中混沌地睁着眼。当时他还觉得庆幸，觉得自己运气好没被发现，晚上回家就越品

216

越不对昧,闷在被窝里伤心地哭了一宿。是不是因为自己快死了,所以才会得到那么多本不属于他的宽容和谅解?如果自己健健康康的,老师会默许他上课睡觉吗?如果自己能活得长久,爸爸还会觉得无论自己过上什么样的人生都可以吗?他只觉得自己矫情——原来别人的善意和谅解,也会变成自己的负担。

但佟建松却认真地道:"你刚出生的时候,我和你妈对你的期望,就是希望你永远快乐幸福,这与你是否健康、寿命多久无关。

"语声,你一直以来都是特别成熟稳重的孩子,我相信,你自己选择的道路,就是最适合你的道路。"佟建松说,"无论是作家还是老师,无论是悠闲还是忙碌,无论是娶妻生子还是自由独立地过上一生,只要是你愿意的、喜欢的,并且为之做出努力的,我们都会全力支持你。"

佟语声抬头看着老爸,忽然觉得一股暖流涌上心头。

"你也不要因为生病的事情有什么想法。"佟建松摸摸他的脑袋,"你的病情给我们最大的收获,就是教会了我们要珍惜和重要的人在一起的每分每秒。"

佟建松帮他把电话线接好,将话筒递到他怀中:"给吴桥一打电话吧。"

珍惜和重要的人在一起的每分每秒。一直目送着佟建松离开,佟语声才后知后觉——老爸说完了直接让自己打电话给吴桥一,是不是说明他已经完全猜到自己想说的是谁了?佟语声大脑一片空白,直到电话里传来久未接听的忙音,他才后知后觉地拨通了吴桥一的电话。

好像发生了这样一件大事,却又平静地仿佛什么都没发生。一直到吴桥一的声音快速响起,佟语声才反应过来,一瞬间觉得耳聪目明,神清气爽。一听到佟语声的声音,吴桥一也精神百倍起来,他刚兴冲冲要开口,却发现嗓子眼肿得像藏了团棉絮,说出来的话都漏气。

"呃……呃……嗯?"吴桥一清着嗓子,怪诞的声音居然让他颇有些新奇,"好难听。"

佟语声也忍不住笑起来,说:"要不你别说话了吧?别把嗓子搞坏了。"

吴桥一也觉得一说话嗓子就发痒,便乖乖地闭了嘴。隔了好半天,又忍不住开口,哑着嗓子说:"我没挂。"

佟语声又笑了:"我知道你没挂,你呼吸音很重,我听得很清楚。"

呼吸音当然重,一感冒,整个鼻腔都水肿到不能呼吸,张开嘴还觉得冷风呛得慌,简直要命。听电话那头的声音实在是虚弱得可怜,佟语声回头拿起床头那本书,说:"我读书给你听吧。"

吴桥一混混沌沌咳了一声,说:"嗯。"

佟语声知道这人脑子发热根本听不进去,就从自己插了书签的那页读起。

佟语声的读书声轻轻地从话筒中穿过,比那姜汤更暖身子,比感冒灵更让人身心舒畅。

佟语声不知道吴桥一能听懂几分,只一边拿着话筒,一边用指尖轻轻扫过页边。

他读:"你一来,我就决心正经地,不是马虎地生活下去,哪怕要费心费力呢,哪怕我去牺牲呢。"

听到这里,快要睡着了的吴桥一忽然惊醒,忙不迭道:"不要,不要牺牲。"

佟语声忍不住咯咯笑,说:"好,我会正经地、不马虎地活着。"

受了惊吓的吴桥一又觉得胸口一阵难受,一连咳了快半分钟,才可怜兮兮地缓过神来。

"好难受。"吴桥一的声音因为嘶哑,甚至带了些委屈的哭腔,"生病好难受。"

佟语声刚要说点什么安慰一下这个娇气的小伙子,就听那人继续说道:"所以我会对你好一点,我会让你不那么难受。"

佟语声笑道:"好,请你对我好一点。"

断断续续又读了几篇,佟语声听见电话那头的呼吸声变得均匀起来,就知道吴桥一已经睡着了。吃了感冒药就是容易犯困,佟语声小声唤了几句,见对面没反应,又担心电话费太贵,便悄悄挂掉了电话。

"晚安。"佟语声悄悄地说。

今天玩得心野了，佟语声睁着眼半天没有困意，就裹着厚厚的睡衣来到爸妈的房间。他们房里的电视都卖掉了，两个人一到晚上就只能大眼瞪小眼地聊天。佟语声刚推开门的时候，姜红正抱怨着菜价又上涨了，就从门缝里看见儿子干净无辜的双眼。

"怎么了？"姜红一阵紧张，"哪里不舒服吗？"

佟语声摇摇头，拖着相当赘余的制氧机进了房间，然后伸手把姜红织了一半的围巾递过去："你教教我这个，打发打发时间。"

难得儿子到了十点还不犯困，姜红也闲得无聊，便喜闻乐见地去外面拿了几团毛线，又递给他两根棒针。

"你要织什么颜色的呀？"姜红把那毛线摆在他面前，"要不织个粉色？"

佟语声噎住了，求助般转头看向一边的佟建松。自家老爸正坐在一边窃笑，看到佟语声的目光，便帮他开口："是个男生。"

姜红有些意外地扬了扬眉，但没过多衍生，只道："那就蓝色？或者黑色？"

他凑过去端详那几团毛线团，接着抬头，一边思考一边说："你给我织的是蓝色的。"

姜红给他织的是浅浅的湖蓝色，是天空的颜色，也是吴桥一眼睛的颜色。

"那我不和他撞款。"佟语声把蓝色推到一边，"粉色也不行，黑色很酷但是作为礼物好像不太吉利的样子。"

姜红转过头看他，弯眼一笑："还怪讲究。"

佟语声耳朵一红，把脑袋埋下去，继续挑。当他的目光扫过火红色的一团时，脑海里突然浮现出那一天从梧桐树上飘飘然落下的那一片火红的树叶。他伸手把那大红色的毛线团拿在手里，说："这个吧。"

冬天围着这样一团"火焰"，就不会感冒了。

佟语声手很巧，学这些东西分钟就能入门。他看着自己手中逐渐开始有了苗头的围巾，不禁一阵沾沾自喜——吴桥一要是有自己哪怕一半的艺术细胞，也不至于把枫叶画成鸡爪的形状。上了手的佟语声就自

219

己摸回房间,一边靠着床边吸氧,一边慢条斯理地织起来。只要不想着玩什么花样,织一条围巾并不复杂,赶在吴桥一回 E 国之前也绰绰有余。他一边想着,一边眼皮子打架,靠在床边就这样睡着了。

第二天清晨,吴桥一的电话准时把他喊醒,两个人互道早安后,佟语声又开始动工了。清早起来看,这团红毛线的颜色更好看了。佟语声已经能想象出吴桥一把它戴在脖子上的样子了,一定会显得皮肤特别白,像是冬日雪地里绽开了一朵花,特别醒目抢眼。想象着那幅画面,佟语声手上的动作就更干净利落了。

吴桥一这周日出发,佟语声提前了三天完工,收尾之后,看着一长长条的纯红色围巾,只觉得有些单调。他又跑去"骚扰"姜红,问能不能加点什么,姜红说:"去找你奶奶吧,她比我可擅长多了。"

说是去找奶奶,但是"大门不出二门不迈"的佟语声,自然是要让奶奶找上门来的。知道老奶奶爱听好话,佟语声一顿"神仙下凡""巧夺天工"把奶奶从人间夸上了天,老人家不仅乐意帮他出主意,还顺手给他做了个红烧麻鸭。佟语声把红围巾拿给老人家出主意,颇有经验的奶奶立刻有了灵感:"你这要是编花就得拆了重来,不如直接用针线缝个刺绣,时髦咧。"

说到刺绣,佟语声马上联想到爸妈床单上花里胡哨的大牡丹,他连连摆手,说:"这不是我们年轻人讲究的时髦。"但奶奶只是照例给了他脑门一板栗,从包里翻找出自己的手工钱包。奶奶属兔,就自己在那编织的小钱包上绣了个小兔子——眯着个小眼睛,脑门上还戳着个马桶撅子,一副不好惹的模样。

"奶奶,这兔子跟你真像。"佟语声话音刚落,奶奶又一把子拍上他的后脑勺。

别的不说,这刺绣确实时髦,佟语声看得心动,拽着奶奶的手求她帮自己设计点什么。谁知老奶奶还记仇得很,阴阳怪气地模仿他:"土不土,还刺绣咧?这可不是我们年轻人讲究的时髦。"佟语声向来说不过这老奶奶,一连说了三遍"我好土",奶奶才昂着头骄傲地接过他手里的围巾。

"你要刺什么图案？"奶奶问，"我回去帮你做好了带过来。"

佟语声这才想起自己还对这围巾的设计毫无头绪，直到回头看见房间里那团垂头丧气的白云气球，才扭过头说："我想绣两个，一个云朵一样的小白狗，一只蓝眼睛的哈士奇。"

奶奶接了活还不忘强调这是两倍的价钱，佟语声点点头，答应在她打麻将的时候为她摇旗呐喊，这老奶奶才勉为其难应了下来。三天后，吴桥一临走前，奶奶终于忙里偷闲踩着点把任务完成。佟语声戴着口罩，气喘吁吁抱着围巾，从野水湾缓慢地走到别墅群，带着一脑门的汗敲响了吴桥一家的门。吴桥一的感冒还没好全，佟语声只敢站在楼下朝窗台上的人挥挥手。那人也朝他挥挥手，不一会儿，吴雁跑出来开门。

"阿姨，这是我送吴桥一的圣诞节礼物。"他小心翼翼把围巾展开到吴雁的面前："让他多添点衣服，回去不要着凉了。"

吴雁也是带着任务来的，只抄下了一个账户和密码，递给他："Joey在家没事给你申请了个电子邮箱，说要随时发照片给你看。"

佟语声家没有电脑，但同学家有，他想，他可以让程诺每天顺便帮他看一眼邮件。他弯腰道谢，往后退了几步向上看，吴桥一依旧趴在阳台上看他。他学乖了，穿了厚厚的羽绒服，像只雪白的小熊。

又要有很多天见不上面了，佟语声心想。倒也没事，自己的小云朵也跟着吴桥一一起去旅行了。

"玩得开心，Joey！"佟语声站在楼下喊着，"祝你圣诞节快乐！"

吴桥一去E国的第二天早上，佟语声忽然觉得自己的生活缺了一块。

他正常起床、洗漱、吃药、看书、写小说，时间安排和吴桥一去上学时没什么不同。但就像是能感受到那人的磁场远离一般，他拿着笔坐在桌边，写着写着忽然惶惑起来——吴桥一现在正在距他八千多公里的E国，如果乘坐一辆绿皮火车沿着两点之间的最短距离行驶，也要将近一个星期才能和他碰面。

他从没出过这样的远门，这样的距离实在是太远太远了。佟语声感觉到有些难受，一把将那小熊搂在怀里，把头轻轻抵上它的脑袋。好半响，他急促的呼吸终于缓和，蔫蔫地趴在桌子边，玩了会笔帽，一个上午半个字没动，终于熬过去了。

吃完饭想出门溜达，刚一推开防盗门，楼道里卷过来的凉风就立刻把他推回了室内。渝市的冬天的温度很少降至零下，现在的气温也不算特别低，但佟语声全身的每个细胞都写着怕冷，一握到冰凉的门把手就缩手缩脚地躲回了屋。一个人实在是太无聊了。佟语声半眯着眼，刚有些烦躁，口袋里那张写着邮箱密码的小纸条，便飘飘悠悠落下了。

吴桥一还是蛮细心的，跨国打电话发短信的开销实在是太大了，如果寄航空邮件至少要等七天，思来想去，还是发电子邮件比较便捷。他盯着那纸条——原计划是隔两三天找程诺借一下电脑，查收一下吴桥一发来的信件，但现在，他觉得等个两三天，真就能要了他的命了。

佟语声有点不太好意思每天把程诺叫过来，于是他转了转眼珠子，忽然想到一个你来我往的好办法。他掏出本子，快速构思，忙忙碌碌写了一整个下午，等到程诺差不多放学回家的时间，火速给他打了个电话：

"喂？程老板？"

程诺家挺富裕的，不仅有台式电脑，还有打印机，佟语声恭维他的时候总会这么喊。

"程老板"也很上道："佟总有何吩咐？"

"新开了本悬疑小说，您要不要赏个光？"佟语声故意把尾音拉长。

"赏！"程诺急着要挂电话，却又被佟语声叫停。

"来都来了，就顺便帮我捎个东西吧。"佟语声笑道，"麻烦程老板了。"

十分钟后，程诺骑着单车疾驰而来，把说好了要捎来的东西郑重摆到佟语声面前。

"我没看内容。"程诺挺直了腰板儿说，"我生怕眼睛漏光，用手遮还戴了墨镜，就知道里面有张照片，是男是女都看不出来。"

程诺虽然性格跳脱，但干事儿靠谱得很，不仅自己没看，还密不透风给安排上了个牛皮纸文件袋，封口处甚至拿红笔像模像样画了个圈，上面写了个"密"字。

"你该去干涉密工作。"佟语声夸赞道。一手交钱一手交货,佟语声从身后拿出崭新的小本子,递给他。程诺甚至等不及回家,哗哗翻开当场阅读。这是一篇情节紧张刺激的悬疑小说,程诺看得半句话不敢吭声。

"嚯!"程诺一边读一边惊叹道,"太对我胃口了!"佟语声暗道,给你量身定制的文,可不得投其所好。程诺唰唰地翻完几页,看到戛然而止的笔迹,惊慌地喊道:"没完结?你就开了个头就让我看?!我就说这展开怎么可能几张纸就写完啊!!"

佟语声嘿嘿地笑起来:"追连载嘛,没看过杂志报纸上的连载小说?阅读体验绝佳呀。"

程诺发现摆在面前的是个坑,瞬间觉得天昏地暗,恨不得抢来佟语声脸上的呼吸面罩进行自我急救。

"你现在给我写,我看着你一个字一个字地挤。"程诺痛苦地道,"你写这么好看故意吊着人的吧。"

佟语声权当那人在夸奖自己了,慢条斯理地从他手里拿回本子,说:"我每天都写一万字,保证不会坑你,你每天呢都像今晚一样带着这个来,咱们光明正大地交易。"

程诺的胃口快被吊到了天上,稀里糊涂地答应了。

"你这个混账!都怪你害我今晚没心情学习!"程诺临走时放起狠话来,"我都不想写作业了!"

佟语声倒是没什么负罪感——毕竟这人跟自己是"一丘之貉",不管心情好心情坏,有事没事,学习和写作业永远都是没心情进行的。等他的脚步声彻底消失在走廊,佟语声才紧张兮兮把东西从文件袋里取出来。程诺很细心,用的是彩色打印,还保留了邮件本身的纹理,看起来就像真的信纸一样。映入眼帘的,就是吴桥一的一张照片。他站在波光粼粼的康河边,依旧没有什么表情。这回他学乖了,穿着厚厚的白色羽绒服,脖子上是一圈火红的围巾。

吴桥一保持了他一贯缺乏艺术审美的特色,笔直地站在画面中央,像是个戳在康河河岸的白色柱子。但他的脸是帅气的,佟语声仔细盯着他的五官，湖蓝色的瞳孔不再如从前那般淡漠。围巾的那一小簇火焰，把整个双眸的冰天雪地都点燃了。足足三张纸，只有那一张照片，佟语声知道他尽力了——他根本不喜欢拍照，一个景点一张，已经很不错了。

下面的文字是用汉语打出来的，严肃且正经地介绍了康河这个景点，从地理位置到文学内涵，像极了在上地理课，完全没有让佟语声体会到旅游的快乐。也不知道是不是他自己写的，还是在网上抄的，佟语声潦草地看了几遍，语句倒还通顺，就是记不到脑子里去。

他跳过了这一页，翻到第二张纸，上面依旧铺满了文字，像是一篇日记，记录了从坐上飞机到发送邮件之前的鸡零狗碎，这回佟语声倒是看得津津有味。

"回家，看到了祖父母，他们说我长高了，还说我变得外向了。E国的食物真难吃，我讨厌鱼和薯条，我喜欢吃肉，不要辣。我很喜欢你送的围巾，一直戴着，Anne喜欢上面的小狗，我没给，她喜欢也不行。康河上有人划船，是剑桥的学生，水平不怎么样，不如我划得好。"

他能从字里行间感受到吴桥一的变化，尽管言语中有着不可忽略的无奈，但他也确实开始享受在外面旅行的时光。

佟语声看得心情大好，又翻到了最后一页纸。上面写着一行汉字："出一道题目给你做。"

下面便是成排的英文："As long as the flame of the soul is burning on the candle of amity, the wings of friendship will not shed a feather。"

佟语声只悄悄扫了一眼，就觉得脑壳子嗡嗡的。但他还是拿出了英语词典，逐字逐句地翻译起来："火焰、灵魂、燃烧……"

佟语声翻译了一句就觉得大事不妙，自己完全不认得，稀碎的词句根本连不成串儿来。他忽然觉得吴桥一能听说能读，还写出来八百字的作文实在是太不容易了，自己再也不骂他语文菜了，佟语声痛苦地想。

他盯着那串英文，翻译不动，却又真的好奇。于是他辗转反侧、思来想去，最终还是鼓起勇气拨通了温言书家的电话号码。

接电话的是他妈，估计是看到他家号码，语气不太耐烦，严肃冰冷的声音让佟语声喉头发紧。佟语声不怕自家老师，却能隔着几条街，被这位隔壁学校的班主任吓破胆。

他哆嗦着说:"阿姨好,我有个英语题目不会写,想问问书书……"

犹豫了两分钟,似乎是写题目这个由头哄骗了她,电话终于落到温言书手里。

"喂?"听到对面怯怯的声音,佟语声慌忙把原句报给他听。

那人在对面唰唰动着笔,半秒后,带着笑意的声音传过来:"这句话是狄更斯《老古玩店》的原句呀,你应该看过才对,我们一起写过读后感的。"

佟语声竖起耳朵,听见温言书读道:"只要灵魂的火焰在友谊的蜡烛上燃烧,友谊的翅膀就不会脱落一根羽毛。"

在此之前,佟语声一直觉得吴桥一对文学一窍不通,现在想来,他可能只是对用汉字写出来的文字缺少共鸣。有那么一瞬间,他甚至产生了想学英语的念头,但转瞬间,他便想起答应了程诺的万字更新,连忙收拾起喜悦的心情,快速转入写作状态了。佟语声在写作方面确实有很强的天赋,他可以自由驾驭各种类型的文风,而且灵感源源不断,极少出现卡文的情况。

他一晚上写了三千字,就把那叠打印纸放在枕头下,昏昏沉沉地睡去了。半夜他又被缺氧的憋闷感扰醒,挣扎着起来才发现自己忘了戴呼吸面罩——他有时候有些太得意忘形了,一不小心就忘了自己是个病人。他难受地喘息着,让自己靠在床沿上——这样的姿势能让他的呼吸更加顺畅些。突如其来的缺氧让他有些烦躁,他努力深呼吸了好久,然后便觉得大脑一阵麻木,眼冒金星。

每次脑缺氧的时候,他都会强迫自己去背古诗——虽然没有什么科学依据,但他总担心如果不这样做的话,自己会变成个傻子,这样就再也不会背诗了。慢慢地,呼吸机把他从满是雪花点的世界里拽出来,他像是蹦上岸的鱼又被好心人扔回了水里,全身的鳞还在叫嚣着痛苦,却又有惊无险地苟活下来了。他慢慢地抬起手,拉开窗帘,晚上云有点多,看不见星星,于是他又把窗帘拉上了。看了眼闹钟,现在刚刚凌晨两点多。他勉强回忆着地理课上学过的时区划分,掰着手指头去算,E国现在应该也是晚上七八点了,也不知道吴桥一在做什么。

第二天早晨,佟语声一觉昏睡到了快十点,迷迷糊糊地起床,看见书桌边摊开的笔纸才一阵头皮发麻——说好了的万字更新才写了不到三分之一,作为作者不讲诚信的话,读者会被气跑的。为了防止程诺"罢工",佟语声草草地吃了个早饭就开始挂着呼吸机伏案写作,一副焚膏继晷的模样。好在他头脑清楚,大纲清晰,在程诺踏着铃声归来的前几分钟,他终于写到了答应好的一万字。

"我是在拿命给你写。"佟语声两眼昏黑地把本子递给程诺,"一万字不是人干的事儿。"

"我也是在拿命看。"程诺也痛苦道,"今天方玲又收我书,我那些书都被收走了,她还嘲讽我是不是想当警察。"

佟语声刚要安慰,就听他说:"不过这倒也打开了我的新思路,当警察挺好的,破案子多帅啊。"

佟语声接茬道:"那你得好好念书啊,你这成绩读警校挺悬。"

程诺深以为然:"是啊,下定决心之后,我今天下午认真听了一堂体育课。"

佟语声连哄带骗地帮他把本子合上,等程诺走了之后,佟语声迫不及待地打开文件袋——依旧是一张照片、景点介绍、一篇日记和一个"英文题"。

今天他换了一件修身的毛呢大衣,戴着红围巾站在教堂的门口,他双手插着口袋,正回头看着街边的鸽子,眼里落下一片雪白,面部表情慵懒而随意。因为没有刻意摆出拍照的姿势,这张照片反而把吴桥一的气质尽显无遗。佟语声愣怔地盯着照片里的人良久,才骤地收回目光,看他介绍大教堂的文字,看他写今天的所见所闻。

他的感冒已经彻底好了,下午还去和人踢了一场足球,他又嫌弃人家踢得不如他好,抱怨自家守门员是个"菜鸟"。他说 Anne 养的狗已经长大了,变得和 Anne 一样吵,还说她的小伙伴没自己帅,说 Anne 欣赏水平不太行。

吴桥一的文字总是跟他这个人一样天马行空、毫无章法,但佟语声偏就乐意去看，看他像一地没有拼在一起的拼图，看他像满世界晶莹闪烁的碎片。接下来的几天，吴桥一离开了老家，在 E 国其他城市溜达了一圈，给佟语声做着合格且称职的向导："E 国小学很无趣，没有渝市好玩。"

他这么说着，行程画了个圆回到了老家，照片里的庭院里落了雪，时间终于匆匆靠近平安夜。佟语声靠着每天一万字的速度，这篇中篇小说也差不多快收了尾。

平安夜的前一天，佟语声窸窸窣窣地把大结局写好，看着彻底消失在人海中的主角，程诺稀里哗啦哭了一脸："我就知道他不是凶手，你真是太坏了。"

佟语声拍拍他的肩膀，安慰道："你这么喜欢这个角色，我怎么可能让他当凶手呢？我不可能对兄弟做这种事。"

程诺的陪伴，确实让他这段时间好过了不少，至少有了些盼头，不至于一个人孤独得辗转反侧。当天晚上，老谢打电话给了姜红，说班里要用晚自习的时间举办一个圣诞晚会，问佟语声要不要来参加。

老谢说："早就准备了，没提前通知就是怕他知道太早了又得乱操心，情绪波动对他身体也不好。"

自从上一次校庆之后，老谢就对佟语声的积极程度有了新的认知。

"想来的话我跟学生们知会一声，让他们照顾一下。"老谢说，"如果来不了，我明天再把平安果送到你们家去。"

姜红刚说太麻烦的话就算了，老谢却打断他，说："我的学生每个都有，所有人都要平平安安的，一个也不能少。"

老谢对佟语声还算了解，得知了晚会的事情之后，这人又开始坐不住了，抓心挠肝想往外跑。

"但是每天晚上还要氧疗。"姜红有些为难，"我送你去，时间差不多的时间就回来吧，冬天晚上出门容易着凉。"

有了期待之后，佟语声这一夜睡得特别香，没有被憋醒也没做噩梦，难得一觉睡到了天亮。他总是期待和同龄人待在一起。

第二天早上，他匆匆给几个老师和要好的朋友们写了贺卡——本以为这个圣诞节他会一个人在家里看着书度过，突如其来的惊喜倒也没留时间给他准备礼物了。等到晚上吃完饭，佟语声把贺卡装好，兴冲冲地就要出门。姜红将他一层一层裹成了大汤圆，又是口罩又是帽子又是手套，整个人只有眼睛那一小截缝留在外面，但他迈着的步子却很愉快。

从文化角度来说，这是个和渝市关系不大的外国节日，但是人们总不会放弃任何一个喜悦的时光。好几天没出门，渝市已经完全沉浸在圣诞节的气氛里了——观音廊的商铺不约而同地放着应景的音乐，路边小摊也象征性地挂起了红绿相间的圣诞花环，奔跑的孩童脑袋上顶着毛茸茸的小鹿角，广场上的圣诞树提前亮起了彩灯……

商场门口的圣诞老人看见圆滚滚的佟语声，伸手给他抓一把亮晶晶的糖果，还在他的脑袋上洒了一把亮晶晶的粉末——"祝你节日快乐，心想事成。"

佟语声非常虔诚地站在那人造的光海中许愿，然后扭头从包里找了一张没有署名的贺卡递给圣诞老人："也祝你永远幸福快乐！"

剩下的山路是佟建松背着他上去的，佟语声有些不好意思，想邀请他来参加班里的晚会，却遭到男人的强烈拒绝："你们孩子过家家就别拉上我了，我跟你妈今晚难得的浪漫二人世界，你可别那么早回来。"

佟语声笑起来，跟他道了别，便慢悠悠地走到了班级。临近夜晚的校园像是浸泡在了墨里，远处的山峦仿佛是从纸上裁掉的花纹，黑得不带一丝杂质。佟语声像是一只驱光的飞虫，直奔着亮着灯的班级走去。

太久没回来了，佟语声激动起来。班上门是锁着的，他轻轻推开，下一秒就听"砰"的一声响，门两边喷出五彩斑斓的礼花。

"欢迎佟佟回来！圣诞节快乐！"班里的同学们似乎都在等着这一刻的到来，齐刷刷地看着他祝福道，这让脸皮薄的佟语声一阵无地自容。班里的座椅被拉开围成了一个大圈，佟语声找到了自己和吴桥一的位置，上面各放了一个红苹果。气氛热闹得很，佟语声高兴中又有一丝遗憾——要是吴桥一也在就好了。

似乎是听到了他的心声，老谢端着笔记本电脑凑到他的面前，嘴里还说："吴桥一，看看这是谁来了？"

佟语声立刻回头，电脑模糊的屏幕上，吴桥一的背景正是白天。"佟语声！"那边传来惊喜的呼唤。

　　此时的吴桥一应该在自己的房间里，一丝不苟地围着红围巾，端坐在电脑桌前。"Joey！"佟语声惊喜地扑到电脑面前，喜出望外地又唤了一声："Joey！"

　　佟语声亲眼看见吴桥一的表情从兴致缺缺变成喜上眉梢，想来方才百忙之中抽空应付老谢，应当是让他颇感无聊的。看到佟语声，吴桥一惊喜到语言系统都混乱了，好半天才说出一句"Merry Christmas（圣诞快乐）！"

　　刚一说完，三四个路过的同学挤到摄像头前跟他打招呼："吴总！"

　　一听到这呼唤，四周又涌来七八个头，一齐对着摄像头和他打招呼："吴桥一！圣诞节快乐！"

　　佟语声被同学们拥在中间，看着吴桥一板着脸，严肃而认真地跟他们道好，但他只是挨个儿点头，明显是没怎么记住同学们的名字。看到大家熙熙攘攘地聚拢过来，老谢也伸头过来凑热闹："桥一，给大家看看E国那边怎么过圣诞的呗。"

　　搁在平时，吴桥一根本不会搭理这种麻烦的提议，但眼前佟语声也乖乖地趴在屏幕前，眼巴巴地一起期待着，于是他站起身，拿起了桌边的智能手机。

　　吴桥一出手阔绰，直接切成手机视频，慢悠悠地走下楼去。他在E国的这栋别墅也是上下两层，走到一楼时，大家从屏幕上看到了非常欧式的大壁炉和一棵点缀得琳琅满目的圣诞树。有人问："圣诞老人今晚会从这里给你们塞礼物吗？"

　　吴桥一嗤之以鼻："圣诞老人都是骗人的。"

　　话音刚落，一边的Anne就愣怔着拽住他袖子，似乎是在回味他的话。

　　终于，她从震惊中反应过来，当着摄像头的面爆发出凄厉的哀号："Mommy！他说圣诞老人是骗人的！！！我是不是收不到礼物了！"

　　同学们一阵欢笑，佟语声听着Anne的号哭声，却认真道："Joey，你不要随便打破小孩子的幻想啊。"

这些美好而幼稚的传说，对于成年人来说，是一份可有可无的节日象征，但对于天真纯洁的小朋友来说，可能就是一份清澈的信仰。信仰被随便否定一定是不好受的，佟语声觉得吴桥一这样做确实有些过分了。

吴桥一回头看了他一眼，没有回应，只是从口袋里拿出一个小小的盒子。大家不约而同地凑过去，看他把小盒子慢慢打开，里面是一个小小的、很符合 Anne 酷炫风格的十字架小吊坠。然后他又举着手机，把小盒子塞进圣诞树上一只粉色的小袜子里。

"圣诞老人会骗人，但我不会。"吴桥一说。礼物会送到的，但是是来自爱你的人，不是来自虚妄的幻想。佟语声想着，觉得这样似乎也不是不行。离开家，走出院子，吴桥一把镜头给了街道："下雪了。"

下雪了，白皑皑的一片就像是电影里放的那样，屋子和街道都是白色的。渝市很少下雪，这群没见过世面的家伙立刻炸开了锅——"看看雪！看看雪！""真是鹅毛大雪啊！""可以堆雪人吗？"

吴桥一顺势把镜头往四周扫去。这确实是在渝市里鲜少见过的画面，整个世界似乎都被浸泡在了鹅绒里，像是厚厚一层泡沫，把车、树、房子都裹了起来。但这雪白却也不是寡淡的一片，被一串串彩灯、铃铛和彩带装扮着，白得非常热闹。

银装素裹，火树银花。大家都爱这雪景，唯独把握着镜头"生杀大权"的吴桥一本人兴致缺缺，快速带大家领略了一番之后，就开始完成任务般走起过场来。刚走到楼下，就看见对面街道冒出了一个金色的脑袋，是个看起来就很皮实的小男孩。

吴桥一站在原地，目光相接的一瞬间，两人双双定在原地。骤然的沉默里，气氛竟在一瞬间变得焦灼而僵持，像是两个互相对峙的西部牛仔。镜头后的观众们并不清楚发生了什么，却也被这气氛带得紧张，连佟语声都跟着捏了一把冷汗——静止画面维持了大约三四秒，小男孩率先弯下腰，在他弯下腰的一瞬间，吴桥一便像离弦的箭一般飞冲了过去！

镜头陡然摇晃，观众们一阵眼晕，等画面清晰起来时，只能看见吴桥一不知什么时候抓了一大把雪，径直塞到小男孩的衣领子里。小男孩一阵尖叫,消失在画面中,只留一边的观众们不明所以地目瞪口呆。吴桥一和视频的视角一起眺望远方,半响才颇有些得意地转过身。

"认……认识?"佟语声震撼地问。

"William,"吴桥一说,"Anna 的朋友。"

佟语声笑起来:"你这个哥哥还挺称职。"

被夸奖了的吴桥一脚步又轻快起来,他一路昂扬着带这群人在 E 国的大街上游荡着,一瞬间,班里什么小活动都不敌这一次直播反响热烈。

教室里,大家都闹哄哄地围在讲台下看着,坐在前排的衡宁被挤占了学习空间,便拿着书本默默坐到了班级后排。温言书看他走了,又看了看被围在人堆里的佟语声,犹豫了一下,也跟着坐到衡宁的身边。

那人显然也没心思看书了,这样的环境明显让衡宁有些烦躁,温言书趁他还没打开书,搭话道:"我好羡慕啊。"

衡宁心情不太好,只推了推眼镜,皱着眉敷衍道:"什么?"

温言书远远看着电脑画面里的吴桥一说:"羡慕他可以全世界地跑。"

衡宁愣怔了几秒,把衣角紧紧攥在手中,看着自己脚下踩着几乎要被洗掉了色的回力鞋,说:"总有人生来就注定无法走远的。"

温言书没想到他忽然说这么悲观的话,只为自己刚才的口不择言感到后悔:"我是想说,或许读书可以让我们接触更广阔的天地。"

衡宁扭头看了看这局促的人一眼,怕他多想,便顺着他的意思说:"嗯。"

刚刚他说得没错,羡慕,岂止是羡慕,吴桥一对于他衡宁来说,简直就是让人嫉妒到眼红的存在——衡宁羡慕他有钱:在衡宁全家都买不起一部手机时,他拿着大屏的智能机,为所欲为地挥霍着流量和金钱。他绝不可能有像自己一样为生计发愁的时刻,他是见过世面的少年,朝气蓬勃,引人注目。

衡宁羡慕他家庭美满:衡宁母亲生下他时便难产去世,家里的父亲还身患重病。吴桥一可以在家中一直做一个孩子,但他却直接跳过了被疼爱的年纪,早早地就背起了整个家的重量。最让衡宁喘不过气来的是他的天资:衡宁是个除了努力一无所有的人,因此他起早贪黑,几乎是

231

挤光了所有缝隙里的时间去学习。但吴桥一这个人不怎么听课，也从不记笔记，甚至上学都随心所欲，却就凭借着他最不屑的懒散一次次考在了自己的前面。

衡宁时常感觉，和吴桥一比较起来，自己的人生没有任何继续的价值和意义。温言书看他情绪不对，瞬间觉得自己罪孽深重，回到自己的座位从抽屉里拿出一个小盒子，递到他手中："送你的，圣诞礼物。"

看衡宁下意识地要拒绝，他又把盒子往前推了推，说："不贵重，也不需要还礼，心意和寓意比较重要。"

衡宁低头，拆开那个细长的盒子，静静躺在丝绒布上的，是一支"英雄"牌钢笔。

"衡宁哥。"温言书面红耳赤地说道，"谢谢你帮助我这么多，无论是生活上还是学习上。"

他不敢看衡宁的眼睛，只能低头道："你就是我心目中的'英雄'。"

衡宁捧着那支钢笔，沉默了良久，才起身，敲敲温言书面前的桌子："戴耳机了吗？"

温言书愣怔了良久，才默默从口袋里掏出耳机线。衡宁拉起他的手腕，带他走到漆黑的走廊边："一起听歌吧。"

两个人消失在熙熙攘攘的教室里，吴桥一的带队旅行也告一段落。他不耐烦地把大家都支走，直到画面前只有佟语声一人，才小心翼翼地问："他们都走了吗？"

佟语声悄悄把摄像头往下压了压，点头道："只有我一个人啦！"

吴桥一从口袋拿出一支笔，低下头，在手心上写了一行字。确认四周没人之后，他才小心翼翼地把掌心贴到镜头前："Merry Christmas！"

佟语声原本还想多跟吴桥一聊会儿天，结果老谢急着要用多媒体投影，对话就草草收尾。电话挂断之前，佟语声把两颗平安果摆到摄像头前给他看："谢老师给的平安果，我帮你带回去你记得吃。"

吴桥一似乎想了半天才反应过来"谢老师"和"老谢"是一个人，犹犹豫豫应了一声，拎着红围巾的尾巴朝他摆了摆手，佟语声也跟云朵小狗和哈士奇挥了挥手。

圣诞一过完，吴桥一就要回来了，佟语声想到这里就开心起来，把口袋里装着的贺卡一张张送给了朋友们。班里又玩了几场小游戏，多多少少都有些紧张刺激的成分，佟语声不能参加，但怀里抱着两颗苹果在一边看着，也觉得有意思得要命。晚上八点多的时候，老谢准备带大家看电影，佟建松就出现在班级门口，要带着佟语声回家氧疗了。佟语声看着门口站着的老爸，恍惚间发现自己又忘了自己病人的身份了。

"来了。"佟语声依依不舍地收拾好东西，跟大家道别，"我先回家啦，祝大家节日快乐！"

大家也纷纷挥手跟他道别。

临走到门口的时候，有人问道："佟佟，你什么时候回来上学呀？"

佟语声忽然被这问题问得有些心慌，好半天才笑道："不知道，你们想我就来看看我吧。"

说罢赶紧朝他们说了再见，不再敢回头看那通亮的教室一眼了。说到底，不管怎么宽慰自己，都还是难免有点嫉妒的。佟建松出门就帮儿子戴好帽子口罩、围好围巾套上手套，佟语声被老爸打理得暖乎乎的，刚才一点点的难过劲儿就又消散了。

"玩得开心吗？"佟建松搂着儿子肩膀问。

"开心啊。"佟语声笑道，"和同学一起当然开心。"

最主要还是看到吴桥一了。"你们今晚干吗呢？"佟语声也问，"二人世界怎么个浪漫法呀？"

佟建松似乎就等着他问这一句，炫耀般从口袋里掏出两张电影票来："提前几天就买好了，就等着你这小子不在家呢。"

佟语声一听，笑着给他鼓掌，却又有些敏感起来。虽然他们从来不会多说，但事实很清楚，父母就是被自己牢牢拴在了家里——没有娱乐，没有休息，没有喘息。两个人走在漆黑的树叶下，路灯把世界分成了泾渭分明的两片光影。佟建松走在明暗交界线上，把手伸进树影中，揉了揉佟语声的脑袋，感慨道："比我都高了。"

良辰美景奈何天

佟语声听闻，挺直了腰板："当然了，小青年嘛。"

生病这么久，他个子却也一直在长没停过，初中能到佟建松的肩膀，现在头顶已经快比自家老爸高出一个指甲盖儿了。他低头看了看自己的胳膊，瘦却不至于像干柴，听着自己的声音，也依旧是清脆明朗——他是个病人，却也是个在茁壮成长的小青年。如果这样的病可以康复，没有人有理由比他更快地康复，他注定是要成为最快好起来的那一个。

佟语声怀里还抱着两个果子，他急切地想要回去氧疗，连步子都加快了些。但冬天的风偏偏有些刻薄，稍微一走快，佟语声就觉得胸口有些痒痒的，闷闷咳嗽了几声，说不出话来了。父子俩不约而同对视一眼，佟语声眼里还有没擦干净的泪花。

"完了。"佟建松道，"你妈回去要拿刀砍我了。"

佟语声抓了他两把又一阵猛咳，没说出安慰的话来。后半截路，是佟建松背着佟语声走完的。小伙子本身不重，但身上裹着一层又一层的衣服，擦起来给他平添了近三分之一的重量。佟建松已经不是小青年了，不像吴桥一那般步履如飞，走到观音廊附近，来来往往的路人难免朝着这对步履维艰的父子投来目光。

佟语声被盯得一阵难受，开口小声说："放我下来吧，我能走了。"

佟建松的呼吸声比儿子还沉，但他似乎没听见一般，伸手把儿子的腿弯又往上托了托。

于是佟语声又提高了些音量，道："放我下来吧。"

这会佟建松不再装听不见了，开口却是许久不见的严肃："不行，早点回去，外面太冷了。"

外面确实太冷了，回到家的时候，佟语声的四肢冰凉得像是从冷库里拿出来的大理石，哆哆嗦嗦地还没说什么，姜红就拿着热水袋让他揣到怀里。家里没有暖气，但总要比外面暖和些，但佟语声还是觉得寒意进了皮肤，他打了个寒战。这不是什么好现象，寒意停留在表皮并不要紧，一旦渗进皮肤里，伤风感冒基本是跑不掉了。看他呼噜呼噜地吸着气，姜红又从厨房端来热水，逼着他喝下去。水杯冒着白色的水汽，夫妻俩盯着孩子仔仔细细把热水灌完，又来来回回帮他搓着手发热，紧张得像是在手术室外等消息。

好半天,佟语声额头终于渗出一丝汗水,夫妻俩不约而同地松了一口气。

"热……"佟语声小心翼翼地想解开围巾,却又被姜红火速圈了回去。

"捂着。"姜红没好气地道,"把寒气逼出来,感冒了可不是小事。"

佟语声也怕感冒,就只能乖乖听话把围巾缠好,像颗足球一样,圆鼓鼓地缩在角落里。

"这个冬天最后一次了。"姜红说,"等天转暖再出去玩。"

佟语声有些不甘心地道:"那过年呢?我总不能在家窝着过年。"

他还想出去带吴桥一玩鞭炮呢,这怎么行?

姜红皱了皱眉,没敢把话说死:"到时候再说。"

佟语声也不敢确定两个月后自己的健康状况,便只能心情沮丧地允诺下来。

这一晚,佟语声就抱着热水袋吸着氧睡着了,大半夜他感觉骤地一阵刺痛,低头开灯一看才发现,自己的肚皮被热水袋烫出一片红印子来。晚上抱着热水袋确实容易低温烫伤,佟语声害怕地摸了摸那一小块儿红通通的皮肤,有点刺刺的痛,但应该没什么大碍。于是他蹬蹬把热水袋蹬到床尾,自己蜷起四肢又睡起来了。第二天早晨,他还是觉得那块儿红印子有点刺痛,就掀着衣服去找姜红要烫伤膏。

姜红一看,就揪心起来:"水太热了,早知道睡前就不给你换热水了。"

其实佟语声根本没烫出个大碍,到了中午那一片红几乎都看不见了,他刚准备自己把饭菜热热糊弄一下,没想到佟建松却提着一个大盒子进了家门。

"爸?"佟语声端着碗有些惊讶,"你今天不是上班吗?"

佟建松朝他扬了扬手里的盒子:"你妈让我务必在你午睡前安排上。"

佟语声凑过去一看,是一套电热毯,还是市面上比较贵的那种。他瞬间心疼起来:"这得花多少钱啊,还得用电,热水袋够用啊。"

他们家前些年连空调都和电视机一起卖出去了,哪儿还能再养这么个电器。

"省着点钱可不够你烫坏了植皮呢。"佟建松说,"这个好,也不会冻着。"

夫妻俩一向不主张佟语声过分节俭,该吃吃该喝喝别亏待自己,但无奈这孩子自己不肯花钱,直到看到佟建松把毯子铺好,他还一副心在滴血的模样。

"小青年别这么抠,过日子就得好好过。"佟建松伸手把电热毯打开到最高档,"中午睡觉的时候调到保温挡就行。"

钱都已经花出去了,佟语声自然也没有再推脱的份,吃完饭,等消化得差不多了,便窸窸窣窣地换了睡衣。生病让佟语声慢慢从"小火炉"变成了"体寒"成员,一顿饭也没能让他的手脚温热起来,他缩手缩脚地钻进去,瞬间,一个被窝的暖意将他包裹起来。

佟语声睁着眼,快要幸福得落泪了。临睡前,他还是把电源关上了,心想着靠余温也够他睡一觉的。温暖的环境下,入睡变得不那么困难,他迷迷糊糊地闭着眼,心里却想:吴桥一家好像也没这东西,也不知道他晚上睡觉冷不冷。吴桥一确实从不用这些取暖设备,他的抗寒能力极佳,撇去在渝市疑似水土不服导致的意外感冒,他几乎从不感冒,吴雁有时候都会怀疑自家儿子是不是有什么西伯利亚血统。

但他这段时间他也确实没睡好,不是因为怕冷,而是因为离开佟语声时间太久了。失眠又让他有些暴躁,停了的药又得重新开始吃了,吴雁原本打算在这边待到元旦假期结束,但看着吴桥一的状态,又不敢再拖了。和爷爷奶奶告别的时候,大约是吴桥一回E国之后最开心的时刻。他抱着一堆给佟语声带的礼物和土特产,连去机场的路上都在飞奔。

落地时,他甚至没回家,直接拖着行李箱朝野水湾飞奔——提前回来的事情没告诉佟语声,那就早点过去跟他说好了。他一路跑过零售批发小卖部,和在附近逗狗的棋友打了招呼,又远远避开正在遛娃的张二刀,终于在脸上快被冷风吹出裂口的前夕,飞奔到了佟语声家楼下。他认得路了,没用地图,没有犹豫——以后来这边,他只会越来越熟悉。

吴桥一轻轻敲响他家的门,不一会儿,就听见少年轻轻的咳嗽声。

穿着睡衣的少年把防盗门打开一道小缝，满眼的惺忪变成惊喜："吴桥一？"

吴桥一放下手里的拉杆箱，给了他一个结结实实的拥抱。佟语声开心得不行，也紧紧抱着他。

等他的手指划过了吴桥一冰凉的脸，他才感慨道："你冷不冷啊？"

吴桥一其实跑得快冒汗，只是脸被冷风吹得没了热度，但佟语声却转身进了厨房帮他倒好热水。

"不用……"吴桥一刚要拒绝，就被佟语声打断了："你要是再感冒了，又得被隔离在家了。"

一听这话，吴桥一立刻紧张起来，咕嘟嘟地把水喝下去，就被佟语声拉到床边。那人掀开被子，看着他拍了拍床单："来，快进去暖和暖和。"

吴桥一其实并不冷，但看佟语声一脸真挚，又想到万一真冻感冒那可就完蛋了。于是他说："好，一会儿，马上。"

转头也就忘记刚刚自己觉得什么事情不够妥当了。他骨碌碌地把箱子拖进佟语声的房间，一打开，里面全是给佟语声带的礼物——一盒巧克力，一套彼得兔纪念币，还有一套富有当地特色的文具和小饰品。

怕他有心理负担，吴桥一一边往外掏，一边嘀咕着："都不贵，我有钱。"

确实都不是贵重的礼物，但每一件都特别符合佟语声的审美。他一样一样地收下摆好在书桌边，又和吴桥一聊了聊最近的情况。佟语声伸手，把书桌边那个一丝不苟的文件夹打开，里面是一封封装订好了的、吴桥一寄给他的电子邮件。吴桥一看着那一本小书的模样，转身又去包里拿出一个小小的薄片来。佟语声定睛一看，是那片火红的树叶。这树叶被塑封在了透明的薄膜里，没有经过额外的雕饰，形状和颜色都是原本的样子，但明显是经过了防腐处理和真空密封，叶柄处还串了一根红绳子。

吴桥一说："书签。"

佟语声小心翼翼捧过来，窗外的阳光将那书签照得透亮，梧桐叶本身的形状就像一颗火红的心脏，那一根根游走的叶脉，仿佛是连接心肺的血管，在敞亮而蓬勃地输送生命的能量。

"我不是很会做……"吴桥一有些懊丧地低下头，"找人帮忙的。"

手工和审美确实是他的致命短板，做之前怕把这绝无仅有的一片叶子搞坏了，他还去家里院子薅了一大把树叶练手，结果除了差点儿把他急得掀桌子犯病之外，只留下一桌子破烂不堪的碎树叶。

万般无奈之下，他提着两盒新鲜出炉的曲奇，找了 Anne 的好闺蜜帮忙。那小姑娘派头还挺大，吴桥一不仅供奉了自己没舍得吃的曲奇，还在家鞍前马后给俩小丫头端茶送水，这才把人哄开心了。小姑娘手确实巧，本有些破碎的叶边都能修复得基本没差，还用了专业的防腐和密封设备，把书签做出了工艺品级别的效果。

吴桥一拿了东西就"过河拆桥"，一人塞了一包薯片把人打发走了。他看着这叶子，心想自己虽然没动手，但多少付出了曲奇薯片和劳动力，因此这也是自己心血的结晶。所以他还是理直气壮地说："是我想的主意。"

佟语声知道他手笨不是一天两天，根本没抱什么幻想，只是非常小心翼翼地把书签夹进了那装订好的信纸里，还认认真真地挑了一张他觉得最好看的照片夹进去。佟语声表达完喜爱，又拍拍他："你快去睡觉吧，赶紧把时差调整过来，起来好好玩。"

为了了解吴桥一在 E 国的生活作息，他这几天除了写文，就是在恶补地理必修一的《地球的自转》，啃了半天才算出来 E 国和渝市之间的时差。他在这个点赶回来，算上候机的时间，差不多该一宿没睡了。

说完，佟语声又兴奋地补了一句："快试试我家厉害的新电器。"

佟语声终于忍不住暴露了本意——他就想炫耀一下，他冬天也能睡暖和被窝了。

吴桥一拗不过他，从行李箱里找来睡衣换上。大冬天的这人还坚持将短袖薄衫当作睡衣，佟语声也只能佩服他的抗冻体质了。看着他严肃紧张地钻进被窝，佟语声期待地等着他的反馈。吴桥一聊了一会儿，手脚也开始有些发冷了。其实他平时冬天睡觉前，只要冲个热水澡，就能靠着热血青年的热血暖和一夜，但佟语声家没有燃气，今天又是阴天，

238

太阳能热水器都出不了热水，便只能冰手冰脚地钻进被窝里。

钻进去的一瞬间，全身被暖意包裹，他有些讶异地睁大眼。他们家不是买不起电热毯，只是一直没人需要，头一回被人工焐热，确实是不一样的奇妙体验。吴桥一小心翼翼把半张脸埋进被窝里，这还是他第一次睡佟语声的床。想到这里不免有些开心，于是他又翻了个身，用被子把自己裹成一个春卷儿。

佟语声看他在床上扭来扭去，笑话他没见过世面，吴桥一干脆破罐子破摔，直接一个卷儿滚到佟语声跟前："那你多带我见见。"

佟语声怕他越扭越兴奋，伸手摁住了他的脑门，强行催眠："午安。"

吴桥一就睁着他亮亮的大眼睛说："午安。"

这段时间在E国本身就要倒时差，后期还因为精神崩溃几乎没睡过安稳觉，兴奋劲过去之后，吴桥一终于开始眼皮子打架。

佟语声见他进被窝，便拉开椅子坐到书桌边写作。吴桥一听着他唰唰的动笔声，被这热乎乎的被窝一暖，很快就昏昏沉沉地陷进梦里了。他很少像这样睡得踏实，他感觉自己的四肢都被融化在了水里，在沉沉浮浮的梦中变成一个个温暖的泡沫。他梦到佟语声完全好了，他们一起扔掉了呼吸机，一起撕掉了厚厚的病历本，他梦见和佟语声一起跑步、踢球，一起爬上白橡居看长江索道的红色缆车。

吴桥一在梦里看着那红色的缆车，那缆车就渐渐变成了一轮太阳，他觉得有些刺眼，拿手去遮住视线，结果他看见整个天边都烧起火来。吴桥一翻身的时候，佟语声刚好写完最新章，他被那动静扰得回头，发现吴桥一正半个身体挂着被子，整个人像壁虎一样四肢张开、牢牢贴在墙上。佟语声这才想起自己忘了把电热毯的温度调低了。

他赶忙把电热毯关了，生怕把吴桥一直接烤成"热狗"，好在电热毯质量过关，吴桥一只是热得爬墙，暂时还没有什么生命危险。看着这人被热得四仰八叉的样子，佟语声忍着没笑出声，转头继续写小说去了。吴桥一醒过来的时候，浑身都热乎起来，心情显然也是颇好的，套上外套坐到他身边时，完全一副大狗的模样。佟语声面红耳赤地思考了半天，才骤然想起什么。

良辰美景奈何天

239

他从柜子上拿出一个皱巴巴的苹果，放到吴桥一面前："吃了吧，老谢给的，每个人都有，保你平平安安。"

吴桥一接过那有点发皱的果子，想了想，又塞回佟语声手里。

"怎么？"佟语声狐疑道，"嫌皱了不想吃啊？那你怎么不早点回来。"

话里还有些许抱怨的意思，大概确实等他有些久了。吴桥一立刻慌不择路起来："不是。"

他一着急就说不好中文，佟语声怕他急坏了，赶忙伸手捏捏他耳垂："我开玩笑的，你慢慢说。"

吴桥一双手摩挲着这苹果，终于组织好语言，说："那我们一人一半吧。"

他本想把这"平平安安"全部送给佟语声，但他想起来，吃好运饺子的时候就说过，好运分享出来是双倍的好运。那么平安也会有双倍的平安吧。最后那颗苹果佟语声只吃了一点，他觉得有些太凉了，就都给了吴桥一。

外面的风太冷，两个人裹着围巾趴在窗台数了会儿麻雀，聊了聊最近发生的一些事情，佟语声觉得困困的，就又钻回被窝里了。大概是太依赖电热毯的温度，他最近好像总是睡不够，总是没有什么精神也没有胃口，吃完饭就开始昏昏欲睡，似乎整个人都变得跟这个冬天一般暮气沉沉。吴桥一根本舍不得走，徘徊了一番便懊悔道："早知道我刚刚就不睡觉了。"

一起下围棋，再不济玩会儿飞花令，也比睡着了白白耽误时间好啊。

佟语声伸手戴好氧气面罩，兀自钻进被窝躺在另一头，又抬头看他，忍不住笑起来："那你给我读书吧，《边城》还没读完呢。"

吴桥一立刻弹射起步，飞快去书架上搜索。他看到了自己刚从 E 国带回来的一排小饰品，忍不住回头问："我送你的礼物，你最喜欢哪一个？"

佟语声想都没想，脱口而出："书签。"

吴桥一便心满意足地捧起书，拖着一个板凳坐到了床头。从上次没读完的开始,这次他读到了天保和翠翠的初遇。

吴桥一读书很没有感情,一通平铺直叙,本就精神恍惚的佟语声就直接意识混沌起来,临睡前,他忽然想起吴桥一还在干巴巴地念着,骤地睁开眼说:"你要是对这本不感兴趣,就不要继续读了,书架上还有其他的书,你没事可以翻翻看。"

吴桥一不明所以地应了一声,又往后念了几句,一直看佟语声呼吸均匀下去,才轻轻把书合拢了。他确实对读书没有太多的兴趣,于是就这样盯着佟语声的脸,看他呼吸面罩上的白雾散开又消失,听着桌上的闹钟嘀嘀嗒嗒一直响着。佟语声睁开眼的时候,还是昏昏沉沉的,他想换个姿势继续睡,却看见吴桥一弯着腰趴在自己的枕边也睡着了。

他的床有些矮,吴桥一偏偏又是高高的一个少年,弯腰的姿势看着实在辛苦,大冬天的也没盖被子。于是佟语声摘下氧气面罩,撑着身子要给他盖,却突然觉得一阵喘不过气来。他紧张地僵硬在原地,紧接着又开始双目昏黑,他摇摇晃晃支着胳膊,才没让自己轰隆一下倒在床上,呼吸面罩便也直接掉到床的边缘。

但动静还是惊得吴桥一骤地抬起头来,目光还没找到焦点,就下意识地帮他捞起面罩,替他戴好。等他回过神来,才慢慢听见佟语声夸张而恐怖的喘息声,那声音就像是一个年久失修的风箱,来来回回拉扯出残破而尖锐的气音。他又发病了。吴桥一慌忙把他扶起,让他靠在床头,两条腿放在床边下垂,减少回心血量,又把输氧量调大,加速供氧。

吴桥一在家里偷偷补习过很多护理知识,但真看到他这样的绝望,依旧会紧张到额头渗出一层薄汗。

佟语声只觉得脑子里划过一片脏乱的彩色,下意识地攀住吴桥一递过来的胳膊,却又骤地想起自己曾经把他抓得鲜血淋漓的惨状,于是强迫自己收回手,紧紧揪着床单,两腿无力地蹬着。吴桥一知道,紧张情绪会造成耗氧量增加,于是伸手一遍一遍摩挲着他的后背。他自己焦虑发作的时候,吴雁就会这样安慰他——拥抱和抚摸是让人放松的良药,可以医治他,也注定能医治佟语声。

吴桥一像哄小孩睡觉一样轻轻拍着他,念叨着:"别害怕,别紧张。"

终于，佟语声就像是在他耳边喘息了一个世纪，一直喘息到整个世界都要枯萎了，他才慢慢平息下来，像是风暴之后的海面，一片狼藉。佟语声安静了约莫五秒，终于崩溃地哭起来："我以为我要死了。"

就像是有人要死死掐着他的脖子，把他摁进浑浊的水里，把他锁进密闭的塑料袋中。不让他呼吸，就是让他死。吴桥一不会安慰人，佟语声哭出一滴眼泪，他就伸手给他擦干净了，一边擦，一边还不忘打个电话给佟建松通报情况。佟建松慌慌忙忙地赶回来，看到桌面上中午的饭菜半点没动，问道："你们中午没吃吗？"

吴桥一这才抬起头，看到桌上的闹钟——已经下午四点多了，和佟语声在一起的时间几乎是没有尺度的，让他分不清白天夜晚，让他忘记了饥饿困顿。他恍恍惚惚地走到客厅，看着一桌子不错的菜，忽然馋了起来。兴许是吃了个苹果，又尝了几块自己给佟语声带的巧克力，吴桥一直扛到现在才慢慢有些饥饿感。

但佟语声只是躺在床上，红肿着眼睛眼神放空，似乎没听见佟建松的问话。佟建松进房间又详细了解了一下情况，看着佟语声状态还行，怕俩孩子饿出了毛病，就说："我把饭菜热一下，吃完饭咱们再去医院看看吧。"

佟语声一听见"医院"两个字，又鼻腔一酸，吧嗒吧嗒掉起眼泪来。

"我没有乱跑。"佟语声泪眼蒙眬地说，"在家里没开窗，一直都在被窝里，一点都没着凉，为什么我还是没变好？"

他觉得甚是委屈——这段时间，他除了去过一次学校，哪儿都没跑，整天窝在家里按照医嘱好生歇息、休养，他觉得全世界没有比他更乖的病人了。若是这般听话都还会恶化，那老老实实地待在家里，不是白遭罪吗？佟语声自暴自弃地想。佟建松叹了口气，只含糊道："还没说你没变好呢，别把自己当大医生啊。"

这句安慰没有什么意义，肺长在佟语声的身体里，自己什么情况，没有人比他更清楚。饭菜热好了，吴桥一跑去吃，饿了一个下午，外加许久没有回来尝过渝市美食，这顿饭变得格外香。他"埋头苦干"了好久，吃了一碗又添了一碗，这才如释重负地松了口气。但另一边，佟语声兴致缺缺——他已经有好几天没认真吃过饭了。

"还是吃点吧。"佟建松说,"一会儿可能还要做检查,不知道要等多久,可能连晚饭都吃不了了。"

佟语声思索了一下,叹了口气,还是拿起了碗筷吃起来。今天的菜依旧比较清淡,瓠子肉丝清汤、白菜炒香菇,还有千张烧肉。他按照肌肉记忆去夹了一块五花肉到碗里。他从来没法拒绝这样干净剔透的五花肉,但这回,他刚一把肉塞进嘴里,整个人由内而外漾起了一阵剧烈的反胃。佟语声慌忙起身,趔趔趄趄地趴到水池边,刚一打开水龙头,鼻腔里的油腻气一阵一阵冲击着他的胃和大脑,他干呕了几下,只吐出一口清水——胃都空了,还是吃不下半点东西。

吴桥一赶过来,轻轻拍着他的背,佟建松也端着一杯清水让他喝。好在没有再让他缺氧或者咳嗽,佟语声红着眼哀哀地想着。最后,他实在是怕肚子空久了伤胃,喝了几口清淡的瓠子汤,忍住没吐出来,才颓靡地穿好衣服,一言不发地跟着佟建松去了医院。再回到家中已经到了深夜,他拿到了住院通知单,还有一沓崭新的医嘱和报告单。

"肺功能受损非常严重,还影响到了心脏,可能已经造成心衰。"医生是这么说的,"趁心脏还没完全坏掉,得尽快进行肺移植手术了。"

换句话说,如果什么都不干预,佟语声的寿命也最多只有两年了。

回家的路上,吴桥一一路都想说些逗他开心的话,但他没有心情。他没想过这一天会那么快,明明不久前自己还在学校上课,怎么转眼之间就成了将死之人。

"我快要死了,吴桥一。"佟语声叹了口气道。他低着头,收拾着入院的行李,一边的吴桥一听他这番颓靡的发言,走过去认真抱住他,说:"你要有信心,不要放弃。"

吴桥一的肩膀给了他一些安慰,但他的喉头还是有些发酸。

第九章

我寄愁心与明月

这次回医院,是吴雁开车接送的佟语声。

他的体力越来越差了,稍微走两步心跳就开始加快,上气不接下气地佝偻着喘息,像是个年过九旬的老头。到了病房,吴桥一帮他把行李安顿好,他便颓丧地躺回病床上——这次运气没有之前那般好,没有赶上医院的淡季,更没有抢到单人病房。隔壁病床上躺着的是个得了肺癌的叔叔,干瘦得像具骷髅,眼珠子瞪得快要从眼眶里掉出来,全身上下似乎只能发出呼噜呼噜的呼吸声,完全没有活人该有的样子。

佟语声有些害怕他,侧着身朝着另一头去,不敢多看一眼。

佟建松、姜红和吴桥一都去忙着收拾东西、办理住院手续了,他一个人躺在床上听着那个叔叔的呼吸声,也焦虑地捞起呼吸面罩吸氧。病床上没有电热毯,冰冷的被窝让他有些不适应。佟语声焦虑地团成一团,手里紧紧捏着被角,掌心都被汗浸得有些湿了。他都不知道今晚该怎么睡了。正绷着一根紧张的神经胡思乱想,吴桥一就风风火火地从走廊跑过来。

佟语声稍稍感觉到放松一些。他刚准备问吴桥一具体情况,那人二话不说,把手塞进了他的被窝里。佟语声吓了一跳,蹬了两下,把腿收到他摸不到的地方。吴桥一捞了两把没捞着,有些懊恼,直白道:"看一下。"

看什么？佟语声脑子糊成一团，不知道这人打着什么主意，但看他一脸严肃模样，还是悄悄把身子舒展开。吴桥一把握住了他的脚踝，被窝还没来得及焐热，佟语声的皮肤还是冰凉的一片。

"看一下腿。"吴桥一边说边轻轻把他的小腿拽出被窝来。

佟语声被他搞得脑袋发蒙，只觉得骤一离开被子，整个腿都凉飕飕的，但那人的掌心却又像火一样热，包着他的脚踝，一会儿就不觉得冷了。他就这样半坐在病床上，吴桥一轻轻把他宽松的病号服卷到膝盖上，然后把他的两条小腿并拢到一起，仔细端详着。

约莫比对观察了半分钟，吴桥一这才松了口气，说："还好。"

佟语声忍不住问："你到底在看什么？"

吴桥一抬头看看他，帮他把腿塞回被窝里，怕他冷，又伸手帮他搓起小腿肚子："没有浮肿，就还好。"

右心衰竭的一个典型症状就是四肢浮肿，佟语声至少还没有走到这一步。佟语声知道他的意思了，但依旧心情忐忑，小声地说："明天做检查，不知道心脏到底有没有坏掉，不知道我还能不能回得去。"

医生说他不能平卧的状态有心衰的可能，所以要做关于心脏功能的全面检查。如果真的已经达到了严重心衰的程度，他的此次住院之旅，就漫漫没有尽头了。不仅没有尽头，他可能真就随时随地都会死去了。心衰是治不好的，一旦开了这个头，生命就像倒过来的沙漏，彻彻底底进入倒计时了。佟语声想到这里，害怕得指尖都轻轻颤抖起来。未知永远这么恐怖，他恨不得今晚就去做一遍检查，如果没事便万事大吉，如果真的有事，他现在就想穿上棉袄去冷风里狂奔——剩下的时间与其耗在不必要的治疗中，倒不如好好做他想干的事情。

吴桥一看他辗转反侧，轻轻捧过他的脸观察起来——他还是得看着人的表情才能判断对方的情绪，但精度比先前的"开心不开心"提高了太多。他看着佟语声慌乱到颤抖的睫毛，计算出结果，于是按照反应方程式得出结论，拍拍他的后背。

佟语声说："我好害怕。"

吴桥一有些手足无措地问："怎么能让你好一点？"

佟语声想了想，说："如果我的心脏没事，我就不怕了。"

吴桥一不假思索地道："你的腿没有浮肿。"

佟语声叹了口气说："心衰可能造成浮肿，但不是一定，你学习这么好，肯定比我更清楚。"

吴桥一见没瞒过去，只能临时再想办法。他思索了一下，扶起佟语声的后颈，让他半靠在床边，说："我给你听听。"

佟语声一愣，还没等他做出反应，吴桥一毛茸茸的脑袋就贴到他的胸前。一分钟过去，吴桥一抬起头说："心跳节奏规律，心音清晰一致，没有杂音，很健康的心脏。"

他认认真真说着术语的样子像极了专业医生，佟语声真就莫名其妙有了些安全感："太好了，可以安心睡个好觉了。"

吴桥一一听他要睡觉，道了个晚安就走了，还让他别怕，明天检查自己全程都会陪他。等他的脚步声消失在走廊尽头，佟语声侧躺在床上，心跳渐渐平稳下来。突然，身后传来一声有些漏气的声音，虚虚的，飘在晚上有些吓人。

"你朋友对你真好……"佟语声刚刚稳定下来的心跳又被吓得狂乱起来，出于礼貌，他毛骨悚然地回过头，却又不敢直视说话的叔叔。

"嗯……他……很好。"佟语声支支吾吾地回答道。

骷髅叔叔猛地咳了几下，佟语声闭着眼不敢看，生怕他把眼珠子咳到地上来，一直等他安稳下来，才慢慢睁开眼。"我有点吵人……"叔叔说，"对不住了……"

佟语声想说没关系，但其实却是有关系，他对叔叔的恐惧是发自内心的，他听不得那呼噜呼噜的声音，不敢想自己身后还睡着这样一个人，更怕自己哪天变得跟他一样，让所见之人心生恐惧。

正想着，叔叔的床位传来一丝动静，接着，佟语声就看他从枕头下掏出个东西来。然后，叔叔举着他芦柴棒一样的手，朝佟语声挥了挥。佟语声压着恐惧下了床，接过那东西。打开一看，是一对装在包装里还没拆封的海绵耳塞。佟语声抬头看了眼那叔叔，那张枯槁的脸上挤出一丝笑容来："戴上，会好很多。"

叔叔这番动作让佟语声有些惭愧又有些难过，他躺回床上，小心翼翼地开口道："谢谢叔叔。"

"没关系，我也不想把你吵到。"叔叔艰难地说，"睡不着觉很难过的。"

佟语声双眼晶亮，塞上耳塞之后，再不觉得这夜吓人了。叔叔也不再像具恐怖的骷髅了，佟语声想，只是个很瘦很瘦的人罢了。吴桥一的诊断和瘦人叔叔的耳塞，让佟语声这个本有些难熬的夜飞快度过了。

第二天清晨，他刚洗漱好，吴桥一就飞一般跑过来，说是要陪他去检查。他去抽了血，又去做了彩超和心电图，还拍了胸片，一路能立刻出结果的他都不敢问，捂着耳朵让医生别告诉他，一项结果乐观、最后结局悲惨的事情他不是没经历过，与其慢慢给他希望再一口气将他勒死，不如把检查结果都囤到一起，直接告诉他最终答案来得直白。整个上午，他都坐立不安——饭吃了没多少就没胃口了，就觉得是心脏衰竭让他反胃呕吐，走快了跟不上了，就觉得是心脏衰竭让他体力下降。一切的不适感都让他对自己的心脏疑神疑鬼，以至于他忘了自己本身是个肺动脉高压患者，而不是一个心脏病人。

直到晚上，李医生开完会回来告诉他结果，佟语声吓得没心情看书，反反复复把第一页翻来翻去，差点都要翻破了。

终于，吴桥一走在李医生前面带路，他迈着步子朝病房奔来，还不忘跟李医生求情："李医生，你可以多鼓励鼓励他吗？他压力有点大。"

李医生回答这句话时刚好推开病房的门，手里拿着一堆报告单，佟建松和姜红也紧张地站起身来。

"不用鼓励。"李医生笑着说，"心电图、X光检查、超声心动图、血常规和血生化检查全部正常，心衰标示物和心肌坏死标示物没有发现异常。"

佟语声拿着书，看着站在门口的李医生和吴桥一，紧张地等待着最后的结果。李医生说："心脏确实有一点点负担，但没有到心衰的程度，不用太紧张了。"

佟语声觉得，阴霾的天空终于是破了光了。没有心衰，是佟语声目

我寄愁心与明月

247

前听到的最好的消息,但这不代表他的情况乐观。

"你现在6分钟步行距离已经不达标了,肺移植手术必须做,否则心脏坏掉也是迟早的。"李医生说,"不过也不要有负担,一切听医嘱,不要胡来。"

佟语声不知道自己那一点点想要"胡来"的心思是什么时候暴露的,低着头有些羞愧地允诺下来。

"这段时间还是要住院,帮你把药物调整一下。"李医生说。

佟语声点点头,想到即将到来的春节,难过地叹了口气。

"能做手术,说明你身体整体是健康的,至少符合手术标准。"李医生说着,"你这样的情况还被很多人羡慕着呢,多多珍惜吧。"

李医生说还有很多人羡慕他,佟语声原本不信,抬眼却正好对上瘦人叔叔的眼神。幸运真的是个相对的东西,他忽然想起来那篇关于"半杯水"的阅读理解——悲观的人看见的是空了半杯的绝望,乐观的人能看见的却是足足半杯水的希望。叔叔笑出一脸褶子,用口型给他加油打气,佟语声便也用口型跟他说了声"谢谢"。

他何止是幸运,他比瘦人叔叔拥有更健康的身体,比衡宁有着更宽裕的家境,比温言书拥有更完满的家庭关系……或许不应该只悲观地想着自己缺少什么,佟语声心想,每个活着的人,都多多少少有着自己的"不如意",但又确实拥有着自己的"小幸运"。李医生走了之后,佟建松和姜红又叮嘱了些许,就急匆匆地出了病房。但吴桥一听到了好消息便忍不住像只大狗一样扑过来,兴奋地围着他的病床打转转:"我就说你心脏很健康。"

像是在炫耀,但更多还是替他开心,佟语声笑起来,比个大拇指给他:"借你吉言。"

吴桥一就更开心了。最近吴桥一脸上的表情逐渐丰富起来,不再是麻木不仁的一张白纸,他的眼神会表露出大部分的情感,偶尔开心时也会嘴角上扬。他逐渐变得像个情绪正常的少年,会笑会开心,慢慢能和人沟通,只是稍微比其他人内敛一些,不爱喜形于色罢了。

吴桥一已经慢慢从"泥沼"里爬出来了。这么想着,佟语声下意识地去拉他的手——大冬天，吴桥一的手也永远像是个小火炉，暖意一下子在佟语声的指尖晕染开。

这个晚上他睡得很安心，医生的叮嘱就像是一颗定心丸，让他的胃口大开，让他的睡眠变好。第二天早上，佟语声喝了一碗皮蛋瘦肉粥，觉得不够，还打发吴桥一下楼买了个豆腐包吃起来。姜红刚好去开水间装完热水，看见正吃着豆腐包的佟雨声，不由啧怪道："昨天还一口一个恶心吃不下呢，李医生说的那句话是健胃消食片是吧？"

佟语声觉得有些不好意思，刚要打岔，吴桥一就接过话茬道："心理作用，觉得自己有病就会变得处处都像有病。"

佟语声被他说得快吃不下了，细细一想却道也是，自己的那些反应，都是自从知道"心衰会造成恶心呕吐"之后产生的，也许是一点点胃部着凉，自己就硬是往这些症状上靠了。但怎么说，靠脑补把自己幻想得有病实在有些丢人，他清了清嗓子，想要换个话题。

"这叫消极暗示效应。"吴桥一说，"我看过一个例子，有人一不小心把自己关进冰柜车，车里没有制冷，但他觉得自己会被冻死，他就真的被冻死了。"

佟语声被他讲得有些毛骨悚然，抿着嘴看他，不敢吱声。吴桥一严肃道："严重的消极心理暗示会导致疾病甚至死亡，但是反过来，积极心理暗示也会对健康产生好效果。"

他最近读了新的心理学杂谈，细细分析下来发现，所谓的祝福、许愿、赞美，都是正向语言所带来的积极心理暗示，因此遵循科学是必然的，但永远不要否认唯心主义带给一个人的影响。

于是他神秘兮兮地端了一个板凳，坐到佟语声的面前，说："你每天要多鼓励鼓励自己。"

他把佟语声的被子往下拉了拉，让他露出穿着病号服的身体，然后对着他五脏六腑的位置说："心脏健康，双肺健康，胰脏健康，肝脏健康……"

挨个夸了一遍之后，吴桥一认真地给佟语声竖了个大拇指："佟语声，健康。"

佟语声被他直白的鼓励逗笑，也忙不迭回了一个大拇指："昨天开心，今天开心，明天开心，早上中午晚上开心，吴桥一每天都开心。"

吴桥一也非常认可地点点头，两个人达成了严肃的共识。临走前，吴桥一在佟语声的床头放了一个比鸭子肥一些的千纸鹤，小鹤的翅膀尖尖还翘起来一个角，高高昂着，透出一股子放荡不羁来。佟语声猜，吴桥一可能是想做出来比大拇指的姿势，但是没有顾及鹤类的生理结构缺陷，更是错误地估量了自己心灵手巧的程度。但这纸鹤总归是自信的，佟语声肃穆地盯着它，似乎被它一股子不怕困难的劲儿感染了。

这段时间里，吴桥一每天过来都会顺道捎来非常夸张且热烈的赞美和鼓励，从一开始过于直白粗糙的"健康"，到后面越发详细的"你今天看起来气色很好""你今天说话气息很稳""你的状态真的很不错"。

佟语声确实感觉自己这段时间变好了很多，他也按照吴桥一交代的，每天晚上睡觉前和五脏六腑说晚安，早上起来第一件事情，就是打起精神继续夸夸器官们努力工作，虽然幼稚又让人开心。在鼓励自己的同时，他还不忘了每天和瘦人叔叔聊聊天，每次听完医生跟他家属说的话，他都会把好的挑出来再重复给他听。

瘦人叔叔也很吃这一套，一遍又一遍说，像佟佟这么积极的孩子，一定很快就能好起来。这大约是佟语声第一次在医院里感受到积极的氛围——原来患者之间不一定都是彼此影响拖累，也可以互相打气，用更加能够共情的身份给予彼此好的能量。

这一天晚上放学，吴桥一拎着书包吧嗒吧嗒走到佟语声床前，二话不说，从包里掏出了几张红彤彤的奖状。那是渝市一中的奖状，上面印着校徽，背景是印在红色里的学校礼堂。佟语声睁大眼睛，以为自己算错了，抬头看了看床头的日历，才确定最近没有考试，也没到期末。

那是谁的奖状？正当他疑惑的时候，吴桥一先拿出第一张，郑重摆到佟语声面前——奖项是"学习进步奖"，获奖人是"佟语声的肺"。

佟语声看清之后，吴桥一郑重而严肃地说道："佟语声同学的肺，在近期的学习生活中表现得非常努力，并在各项考核里取得了相当大的进步，特发此证，以资鼓励。"

接着,他又拿出一张"优秀劳动委员奖",获奖人是"佟语声的心脏"。
获奖理由是:"带领全班同学积极主动参加劳动,起到模范带头作用。"

再后面,"佟语声的胃"获得了"优秀生活委员奖","佟语声的腿"获得了"优秀体育委员奖"……全身上下每个器官都拿到了一张奖状,每一张都写着非常认真又好笑的评语,佟语声也看得开心。这些奖状是吴桥一花了一整天的课余时间,从老谢找到年级主任,又找到教导委员,一层层批下来的一沓子奖状。他自己认认真真写了评语,找了校长签字,细看,每一张上面还有各科老师留下的夸赞和鼓励,背面还有同学们五花八门的留言。

佟语声一张一张细细看着,看他们祝福自己健康,看他们在上面画着精美又充满活力的小涂鸦,似乎每个字每个笔画都化成了巨大的能量,钻进他的体内,将他伤痕累累的器官一一修补,让他超负荷运转的身心得以歇息。他确实是真的幸运儿了,佟语声心想,又有多少人能像他这般幸运,所逢之事皆能顺心,所遇之人皆是温柔。他听着吴桥一一张一张为他颁发奖状,忽然想到刚刚相遇之时,这人不愿跟任何人接触、听不进绝大部分的声音,我行我素却又痛苦地活在自己的世界里。

自己当时想着要拉他一把,现在他也正一点一点地把自己拉上岸来。

接着吴桥一又拿出一张"三好学生"奖状,获奖人是"佟语声"。

佟语声看到这四个字,忽然一阵脸红——他从小学之后就没拿过"三好学生"了,思想好、学习好、身体好,他最多只能占上第一个。吴桥一也很严谨,他把"学习好"三个字认真地划掉了,上面写着"心情好"三个大字。

"佟语声同学有着积极向上的思想观念、以良好的情绪和强健的身体迎接每一天的到来。"吴桥一朗读着。

"所以特别颁发'三好学生'奖状,希望继续保持。"

佟语声看着红彤彤的大奖状,非常庄严肃穆地接过了奖状,并发表获奖感言:"感谢老师们和同学们对我的认可,我以后还会带领全班同学一起,努力向上、积极进取,争做新时代的三好五美优秀青年。"

两个人宛如划时代领袖一般，来了一个饱含革命友谊的拥抱。佟语声圆满完成任务，继续投入伟大的复兴大业之中去了。自从把康复当作一个可以圆满完成的任务之后，佟语声对于从前抵触的服药、打针、吸氧等等，都开始逐渐变得积极主动起来。作为奖励，吴桥一会时不时陪他玩飞花令，佟语声发现，这个人的诗词储备量也在急剧上升，因此他的游戏体验也越来越好了。

住院的这段时间里，佟语声也不觉得无聊，平时看看书，拿着懒人桌在台面上写写文章，状态好的时候也会下床溜达溜达，又结交了不少其他病房里的朋友。医生看他的状态越来越好，安排的住院时间也越来越短，佟语声常常拿笔在日历上算着日子，早上李医生查房的时候，还是忍不住问道："我今年过年还能回家吗？"

李医生看了看日历，半晌还是摇摇头："不要太着急了，医院里过年也别有一番风味。"

这句话直接把佟语声的期待浇灭了一半。他其实心里有些隐隐的想法——真的要在医院过年吗？万一自己没挺到过年，那岂不是再也没有机会回家过年了？这样的念头刚一起来，他突然隐约听见吴桥一在他脑海里，宛如教导主任一般严肃地说道："不要有消极负面的心理。"

于是他强迫着自己点点头，说："挺好的，人多也热闹嘛。"

话虽这么讲，但佟语声还是有一点点失落，毕竟过年最热闹的环节就在于走动。从家门口跑到楼下，贴完春联就去放鞭炮，从叔叔家跑到婶婶家，挨家挨户磕头要红包，从野水沟这头跑到那头，把新春的祝福送给大街小巷的熟人——这才是他心目中过年该有的样子。

在医院可怎么办呢，他闷闷地想着。佟语声本来想着，要是过不了年那就干脆别去想，眼不见心不烦，把年过得和平时一样平淡无味，或许还能更有利于他的康复。但偏偏一切事与愿违，只是刚临近了腊月的边儿，整个医院除旧迎新的气氛就逐渐浓烈起来——趁白天，医院请了很多钟点工，把办公室边边角角的卫生打扫了一遍，病房里不适宜大动干戈，他们便认真地打扫了边角，还把那窗子擦得崭新得发亮，连窗外的景色都看得更清晰了些。佟语声的床位靠窗，透过窗户刚好能看见楼下的一排树和路灯，它们也在短短的几天里张灯结彩，慢慢点缀上喜庆的红。

早晨李医生刚说有几个病房的设施会有一些升级，下午，佟语声的房间就装上了电视，连上了医院顶楼的天线。这一次置办的大物件，让佟语声和瘦人叔叔都喜悦得要命，虽然能收到的台不多，但这病房总归有了些新的模样。毕竟，这两个人也真的好久没看过电视了，这也意味着他们可以在病房里看到春晚了。佟语声拿到遥控器，快速地扫描了一边仅有的几个频道，说："叔叔，你想看什么台？"

瘦人叔叔撑起身子，认真品鉴了好久，才煞有其事地说："我要看动画片。"

佟语声便调好台，和叔叔一起，断断续续看了两集动画片。吴桥一放学回来的时候，刚好切进广告，佟语声立刻向他炫耀："看，我们有电视了！今年可以在这里看春晚！"

吴桥一本来正背着书包准备落座，一听这话，立刻兴奋地跑过去看。这是个挂在墙上没丁点儿大的方屁股电视机，看起来是别处移来的旧机子，都已经扑哧扑哧地冒着雪花点儿了。吴桥一盯着画面里被雪花点盖了一脸的小咕咚，没忍住，拍了拍电视机那大屁股——画面一阵动荡之后，雪花点变成了一条忽闪忽闪的黑线。他没想到自己越帮越忙，连忙探出半个身体，挡住电视不敢让佟语声看见，想了想又朝对称的位置用同等的力道拍了两下，黑线就骤地消失了。吴桥一确认电视机没给自己拍坏后，他才如释重负地松了口气，轻轻地埋怨一句："这电视机太老了。"

佟语声听着有些不高兴了，埋怨道："有的看就很好了，我家都没有电视。"

吴桥一自觉失言了，轻轻抿起嘴，想想又开口道："我把我家的搬来，很大而且很清楚。"

就是屏幕拐角被自己敲碎了而已。佟语声一听，差点一口气没缓过来："不用不用。"

他不知道怎么跟吴桥一表达这件事的麻烦和荒谬，他甚至很难找到一个阻止吴桥一立刻拆家搬电视的理由，许久才搜罗到个差不多的借口：

"你别这样，搬个电视动静太大了，我和叔叔身体都受不了。"

吴桥一便恍然大悟了。但他还是有些不喜欢这个电视机，他伸手试着调台，才发现居然只有三个台。这个点，还都在放着广告。

"这也太少了！"吴桥一有些难以置信地喊道，"这看什么？"

看一下午能看出个高血压，还影响视力，吴桥一现在立刻就想抱起这台电器扔到窗外去。本来一腔热情想分享自己的喜悦，这人却只知道嫌电视机不好用，佟语声不想理他了，说到底这人虽然情商在进步，也不过是从负数变成不及格而已，想要让他时时刻刻顺着自己的心意来，佟语声早就不抱这种幻想了。但吴桥一察言观色的能力确实已经突破了普通人的阈值，看他不对劲，便立刻掰过他的脸观察表情："你生我气了。"

生气倒不至于，佟语声叹了口气，只是有点儿心累而已。吴桥一拧起眉，感觉到他不是在生自己的气，就又松了口气。不是在生自己的气，那就是在生这电视的气，吴桥一便笃定这电视不是什么好东西了。吴桥一不说话之后，佟语声看了会儿电视的雪花点，也不想讲话，他渐渐地被这奇怪的画面催了眠，不知什么时候已经睡着了。

醒来的时候，吴桥一帮他把被子盖好，人却早已经消失不见了。佟语声看了看时间，比他平时走的时间早，心想不会是自己让他生气了吧？带着这份不安，佟语声便再也看不下去电视了，隔壁的叔叔因为病情也开始意识不清，根本没心思看电视。

于是佟语声把电视机关掉了。那一瞬间，刺啦刺啦的声音消失了，聒噪声褪去，整个房间只有医疗仪器嘀嘀嗒嗒的响声，佟语声感觉有些害怕。果然情绪不好就会影响到身体健康，佟语声这一夜憋醒了四五回，好几次差点在睡梦里一个窒息就醒不来了，护士来帮他处理了一次，总算是昏昏沉沉熬到了天亮。

第二天早晨，佟语声再也不想碰那电视一丝一毫了。就是因为电视的事情他才和吴桥一闹不愉快，因为这电视自己昨晚一宿没睡，四舍五入，什么都是这破电视机害的。他想，等叔叔醒了，如果他同意，就商量着把这电视机送到别的病房去，倒也换个清静，这样有益于他们的身心健康。至于春晚，佟语声想，不看就不看吧，自己是个病人，本就没有和其他人一样热热闹闹的资格。

正当他胡思乱想的时候，门口传来了一串热闹的叮叮当当声。佟语声一抬头，发现了提着大包小包的吴桥一。他这副样子确实有些滑稽，肩上挎着个大帆布包，左手提着工具箱，右手还拿着个扳手，加上那宽松的工装裤，颇有一番维修工人的架势。佟语声便忽然懂了这人要做什么了。

"我查了书。"吴桥一从包里拿出一大堆零部件来，"背光板或者是显像管坏了，换成新的就行。"

佟语声虽然觉得感动，但下意识地反应道："你不会是从自己家电视上拆的吧？"

吴桥一迷惑地抬起头，思索了良久才否认："不是，型号不一样，我去回收站买的。"

昨天他临走前就去看了这台电视机的型号，回去的路上在新华书店买了个《电视机维修手册》研究了一晚上，早上就按照书上说的，去野水湾附近的废品回收站找了几个被人丢弃但还能使用的零部件。

他怕声音太吵打扰到佟语声休息，就把电视机抱到阳台修理。吴桥一记性好，看了一遍便记住了电视机的结构，凭着脑海里的内容，生疏又精准地拧开电视机的背板，探到后面捣鼓了好半天。佟语声听着从阳台传来闷闷的叮当声，看着那人在大冬天忙出一脑门子汗来，忽然因昨天自己的想法而愧疚。

再出来时，白皙的脸上蹭了灰，配上他眼底的那一抹蓝，倒是像一幅纯真好看的油画。吴桥一笨手笨脚地把电视机复原，再打开的时候，电视机刺啦啦响了两声，果真就不再有漫天的雪花点了。不算清晰的画面落进佟语声的眼底，央视主持人清朗的声音传来："旧的一年即将过去，新年的春节联欢晚会也进入了最后阶段的联排中……"

吴桥一看着佟语声晶亮的眼睛，眼底也划过一丝笑意："今年春晚可以一起看了。"

电视完全没有雪花点了，就像是刚买来的新电视，源源不断地洋溢出春节临近的喜气。佟语声满眼欣喜地看着吴桥一，那人也就这样弯着眼睛看他。吴桥一笑起来实在是太好看了，那本是一潭死水的湖蓝骤地翻泛起波光，仿佛一切都活了过来。

吴桥一心满意足地看了看屏幕里变得完整的画面，说："画面不太清楚，屏幕分辨率太低了，我改不了。"

佟语声说："已经很好了！你也太厉害啦！"

吴桥一的尾巴立刻翘到天上去，他来来回回把那三个台扫了一遍，就转身冲到外面去调天线。吱吱地调了好半天，终于又搜索出了十几个频道来——电视终于变成了一个可以为人民服务的好电视了。

佟语声很想和瘦人叔叔分享这份喜悦，但十分钟之前，叔叔就因为突然昏迷被推走了。也不知道他还能不能看到这次的春晚了，佟语声有些惴惴不安地想着。吴桥一和瘦人叔叔不熟，他也很少关心别人的事情，进来只拖了个板凳就靠到佟语声旁边，兴致勃勃地看起电视来。佟语声还不清楚吴桥一的观影取向，就问："你喜欢看什么？动画片吗？"

其实吴桥一长得一点儿都不幼稚，因为是混血，他的轮廓雕刻得偏向于成熟，五官跟他比起来更加立体，但佟语声觉得，这人是会喜欢看天线宝宝的那种类型。事实证明，佟语声的刻板印象还是严重了些，吴桥一一听到动画片，立刻嗤之以鼻："只有Anne那种小孩才看动画片。"

佟语声不敢提自己已经看了一下午的动画片了，也不好说隔壁床的瘦叔叔特别喜欢少儿台，就撑着身子，看看吴桥一到底会在什么台停下来。这人快速扫过了少儿台，看了两个综合台的广告，看了半分钟体育台的赛事回放，最终，画面停在了一个地方卫视。里面正放着年年都要放的后宫电视剧——小黑屋里，宫女正被嬷嬷扎针扎得遍地哀号，皇后娘娘则在一边阴狠而得意地旁观。

吴桥一瞬间被吸引走了目光，好奇道："她生病了？要做针灸？"

佟语声一口老血差点喷涌而出——只要吴桥一不想，他就永远看不出别人是痛苦还是快乐。鉴于前面的剧情太过复杂，佟语声只能言简意赅地总结道："这是被扎了，因为她惹到皇后娘娘了，这是给她的惩罚。"

吴桥一这才反应过来这是一个故意伤害的犯罪现场，震撼地睁大眼睛："居然用针。"

他的脑回路永远让佟语声不太能跟上——他不会共情宫女的痛苦，不会愤懑皇后的恶行，不会鄙夷嬷嬷的势利，只会好奇，原来还有拿针扎人这么个惩罚人的法子。放在以前，佟语声可能会觉得和他相处很累，但现在他却有点羡慕。如果自己共情能力也差一些就好了，就不会看着后宫剧的同时还在担心瘦人叔叔的病情，就不会在妮妮出院回家之后辗转反侧地难受，更不会躺在病床上自责。

那样自己应当会好得更快吧。佟语声脑子里在胡乱想着，一边的吴桥一已经被电视剧吸引了目光。吴桥一指了指嬷嬷："给我讲讲她，我要知道她的背景和性格。"

这副霸道的模样，让佟语声一下子"脑补"出那句"三分钟之内我要得到这个人的全部信息"，抬头代入了一下嬷嬷的脸，他差点笑到呼吸面罩原地开裂。

在吴桥一迷惑不解的目光中，佟语声平复下心情，给他讲解道："这是嬷嬷，是皇后的乳母，干事心狠手辣，算是个反派，但对皇后娘娘一片忠心耿耿，算是个比较立体丰满的角色。"

吴桥一点点头，分析道："母乳喂养导致孩子产生情感依恋，但是嬷嬷是乳母对孩子产生情感羁绊，这样的反向依恋，一部分可能是出于喂养关系中产生的母爱，还有可能出于对皇后身份产生的慕强心理。"

佟语声没想到他居然滔滔不绝把狗血剧分析出了点科学研究的架势，不禁一阵惊讶，接着又顺着吴桥一的话道："母爱还真是人类无法抗拒的本能。"

但没想到吴桥一却认真地抬起头，反驳他说："母爱不是本能，不会因为婴儿的降生而自动产生。"

"罗布森曾经做过一个调查研究，参与调查的五十多名新生儿母亲中，只有一半人在看到自己孩子的第一眼就产生了积极情绪，大约在三周之后，剩下的一半才慢慢对婴儿培养出感情，也就是'母爱'。"吴桥一说，"而且事实证明，婴儿与母亲的互动可以强化母爱，因此母爱也并不是不需要回馈的一种感情，只是因为母亲对婴儿有付出感，所以比起其他感情相对来说更稳固。"

"没有人的情感和爱是无私的。"吴桥一说,"因此在家庭关系中,陪伴和沟通是必要的,无论是对孩子还是对父母。"

佟语声愣怔着听完吴桥一的长篇大论,一时间真觉得这个人成了他口中的心理学家,但总又觉得哪里有些说不上来的奇怪。

"你真的看了蛮多心理学的书。"佟语声说。

吴桥一点头道:"我以为会很难,但发现理论部分都还可以。"

听到这里,佟语声算是明白了自己感觉到的"奇怪"在什么地方了,他说理论简单,对于背诵定义、理解知识体系,任何一门课对于他都应当不难。但他也只停留在理论上,停留在收集到的案例中,却不去想,自己对吴雁那么爱答不理,吴雁却为何永远对他充满了爱与包容,不图回报。他就是个精准分析问题的机器人,把案例和自己完全划分在两个世界,把私人的东西完全摘除,把分析的对象拆解成一串数据,用绝对理性、客观的角度,去分析案例的心理。这样的人如果真的成为一名心理医生,究竟是好事还是坏事呢?佟语声还在揣摩着,吴桥一就已经认认真真地看下去了。电视里一堆宫女钩心斗角,他躺在床边看得津津有味,佟语声倒也觉得这场面相当滑稽有趣。

和吴桥一一起看电视剧还挺有意思,两个人尤其喜欢讨论剧中的人物设定。佟语声习惯从艺术创作的角度,从感性层面分析人物的作用和性格,吴桥一则站在绝对理性客观的视角,冷冰冰地剖析着人物的心理及成因。他们的角度相反,得出的结论却可以互佐,他们用自己的观点彼此完善彼此的观点,就仿佛是一人一笔,将人物角色生生临摹出来一般。

"我从来没觉得看电视剧这么有意思。"佟语声笑着说,"要不我以后写小说之前,我们俩先一起把人物设定做好了吧。"

吴桥一也喜欢这么玩,自然乐意之至。

这个晚上,吴桥一照常回家睡觉,一边的瘦人叔叔却被送进了重症监护室没有回来。没有叔叔的呼吸音当白噪声,佟语声忽然觉得这个夜晚安静得让他有些心慌,姜红在一边的便携式躺椅上睡得很沉,于是他把电视机打开,将声音调到一格,就枕着那荧荧的光和朦胧的声音闭上了眼。

小时候他和爸妈还没分床睡时，那时候卧室里也是有电视的，他就直直地睡在姜红和佟建松的中间。小孩子睡得早，大人就会等孩子睡着了再悄悄把电视打开，声音调到最小，靠在床头看节目。如果一觉睡到天亮，佟语声自然就不会在意电视里的内容，偶尔半夜醒了，他则忍不住偷偷蜷起身子，把眼睛眯成一条小小缝，偷偷摸摸跟着看半晚上的节目。电视的光在房间里会随着画面忽闪忽闪，这让佟语声有种睡在父母怀里的安全感。渐渐地，对于生死的恐惧退散，缺氧的不适感减轻，日子仿佛又回到了从前，一切安逸舒坦，让人睡得踏实。

日子很快就到了除夕，电视里的大街小巷都热闹起来，漫天的爆竹声中，佟语声看了一眼旁边空了许久的床位，有些遗憾，却也十分坦然。

妈妈特意帮他在观音廊买了件新衣服，是件红色的羽绒服，是年轻人中流行的款式，穿在佟语声身上修身得养眼。吴桥一也一大早赶到病房来，戴着红围巾，穿着新衣服，手里还拿着一张红色的窗花。

佟语声凑过去看，那张纸一打开，他便从那肆意洒脱的艺术风格中猜出这是吴桥一的真迹。细看上面还有铅笔打的草稿，看样子是下了功夫的，佟语声根据生肖判断："小牛。"

吴桥一给他比了个大拇指，又伸出两个手，在头上比出两个"6"字形的牛角："牛气冲天。"

佟语声也比了比牛角，两个人的角碰了碰，非常和谐的双边友好会谈。两个人笑起来，又把电视打开当背景音——过年就要热热闹闹，两个人的房间也得整出人民大会堂的效果。佟语声看着这台陪他度过了无数夜晚的电视，不禁感叹道："吴桥一，你怎么什么都会。"

吴桥一并不谦虚，而是认真回答了这个问题："任何一门科学技术，都可以总结出相应的公式，就像只要算法足够精密，机器也可以做人类能做到的任何事情。"

佟语声想到了他和别人相处的奇怪模式，忽然觉得有些别扭，便问："那和我呢？"

他转头看向吴桥一："和我相处，也是公式、算法吗？"

吴桥一显然没想过他会这么问，一瞬间大脑宕机。

平时和任何人说话相处，都可以总结出共识来。礼貌和迂回距离和分寸，不说精通，至少有个度，唯独和佟语声——"不是。"吴桥一慌张地说。这人表达情感永远真挚又直白，佟语声被他满眼的诚意打动，再不去多试探他一星半点儿了。

两个人一起把牛牛窗花贴在了玻璃窗上，吴桥一又从背包里掏出一卷红色的春联纸、一支毛笔、一方墨和一个砚台。吴桥一哗哗地把红纸和笔墨铺在懒人桌上，斩钉截铁地道："写春联。"

爷爷还在世的时候，祖孙俩就喜欢自己写春联，佟语声看着笔墨觉得甚是亲切，一股暖流悄悄涌上心头来。

"你想好写什么了吗？"佟语声问，"你会写毛笔字吗？"

吴桥一摇摇头，说："你想，我学一学。"

佟语声稍稍一动脑子，便说道："银鼠辞旧送恙去，金牛迎春携康来，横批：'药到病除'。怎么样？"

吴桥一不是很明白，只觉得佟语声说的都是好的："好，很好。"

于是佟语声一拍手，边磨墨边说："我写上联，你写下联，你看好我的运笔姿势，好不好？"

吴桥一想了想，说："你写下联吧，写完我再写上联。"

佟语声有些不解地问："为什么？"

吴桥一认真说："我帮你把病痛送走，你自己把健康迎过来。"

他总是对这些细节有着莫名其妙的仪式感，佟语声只觉得很感动，便说："好，那你记得把你自己的那一份不开心一并带走。"

吴桥一点头："已经带走了，你把我的不开心全部带走了。"

佟语声一听这话，就忍不住眯起眼，他怕自己再没心思去写，便赶忙拿起笔放进笔筒里："你这支笔已经开好笔了，直接在水里泡开就能用。"

等笔毛浸润软化之后，佟语声把笔尖轻轻点进墨汁中："蘸墨一般只要蘸笔头的三分之一，墨水会顺着笔头吸收。"

吴桥一认真地看着那人蘸好墨汁，又注意到了他的握笔姿势。

佟语声说："看好，用拇指去压，食指夹住，中指从外侧把笔勾住，无名指顶笔，小指贴着辅助。"第一笔落在纸面上，是一个刚劲有力的撇："由按到提，由重到轻。"

佟语声一拿起笔，眼神似乎都变得凌厉而认真起来，整个人和这散着浅香的书卷融在一起。红纸上的墨汁在吴桥一眼底漾开，化成了一个又一个遒劲有力的汉字。几笔写下去，一幅下联完成，吴桥一不懂书法，只觉得大为震撼。抬起头，佟语声眼里的肃穆和认真慢慢褪去，熟悉的温润又从笑意中漾出来："怎么样？学会了吗？"

吴桥一木木地拿起笔——佟语声似乎对他的学习能力有些信任过头了，可他刚才只顾着看这字和写字的人，半点没去记佟语声说的运笔技巧。但他还是硬着头皮蘸了蘸墨汁，至少握笔的姿势学得有模有样。看着佟语声满面期待，吴桥一只觉得脑壳子有些胀痛，但他还是非常勇敢地落了笔。写了还没两笔，佟语声就忍不住笑出声来，吴桥一无视了他的嘲笑，加快速度，把大小不一、风格各异、千姿百态的七个大字迅速了结了。

看着颇具抽象派艺术气息的上联，吴桥一装作无所谓道："快刀斩病魔。"

佟语声立刻"啪啪"鼓起掌："好！！"佟语声的捧场让吴桥一瞬间充满了自信，递笔的姿势都昂首挺胸起来。但佟语声又把笔推回去，把横批摊开，指指他说："你写'药到'"，又指指自己："我写'病除'"。

吴桥一心想，有了他，自己肯定能好起来。于是，这副春联的上联充满着童稚的天真派作风，下联则是颇有几分水平的专业行书，横批上半截狂妄诡谲，下半截规整漂亮——是一件混搭风艺术单品。等墨水晾干了，两个人兴冲冲地把春联贴上病房。

佟语声看着两个人的杰作，感慨道："我过不了多久就得出院了……"

吴桥一说："那就留在这里，病痛留在医院里，祝福留给其他人。"

佟语声便豁然开朗了。在他们写字的时候，门外就响起了热热闹闹的鞭炮声，吴桥一觉得新奇，一直探着身子往窗外看。佟语声觉得有些遗憾，他想和吴桥一一起出门放鞭炮，想带他认识一下摔炮、擦炮、窜天猴，他现在不能玩，却也拖累着吴桥一也玩不了了。

正在他想东想西的时候，门口的护士喊了一声："食堂有包饺子比赛，大家有条件的可以携家人踊跃参与啊。"

吴桥一回头看了他一眼："我算你的家人吗？"

佟语声悄悄地厚着脸皮说："算，走，去参加比赛。"

佟语声最近体力差得很，吴桥一把他扶到轮椅上坐好，两个人就又一阵风似的冲到了一楼食堂。此时食堂里已经热热闹闹人满为患了，吃饭的长桌被排成了长长的一大排，面前是大盆大盆盛好的饺子馅儿和成袋的饺子皮。比赛还没开始，紧张的气氛就已经洋溢开来了。佟语声的状况不适宜凑热闹，吴桥一选了个好的参赛位置钻过去，打量着一边跃跃欲试的大叔。大叔旁边是个跟他们年纪差不多大的、头发剃光了的女生。女孩子看了他们一眼，又抬头看了看大叔，突然起了胜负欲："爸爸加油。"

大叔嘿嘿一笑，扭头打量着一脸严肃的吴桥一，又看向他身边满脸佛系的佟语声，低头和竞争对手搭话："你是他兄弟？"

吴桥一眉头一拧："我是他家人。"

大叔没搞明白，乐呵呵笑了两声，抬头听着食堂阿姨宣布比赛规则。哨声一响，吴桥一就飞快拿起面皮，用勺子挖出一些馅料，他动作迅速，但审美取向依旧十分独特，不仅在奇形怪状的道路上一去不复返，还带着执念似的要在饺子的头上捏两个疑似耳朵的小尖尖。佟语声看着只觉得越发好笑，只希望他不要在比赛结束的时候宣布他包的东西是小狗。

食堂里，红彤彤的灯笼和喜庆的大条幅把节日氛围直接拉满，而其他家属也忙得不亦乐乎，每个人身边都有那么一个穿着蓝白条纹的病人在加油打气，馅料的香气面皮的醇香交织着，让人不得不全身心埋进这春节独有的气氛中来。佟语声看着吴桥一的手在面前飞转，不禁晃着腿给他加油打气，他的速度是正常人的两倍快，包出来的东西也自然是别人的两倍丑。很快，吴桥一面前的面皮全部清空，佟语声兴奋地举起手：

"我们是第一！"

食堂阿姨赶过来确认成绩，看到面前那一堆软趴趴的小耳朵，直接气笑了："这是烧卖还是小笼包？"

吴桥一认真地道："是饺子。"

阿姨确认了两遍，各个都包得结实还饱满，一点儿都不吃亏，而且半点没漏，便不得不承认了他的成绩："自己包的自己吃哈。"

佟语声不好意思讲，这奇形怪状的小狗饺子，他早就已经吃过了。

吴桥一拿了第一名，赢了一个保温杯，上面还印了个小狗图案，这让吴桥一高兴了一整个白天。到了傍晚，医院组织吃年夜饭，说是把大家包的饺子都下好了，还准备了一些菜。于是大家围坐在一起，其乐融融地吃起来。晚上来吃饭的不只有病人和家属，还有很多过年还值班的医护人员，大家临时起意，几个能人便被撺掇上去表演节目，临时举办了一个小型的"附院春晚"。一个爷爷跑上台前，为他胆结石住院的老伴儿唱了一段《龙凤呈祥》。

一个陪妈妈住院的小宝宝被"撺掇"上去，唱了一首《世上只有妈妈好》。

还有漂亮的护士姐姐，就着广播里的音乐跳了一段古典舞，引得一片掌声雷动……本来都以为在医院过节是萧瑟的，却没想到，看着周围插着导管、戴着呼吸机的病友们欢聚一堂，互相问候互相打气，这个年居然过得别有一番风味。佟语声心情好了，挑着碗里吴桥一包的小狗饺子吃得正开心，就听食堂阿姨说："我们现在每人再发一个食堂包的饺子，其中有一个是藏了硬币的'幸运饺子'，吃到的朋友可以领取今晚的'幸运奖'一份。"

吴桥一抬起头，回头看了看佟语声。果然，那人吃饺子的动作停了下来，抬头看向正分发着饺子的食堂阿姨，脸色似乎变得不那么好看起来。饺子一个一个发下去，阿姨站到佟语声面前时，他忽然摆了摆手，说："不用了，我吃不下了。"

看阿姨捞饺子的手犹豫了一下，佟语声指了指一边光头的女孩说："给她吧。"

看着阿姨把自己的饺子捞给了那个女孩，佟语声低下了头。还是不参与了，与其让本就不属于自己的幸运落空，不如从一开始就直接逃避。

这样输了也不会很难受。正当他拿起筷子，刚要把最后两只小狗饺子吃完时，旁边的光头女孩突然惊喜地道："我吃到了！"

佟语声猛地回过头，那女孩子手里拿着一枚闪闪发亮的硬币，面上尽是欣喜和讶异。佟语声怔怔地看着那枚硬币，愣了足足半分钟，直到女孩都已经从喜悦中抽出身来，他忽然鼻子一阵酸涩。他把好不容易轮到自己的幸运，就这样放跑了。佟语声先是委屈得眼睛发酸发热，然后眼泪便兜不住地往外漾。他想把眼泪憋回去，但胸口都憋得快要炸开来，好不容易等收敛了些，吴桥一的脸凑到他面前："你怎么哭了？"

这一句简单的询问，让佟语声彻底破了防，那一瞬间他似乎感觉整个世界都崩塌了。也顾不上腊月里哭不吉利，只"腾"地一下起身冲出了食堂。大概不会有人能明白，只是没吃到一个饺子而已，怎么就能让一个十五六岁的大男孩当场崩溃到号啕大哭。但在医院过年的人，每个人都有自己的脆弱不堪，大家有的好奇地探着头去看，却也没有嘲笑或者不解的意思。都是在负面情绪里泡出来的人，什么风风雨雨没见过。

一边的光头女孩看着手里的硬币，又看看刚冲出去的佟语声，在后脑勺上摸了一把，跟了过去。吴桥一也在往楼上追，女孩子跑不快，便顺势拽了一把吴桥一的衣摆，把那奔腾的野马勒在原地。

女孩问："他怎么了？"

吴桥一回头，看着她锃亮得像小灯泡似的脑袋瓜子，想伸手摸一把又忍住了。女孩看他没反应，从口袋摸出一枚硬币，夹在两指之间，笑着问："是因为这个吗？"

吴桥一看着那硬币，点头说："是。"

女孩儿手腕一转，把硬币藏进袖口里，皱着眉调侃道："多大人了，因为一个硬币哭鼻子，丢不丢人？"

一听这话，吴桥一就有些生气起来："不丢人。"

他不想再跟她多说一句话，转身便加快步子，寻着那隐隐约约的哭泣声找去。吴桥一找到他的时候，佟语声正趴在二楼走廊尽头的床边，刚把眼泪擦干净，脑子里一片空白。看到那盛着月光的蓝色湖泊在自己面前铺开，佟语声眼睛又花了花，只觉得更委屈了。佟语声一边掉眼泪，一边说："我好倒霉啊，我长这么大，连'再来一瓶'都没中过，好运气从来的都不是我的……"

"运气"这东西，给他带来的打击实在是太大了，当"罕见病"这三个字落在他头上的那一刻，概率就成了他无法挣脱的紧箍咒。像他这样的倒霉人真的能等到肺源吗？等到肺源之后，手术真的能成功吗？手术完了之后真的能活过两年吗？一切讲运气的东西，都让他彻底没自信了。吴桥一不会安慰人，只是站在他面前，非常难过地看着他，似乎也是在自责，为什么没有在他的小狗饺子里包上一枚只属于他的"幸运"。佟语声越想越伤心，硬币只是悲伤发散的原点，由这一枚"不幸"延伸出的一切，才是让他痛苦的根源。他看着面前的吴桥一，想大哭一场，忽然听到脚步声，定睛一看，是那个女孩子。

佟语声突然哭不出来了，只觉得委屈。小女孩走到他面前，掏出硬币："好运？你是说这个？"

佟语声被问得有些尴尬，悄悄瞥了一眼吴桥一，那人感觉到了佟语声情绪的变化，立刻冷着脸挡到佟语声身前，对小女孩放狠话："你不要欺负他。"

小女孩愣了两秒，突然笑起来，露出两个尖尖的虎牙："我怎么欺负他了？因为他自己不想要饺子，结果现在又后悔了？"

佟语声被她这么一说，一口气憋在胸口上不去又下不来。小女孩根本没在乎两个人戒备和拘束，大大咧咧地靠到墙边："胆小鬼，你自己都不敢碰运气，运气怎么敢碰你？"

佟语声还没说什么，吴桥一便狠狠地说道："他不是胆小鬼！"

小女孩笑了半天，接着拉过佟语声的手。

吴桥一立刻不干了："你干吗？！"

还没等他徒手拆桥，就见小女孩不知从哪儿摸出来那枚硬币搁在大拇指上，接着拇指一弹，那硬币就在月光下划出一道银色的弧线。

"啪"一声轻响，小女孩把硬币捂进佟语声的掌心，问他："正面反面？"

佟语声有些不敢开口，小女孩就凶巴巴道："猜呀，猜错了又没有惩罚。"

吴桥一无能狂怒："不许凶他！"

两面夹击下，佟语声慌慌张张开口："正……正面。"

小女孩摊开掌心——反面。佟语声果真就丧气了，就算一半的概率都猜不准，他不倒霉谁倒霉？但小女孩没理他，又抛了一次，递给他。

佟语声重整旗鼓，咬紧牙关："反面。"

这回是正面，佟语声刚要收回去的泪水又要决堤了。

第三次、第四次……一直抛了有十来次，佟语声都快气吐了，最后他痛苦地胡乱嚷着："正面正面！"

小女孩一摊开手——果然是正面。亮晶晶的虎牙在他眼前闪过，下一秒，那人就把硬币塞进他手里："猜对有奖。"

佟语声怔怔地看着手里的那枚硬币，心情有点复杂——别人让给他的幸运，还算是幸运吗？小女孩心思没那么细腻，只警惕地说："只给你硬币啊，那个幸运奖还是我的，你们包饺子都赢了，我也想要保温杯。"

佟语声听到这里，笑出声："谢谢。"

"谢什么？"小女孩有些大力地拍拍他的肩膀，"我又不稀罕，小孩儿才稀罕。"

插不上话的吴桥一气得半死，只能把她的手一遍遍从佟语声身上剥下来。小女孩说："我运气也不好，我得的是脑癌，康复概率也没有很高的。"佟语声看着她，忽然不知道怎么开口了——入院的人能有几个敢自称幸运？

"所以谢谢你把幸运奖让给我。"小女孩说，"我今晚也很开心。"

一个拿到了硬币，一个拿到了保温杯，真就和先前一样，一个幸运变成了两个幸运。佟语声看着他们俩，忽然觉得自己手心里的那枚硬币变得温热起来。他的运气不好，所以得了罕见病，抽不到再来一瓶，吃不到好运饺子，但他遇到了可以给他一线生机的现代医学，遇到了可以给他包满满一碗虾仁好运小狗饺子的吴桥一，遇到了愿意给他送来耳塞的瘦人叔叔，还遇到了大方把硬币让给他的小女孩。

他的运气又何尝不好？佟语声看了看手表，说："春晚快开始了。"

小女孩立刻叫嚷起来："我们这层楼都没有电视，护士站的电视看不清楚。"

佟语声便笑着说："来我们病房吧，Joey把电视都修好了，看春晚没问题。"

小灯泡回头问吴桥一："你是修理工？"

趁着吴桥一还没组织好语言，佟语声抢答说："他是小天才。"

吴桥一立刻就开心起来了。佟语声招呼了同一层的病友、医护们一起来了房间，大家热热闹闹地拿着小马扎小板凳挤进佟语声的病房里。在回病房前，佟语声路过了重症监护室，他想到了正睡在里面的瘦人叔叔，犹豫着顿住步子。

刚刚好一位医生从里面走出来，佟语声迎上去，轻声喊住他。

"医生？"佟语声把那枚硬币递过去，"可以把这个带给袁孟涛叔叔吗？希望可以给他带来好运。"

医生拿过那枚普通的一元硬币，端详了好久，才笑道："好，谢谢你，也祝你好运。"

一直跟在他身边的吴桥一再也不问他为什么不把好运留住了——真正的好运是从不吝于分享的。等两人回到病房，不大的房间已经被前来观看直播的人围得满满当当。放在以前，一大家子亲戚窝在一起看春晚的热闹也不过如此，佟语声噌噌钻回被窝找到最佳观影位置，又往里挪了挪，特别批准吴桥一坐上他的"王座"。

外面的鞭炮声齐鸣，电视里喜庆的声音响起，今晚8点整，央视春晚准时拉开帷幕。这一年的春晚很精彩，有经典的曲目舞蹈、魔术表演、小品相声，主持人采访了英雄模范，航天英雄登上了舞台……

这一年，佟语声住院了五次，昏迷了七次，有两三个夜晚想过放弃，有无数个白天想要坚持继续。这一年，吴桥一从E国来到渝市，收获了一片红色的叶子，背诵出无数首诗，遇到一个很特别的朋友。

电视里，主持人的结束语和窗外礼花的轰鸣融为一体，病房里的朋

缺氧 第九章

友们一起合唱着《难忘今宵》。新年的钟声响起，吴桥一说："旧的一年，再见。"

佟语声说："新的一年，你好！"

这个年过得还算热闹，虽然佟语声没能去亲戚家拜年，但亲朋好友们也没落下他，大家提着大包小包，探病和拜年并行。佟语声收到很多压岁钱，大约是亲戚知道他生病开销大，红包的金额一个个比平时的都多上好几倍。这笔钱他觉得收着不好，却又觉得退回去更不合适，便一口一个感谢，原封不动塞进抽屉里，答应亲朋好友们好好接受治疗。

大年初四，瘦人叔叔终于转危为安，逃离了ICU的桎梏。刚一进房间，叔叔就抬抬手，指着佟语声的方向，护士姐姐会意地把轮椅推到佟语声的病床前。佟语声起身看他——他比之前更瘦了，身上还挂满了管子，一时半会儿讲不出话，只是颤抖着拉过佟语声的手。一个冰冰凉凉的东西落在掌心，摊开五指一看，正是自己送出的那枚幸运硬币。

抬头一看，叔叔又把笑意含进眼尾，还给他比了个大拇指，意思是，这硬币真的管用。佟语声也咯咯笑起来，把硬币收好，看着他被护士扶上病床，便贴心地帮他打开电视。央视的频道都在滚动回放着春晚，佟语声问瘦人叔叔道："看春晚吗？"

电视里，年轻人喜欢的歌星正在唱着流行曲，瘦人叔叔皱起眉，表示欣赏不来年轻人的这些东西，摇摇头，让他换台。

吴桥一趁机点播："看后宫剧。"

瘦人叔叔扭头看了他一眼，严肃地摆手表示拒绝。吴桥一容不得别人说不，梗着脖子犟道："后宫剧！"

佟语声伸手给吴桥一后脑勺轻轻来了一巴掌："叔叔刚出来，你怎么好意思跟他抢？"

吴桥一一听这话，立刻没了底气，撇着嘴乖乖把遥控器递了过去。瘦人叔叔忍不住笑起来。吴桥一把电视调到了叔叔最喜欢的少儿频道，三个人就这么懒洋洋地躺在病房里，看了一个上午的动画片。李医生过来复查的时候，也感叹他好得快："对新药物适应得非常快，不愧是小青年啊，身体素质就是好。"

说好到元宵节之后才能出院，结果到了大年初六，李医生就给他下了通行证。一家人兴致勃勃地帮他收拾好行李，瘦人叔叔也愉快地给他送行。李医生跟在一边，看着病房里的快活气氛，不由得感叹："你们这个病房的人心态真的不错，你看你们俩，康复得都比别人快。"

佟语声自然不必多说，但瘦人叔叔被送进重症监护室的时候，整层楼的人都觉得他挺不过来了，没想到这人硬生生靠着自己扭转乾坤，还挣扎着回到了普通病房。

瘦人叔叔说："小崽儿给我的幸运硬币顶用。"

看佟语声站在原地笑，李医生也笑着揉了一把他的脑袋，说："你要不跟其他病友分享一下，保持乐观开朗的秘诀呗？"

佟语声偷偷瞄了一眼吴桥一，那湖蓝色的眼睛也正直直看着自己，想到不久前的对话，他悄悄吐了吐舌尖，快速而轻声说："和好朋友待在一起就会获得巨大的能量，就能一直快乐。"

像是为了显摆自己的朋友，话音一落，佟语声就拉着吴桥一坚决而缓慢地逃离现场。吴桥一听完这句话，脸上也荡开了笑意，握着他的手也更用力、更坚决了一些。到楼下的路是吴桥一背着佟语声走的，那一瞬间，天寒地冻让佟语声一阵清醒，好在他穿得多，并没有觉得很冷。

两个人站在住院楼前的空地上，佟语声轻轻舒一口气，就看见自己的面前升腾起一小缕白烟来。

"看。"佟语声太久没来到过室外了，只觉得相当惊奇，"有雾气！"

吴桥一也轻轻吹了一口，白色的水汽也升腾起来。这让他难免想到这段时间在瘦人叔叔的胁迫下恶补的动画片。

"小火车。"他感叹道。佟语声被他这么一提醒，也忍不住笑起来，说："确实好像啊，小火车。"

吴桥一便非常应景地仰起脖子，慢慢跑动起来："呜呜——哐当哐当——"

佟语声被他逗地乐得不行，只环着他的脖子，笑道："列车长，你这铁路修得有点儿不够平。"

吴桥一一听，立刻让步子变得平滑起来，还不忘狡辩说："刚刚经过的是山地。"

"小火车"就这么哐当着穿梭过梧桐大道，穿梭过一般轨道铺不到的石阶，一路开向了野水湾，在楼下小卖部前短暂停靠下来。年还没过完，两个人一人买了一盒摔炮，在楼下"噼里啪啦"快速完成新年剪彩仪式之后，列车长又开始招呼着唯一的乘客上车。

佟语声站在原地，稍微磨蹭了一下，说："我还想再在楼下待一会儿。"

吴桥一便停下步子，看向他，似乎在问他为什么。佟语声拉着吴桥一的手，静静地站在冬日里，两个人的呼吸化成了白白的雾。

"在冬天，我可以看见自己呼吸的形状。"佟语声说，"就好像正常人一样。"

整一个冬天，佟语声过得都算安稳。

尽管体能下降得厉害，偶尔也会突然发病让他喘不过气来，但是因为吴桥一始终陪在他身边，他便心安理得有恃无恐起来。这个冬天的渝市也没有那么冷，没下过雪，道路没结过冰，呼吸机不会再出现突然冻住的情况。一直裹得严严实实的佟语声就这样窝在家中，缩在电热毯里，在他走不出的这一小片世界里看书、写作，和吴桥一下棋，听他每天跟自己说外面的好消息。

一个寒假就这么匆匆过去，他好好吃药，早睡早起，有那么一瞬间，他甚至觉得自己的病情不会再恶化下去了。日历一张张地往后翻，日子很快从数九隆冬走到了惊蛰春分。佟语声坐在床上抱着膝盖，仔细打量着自己的小腿——因为长期卧床不能走动，他的腿部肌肉都变得松软起来，没有一点少年人该有的力量感。再这样下去自己怕不是都要不会走路了，佟语声扶着床起身，蹭到窗台边。

窗外的天气已经回暖了，沉寂了一个冬天的野鸟们又开始叽叽喳喳，窗台上的吊兰也染上了绿。已经到了不能再围围巾的天气，厚厚的棉袄也被塞进了衣柜的最底层，佟语声把手伸出去探了探温度，终于忍不住走到厨房前，问姜红："妈，天已经不冷了，我可以出去了吗？"

说这句话的时候，他其实也没什么底气，毕竟从房间走到客厅他都有些心有余悸,也不知道真出了门会是怎样一番光景。姜红停下正在洗刷的手,回头看着他。佟语声被盯得心慌,不由自主地垂下脑袋。

"再不让我出去,我就要闷死了……"佟语声有些委屈地嘀咕了一声,"我已经一个冬天没出门了。"

姜红还在思量着这事,把哗哗作响的水龙头关了,将手在毛巾上擦干,这才走到客厅,打开大门走出一步试了试温度。确实已经不冷了,姜红回头又看看佟语声,叹了口气:"真是给你惯坏了。"

佟语声一听这话,立刻喜笑颜开起来:"谢谢妈妈,李医生都说了,保持良好的情绪有利于身体健康,我就是缺这一趟延年益寿的养生之旅。"

姜红给了他脑门一巴掌作为贫嘴的"奖赏",转身去房间里收拾好出门必备的应急用品,放在他的小包里,接着又从阳台骨碌碌地推出那辆他没坐过几次的轮椅。佟语声一看到这玩意儿就泄了气:"我又不是残废。"

姜红没理他,只把轮椅上的灰擦干净:"累了随时坐下休息,不允许逞强。"

佟语声只能点头应下来:"好。"

得到了佟语声的电话"诏令",吴桥一以飞快的速度从家里跑过来。他先是一溜烟地把沉重的轮椅扛到一楼,又跑回来接佟语声。

姜红都有些看不下去了,愧疚地道:"你看看你,一天天就知道麻烦人家桥一。"

还没等佟语声说什么,吴桥一就抬头道:"不麻烦,我愿意,开心。"

佟语声便得逞似的朝姜红笑着做了个鬼脸。挂在吴桥一的肩膀上离开家门,佟语声开心地晃了晃腿,吴桥一看着他细细的脚踝,说:"你多吃点,太轻了。"

佟语声心情好,就顺着他说:"好,我多吃点。"

两个人到了楼下,佟语声这才觉得轮椅对他来说真的很有必要,自己挂在吴桥一肩膀上只出了个手劲儿,到地面就都有些喘了。他乖乖地坐到轮椅上,吴桥一就慢慢把他往外推,从阴湿的楼道走出来,大片的阳光倾洒在佟语声的脸上。

呼吸着久违的新鲜空气，佟语声笑起来。但还没往外走两步，他就觉得似乎少了些什么，一回头，楼下的摇椅和老爷爷，以及那台破收音机一道消失不见了。佟语声愣怔着回头看了很久，直到快看不见自家的楼房，才有些不安地回头问吴桥一："那个爷爷呢？"

吴桥一也回头看了一眼，这才想起这人说的是谁："不知道，很久以前就没见了。"

佟语声骤地说不出话来了，喉咙有些发堵，但立刻又强迫起自己不要耽误这大好的出游时间，便摇了摇头，继续抬头往前看。从窗子里看到的，终究只是这个世界的一小片。那整个冬日都略显暗沉的树梢上，争先恐后地钻出了娇嫩的尖芽。佟语声抬头看着那斑驳的绿，忽然想起了吴桥一曾经写的那篇消极的作文，那篇把自己写成一棵枯树的作文。

"看，Joey。"佟语声指着那枝头的鸟窝，说，"这才是树该有的样子。"

在春天发芽，在夏日繁茂，在秋天结果，在冬日浅眠。一棵树的一生不是限定在原地的，而是在四季里轮回的永恒，它肩头有筑巢的鸟，枝下有暂歇的人，它本就是一个完整的世界，一个属于这个世界的精彩的个体。吴桥一也跟着抬起头，认认真真看那正在给雏鸟喂食的喜鹊，好半天才道："你不会是要让我回去把那篇作文重写吧？"

佟语声本没有这个想法，突然被他提醒了，便说："是有这个想法。"

吴桥一便痛苦万分地要扔下他跑路，佟语声眼疾手快把他揪了回来，说："口头给个大纲就行。"

吴桥一没跑掉，只能绝望地动起大脑来："人是一棵树——"

"坚韧挺拔、不畏困难，风吹雨打都不怕……"

佟语声"扑哧"一声直接笑出来——他似乎已经掌握到了语文作文拿基本分的诀窍，虽然少了点真情实感，但至少满足了题干上的"内容积极向上"。

"好。"佟语声送上一通热烈的掌声。

吴桥一松了一口气，快步把人推出那危险的树下。他们慢悠悠地走在阳光里，这个点几乎没什么人在外面，佟语声忽然觉得这样被人推着不用走路，也是件非常舒坦的事情。他随性地往后靠着，后脑勺搭在吴桥一的手背上，他感觉那人用大拇指轻轻弹了他一下，便耍赖般摇摇头，让吴桥一任自己靠着。路不是很平，轻微的颠簸反倒是有些催眠效果，加上温度正好，佟语声感觉自己被塞进了柔软的蚕丝被里，便轻轻合上眼。

阳光透过眼睑，视野被照出一片温暖的橘红色，他甚至可以看见自己在阳光下微微发光的血管，就像是树的根，把一切养料都输送到枝干里来了。睁开眼的时候，佟语声发现吴桥一推着自己，居然走到了公园的湖边。这人没了自己也可以认路了，佟语声有些欣慰。春天的湖面比冬日多了些斑斓，岸边点缀着柳色，似乎整个视野都变得更加清朗了。吴桥一又开始在地上找石子，一个侧身，石片在水面上擦出一连串波纹。

佟语声还没来得及鼓掌，吴桥一就把石子递给他："检查教学成果。"

佟语声可没有吴桥一那般过目不忘的本事，上一回提到那几个角度姿势都是年前的事了，回去也没机会巩固复习，自然是忘了个一干二净。

但他确实想站着，就慢慢从轮椅上起身，拿起石头，"咚"一声，随意至极地让它沉入湖底。看着那宛如下饺子一般的巨大水花，佟语声笑起来："看，大水花。"

吴桥一依旧是那个很容易被带跑的人，佟语声一打岔，便瞬间忘了自己是来干吗的，只跟着夸道："水花确实大。"

他说完，刚要把佟语声往轮椅上扶，就被那人伸手拦住了。

"我要走走。"佟语声说，"再不锻炼一下，我的腿也得废了。"

吴桥一便收回手，看着这人一步一步慢悠悠地迈过来。确实是太久没走过路了，佟语声觉得腿有点儿使不上劲，膝盖就像是被抽走了一般完全撑不住自己的身体。他别扭地走了两步，直到麻木的双脚终于感觉到公园土地的松软柔和。他感觉自己就像是一个刚从这土壤里钻出来的嫩芽，在春天里冒出尖尖角，有些脆弱，却也勉强能活。

终于，在一步两步、五步十步之后，他找回了掌控双腿的感觉，找回了曾经慢悠悠地走在春天里的感觉。吴桥一推着轮椅走在他半个身位之后的位置，车轮滚过的声音让佟语声觉得安心。他慢悠悠地走在前面，

缺氧 第九章

因为没有人催着他快走，所以他走得坦然又安心，颇有几分散漫闲适的感觉。因为走路费劲，他没空分出心来讲话，就这样闷着头看着自己的脚尖走着，偶尔听见水鸥扑棱翅膀的声音便抬头看看，末了就又专心地看向地面，一步一步，稳健地走着。

终于，他走得有些累了，一抬头发现自己居然沿湖走了半圈，比医生测量的六分钟步行距离远了太多，他坐上轮椅，朝吴桥一笑起来。那人专心致志跟他走了一路，看他开心，也终于雀跃起来，推着轮椅出发，兴致勃勃地道："返程！"

回去的路上，两人不可避免地再次来到楼下。看到那空荡荡的门口，佟语声的脑海里自动响起收音机咿咿呀呀的唱戏声。恰巧，一只白色的蝴蝶落在佟语声的指尖，像是一朵素净的梨花。

佟语声忽然心念微动，唱了一句收音机里听过的《梨花颂》——"梨花开，春带雨。梨花落，春入泥。"

春天大概是佟语声最喜欢的季节——气温刚刚好，不会因为吹冷风感冒，也不会因为太热而憋闷。佟语声的状态恢复得实在很好，反复观察过病情之后，李医生批准他偶尔可以回学校待一待，前提是不要做任何剧烈运动。上一次这么兴冲冲地回学校的时候，他和吴桥一还不算认识，转眼一个学期已经过去了，佟语声算了算自己待在学校的日子，少到甚至可以记住每一天都发生过什么。这次他依旧是期待的，却因为有吴桥一形影不离地陪着，没有那么急切的"非去不可"的执念。

第二天回学校，是吴桥一一路把他背过去的，或许是因为有对外界感知迟钝的吴桥一在前面挡着，他挂在吴桥一身上被同学盯着看也没觉得有什么不好意思，甚至还能心情颇佳地挥手跟他们打招呼。到了班里，同学们看他突然返校，也都一个个凑过来向他问好。许久没在同龄人的集体里畅游的佟语声只觉得幸福得要命，甚至连上数学课都没有半分打瞌睡的意思，挺着腰板精神百倍。但他也听不进老谢念经，端坐在位置上看了半天，他盯着温言书的后脑勺看了半晌，又盯着衡宁笔直的脊梁骨看了几分钟，正眼神飘忽着，胳膊肘突然被吴桥一轻轻戳了戳。

274

那人递过来一张小纸条，佟语声把纸条藏在桌肚下打开，上面写着："我可以跟你传纸条吗？"

佟语声一看这话，莫名觉得好笑，便故作高冷地唰唰画了个问号。

吴桥一看着佟语声的那个问号，有些犯难——毕竟符号没有表情，佟语声还故意扭过头不给自己看他的脸，一时半会儿吴桥一完全猜不出他的情绪来。于是他只能小心翼翼、尽可能客观地写下自己的观点："我想跟你讲话，但是现在是上课，不可以发出声音。"

不到半年前，这人还是个能在课堂上拿起圆规，旁若无人地"笃笃笃"戳一整堂课的人形啄木鸟，现在却也学会了保持安静、遵守课堂纪律。只要他想，哪怕不能理解，也是可以学会和适应这个社会的大部分规则的。佟语声觉得好玩，就故意逗他，写道："你平时上课想讲话怎么办？会找程诺传纸条吗？"

那人火速回道："不会，我会做题。"

佟语声继续写："那你现在也可以做题。"

"我做不下去。"吴桥一焦急地写了五个字，举给他看，又埋头写了一行字，"我想和你说说话。"

佟语声正巧也听不下课，还装作勉为其难的样子，埋头开始写纸条："行吧。"

上午回了班感觉心情愉悦的佟语声，下午便又没了力气。躺在床上昏昏沉沉半梦半醒，这么一歇息就又是一个星期没能回去。他的身体状态似乎已经形成了一个固定的周期——生理状态达到顶峰时就需要回到集体中滋养一下心理健康，等精神上充满电之后，又得卧床躺上个一两个星期修补身体上的透支。医生说他的心态比之前有了巨大的改观，先前的"假乐观"慢慢变成了真的，因此这段时间，昏厥、窒息、咯血的频率也降低了很多。

一天中午放学，吴桥一推着轮椅送他回家吃饭。此时经将近初夏，等不及的夏蝉开始藏在树荫下聒噪，但气温也只是些许回升，没有到热得让人不舒服的地步。

"过两天就要变热了。"佟语声看着天说，"太热我就不出门了，我第一次晕倒就是在夏天。"

夏天的气压和温度对佟语声来说是非常不友好的,他动辄就喘不过气来,晕厥的情况也时有发生。吴桥一点点头,一面想着夏天是不是该把佟语声接回自己家吹空调,一面推着佟语声从野水湾的绿荫中穿过。

夏天和野水湾总是能融合得特别融洽。初来乍到时,吴桥一根本没有心思注意这些街景,现在才发现,这深藏在葱茏间的小巷,是整个城市最破败的伤疤,却又是这山城里最茂盛的一隅。留在野水湾的,大多都是腿脚不便的老年人,或是还没来得及走出去的孩子。三两个小孩儿叽叽喳喳地拿着水枪,边跑边玩,险些溅了他们一身水。吴桥一捉鸡崽一般,一把提溜起带头的熊孩子,让他在空中扑腾着号哭了两声,又一把把他放回地上将他"赦免"了。

他们慢悠悠地走到拐角,那个小卖部和平常一样出现在视野里。

每次经过这里,吴桥一都忍不住多看一眼那些用铁丝绑在树干上的小零食,明明学校旁边的小店也卖同样的东西,仅仅因为摆放的位置不同,似乎就成了两个完全不同的东西。小卖部的爷爷照旧朝他们招了招手,给他们递来了两瓶饮料。吴桥一掉转了轮椅的方向,双手接过。佟语声教过他,"谢谢你"比"谢谢"听起来更真诚,他就有样学样,乖巧而礼貌地道:"谢谢你。"

爷爷愣了一下,笑起来,摸了摸吴桥一毛茸茸的脑袋。吴桥一耐心地等他揉够了,转身要走,老爷爷就"欸"了一声,喊他们留下。接着就看他慢慢走到柜橱后面,翻找了半天,掏出一个小盒子塞进了佟语声的手里。定睛一看,是一个浇水就可以长出苗苗的草头娃娃。

"拿回去玩。"老爷爷笑着说,"顺顺一看到这个就要玩。"

顺顺就是老爷爷那遭遇车祸去世的孙子,佟语声没见过他,却知道他和自己一般年纪、喜欢喝饮料,还爱在每年春天都种一只草头娃娃。

为了感谢老爷爷的礼物,吴桥一帮他把今天进的货都搬进屋里,佟语声就坐在轮椅上和他聊天。

"顺顺要是还在,就能和你们一起玩咯。"老爷爷笑着说。

佟语声觉得心酸,但看着他眼角的褶子,也忍不住笑:"要是我爷爷还在，应该也能经常陪您唠唠嗑。"

停顿了两秒，他又补充道："不过我也可以陪您唠嗑，如果我能出来的话。"

这样的同病相怜，让两个人都有一种半路祖孙的惺惺相惜感。回到家里，两个人颇有仪式感地把那长草娃娃从盒子里拿出来——是个长得有点滑稽的圆头娃娃，脑袋瓜子因为要长草，看起来圆不拉几的。

吴桥一看着它光秃秃的头顶，面前忽然浮现出一张面孔来，便脱口而出道："灯泡。"

佟语声反应了半天，才明白这是他给小姑娘起的外号："她叫邓欣然，不叫灯泡。"

吴桥一摸了摸自己的脑袋示意道："但是很像。"

佟语声没忍住笑了一声，接着又严肃道："她是因为生病头发才掉光的，不要歧视别人的外表。"

吴桥一一听，立刻慌了："没有，我觉得光头很酷。"吴桥一打包票，自己真没有半点儿歧视的意思，只是那么圆那么亮的脑袋瓜子，他还是第一次见。佟语声咯咯笑起来，举手在他脑袋瓜子上比画了两下说："那哪天叫张二刀给你剃个一样酷的。"

吴桥一便捂着脑袋，哀号着逃走了，等他回来的时候，手里还端了一杯清水。两个人把长草的光头娃娃放在小托盘上，相当严肃地将水从它脑袋上浇下去，那本是干燥的浅灰色小人被水浸润之后，变成了厚实的棕黑色。吴桥一趴在桌子边，盯着它的脑袋，问："这真的能长出草吗？"

佟语声也看着它，说："不知道，应该可以吧，我也是第一次搞这个。"

两个人就这么盯着这光头许久，佟语声觉得胸腔趴得有些发闷了，才两眼昏花地起了身。他晃了晃脑袋，伸手把这小光头放在写字台边，吴桥一送给他的小熊也坐在那里，是他每次起床一睁眼、写完字一抬头就能看见的地方。让它们排排坐好之后，佟语声心满意足地笑起来。说明书上说，大概等三天这个娃娃就可以发芽了——小秃头的脑门儿也能长出新茬了。自那以后的两天，佟语声每天都去给它浇水，看它的土壤是不是足够湿润，又关注着它的脑门儿有没有变绿。佟语声隐约觉得这小东西属于发育迟缓的那一挂,一直等到第三天,它依旧没有半点儿争一口气的动静。小草苗没有按时长出来,天气却非常准时地热了起来。

佟语声顶着燥热的空气,有些烦躁地看了一眼那不知好歹的小秃头。他平时脾气温顺得很,但一旦身体不太舒服,脾气就也难免噌噌冒了上去。他看了一眼时间,确定吴桥一在家,就拨通了他的电话。还没等那人问好,佟语声就急躁地抱怨起来:"它是不是根本长不出来啊,这么多天了一点动静都没有……"

话只说了一半,胸腔里巨大的憋闷感就裹着燥热把他盖住了,那一瞬间他的全身僵直,喘不上气说不了话,视野也一点点黑下去。他应该是晕倒了,但这回他的耳边有吴桥一的询问声,他没有之前那么慌张,却也改变不了自己再一次出问题的事实。

醒来自然是在医院,佟语声确认自己没死之后,就疲惫而无奈地躺在床上任由思绪放空。这回是连抱怨的余地都没有了。他先是看清手上挂连着的的输液管,才慢慢看清佟建松的脸。

"等过两天我们去一趟首都吧。"佟建松说,"就去做个受体移植登记,顺便在首都转转。"

他说得还蛮轻松的,佟语声的脑子嗡嗡的,但还是很快理清了他的意思——言外之意是,再不接受移植,恐怕是要来不及了。

第十章

山重水复疑无路

    自这一次昏厥之后，佟语声就觉得自己脑子有些发木，能听懂佟建松在说些什么，但却完全调动不了自己的情绪。他思维凝滞无法思考，佟建松和姜红让他吃药他就吃药，带他回家他就回家，帮他收拾行李他就木木地站在一边看着。姜红问他："你想不想和吴桥一一起去啊？可以一起去玩玩。"

    佟语声抬了抬眼皮，木然地道："哦，好。"

    他的本能告诉他，自己希望吴桥一可以一起去，但是他的心情仍很低落，甚至不太想动身去首都，去那么远的地方。他感觉到难受，又慢慢侧躺回床上，吸着氧无奈地问："为什么，为什么要去首都啊？"

    姜红以为他是真的发问，就答道："肺移植可不是什么小手术，渝市哪儿有这个条件。"

    肺移植术本就是难度极大的手术，放眼国内，能完成这个手术的医疗团队非常少，自然不会像一般手术那样可以就近找个医院做。佟语声清楚这些，只是觉得烦，呼吸不畅让他觉得烦，想到大老远去首都仍然觉得烦，还碰上大热天更是烦上加烦。但他的烦躁都是止步于眼前的缺氧、高温和奔波，他似乎只能想到这里了，再往后就是一片朦胧的雾，他直觉自己再往里探就是万丈深渊，便只能浅尝辄止地站在原地，不再多想了。

他皱着眉努力吸着氧,他很担心自己在路上再有什么突发情况——中重度的肺动脉高压患者甚至没法乘坐飞机,他可能要在绿皮火车上待整整一天的时间。光是想象火车憋闷的环境他都已经痛苦得快要窒息了,佟语声皱着眉,对这趟首都之旅没有半点好感可言。正在他捏着枕头角快要自闭的时候,吴桥一轻轻蹲到他床边,双手搭着床沿仰头看他,像一只乖巧可爱的狗狗。佟语声的注意力被成功转移了,他伸手摸了摸他的头,又抬眼看了一眼自动回避的爸妈,整个人又开始尴尬起来。

等房间门轻轻关上后,屋子里只有他和吴桥一两个人。

他叹了口气,不想说话。自己就像是那只好生护养也不肯发芽的草头娃娃,不争气到了极点,让自己和身边人一次又一次地操心和失望。

但吴桥一看着他,却说道:"恭喜你。"

佟语声抬眼,觉得他是不是语言系统又混乱了,哭笑不得:"恭喜什么?恭喜我又一次败给了夏天?"

吴桥一说:"不是啊,恭喜你往前走了一步。"

佟语声看向他,吴桥一说:"如果不去做手术,你永远只能保持病情不发展,所以只有迈出这一步,才有可能完全好起来,不是吗?"

佟语声抿了抿嘴,不说话了,道理是这个道理,但害怕终究会害怕。

他想了想,有些不安心地道:"如果我死了……"

话还没说完,吴桥一就伸手捂住他的嘴:"不要给自己消极的心理暗示。"

佟语声埋在吴桥一的手掌心里,点点头,不再吱声了。这次昏厥来势汹汹,但恢复得也极其快,医生确认他不用住院,一家人就买好了火车票,连夜收拾行李准备动身,临走前,佟语声顺手把那泰迪熊塞进行李箱里,吴桥一看了看桌子上那孤零零的小光头,拿了个盒子,也把它装进去。

佟语声看见那家伙就觉得烦,甚至觉得自己这次昏厥也有它几分责任,便抱怨道:"带它干吗?"

吴桥一收拾东西的手愣了愣,抬头看着他说:"一个星期不浇水会死掉的。"

佟语声本想说它应该本来就长不出来了，但看着吴桥一的眼神，还是叹了口气作罢。他根本走不动几步路，到火车站的路上，是吴雁开车送的他们一家，因为轮椅比较占地方，还特意换了一辆大一些的吉普车。佟语声才后知后觉，吴桥一家既然有那么大的车库，那必然不可能只有一辆车。大吉普的视野很高，佟语声坐在后座的窗边看着渝市的夜景。因为奇特的地形，晚上的市中心在灯火交映下，宛如一张斑斓立体的荧光折纸，光影交错中一切都变得迷幻而奇特，叫人挪不开眼。下车的时候，佟语声是被姜红推醒的，他最近总是容易不知不觉地陷入昏睡，回想起来甚至记不起是什么时候失去的意识。他迷迷糊糊地下了车，四肢绵软没有力气，加上两眼一阵昏黑，差一点一头栽倒在地上。得亏吴桥一看得紧，一把把他拉住，才没出更大的意外。

佟语声又开始烦躁起来，他甚至想着要不就这样回去吧，去首都的路实在太长，或许他根本撑不到那里，半路就死了。

吴桥一却说："厉害，你都不晕车的，身体真好。"

佟语声被他绞尽脑汁也要夸自己的架势逗笑了，费劲道："你现在很像鲁迅笔下的阿Q。"

吴桥一知道阿Q，不以为意地道："他是我们的榜样。"

等火车的时间里，佟语声又躺在轮椅上睡了过去，等轰隆隆被推上火车时，他短暂地恢复了意识。听力先恢复了过来，他听见乘务员姐姐正在询问自己的情况，她告诉姜红，如果需要帮助，可以随时找他们。佟语声迷茫地睁开眼，刚巧看见那姐姐朝自己笑了笑："祝你一路顺风。"

佟语声便拼命眨眨眼，说："谢谢你。"

这趟列车很空，四个人找到了硬卧中下铺的四个位置，吴桥一就愉快地翻越上中铺："有楼梯！"

他一直都睡大床房，在E国也没住过宿舍，这样的上下铺让他新奇不已。佟语声也没睡过上铺，双手虚虚地抓着上下铺之间的梯子，半天没使上劲儿。吴桥一便猴精转世一般在狭小的空间翻身下床，一个托举，帮佟语声占领了高地。

接着他一个看不清的跨步，直接荡回了他的铺子上，两眼放光："有趣！"

吴桥一兴奋地打量了一圈，又够着身子往最上铺看去。三秒后，他一脸嫌弃地朝佟语声摇摇头："上面不好，太窄了，我们的最好。"

上铺再往上就是车顶，个子高点儿的甚至坐起来都费劲，下铺没了爬高上梯的新鲜感，想来想去，还是中铺来得最有趣。

佟语声本来觉得烦，但看吴桥一这么开心，心情也变得好起来："好。"

吴桥一又在楼梯间荡来荡去，很快他就手脚并用从行李箱里掏出一条大浴巾，在佟语声无法理解的目光中，他将毛巾展开，一头绷紧在佟语声的床边，另一头固定在自己这边，两张床之间，就搭起了一个简易的小桌面。

"可以下棋。"吴桥一张开手朝他介绍着自己的领域。

佟语声一听，立刻躺回床上装死。吴桥一一看他这模样便抗议着，佟语声笑了半天，便爬起来跟他下。这段时间里，吴桥一跟着他学了很多诗，变成了一个合格的飞花令选手，他作为回报，也认真研究了一下围棋的下法，虽不可能赢他，却也能在他无聊的时候陪他解闷。

两个人下了两局，列车员就提醒快要熄灯了。吴桥一立刻收了棋盘，飞身下地，从背包里翻出那个光秃秃的草头娃娃。半天没浇水，已经有些发干了，他飞快跑去水池边接了水把它浸润，在熄灯的前一秒把那小光头安置在桌子上，接着又迅速飞跃上床。咔嗒一声轻响，车厢陷入一片黑暗，视觉的消失扩大了听觉的范围，列车轰隆隆的声音在耳边呼啸着扬起。

吴桥一刚玩得兴奋，他睁着眼盯着漆黑的上方，翻了个身。然后很快，他就听见佟语声也翻了个身。他也没睡，吴桥一就像抓住救星一般率先开口："我睡不着。"

佟语声那边静默了两秒，然后说："给你五分钟时间聊天。"

吴桥一一阵紧张，脑袋迅速转着："声音好大。"

列车驶过铁轨的声音巨大，像是躺在地上听着卡车碾过，同样很大的还有车内的嘈杂声，别的车厢有人在说话，也有此起彼伏的呼噜声，交织在一起宛如一锅难以下咽的大杂烩。佟语声这才想起这人还有严重的神经衰弱，睡眠质量差、入睡慢、易被打扰。他本身应当在家里好好休息的，想到这里，佟语声忽然有些愧疚起来，便又说："不限时了，聊到你睡着好了。"

吴桥一立刻开心地道："好。"

现在也完全没到他睡觉的点，他便撑起身子扒拉开窗帘往外看，两三秒后又探头回来，朝佟语声招手道："好看。"

佟语声便也悄悄把头探过去，看着灯光斑驳在山野，看着群星奔驰在夜空。

"我是第一次坐火车。"吴桥一兴奋地说，"好好玩。"

佟语声有些惊讶："你们 E 国没有火车吗？"

吴桥一说："有，但我不怎么出门，只坐飞机。"

佟语声又忘了他是个富贵人家的少爷，噎了一下说："我也没坐过飞机。"

吴桥一说："会有机会的，等你好了，坐飞机去 E 国玩。"

佟语声从没想过坐飞机这么一出，光是想想就一阵紧张："坐飞机好玩吗？听说能看见很多云。"

"不好玩。"吴桥一实事求是——对他来说，坐飞机也无非就是一和坐车差不多的体验，真比较起来，还没有渝市的 2 号线来得有意思。

但他想了想，和佟语声一起在天上看着云彩的感觉，注定和自己一个人看的感觉是不同的。于是他说："因为是自己一个人，所以不好玩，如果你和我一起，应该会很有趣。"

他透着灯光看着佟语声的脸，周身轮廓被描成了温暖的浅橘色："所以你快好起来，你在，我的生活就会比过去精彩无数倍。"

佟语声原本撑着脸看着窗外郁郁寡欢，听到这里也忍不住笑起来。

余光里，吴桥一正直直朝他看着，两个人藏在窗帘后面，与身后嘈杂的车厢相隔绝，窗外暖黄色的夜景把他们这小小的一隅照亮。佟语声听见窸窸窣窣的翻身声，才想起来老爸老妈还在下铺睡着。他怕直白地让吴桥一收敛，这人又要拿"你是不是觉得丢脸"这套说辞来堵他，干脆迂回作战，朝他招了招手。吴桥一探过身，横跨着一个走道够到他身边。

佟语声调整了半天才小声说:"我们小声一点吧,我爸妈要睡觉了,他们挺辛苦的。"

吴桥一立刻抬眼看过去,点点头,又压着声音问:"那我睡觉的时候可以把窗帘拉开一个小缝吗?"

佟语声抬头,看见橘色的星火在他湖蓝的眸中燃烧。

他怔了怔,然后轻轻问:"怎么了吗?"

吴桥一从窗帘后退回车厢里,轻轻把帘子拨开一点,橙黄色的光瞬间倾洒在两个人的床铺间。佟语声也退回来,有些懵懂地看着他,接着就看那人朝他弯了弯眼,在他耳畔轻轻地说:"有光进来,你就清晰好多了。"

这一句话足足让佟语声失眠了快一个多小时。他僵硬地闭着眼,面朝着对面的床铺睡去,完全不敢睁眼看,因为他知道,一旦多和那幽蓝色的双眸对视一眼,他今晚的睡眠就会少上一个小时。火车的卧铺窄得要命,佟语声侧身后背贴着墙壁,半天不敢翻身,全身上下都高度紧绷。

面罩外的空气质量浑浊得让他不敢断氧,铁轨的闷响和其他隔间的嘈杂声更是不绝于耳,这要放在平时,他很大概率已经烦躁得受不了了,但这些紧张都没有被吴桥一隔道凝视的感觉紧张。就这样稀里糊涂地紧绷了好久,他终于慢慢在充斥耳畔的轰鸣声中昏昏欲睡,吴桥一转移走了他绝大部分的注意力,这次入睡,便再无之前的那般痛苦孤独了。

然而入睡归入睡,这并不能改变窝在狭窄的车厢中睡觉十分痛苦的事实。佟语声又在睡梦中感觉到了憋闷,感觉自己像是被塞进一个封闭的蛋壳里,没有氧气四肢也得不到舒展。他试着在那一小方天地里转身挣扎,但那蛋壳太过坚硬,他无法挣脱还渐渐缺氧。他感觉自己的肺就像是两只鼓得快要炸裂的气球,塞在身体里像是两颗危险的定时炸弹。

正当他抓挠着要摇烂那蛋壳时,突然听到"砰"的一声闷响。他以为是自己的肺炸了,惊慌失措地睁开眼,才发现吴桥一整个人正挂在床边,惊恐地看着他,而自己也不知什么时候滚到了床边,再多挪一步,自己就得掉下去了。两个人惊悚地对视了一眼,姜红和佟建松也立刻从下铺起来,四个人面面相觑了好半天,才搞清楚,原来是吴桥一睡觉一个翻身,直接从床铺上砸下来了。

　　吴桥一确实是滚下来了,毕竟这人是热了就直接爬墙的睡觉不稳定分子,这么憋屈的一小片天,自然捆不住他放荡不羁的四肢。在下坠的一瞬间他惊醒过来,并顺着本能抓住了上铺的楼梯,以至于他现在整个人正以非常诡谲的姿势悬挂在半空。等他缓过神来,终于劫后余生般松了口气,手脚并用地爬回床上,面背朝着佟语声乖巧地缩好。假装无事发生。姜红和佟建松也是被这动静吓蒙了,对视了一眼忽然笑出声来。

　　"你反应真快啊。"佟建松没心没肺地拍拍吴桥一的床铺,"换一般人估计真就摔了。"

　　也确实是多亏吴桥一动作灵敏,上铺的高度并不低,摔下来轻则疼个一夜,重的甚至躲不过脑震荡。姜红想想还是把两个人打发到了下铺,意思是瘾也过了,后半夜还是以安全为主。

　　吴桥一显然觉得面子挂不住,又摆出冷漠的神态,企图把自己的窘迫都藏起来。佟语声却觉得他这样好玩得要命,怕他有负担,就小声安慰道:"这床太窄了,要不是你先醒,我也得摔下来了。"

　　吴桥一默不作声地看着他,目光里带着委屈和质疑。

　　"真的。"佟语声笑着说,"我刚刚都沾到床边儿了,差一步就得滚下来,算是你救了我一命。"

　　吴桥一上下打量着他瘦弱的小身板,想着这人爬个上铺都费劲,真要掉下来怕不是直接送去抢救了。这么一想,他忽然觉得自己刚刚那一摔非常有价值,甚至直接拯救了一条弱小的生命,顿时他觉得自己的周身散发着万丈光辉。

　　两个人醒来之后,佟语声整个人贴到了墙壁上,吴桥一的四肢则呈大字形张开,一条腿搭在地上,像是个身材过分修长的海星。他们起来后,第一件事情就是去检查桌上的小光头。这东西依旧没有半点儿争气的意思,佟语声文明礼貌地骂了两句,说它注定是活不成了。

　　他们俩恨铁不成钢地去洗了漱完后,因为没有其他口味的方便面,佟语声久违地吃到了香辣牛肉面,吴桥一不信邪地也添了些酱包,结果又直接当场被辣到飙泪了。剩下来的时间里,佟语声病发了一次却不严重，在没有惊动乘务员的情况下被遏制在了摇篮里，然后吸着氧昏睡了几个小时，醒来又下了几盘棋，终于在快要承受不住的前夕听到到站的铃声。

他逃出火车时甚至没有坐轮椅，下了站那不同于车厢的清新空气几乎要把他整个人都洗干净了。吴桥一也被闷得快发了疯，一下车就在站台上撒丫子来回狂奔了几个来回，直到一身的憋屈劲儿都泄发完了，才跑回来给佟语声推轮椅。长时间的奔波让一家人都疲惫不堪，此时正值深夜，一家人在车站附近的旅馆短暂歇脚，第二天终于朝医院进发。

这是佟语声第一次来首都，也是吴桥一第一次见到代表中国心脏的城市。清晨，一个在渝市本应当休闲放松的时间段，首都的马路上就已经充斥着繁忙的车马行人。佟语声站在川流不息的人群中，看着四周鳞次栉比的大厦，忽然觉得有些恍惚。仿佛是突然从井底的世界跃出，外面的世界广广袤袤得让他有些茫然。吴桥一在陌生的环境里也忽然紧张起来——他只是把渝市那几个熟悉的路反复走了明白，但他路痴的本质并没有得到任何改变，突然置身于一个完全陌生的世界里，就仿佛第一天来到渝市，惶恐而无助。

正当他脑子不断发蒙，神经警报狂响到快要熔断的前夕，佟语声忽然拉住了他的手，说："跟我走，别跑丢了。"

在那一瞬间他便放松下来，就像是当初误打误撞走进班里，听到那一声清脆的"Joey"，让他这片胡乱游走的浮萍找到了依托和根基。

首都的医院比渝市附院更大，人也更多，熙熙攘攘，让吴桥一有些烦躁。陪同佟语声做检查的全程他都有些心不在焉——他本身就害怕这样的环境，这让他彻底没有办法集中注意力。佟语声知道他不喜欢这边医院的环境，但这里的事情太多，爸妈根本抽不出身来，便让他在门口的花园里等他。等佟语声中午抽完血回来时，却发现吴桥一人不见了，一家人慌慌张张打电话找了半天，才在医院后面的一条小街里找到了迷失了方向的他。吴桥一因为乱跑被佟语声训斥了一顿，他这次认罪态度出奇的好，只是乖巧地陪他吃了午饭，下午甚至不再挣扎，任命般陪着他做了很多后续的检查。

这一个下午，吴桥一陪佟语声走了很多科室，做了很多检查，拍片子抽血化验，忙得人非常痛苦。他们忙活了一整天，直到医生告诉他们，佟语声已经进入了器官移植排队系统，只要有合适的肺源就会立刻通知他，一家人才如释重负般松了口气，结束了这趟匆忙而不安的医院之行。

　　走出医院的那一刻，吴桥一觉得自己的天空都亮了。

　　今天最高兴的事，就是他听到医生说，佟语声是 AB 型血。生物里学过，拥有 AB 型血的人对其他几种血型的接受度比较好，溶血反应发生的概率低。虽然这在移植手术上微不足道到甚至不算一件喜事，但至少属于佟语声的好运应该要一点点来了。他给那光秃秃的草头娃娃又浇了些水，接着小心翼翼把它装进小盒子里放好。佟语声看到那东西还是有些来气，说："估计里面的种子都已经烂掉了，它不可能发芽了。"

　　"会发芽的。"这一回，吴桥一笃定地说，"相信我，它会发芽的。"

　　佟语声不知道为什么吴桥一忽然会做出这样的担保，转念想到这人的精神偶像是阿 Q，就也不再追问了。事实上，登记完之后他并没有半点儿如释重负的感觉，依旧是头昏脑涨，觉得前路迷茫不堪。

　　他问过医生，大概多久能等到合适的供体。医生告诉他，运气好的一两个月就能等到，运气不好的，可能要等好多年。听到度量时间的长短的决定因素居然是"运气"，佟语声几乎在一瞬间就泄了气。哪怕吴桥一给他做了百分百好运的饺子，哪怕邓欣然把她的幸运硬币让给了自己，他依旧是被所谓"运气"打击过无数次，在关键时刻没有自信的人。

　　他看到了吴桥一手里那只秃头娃娃，突然无奈地想笑——也不知道是什么扫把星眷顾着他，连随手拿到的一只草头娃娃，都是种子坏了发不了芽的。他们随手买了些包子馒头垫肚子，佟语声只吃了半个馒头，他心里清楚，从现在开始，他们家的日子只会更加拮据。医院坐落在大学城，还没往大街上走两步，就是扑面而来的青春的气息。下了课的大学生在街道上三五成群，手里拿着小吃和奶茶，口中聊着课业导师和校园八卦。

　　吴桥一看着他们的身影，忽然转头问佟语声："你想考什么大学？"

　　佟语声被骤地点名，一时间没反应过来："大学？"

上一次被这么提问,还是在高一刚开学的那堂心理健康教育课,那时候他孤零零地站在教室里,面对老师的提问,慌张窘迫,眼里尽是看不见未来的迷茫。此时他们一家正站在十字路口,他们停下步子,似乎正考虑往哪个方向前进。吴桥一没有被行程打断问话,重复了一遍,问道:"对,你想考什么大学?"

佟语声有些慌乱地笑起来,说:"哪儿有我考虑的份?"

高考前能不能等得到肺源都说不定呢。吴桥一一听这话,就有些生气了:"为什么?"

佟语声鲜少看见他对自己皱着眉头,他清楚自己又开始悲观了,便避重就轻地说:"你看啊,我现在缺课这么多,不说参加高考了,能不能毕业都很难说……"

因为时不时想回班里待着,佟语声没有休学,而是继续这么断断续续念着书。老师们对他比较照顾,没有克扣他的学分,但如果缺席了接下来的期末考试和高二会考,他可能还是没有办法从高中毕业。而且以他现在的成绩,就算顺利走到高考的那一天,也注定是没有多少选择权的。最关键的原因他甚至不敢多想——自己这倒霉催的运气,真的能保佑他活到高考吗?吴桥一是个听不得丧气话的,眼看画风逐渐变得不对劲,立刻纠正过来:"都会有办法的。"

佟语声怕自己再消极下去会影响到讲话的氛围,就把话题扯开了。

检查比他们想象中结束得要快很多,多出来的空闲时间,佟建松计划去就近的景点走走看看。

"奥林匹克公园离医院不远。"佟建松拿着地图找了半天,有些兴奋地说,"我们可以去看看,感受一下。"

佟语声愣怔着接过首都旅游地图,看着图上那一片巨大的版块,耳畔传来呼啸的风声。

奥运会佟语声并没有看,一方面是家中没有电视,另一方面,他确实在刻意回避一切和运动有关的东西。他似乎看见了一道道身影在体育中心中央的田径场上飞驰,听见了观众席上震耳欲聋的欢呼呐喊,他看见泳池中央掀起了朵朵浪花,听见一声声枪声哨响响彻云霄。那是充满生命律动和朝气的地方，是他望尘莫及的土壤。纠结的情绪再次让他呼吸困难，这让他愧疚不已——他并不想耽误大家的行程，但是一想到那空旷的体育场，他的胸口就止不住地发酸发涩。

佟语声艰难地深吸了一口气说："我走不动了，你们去看吧……"

那天晚上，没有人去奥林匹克公园，大家早早回了宾馆，疲惫地各自入睡。佟语声不太能适应首都的节奏，待了一天多，人就快瘦了一圈。出于对他的健康考虑，佟建松把火车票改签，第二天上午，四个人又坐上了返程的火车。

佟语声蔫蔫地躺在卧铺的床上，全身无力地吸着氧，心情糟到了极点。吴桥一看出他状态不好，便跑过去问他："你为什么不开心？"

他确实不明白，成功登记了受体信息，怎么说也是件可喜可贺的高兴事儿，但佟语声却肉眼可见地低落着，他实在想不明白原因。

佟语声吸了吸氧，不知道怎么回答。情绪不高的原因有很多——夏天燥热憋闷的车厢让他很不舒服是其一，因为自己状态不好让大家没能玩得尽兴也是其一，最重要的是，他走到这一步，对未来的惶恐和不确定就变得越发深了。似乎从进入排队系统的那一刻起，他就要真的，完完全全把自己交给那对他从不偏爱的运气了。

佟语声疲惫地摇摇头，缺氧再次让他双目昏黑，他跌进黑沉沉的梦中又醒来，在天旋地转中反复跌宕，终于在极度痛苦中下了火车。

刚一回到渝市，佟语声又被送回医院调养，他蔫得像是一条脱了水的小鱼，这一趟奔波简直要了他的命。他昏睡了一天一夜，醒来的时候，发现老谢正站在他床边和姜红讲话，他努力了好久才喘过气来，直到耳鸣声退去，才勉强听清他的意思。

"这套卷子等佟语声什么时候状态好了再写也不着急。"老谢说，"顺便让孩子考虑一下选科的事情……"

佟语声听到他的窃窃私语，忽然有些由衷地感动。老谢作为他们高一的班主任，放了暑假基本就和原先的班级告了别，但他却依旧把佟语声当成自己的孩子。佟语声窸窸窣窣撑起半个身子，两人才反应过来这人已经醒了。姜红问了两句他的身体情况，确认没问题之后，便主动回

山重水复疑无路

289

避，让师生俩单独谈谈。

老谢告诉他，这套卷子是各科老师特意帮他出的补考卷，内容简单，稍稍看看书就可以考过，让他有空抽时间写完带回来上交，不参与期末排名，但是算进佟语声的学分里。他说，校方在想方设法保住他不留级、不休学，确保能顺顺利利毕业，让他安安心心养病，不要有负担。似乎所有人都笃定他可以康复，不遗余力地为他渺茫的未来铺路。

佟语声眼眶有些发酸，哽咽着说："谢谢老师……"

老谢笑笑，又问："你有没有想好学文科还是理科？"

佟语声抿住唇——他一直逃避考大学的问题，却没想到现在抉择就等在他的眼前。他犹豫了半天，问："吴桥一选了什么？"

"理科。"老谢毫不犹豫地道，"这是我给他的建议，他是这方面的料子。"

吴桥一、温言书、衡宁……他身边熟悉的所有人都去了理科，于是他说："那我也去理科。"

老谢有些诧异，半晌又严肃地道："我希望你不要因为和吴桥一关系好，而草率地决定这个问题。"

佟语声被他猜中心思，低下头，好半天才有些委屈道："对我有区别吗？学文学理我都上不了几天课……"

老谢摇摇头，说："话不能这么讲，我希望你走的每一步都是从自身出发，经过慎重考虑的。"

佟语声垂着脑袋，不住地叹气。老谢顺势道："你的优势科目是语文，对不对？"

佟语声点点头——语文是他唯一拿得出手的科目，他虽然博览群书，但读得大多是野史轶事，拿到文科试卷依旧考得很糟糕。所以对他来说，学文学理的区别真的不大。老谢也"嗯"了一声，说："所以我也建议你学理科，理科生靠语文拉分更有优势，对你来说是个好事。"

佟语声抬头，听着老谢从自身优势来进行分析，心情有些波动。

其实学文学理真的没区别，老谢只是想让他的这份决定更多是为自己而做，佟语声心里清楚得很，也感动得很。老谢走了，佟语声难得起了一丝想要尝试着去学习的心思。

他拿起医院床头的电话打给吴桥一,让他有空把课本带来,帮他快速一捋学习框架。吴桥一神清气爽地答应他明早就来,今晚提前备课,确保明天可以讲得更好。佟语声笑起来,回头一看才发现,这人不知什么时候把那秃头小草放在自己的床头。他本有些嫌弃不想去看,匆匆一瞥间,却发现一丝绿意从眼前闪过。

佟语声惊呼道:"Joey!秃子发芽了!"

吴桥一那边沉默了半响,也跟着笑起来。佟语声有一瞬间觉得自己时来运转了,忽然觉得不对,又凑上去看,发现那秃头顶上的纱布有重新缝补的痕迹。

他猜到了什么,有些失落地道:"是你重新换了种子吗?"

出乎他意料的是,吴桥一并没有否认:"对,我那天迷路,就是去医院后面的花店里换种子了。"

那天,他硬着头皮闯到附近的鲜花店,花店店主告诉他,里面的种子放得太久,早就已经全部坏掉了,于是建议他在里面重新撒一层新的种子。

"你看,坏掉的种子拿走换成新的,也可以好好发芽长大。"

吴桥一说:"就和你的身体一样,把不健康的肺换掉,就一定会好起来了。"

换种子的过程确实就像移植手术,在身体上划开一道口子,把坏掉的器官拿出来,把好的器官放进去。佟语声看着那长着苗苗头的小草娃娃,嫩嫩的芽从纱布里冒出一层细细的尖儿,柔软得似乎随时都会香消玉殒,但又坚韧得仿佛可以顶天立地。

听到佟语声那头沉默了许久,吴桥一又安慰道:"你别害怕。"

佟语声笑起来,说:"好,不害怕。"

低落和恐惧总会定时来拜访佟语声,先前他总是一个人扛,因为扛不住,所以有了手腕上的疤,现在吴桥一总是坐在他的心门口帮他把关,不好的情绪偶尔会过来偷袭,但也能及时被守门人赶得干干净净。

第二天早上,吴桥一背着书包去给佟语声补课。佟语声身体状况一般，脑袋清楚的时候记得快，但大多数时候都昏昏沉沉的，大脑像是盖了一层致密的防水膜，知识砰砰往上撞着，却一点儿也渗不进去。好在吴桥一和佟语声在一起的时候，耐心是无穷多的，一个知识点反反复复来回讲，直到那人真的听明白了，才进入下一个。窗外的蝉鸣声撕心裂肺，佟语声坚持学了一小节，又精疲力竭了。吴桥一看他开始喘气，就停下进度，帮他倒了杯凉白开。

"我底子太差了。"佟语声有些丧气地说，"我连初中的知识都不太牢固。"

吴桥一安安静静看他喝完水，说："只要你不嫌烦，我们可以从初中开始学。"

为了适应国内高中教学体系，吴桥一来到渝市之后，花了一个月的时间把初中三年的知识点都学了一遍，而且掌握得十分牢固。佟语声有些厌学，但看吴桥一那副真挚的模样也不好意思拒绝，便皱着眉点头。

他现在总算明白吴桥一当初被自己逼迫着读书是什么心情了，精力跟不上的时候，学习真的不比跑一千米容易。吴桥一看他面容憔悴，就拉开蚊帐，打发他躺回床上——半坐着对于佟语声来说是最舒适的姿势，靠上床的那一瞬间，佟语声又觉得舒畅很多。

他侧头瞄了一眼不再秃头的娃娃，一天过去，小草肉眼可见地高了一截。佟语声忍不住笑，觉得自己还能再学个三天三夜。没有空调的夏天实在太热，吴桥一趁着让佟语声复习的时间，下楼飞快买了根棒棒冰。

佟语声也热得不行了，看到那冒着白气的可乐棒冰，馋得眼泪都要掉下来。吴桥一咯嘣一声把棒冰掰成两半，刚想要给他，又考虑了几秒摇头说："不可以，太凉了。"

佟语声也深知自己不能吃冰，只瘪着嘴，一面脑门子冒汗，一面眼巴巴看吴桥一吃，故作坚强地道："我不吃。"

吴桥一又抬头看了他一眼，这人额前的碎发都被打湿沾在脑门子上了，脸颊也热得通红。于是他伸手，把那棒棒冰轻轻贴到佟语声的脸颊上，那人毫无防备地惊了一跳，但很快就彻底被这一丝凉爽俘获了。佟语声还想伸手去抱住那短暂的清凉，吴桥一则迅速把棒棒冰给抽走了。

"我太热了……"佟语声眼巴巴地看着，胸口无奈地上下起伏，烦躁得快哭出来，"好烦啊……"

吴桥一也看出他热得不行，又是给他开窗通风，又是给他喝水降暑，但都无济于事。夏天就是这样，三分高温来自天，七分燥热怪自己，越是烦躁越难受，一旦开始抱怨，就只会越来越热。吴桥一看他这副痛苦模样也着急得很，挠了挠头，又飞一般跑下楼。再回来的时候，佟语声听门口叮叮当当的一阵响，就看吴桥一拎着一个大水桶进了房间，随着他的走近，佟语声感到了一丝凉气，一探头，发现水桶里面装着满满一桶的碎冰。

吴桥一摸了摸额头的汗，看着佟语声瞬间舒畅的表情，满意地快要摇起尾巴来。

"哪儿来的？"佟语声问。

吴桥一说："水产店。"

水产店里总有那么些大冰柜，铲冰的时候一摞摞大冰块就堆在路边，吴桥一飞跑下去的时候刚好看见老板在清冰，就在挖了些干净的碎冰带回来。佟语声感慨万千——吴桥一的沟通能力基本已经达到了及格线，加上他自身长得讨人喜欢，为人又善良真诚，佟语声想，大概这个世界上不会再有人不喜欢吴桥一了。

吴桥一又去客厅拿来花露水，非常霸道地在佟语声的四肢上抹了个遍，然后又拿起奶奶的小蒲扇，轻轻扇起了风。花露水本就清凉，在风吹之下，原本火燎的皮肤也慢慢冷却下来。清爽的草本香在房间中漫溢，人工吹出来的风把酷暑挡在了门外，冰桶里的凉气像一层柔顺的蚕丝，把佟语声轻轻包裹住。太安逸了，吴桥一率先扔了书，三下五除二钻进蚊帐里，佟语声被他的大动作惹得直笑，两个人一起躺在温热的凉席上，享受着那来之不易的凉爽。

整个夏天，就是靠着冰桶、花露水和小扇子度过的。佟语声的暑期过得艰难而充实，经过日复一日的极限复习之后，佟语声终于堪堪补上了过去学习的漏洞，老谢给的试卷，也靠着自己的实力拿了个及格分。

这个夏天，草头娃娃将萎未萎了好多次，都被吴桥一拯救了回来。

山重水复疑无路

293

其实佟语声清楚得很，这种一次性的小草哪儿能有那么长的寿命，这是吴桥一无数次在一波草苗枯萎的前夕，及时更换营养土并播下新的种子，才能让这秃子头上的草苗无数次"野火烧不尽，春风吹又生"。

这样的事实让佟语声感慨万千——他很难不去联想到自己的移植手术，器官移植受体就像这可怜的娃娃，如果福大命大换上了新的种子，就可以将生命延续下去。佟语声又在挂历上画了一笔，等待肺源的第58天，依旧没有音信。

开学的日子来得飞快，出于照顾，学校继续安排吴桥一和佟语声待在老谢带的班，钱小琪再一次争取到了教佟语声语文的资格，但周围其他的一切都被打乱了。

开学的前一天，分班结果出来，佟语声罕见地接到了温言书打来的电话。佟语声已经习惯了他一个暑假杳无音信，这次也不知道是逮着什么机会，居然能偷摸着联系自己。

"喂？"佟语声刚一出声，对面就传来了崩溃的号啕大哭，他猜到了些什么，耐下心问："怎么了？是分班结果不满意吗？"

温言书在对面抽泣了半天，才呜咽着道："我在5班，你不在，衡宁也不在，我又要一个人了……"

佟语声知道自己的存在其实意义不大，离开了衡宁是温言书崩溃的根本，他叹了口气，安慰道："你们不还是可以一起补课的吗？"

"不行了。"温言书一听这话，哭得更凶了，"他说他这学期不来我家了。"

衡宁父亲的病情恶化，需要的钱更多，温言书妈妈提供的补课确实让他成绩稳步提升，但此时此刻，赚钱的确对他来说更加迫切。因为不能和好朋友分在一个班而痛哭，这听起来甚至会有些好笑，但温言书哭得如此伤心，确实让佟语声共情得有些难过了。

"我好羡慕你们，你还可以和吴桥一在一个班。"温言书崩溃地道，"我好不容易才找到了一个可以和我一起上学放学的人……"

佟语声听着他的哭腔，一口气缓不过来，赶紧拿出制氧机吸氧。温言书的哭声在他的胸腔里转来转去，憋闷得难受极了。那家伙只是想找一个发泄的途径，没有寻求佟语声任何一句安慰，只是自顾自认真地哭泣着。佟语声也就吸着氧听，听得他有些焦虑，感觉这场痛哭似乎永无止境。

直到话筒对面传来一阵轻微的开锁声，温言书的哭声骤然停歇，这场通话也在没有告别的前提下戛然而止。佟语声听了快十几秒的电话忙音，才后知后觉地挂上电话。他不敢去想温言书的家庭环境，他想，哪怕自己是个健康的人，被那样的母亲成天监视着、念叨着，怕不是也会有一天突然喘不过气来。

佟语声叹了口气，坐在桌子前捏了捏太阳穴。

第二天清晨，佟语声一早起来觉得心情舒畅，便穿好了校服坐上轮椅，让吴桥一把自己推去上学了。新的学期，又是一批不认识的新面孔，他们被佟语声的轮椅吸引了目光，这回，佟语声再没有先前的躲闪和恐惧。他大大方方告诉前来询问的同学们，他患上了罕见病，呼吸困难，需要吃大家避之不及的蓝色小药丸，会经常缺课，大部分时间只能坐着轮椅出行。新的同学们听说了佟语声的事情，也纷纷表示理解，给他让道行方便，还给一直守在他身边的吴桥一起了个外号叫"大护法"。

新的开学日依旧是个晴朗的夏末，只是现在，他从站着变成坐着，从轻症变为重症。但同样，现在的他从遮掩走向坦荡，从无望走向期待。他听着不变的蝉鸣，坐在热热闹闹的教室里，那一抹湖蓝在他身侧，曾经惊慌的波澜，成了原野般澄净的旷野。

这一天，佟语声听课听得很认真，他第一次发现自己原来可以听得懂上课的内容。物理课上他还举手回答了问题，老师体谅他身体不好，让他坐在位子上讲明了思路。虽然是个很简单的基础题，但听到老师的肯定和表扬，佟语声的心里油然升起了一股自豪感。吴桥一正坐在一边埋头叠着千纸鹤，听到他回答问题便抬头一直看着，直到佟语声自己满意地笑起来，他赶紧掏出一张便利贴贴在他的桌子上。

佟语声拿来一看，上面一个字也没有，只有一朵用红笔画的、丑丑的小红花。

两人相视一笑，佟语声埋头给他写了张小纸条——我忽然觉得我能考上大学了！

吴桥一也认认真真一笔一画写给他：好！

集中精力学习确实很耗体力，下课时佟语声就闷闷地趴在桌子上睡觉，迷迷糊糊中，他听见前排的人说："佟语声，有人找你。"

再抬头时上课铃已经打响，他昏昏沉沉地抬头，才在窗口看见朝里望着的温言书。刚醒，视力还有些模糊，佟语声眨眨眼，或许是他的错觉，温言书方才看向他的眼神似乎痛苦又悲伤。佟语声刚想问他找自己做什么，那人却已经在上课铃的催赶下转身走了。为什么不喊醒自己呢？佟语声坐在原地闷闷地想着，他胆子永远都是那么小，不敢去别的班级串门；他又永远那么心善，哪怕有万分要紧的事情，也不舍得喊醒熟睡中的朋友。

不过佟语声心想，应该不是什么要紧的大事，一定是一个人在新的集体还没适应，想要找自己寻求安慰而已。放学的铃声敲响，吴桥一推着轮椅带他回家，刚走到校门口，他又看见背着书包匆匆往前冲的温言书。佟语声转头想和他打个招呼，温言书也看到他，步子都已经顿住，却被身后的人一把搂过肩膀。身后的男生个子瘦高，站在温言书身后有着很强的压迫感，可偏偏他还一脸无所谓地笑着，和温言书的一脸惨白形成了鲜明的对比。

一瞬间，四个人隔着校门遥遥对视，佟语声首先开口："书书，他是……"

男生嬉笑着把双手搭在他的肩膀上，周身散发的气场令佟语声非常不舒服，"我是书书的好朋友啊。"那人吊儿郎当地说。

佟语声有些狐疑地看向温言书，言书全身紧绷着，点了点头，小声而颤抖地说："对……"

佟语声觉得不对劲，想要问些什么，却发现随身带着的氧气快要吸完了。他有些焦虑地低头拍了拍罐子，温言书见状，立刻强颜欢笑道："你快回去吧，我真没事。"说罢还主动搭上了男生的肩膀。

佟语声一旦缺氧就无法集中精力，他觉得脑袋开始发蒙，为了不给人添麻烦,就只是慌张地点点头,让吴桥一把自己送回家去。都是自顾不暇的人罢了。

开学的这一次报到之后,佟语声又是将近一个月不能回班。他的病情再一次恶化,时常突然僵直无法动弹,一个起身或是大动作就能导致昏厥。他无数次倒在床边,倒在客厅里,倒在书桌前,他的周围必须二十四小时有人陪护,以确保可以得到及时的救助。每一次僵直昏厥都很危险,好几次医生都说,缓过来是幸运,缓不过来人可能就没了。

每当他难受到崩溃时,吴桥一就会拿这句话安慰他:"你看,你缓过来这么多次,还有谁比你的运气更好呢?"

吴桥一的安慰确实可以短暂麻痹他的痛苦,他在自己耳边的读书声,可以让他不那么艰难地沉入梦里,惊厥后的夜里只要及时抓住他的手,一遍一遍被抚着头发,错乱的心跳就能慢慢平缓下来。但他在挂历上画的叉越发潦草烦躁,他从五十多天等到一百多天,从春夏等到秋冬,从高一等到了高二。看着整整几面的叉,佟语声无数次感觉到了泄气,后来吴桥一干脆没收了他的挂历,不让他再数着过日子了。

第二天早上,他看着吴桥一把那画满叉的挂历裁成一张一张的小纸,摞在桌面上,捻成一只只千纸鹤。从首都回来的那天,吴桥一加快了叠千纸鹤的速度,很快就叠满了好几个塑料袋。吴桥一把那些千纸鹤每十个串成一串,有彩纸叠的、草稿纸叠的、日历纸叠的,挂在房顶上,挂在窗户边,挂在蚊帐顶……叠了七八百个,吴桥一的艺术审美依旧没有提升,甚至因为赶工把千纸鹤叠得宛如一只只肥鸭子。

佟语声看着愈发多的纸鹤,忽然有些焦虑。他放下正在唰唰动着的笔,转头问吴桥一:"叠了多少了?"

吴桥一算了算,说:"九百五十六只了。"

佟语声一听,紧张地咽了口口水,说:"你别叠了。"

吴桥一有些疑惑:"为什么?"

佟语声不知道怎么解释,只看着那一叠作废的日历,难受得很——一千只千纸鹤都快叠完了,肺源的事情还遥遥无期,要是叠好了一千只自己还没等到手术,那他一切迷信的小幻想都会彻底破灭。那自己就似乎真的没救了。

"那我叠到九百九十九只就不叠了。"见他不出声，吴桥一就轻声说，"这样的话，如果你突然手术，第一千只也可以立刻赶过来保佑你。"

佟语声看着他继续埋头去叠纸的动作，眼眶又开始不争气地灼烧起来。时间浑浑噩噩又艰难地流逝，扎扎实实的度日如年感让佟语声痛苦万分。除了老谢偶尔会来家访并给他补补课之外，最常来探望他的还有程诺。早在几个月之前，程诺就告诉他，佟语声写的《黑玫瑰》在网站上反响很大，之前的几本也随之爆火起来，佟语声没有机会上网，完全不清楚所谓的"爆火"是什么概念。

直到程诺带着一大沓打印纸，上面密密麻麻都是来自不同网友的评论，佟语声才后知后觉——原来已经有那么多人看他的书了。程诺递给他一张银行卡，说："这是这段时间纯网站订阅赚到的稿费，有将近五万块了。"

佟语声刚开始还有些昏昏欲睡，一直听到这数目，忽然睁大眼睛："多少？"

"将近五万。"程诺说，"我姑那边在全权打理你的账号，你的存稿在慢慢发表，现在其实只更新了三分之二的篇幅，等到完结之后收益可能还会翻倍。"

那一瞬间，佟语声忽然觉得手里这张薄薄的银行卡重得他快拿不起来了。四万多，足够在江北区买十个平方的房子，至少需要爸妈起早贪黑上班打工将近半年，能缓解当前手术费带来的压力。他曾经向实体杂志投稿过中短篇小说，稿费大多几十几百不等，积少成多写了好几年，也只挣了堪堪不到两万。

现在，光是一本还没完结的收益，就足足挣了四万。佟语声觉得震撼到不可思议："真……真的吗？"

"你放心啊，我没这么多零花钱往里做慈善。"程诺笑起来，"而且说个更好的消息，已经有版权方在跟我姑交涉了，如果可以成功发售实体书或者卖出影视版权，你后面就等着赚大钱吧。"

佟语声一听，更难以置信了："出实体？卖影视？！我吗？！"

程诺满足地点头："不是你难道是我啊？"

他没敢去想所谓的"赚大钱"是什么概念，只知道能出书、拍电影电视剧对他来说宛如坠入梦境。写作对他来说从来不只是一个赚钱的工具，因为热爱，他从小就开始动笔，如今他的爱好当场变现，这样的喜悦和充实是普通上班族所无法理解的。

佟语声兴奋得眼睛发白，差点又晕倒在床上。程诺也替他高兴，但同时也不太高兴："我不敢想，如果以后拍成电影，谁能演我的小玫瑰啊？"

原书中的'小玫瑰'外表柔美，性格却坚忍凌厉，光是前者，程诺就找不到任何一个人可以达到这样的颜值高度，就算找到了，他也不相信那些个花瓶演员可以将'小玫瑰'内心的信念感诠释出彩。一想到某些空有皮囊演技却极差的演员们，程诺恨不得带着佟语声的原稿跳进火堆中同归于尽。但看着佟语声那一脸期待的表情，他还是真诚地说："佟佟，出于私心，我希望诠释'小玫瑰'的演员宁缺毋滥，但我更希望你的作品可以卖出一个好价钱，它值得让更多的人看到。"

末了，他佯装遗憾地叹了口气："大不了出了电影我就不看，这样我的偶像永远都是最美丽的纸片人。"

佟语声笑笑，兴奋到不能自已。

程诺刚走，佟语声就迫不及待要去给爸妈打电话——四万多，还有基本已经稳定有着落的版权，这样的双重喜悦足够他忘记长期等待的苦痛。他有些相信幸运可以轮到自己了。指尖触碰到电话的前一秒，那铃声自己响了，他压着紧张拿起听筒，对面传来的却是佟建松更加兴奋的声音："语声，快准备准备去首都！"

佟语声从没见过佟建松这么欣喜若狂的模样，一时间也蒙了。

"肺源等到了，马上就可以手术了！"佟建松说。

姜红冲回家的时候，佟语声的脑子还是一阵一阵地发蒙。好消息来得太突然，以至于他不敢置信地反复确认了几遍自己不是在做梦，才睁大眼睛收拾起来行李。

299

"得抓紧时间。"姜红用急促的语速道,"坐飞机去,不能耽误。"

佟语声一听,有些慌了:"飞机?我能坐吗?"

"我们会和机场以及医院那边对接好,飞机很快的。"姜红说着话,眼眶都已经开始泛红,"晚上医生还要找我跟你爸开个会,等那边的肺来了,就可以动手术了。"

佟语声攥着她的手,激动又紧张。现在是旅游淡季,当天的机票也并不难买,佟语声一路上都有种不真实感,脚轻飘飘地踏在地上没有实感。这是他第一次走进江北机场,偌大的候机厅将他的整个世界扩大了无数倍。一切都来得太突然,他来不及兴奋,来不及开心,整个人的四肢就被拖着一步步往前,完全一副懵懂的模样。直到他大脑一片空白地坐到座位上,他才难以置信地感概道——这真的是他这个倒霉蛋能有的好运气吗?

他看向吴桥一,那人脸上是前所未有的明朗笑意:"恭喜你!"

佟语声感觉大脑嗡嗡地响,情不自禁伸手摸向自己的肋骨:"我是……要好了吗?"

长期的倒霉体质已经让他彻底没了自信,甚至好消息砸到眼前,他依旧会惴惴不安,杞人忧天地考虑着一切小概率的坏的可能。

吴桥一开心地绕着他转了一圈,说:"当然!你真幸运!"

吴桥一的祝贺声轻轻砸在佟语声的心尖儿上,直到他摸到二十四小时随身携带的幸运硬币,那四个字才像涟漪一般晕开——你真幸运,佟语声,你真幸运。坐上飞机,吴桥一特意把靠窗的位置让给他,让他看看窗外的风景。一家人的情绪都高涨得不得了,一边探讨着等佟语声康复了要去哪儿玩,一边盘算着当红的明星里,有谁能配得上演佟语声笔下的角色。

唯独佟语声话不多,不只是太过紧张,喜悦让他变得语无伦次。

飞机轰然起飞,佟语声大脑一阵发紧,他握紧吴桥一的手,闭上眼,脚不着地的感觉让他恐惧。吴桥一伸手把他紧绷的肩膀捋直,云淡风轻地给他讲故事,等上升的那一阵失重感消失以后,他跨过佟语声的位置帮他拉开了舷窗的遮光板。一道亮光破窗而入,此时的他们已经平稳地飞在了云层之上。天是无尽的蓝,云层宛如万亩棉花田,柔软雪白,阳光从破了洞的云层中穿出,倾洒机翼边,仿佛触手可见的光桥。佟语声已经从晃荡的不安中缓过劲来,此时已经全身心被窗外的美景所吸引。他趴在舷窗边,双眸中倒映出一碧万顷,光亮刺得他想要流泪。

"你好厉害,你不怕高。"吴桥一也凑过来看窗子,"我第一次坐飞机都吓哭了。"

佟语声一听,转头笑起来:"那我比你厉害。"

因为机场安检的问题,佟语声的呼吸机没有能跟着带上飞机,兴奋劲儿过去之后,强烈的不安全感又一次爬上心头。方才的起飞让他的心跳过速,耗氧量也随之增大。他逐渐感觉到视野模糊,看着时间,起飞不过二十分钟,两个小时的航程似乎比一个世纪还长。佟语声瞄了一眼沉浸在喜悦中的家人,怕像上次一样再扫了大家的兴,便一声不吭地坐回位置上,闭上眼攥着拳头闭目养神。

吴桥一发现了他的不对,扭头问他:"你还好吗?"

佟语声挤出一丝笑意,看向他,抬手表示还好。

等到下了飞机就解放了,佟语声这样安慰着自己,等今晚过去,明天或者后天,他就可以带着崭新健康的肺去自由地呼吸。

这样的难受和缺氧,就将彻底从他的人生中消失。他努力去想一些好的事情转移注意力,但他的肺就像是一台极度精准的测氧仪,对氧气浓度的敏感精确得叫人恐惧。熟悉的窒息感又来了,一阵心慌过后,他憋不住开始大口呼吸,但必然是无济于事的,他骤地睁开眼,视野里满是混乱纷繁的雪花点。这应当是家常便饭了,但佟语声顺着本能往身边一摸,没有呼吸机。几乎同一时刻,他的右眼皮开始疯狂地跳着,那一刻,他彻底恐慌起来。

"爸……妈……"他慌张地喊起来,佟建松、姜红和吴桥一正在闭目养神,只一瞬间被他吓醒了。看见他们醒来,佟语声像抓住救命稻草一般:"什么时候……还有多久?"

那声音就像是沉在水底的人,只有挣扎到水面的几秒中可以挤出声音,紧接着下一秒就如同呛水,满眼都是通红的血丝。

第十章

吴桥一快速握住他胡乱扑腾的手，问："怎么了？是不是难受？"

佟语声死死咬住牙冠，似乎用尽了所有力气，才痛苦地挤出一句话："我不行了……"

作为一个在病痛中浸泡多年的人，佟语声已经算得上是很能吃苦了，平时哪怕缺氧到失去意识，也从不会说出"我不行了"这样的话，但这次，他的脸上真的浮现出了濒临死亡的痛苦。佟建松快速起身，安排姜红喂他吃药，让吴桥一负责安抚他的情绪，自己从包里翻找出提前准备好的诊断书，快速而果断地找到了空乘人员帮忙。自带氧气需要提前 48 小时和航空公司报备，但因为事发突然来不及走申请流程，因此机组特意携带了医用氧气瓶，就是为了防止意外发生。训练有素的空姐在向机长请示后，很快将佟语声转移到宽敞的头等舱，打开氧气瓶，让他平躺吸氧。佟语声的嘴唇和手指因为极度缺氧都变成了绀紫色，氧气瓶的出现虽然没有第一时间减轻他的苦痛，但至少让他的恐惧减轻了半分。

他的瞳孔依旧在慌张地游离着，胸腔一起一伏似乎都是在做无用功。

吴桥一蹲在他身边，一根一根捋直他蜷缩的手指，一边在他的耳边说："佟语声，听我说。"

佟语声快要哭出来，但还是咬着牙点头，示意他自己正听着。

"来，想象自己正站在一座高塔上。"吴桥一轻轻托住他的手掌，佟语声感觉自己的思想很难集中，但吴桥一的声音就像是冲进荆棘丛中的一缕清流，柔畅而叫人心安。

吴桥一说："你准备下楼，走到楼下的草坪上，这座塔有十层，我会带着你一层一层往下走，每往下一层，你的身体就会更放松，你的心情就会更加平静。"

这是他在书上学到的下楼梯催眠引导法，他从没有尝试过，也不知有没有效果，因此他自己的声音里还带着些不确定的颤抖。他看着佟语声紧拧的眉头，鼓起勇气继续说："现在，我牵着你的手，慢慢走到第一段阶梯，你的全身肌肉都放松了，心情也不再焦虑……"

沉浸在吴桥一慢悠悠的声音里，佟语声似乎真的走在一个长长的阶梯上，牵着吴桥一的手是有实感的，因此身心也跟着这半真半假的引导慢慢放松下来。

"继续往下走到第二段楼梯，你的大脑都被放空，周围的一切越发安静起来……"

吴桥一的声音就像是一片清凉的海浪，将粘在他身上的泥沙尽数冲去，那被缠绕着的焦虑感也明显减轻了。

他跟着吴桥一的声音走下了第三段楼梯，他喜欢上了这样的放松感，走下第四段楼梯时，呼吸似乎都变得顺畅起来，他也不记得自己什么时候遁进了梦里，这不似以往的昏厥，他似乎还保留着一丝潜意识，他能听见身边人的声音，能感觉到自己的肺部依旧有些不适，但没有了焦虑之后耗氧量也跟着降低，方才那让他惊惧的恐怖窒息感也慢慢消散了……

下了飞机，佟语声直接被等在机场的救护车接走。

机场和医院井井有条的调度直接救了佟语声的命，佟建松跟着救护车去了医院，姜红留下来向伸出援手的工作人员致谢。中途，佟语声似乎短暂地醒过来一次，他不知道自己是在救护车上还是在手术室里，只听着嘈杂声在耳边浮浮沉沉。吴桥一不在身边，他又一次感觉到了不安，他在苦痛中安慰着自己——或许一觉醒来，他就已经做完了手术，换上了健康的肺，变成了一个可以自由呼吸的人。

起了这样念头的同时，他的右眼皮又开始疯狂跳动起来。这样不祥的征兆让他有些无措，他努力扑腾了几下又坠进梦里。他梦见自己在茫茫沙漠里看见了一汪湖泊，口渴让他不顾一切地朝那湖面奔去，但他跑了很久很久，那湖泊依旧遥遥挂在离他很遥远的地方，回过头来自己错乱的足迹在地面上划过了一圈又一圈的痕迹。

希望皆是虚幻的海市蜃楼，他自始至终都在绝望中，不曾有过出路。这样晦气的梦让他骤地惊醒过来，睁开眼的时候，他发现自己正躺在病床上，视野里是无尽的白。他看了看电子日历上的时间，忍着脑袋的剧痛算了算，距离上飞机的那一天，已经过去两天了。

难道手术已经做好了吗？佟语声下意识看了看自己手臂上挂着的吊瓶。没有想象中全身插满管子的恐怖模样，也没感觉到自己身体有被切

山重水复疑无路

303

开的疼痛，佟语声的手指尖有些发凉，但还是安慰着自己，想着，难不成现在器官移植也有不疼不痒的微创手术了？

他微微撑起身，扭头才发现姜红正坐在一边的椅子上垂着头。轻微的声响惊动了她，姜红抬起头，眼白已经被浸润得血红一片。两人就这样对视了一眼，佟语声忽然不敢开口问了，他的后背微微渗出一层汗水，半响，才嘶哑地唤了一声："……妈？"

他还能感受到熟悉的憋闷感，那一瞬间，他恨不得自己什么都听不见，不再接收任何一丝声音。

"宝啊……"姜红看着他，轻轻走过来，双手还没来得及捧住他的脸，泪水就哗地一下淌了满脸，"那个……"

自打佟语声生病以来，姜红从没在佟语声的面前流过一滴眼泪。佟语声有些惶恐地抽出一张纸，伸手帮姜红擦眼泪。打住吧，佟语声脑子嗡嗡的一片空白，不要再讲了。

"医生前天晚上跟我们说……"姜红笑着哽咽了一下，表情比哭还难看，"他说，那边忽然不想捐了……"

佟语声整个动作凝滞了一下，大脑没有做出任何反应。

"宝不难过哈……"姜红轻轻把他抱住，滚烫的眼泪滴上了他的颈窝，"我们就……再等下一个吧……"

足足半分钟，佟语声才缓过劲来。哦，也没什么嘛，他心想，不过是好运再一次撇下他罢了。似乎是怕他生气，姜红在他耳边轻轻安慰道："你不要生人家的气啊，都是可以理解的……"

一点不带情绪是不可能的，在知道了这个坏消息后，姜红第一反应就是崩溃。虽然对方的信息不对他们公开，但据了解，供体是个刚成年不久的男孩，生了病之后自作主张签了器官捐赠的协议，去世之后医生找到他的父母，对方直接把医务人员赶出了家门。

虽然对方孩子已经成年，捐献根本不需要经过家属同意，但出于人道主义，捐赠协议最终还是没能达成。

因为这件事，她整整一晚没能合眼，在佟建松的反复劝说下，她总算明白了——对方家里也是刚刚失去孩子，情绪激动在所难免。哪个父母不希望自己的孩子完完整整地来，完完整整地走。别人或许不懂，但她作为一个母亲，没有人比她更能理解对方的悲痛了。

器官捐献就是如此，同意捐献的是伟大的英雄，但不愿捐赠是更普遍的人之常情。佟语声听了一路，觉得牙齿酸得难受，赶忙扬了扬唇角，露出了个僵硬的笑。他伸出手搂住了姜红，拍拍她的背，安慰道："妈……这不挺正常的吗？你也知道，你儿子一直就是个倒霉蛋，这种好事想想也轮不到我啊……"

或许是疯狂跳动的右眼皮和糟糕的噩梦给了他心理预期，他没有想象中那么难过，唯一让他懊悔的是，他觉得自己不应当产生"转运"这样的幻想。

有了期待之后，多少还是有些落差的。他稳住了情绪，才后知后觉地发现自己正住在一个大的多人病房，这里有四五十岁的成年男人，有二三十岁的年轻女性，还有七八岁的小朋友。他们每个人都配着氧气面罩，或是看热闹一般瞥向他，或是嫌吵似的皱着眉头转身。暴露在众人视线中的佟语声有些窘迫，他低下头，悄悄攥住了姜红的大拇指，不敢再说话。隔壁病床上，一个身材微胖的男人突然嗤笑了一声，朝佟语声的方向道："别做梦了，等不到的。"

那一瞬间，佟语声觉得一阵恼火蹿上心口，还没说什么，方才还近乎瘫软在床边的姜红骤地站起身来："你这是说的什么话？！"

姜红性子向来柔和，打佟语声记事起就没见过她动火气，但眼下她气得全身上下都开始剧烈颤抖，散发着不容忽视的攻击性。佟语声顾不得理那男人的话，伸手拽住姜红的袖子，病房里其他看热闹的也紧张起来，唯独那胖男人笑得更开心了："都到这儿了还不清醒啊？想着碰那运气不如到楼下买张彩票，还能用这个钱给你儿子选个漂亮的骨……"

在佟语声的安抚下，本已经慢慢坐回位置上的姜红彻底暴怒了，她的手已经直接摸到了床头的玻璃杯，眼见着就要朝那胖子抢过去，却听"嘭"的一声，病房门被从外面猛地推开。

"姜红！"冲在最前面的是佟建松，看见情况不妙，他一个眼疾手快把妻子的双手紧紧抱住。

山重水复疑无路

这层楼的医生也紧随其后，还没进门就低声呵斥着男人的名字："刘常丰！"

佟语声本也想拦一拦姜红，却因为剧烈的情绪起伏痛苦地蜷在床上冒汗，眼看着又要没了意识。医生冲进来将他放平给他注射药物，拍着他的背引导他呼吸。看着姜红号哭着被佟建松带出房间，那个叫刘常丰的男人也被医生轰出病房反思后，他那憋在胸口的一口气才慢慢缓过来。

尘埃落定之后，他全身被汗水浸得透湿，四肢却冰冷得发抖。

他咬咬牙，难受得叹了口气，就听右手边传来个女生的声音："新来的？"

他疲惫地抬眼望过去，是个二十多岁的姐姐，面容疲惫，五官却很漂亮。见他没吱声，女生便道："你别理他，他就是个心理变态，他老婆都受不了他跑了。"

另一边的小孩爸爸也叹了口气说："对，他对每个人都这么说过，他自己等不到就见不得人好。"

佟语声听着这话只觉得脑袋突突地疼，难受得要命。

他一边沉闷地吸着氧，一边听着嘈杂的病房里的人要死要活的聊天内容。他不知道这群人是不是在故意刺激他，竟开始聊起他们为了等肺源排了多久的队。有剃了三次头被推回来三次的，两次因为对方临时反悔，一次因为供体质量不合格，久久都开不了刀；有临上手术台又不敢的，转眼肺源就让给了其他人，现在懊悔得每天晚上都要流眼泪；还有一个等了快两年也没等到，原因是他血型特殊，RH阴性的熊猫血，找人献血都困难，更何况要等一个愿意捐肺的。

这些冷冰冰的话落在耳边，他越是想装作听不见，他们就聊得越起劲，佟语声听得无端烦躁起来。这让他难免想到了曾经的病友——他想到了哪怕走到绝境也不曾对他人抱有恶意的妮妮妈妈，想到了即使自己痛苦得要命还担心打扰别人睡觉的瘦人叔叔，想到了愿意和自己分享好运的邓欣然……

他突然好想回家。这些让他暂时忘记了那一场空欢喜，以至于佟建松进来企图安慰他的时候，发现他情绪平稳得完全不需要安慰。父子俩抬头对视了一眼，佟建松见他不哭不闹，把准备好的那一套说辞连吞带咽收回肚里。

佟语声也没有挑起不开心的话题，只是有些沙哑地问："Joey呢？"

距离他醒来已经快半天了，连吴桥一的影子都没看见。佟建松有些犹豫地开口说："桥一他开始情绪有点失控，我陪了他一会儿，现在他在外面安慰妈妈。"

吴桥一也确实是对这次移植手术抱了过高的期待，以至于他听到对方后悔之后，反应比姜红还要激烈。

生生把怒火压回去是件非常伤人的事情，吴桥一的手挥在半空中，感觉眼泪都要被憋出来了，但是半响还是收回了没释放出去的劲儿，一转身，朝楼下跑去。

佟建松追上来的时候，吴桥一脖子上暴着青筋，对着楼下一块歇脚石狂踹。那石头的拐角都被吴桥一生生踢飞了去，落到一边变成了碎渣。他觉得眼前这块石头不是压在了地上，而是压在了他的心口。

他还是忍不住做一些破坏性的举动，但至少他收住了没对人下手，没控制住，却也控制住了。佟建松就看着他这样发泄了好久，直到那孩子用光了力气颓然地坐在台阶边，佟建松才疲惫地蹲下身子，坐到了他的旁边。良久，吴桥一才颤抖地说了一句："对不起……"

佟建松的动作怔了怔，没说话，伸手在他脑袋上揉了一把，才颤抖着手从口袋里掏出那包烟。

自打佟语声生病之后，这个老烟枪再没吸过一口烟，但这回他生生抽出一地的烟头，直到吴桥一都看不下去，伸手收走了他手里的烟盒，他才懊恼地挠了挠头，眼睛早已憋得通红。

一家人都不知道怎么跟佟语声开这个口，作为家属必然难过，但真正遭受折磨的是佟语声。这个人会彻底不相信自己的运气吗？

眼下，吴桥一一言不发地在门外守着姜红，而病房内的佟语声愣愣地看着佟建松，好半天才说了一句："你是不是抽烟了？烟味好重。"

佟建松有些窘迫地笑起来，说马上就去换衣服。佟语声脸上的表情自始至终都有些麻木，这样的麻木让佟建松有些担心，他不敢乱说话，

山重水复疑无路

307

只转身把吴桥一叫进来。吴桥一小心翼翼凑进来的样子，像是个自知犯了错的小狗，垂着脑袋生怕惹佟语声不开心。佟语声不知道他为什么这样一副模样，却也没有因为看见他有半分喜悦的神色，只是想起什么一般，开始迷茫地环顾四周。吴桥一小心地坐到他床边，佟语声却只是自顾自地低着头，在口袋里、枕头下、床头柜中翻找起来。

"找什么？"吴桥一一边给他让位置一边问。

佟语声没回答，很快，他的额头上渗出一丝汗水，他伸了伸手，有些艰难而焦躁地说道："包拿给我。"

吴桥一不清楚他在找什么，只知道他翻找了包，又找了外套口袋，甚至连他们仨的行李都翻找了一遍。没找到，没找到，还是没找到。吴桥一看着他的脸色变得苍白，看着他浑身汗如雨下的样子，看见他的双手都开始发抖，紧接着全身都开始肉眼可见地战栗。

"不见了……"佟语声的脸白得像一张纸，声音也发起抖来，"不见了……"

吴桥一也被他的面色吓到，不停地问："你在找什么？你到底在找什么？"

佟语声骤地抬头，看向他双眸的一瞬间，憋了一整天的眼泪宛如开闸的洪水一般倾泻下来。

"幸运硬币。"佟语声艰难地挤出四个字，他彻底绷不住号哭起来，整个人就像是一块支离破碎的玉，似乎连发丝都在无助地颤抖："我又把幸运硬币弄丢了。"

积压了一整天的情绪，终于在发现硬币丢了之后彻底爆发。

不甘、痛苦，一切的一切都像是巨大的浪潮，将方才还麻木的他卷入翻涌的海底。佟语声在吴桥一的怀里放声号哭着，很快，又是胸腔憋闷双目昏黑，他只觉得自己的四肢都哭得透凉。他感觉自己像是被塞进了一个真空袋里，周围的空气一点点被抽干，整个世界都被描摹成绝望的形状。胸腔传来一阵撕裂的疼，然后大口大口的鲜血呛咳出来，他口中甚至感知不到血的腥热，只知道在他的视野里，一切最终都会变成黑

308

色。

佟建松慌忙去叫医生，吴桥一也手足无措地安抚他，但佟语声只觉得天都塌了。他近乎瘫软地被推进急救室，他听见各种仪器的嘀嗒声，听见姜红的哭声越来越远。他无奈地蜷缩在黑暗里，心想，干脆就这么死了算了吧，再不会有希望被辜负，再不会因为病痛彻夜难眠。

活着也太痛苦了。再次醒来的时候，佟语声的大脑一片空白，他尝试着再一次感受自己的呼吸。艰难、阻塞、仿佛被关在罩子里——还是老样子。佟语声面无表情地看着前方，眼泪却根本不受控制地哗哗流下来。一直趴在他身边打瞌睡的吴桥一，敏锐地察觉到这人变得不平稳的呼吸节奏，便立刻抬起头，眼里还带着惶惑的睡意。看见佟语声面无表情地眼泪直淌，吴桥一赶忙帮他擦干眼泪，一遍一遍抚摸他的头发。

他绞尽脑汁也不知如何安慰，只能笨拙地重复道："不哭，不哭……"

吴桥一的声音突破重围挤进佟语声空白的大脑，终于在反复碰撞后画出了实形。佟语声抬眼望了望吴桥一，仿佛终于活过来一般，痛苦而压抑地哭噎起来。

"为什么……"佟语声几乎是从胸腔里挤出这三个字来，"为什么不给我？"

理智告诉过他，对方父母有千万种理由收回自己的承诺，但眼下，巨大的痛苦正反复敲击着他的心口，让他站在对方角度换位思考，简直是天方夜谭。

"为什么针对我……"佟语声手里紧抓着床单，胸腔又剧烈起伏起来。上一次听到这句话，是自己带温言书参观病房，绝望的病人家属在医院走廊，因为倒开水的事情发生了争执。他永远忘不掉那个女人崩溃地蹲在开水机边，一边哭一边大声控诉着命运的不公。为什么针对我？佟语声再次绝望地发问，抢走我来之不易的健康，没收走我唾手可得的希望，甚至连自己那枚对别人毫无用处的硬币都要被夺走？佟语声的十指又不受控制地绞缠起来，吴桥一毫无办法，只能一点一点帮他展开手掌，用他滚烫的手心尽可能传递温度。

等佟语声终于收好眼泪，吴桥一伸出手指，轻轻帮他把皱成一团的眉心捻开。

"别伤心。"吴桥一无助道,"求求你。"

佟语声一听,眼眶又热起来,但一想到吴桥一并没有做错什么,便觉得自己这样折磨别人实在不妥。于是他把伤心压在了泪腺后面,咬紧牙关深呼吸半天,才在他手指的轻揉下慢慢舒展眉目。

好半天,佟语声才颤着音,勉强道:"好……"

吴桥一近乎三天没睡,头痛得快要炸裂,总算等到佟语声情绪平稳,他松了口气又用湿毛巾擦了擦他的额头,确保他不再出汗,才浑浑噩噩地出了病房。吴桥一一走,佟语声又愣怔着双目,不受控制地流起泪来。他忍了半天,似乎刚才把吴桥一骗走的那几秒平静已经耗费了自己全部力气,他再没半分力气去收住泪水。

他累得想要死了。病房的走廊外,姜红已经憔悴得快脱了相,她躺靠在长椅上,望着苍白的天花板,手机的铃声响到快要挂断,她才后知后觉地反应过来。

"喂?阿姨?我是温言书……"那边传来少年的声音,"佟佟手术还好吗?"

上学期末,温言书的手机在一次大检查中被老妈砸了个粉碎,现在他拿着五毛钱用着学校边小卖部的座机,讲话声音却依旧下意识地细小。这段时间的压抑生活让他快喘不过气来,他必须汲取一些好的消息,让自己不再终日沉浸于无谓的痛苦里。但姜红那边短暂的沉默让他手心流出了汗,他轻轻屏住呼吸,听见姜红说:"……手术呀,没做成,供体那边不捐了,现在在首都继续等呢。"

末了似乎是自我安慰地补充了一句:"会等到的。"

温言书握紧了话筒,好半天说不出一个字。

这一夜没睡好的还有佟语声,他总是时不时惊醒,一整夜被断断续续的噩梦分出了无数个小块。他总觉得有人要抢他的东西,要么就是想谋害他,他必须时时刻刻提防着,才能不让那些坏人乘虚而入。

这样半梦半醒地僵持了一晚,他才看到早晨的阳光。他满眼血丝,全身尽是疲惫。吴桥一这段时间状态也不好，烦躁焦虑让他几次险些忍不住爆发，好不容易睡着，却被佟建松的怒斥声惊醒。

"你在想什么？！"从没对佟语声发过火的佟建松，此时声音大地几乎要掀开房顶，"全家人没有一个敢说放弃，你现在这样又是几个意思？！"

吴桥一忍着头痛跑去病房，发现父子俩正对峙着，佟建松气得脸红脖子粗，而佟语声却始终麻木着面无表情，苍白得不像是个活人。

走近看，佟语声的手背上正汨汨流着鲜血，血滴滴答答在地板上开着花。吴桥一赶忙跑过去帮他处理好，仔细一看，应当是他自己做主拔了针头。抬头看，佟建松已经被他气得快要背过气去，吴桥一赶紧把他推出房间："叔叔，他可能有点抑郁情绪，毕竟对他来说打击有点太大了，你别生他的气。"

佟建松一边叹气一边无奈地揪着头发，红着眼睛说："是我不对，我自己都情绪化了。"

这件事情对这一家人的打击相当大，平日里看似坚强的人，此时都已经彻底乱了阵脚，相当一致地萎靡起来。吴桥一也很崩溃，在他自己精神状态不好的情况下，他很难集中注意力去安慰别人。他怕现在病房里两个人的情绪碰撞会造成恶性循环，就只能咬着牙，去了楼下。

生活再怎么痛苦，日子还是要继续。来到首都之后，这边人说的普通话他能听得懂，自己也愿意问路了，他便也有胆量独自在陌生城市里晃荡了。他先坐车去书店，帮佟语声挑了几支好看的笔和写作用的本子，又去图书区翻翻找找。好在吴桥一记性好，看过几遍佟语声的书柜，便能把他收藏的书一本不落地全部记住。但佟语声看过很多书，想要找他没看过的难度有些大。他翻来覆去筛了很多遍，最终停留在了一本漫画面前——佟语声很少看漫画，他似乎对文字更加有共鸣，但是看到那书封的时候，吴桥一还是鬼使神差地把书取了出来。虽然不知道里面有什么内容，但这封面清新的画风莫名让吴桥一浮躁的心情沉浸下来。他拿着钞票去付款，收银员找零的时候，他看了看手里的硬币，又抬头跟他说："你好，可以换一枚一元硬币吗？"

回医院的路上，他一直蠢蠢欲动地想要拆了这书的封皮，但他又怕佟语声不是第一个看到这书的人，便强忍着好奇心，抬头看窗外的风景。

推开病房门的时候，佟语声正懵懂地朝他看着，眼睛里还是水汪汪的一片，单眼皮都被泡成了双眼皮。

"你去哪儿了？"他有些责备地问吴桥一。

一个下午不见人影，他又想东想西地哭了好几场，哭到最后没了力气，昏睡了好久才勉强醒了过来。他抬头看向那平白失踪的"大狗狗"，那家伙手里正捧着一本书，摇着尾巴朝他跑来："送给你！"

这么多天，佟语声都没再听过这么清脆的声音，他心里荡出一圈波纹，伸手接过那一本崭新的书。这是一本漫画，封面是一只绿色的肥肥的恐龙，头上顶了一只小黄鸟，正站在原地照镜子。不知道为什么，看见这小恐龙的一瞬间，佟语声就忍不住笑起来，他抬头看了看吴桥一，问："我现在可以拆开吗？"

"当然！"吴桥一愉快地说道。

拆书皮总是充满惊喜，两个人的头凑在一起，像是在等双色球开奖一般期待着。一打开，简单治愈的画风就落在佟语声的眼里。正看着的一页里，一只熊和一只小兔子面对面坐在一起玩小车，熊小心翼翼地问对面的小兔子："嗯……是不是跟我待在一起很无聊啊？"

兔子抬头看他，认真地说："才没有，你是我见过的最有趣的熊了。"

这一幅漫画就只有两句对白，却莫名让佟语声想到了他们自己——吴桥一似乎就是那只憨憨的大熊，在人际交往中难免笨拙，落在佟语声眼里，却是最有趣的那一个。另一幅里，依旧是熊和兔子——大熊手里拿着一片用树叶和三叶草嫁接起来的"幸运草"，他递给兔子，说："看，我发现的四叶草，送你咯。"

兔子说："大傻瓜，这哪是四叶草？"

大熊说："不管，反正就是。"

佟语声又难免想到了吴桥一，这个会在每个饺子里包上一个虾仁的大傻瓜，和这只熊一样，总会给重要的人准备独一无二的专属"幸运"。

正当他看得心都快化了的时候，吴桥一有些浮夸地喊了一声："诶？

我找到你的幸运硬币了！"

佟语声接过那枚硬币，忍不住咧开嘴笑起来——他哪儿看不出这是吴桥一重新找来的硬币，这人心细到甚至找了枚相同年份的硬币，却不知道原来的那枚上，有他悄悄做的标记。但那又怎么样？佟语声看看书里笨拙的熊，又抬头看了看演技并不精湛的吴桥一。

那一刻他突然相信，有了他在，幸运就会一直在。因为生病的事情，佟语声患上了轻度抑郁。这段时间他情绪非常敏感，无论是悲是喜，都容易被无限扩大，情绪稍微一有波动，就极容易影响他的病情。

而吴桥一对于情绪非常不敏感，最多只能专注佟语声一个人。为此，他每天拿着本子，像是天气观测员一般认认真真观察着佟语声的状态。每次进门，吴桥一都会一言不发，结合书上的、从实际经验中得来的以及他自己总结的公式算法，先是一通写写画画，得出详细结论后才对症下药地跟佟语声聊天互动。

佟语声觉得那人眼里大概长了把尺子，横竖把自己拆解成了无数个数字，再重新组合计算着。又是一个早晨，佟语声习惯性地情绪低落，吴桥一进门对他一阵咔咔扫描，接着严肃地坐到了他的床边。那人双目放空地看着窗外，呼吸起伏也不大，像是死了一般对他的出现毫无反应。

"佟语声？"吴桥一唤了他一声，佟语声才懒懒地回过头来。

因为吃了药，佟语声的脸色始终有些绯红，嘴唇也一片殷红，湿漉漉的双眸像是蒙了一层雾，整个人埋在被子里，乖巧得不行。吴桥一勾勾看向他，直到对方抬起头，他才收回目光。刚好，他瞥到了桌边的那本漫画，脑子一抽便脱口而出这本书的名字："你今天真可爱。"

佟语声没忍住笑出声，很快那一点点快乐又被莫大的无力感淹没。

吴桥一看着他的嘴角落下，也跟着瘪了瘪嘴。佟语声见状，立刻伸手帮他把嘴角提上去，说："不要不开心。"

吴桥一耍赖道："你开心我才能开心。"

佟语声无奈地笑起来，接着大口喘气，好半天才皱着眉头，痛苦地说："Joey，我现在真的很能理解你。"

理解他焦虑时的冲动，理解他在痛苦时的决绝，理解他一言不合就容易掀桌子的暴躁。情绪健康，真的太重要了。但吴桥一从来不会有这样"感同身受"的过程，他只是看着佟语声难过，却从没联想过自己的痛苦。

于是他想了想，拿出小本子问他："你有什么特别想做的事情吗？"

这样一问，佟语声莫名想到了一些悲情的临终关怀，现在吴桥一突然问他愿望，让他难免惶恐起来。

"我……我是要死了吗？"佟语声惊恐地问道。吴桥一被他问得发蒙，捋了半天没跟上他的脑回路，只能摇摇头说："我只是想满足一下你近期的愿望。"

他拿出个本子，给佟语声看他画得花里胡哨的示意图："你现在总是想着未来，不确定性会加重你的焦虑，观感上会延长等待的时间。"

"所以，"吴桥一给他画了一个小片段，"我想把你的时间切割成可以预见的小块，在等待的过程中，你可以选择一些比较容易达成的阶段性小目标，每达成一个，就可以获得一定的奖励。"

"学会把空虚填补起来，这样等待的时间就不会很难熬了。"吴桥一说。

佟语声愣怔在原地，脑袋还有些凝滞麻木，好半天他才反应过来，吴桥一正摇着尾巴，等待他的夸奖。看着吴桥一开心，他心里的糟糕情绪就少了些许，于是他伸手摸摸他的脑袋，强打起精神说："好啊。"

吴桥一对他实在是太好了，好到让佟语声不忍心辜负他一分一毫的付出。于是他从抽屉里拿出一支笔，说："那我每天写三千字的小说，你每天给我一个小奖励，好不好？"

吴桥一已经开始着手画计划表了："可以，一周允许有一次请假机会，请假空缺的三千字要在当周其他的时间补上，不然你就得陪我下棋，下到赢我为止。"

被吴桥一这么一安排，佟语声忽然有些紧张起来，立刻看了看时间开始紧急构思。时间不早了，吴桥一抬头，给了他一次赦免的机会："今晚给你时间构思，明天正式开始。"

佟语声赶紧着急忙慌地缩进被窝里想剧情了。第二天上午刚过去，佟语声就赶出三千字,状态看起来也不错。吴桥一颇为开心地问他想要什么奖励,佟语声眨眨眼,显然是早有预谋,直接脱口而出道:"你帮我尝尝豆汁儿是什么味道。"

吴桥一脑子里自动把豆汁儿和豆浆画上等号,道:"你要想喝,我可以直接买回来给你。"

佟语声连连摇头,说:"不用了不用了,我听你描述就够了。"

说罢又补了一句:"在外面喝完,不用带回来。"

吴桥一不知道这人花一个愿望就为了听听味道描述是什么心态,但自己说好了要满足他的心愿,便就答应了:"有固定想要我喝哪一家的吗?"

佟语声思索了半天,挑了个他听过的地名:"就这家吧。"

佟语声根本不熟悉首都,知道的地名也就那么点儿,便随口报了出来。他早就听闻首都豆汁儿的盛名,一方面想要知道是不是真有传说中的那么"精妙绝伦",更重要的是,他想找个借口让吴桥一出去走走。

自打自己住院以来,除了出门给自己买漫画,吴桥一便再没离开过医院半步。他不希望吴桥一因为自己被困在原地,但他也知道自己轰他走,那人也不会去听,所以他就想着,如果能找机会把吴桥一支出去玩玩就好了。他本想着让吴桥一去买点别的,但一想,这人根本就是个执行任务的机器,怕不是两点一线出门就立刻返回来。所以他选了豆汁儿,至少可以让吴桥一有些情绪上的起伏。如果可以让他驻足,比如在附近买别的东西压压味道拖延些时间,那就更好了。

被算计了却毫无防备的吴桥一坐上了去小吃街的公交,走之前他反复观察了好几遍,才确认自己没有坐上反方向的车。独自出门的路痴确实不敢分散注意力,他全程紧紧盯着公交站牌,几乎是一站一问什么时候到小吃街。结果百密抵不过一疏,吴桥一只是出了个神的功夫,就发现自己坐过了一站。打车太憋屈,等公交又麻烦,他就盲目地相信自己的"认路雷达",徒步走去。如果不是路上硬着头皮问路,这一站路可能要走到天黑了。等吴桥一走到热热闹闹的小吃街的时候,他已经快要饿得发昏了。

虽然他一向秉持着任务优先原则，但眼下，不备好干粮大概率要"战死沙场"，于是他决定先填饱肚子再去寻找任务目标。这是一条非常热闹的街，尽头的牌匾颇具中国特色，四周都是他没见过的小吃。吃惯了渝市街边摊的吴桥一，还是第一次来这样集中的小吃一条街，两边目不暇接的新鲜玩意儿时不时就勾走了他的目光。

他警惕地跟着人群走了一圈，味蕾被充分调动起来，挑三拣四之后，他买了一串烤鱿鱼，又买了一个蟹黄汤包，整个人一顿狼吞虎咽。好吃是好吃，但比起渝市的重口味来说有些清淡了。吴桥一恍惚地感受着饥饿离去，又开始寻找那个所谓的"豆汁儿"。

逛了好几遍，吴桥一才在一个角落里看到了卖豆汁的小车，他火急火燎地赶过去，伸手买了一杯。他到底还是对现实的危险缺乏警惕，譬如他根本没有发现，其他小吃摊前堆满了人，而卖豆汁的小车却是门可罗雀。唯一和他一起排队的几个年轻人还一嘴他听不懂的口音——显然也是特意来"见世面"的外地人。他就这样毫无戒心地端过那杯豆汁，脑子里预想着甜豆浆的味道，以至于入口后货不对板的反差感直接达到了顶峰。吴桥一骨子里兼具着中国人的含蓄和E国人的绅士，他用尽毕生积攒的耐力，强迫自己一直坚持到垃圾桶边才吐出来。

短暂停顿之后，吴桥一捧着豆汁的手出了汗。

他不敢用脑子回味口中那奇妙的味觉感受，巨大的冲击力足足让他一动不动了半分钟，直到口中的余韵又一次席卷上来，他才一身冷汗地把那豆汁儿给扔了。他又跑到路边买了瓶水，漱口漱了大约五分钟，脑袋里的恍惚才散去一些，这是什么？是豆浆馊了吗？！

他惊悚地回过头，发现方才那几个排队的外地人也正抱着垃圾桶呕吐，又看着店老板面带不解大口大口喝着同款豆汁，内心大为震撼。可能首都人的味蕾和外地人不太一样吧？

他抿了抿嘴，还是觉得一阵阵犯恶心，于是他又去街边买了章鱼小丸子、卤煮火烧和炸酱面。他还看到了昆虫炸串，看到漆黑的蚕蛹和尚在挣扎的蝎子，他整个人一阵发麻，短暂忘记了豆汁的可怕味道。终于把口中那味道彻底掩盖下去后，他准备收拾收拾动身返程，刚一转过弯儿,又看到了一个卖着冰糖葫芦的摊点。那一串串山楂在糖浆的包裹下,闪出带着透亮的红,他看着那快要滴出来的鲜红,想起来佟语声很久没有吃过零食了。

此时,天色已暗,吴桥一伸出手:"老板,买一串。"

小吃街的灯火悉数亮起,光影似乎在一瞬间攻守转换。

天黑了,天也亮了。

拿到那根糖葫芦后,吴桥一踩着斑驳的灯光,坐上了回医院的车。

这段时间,他虽然努力在佟语声面前装出一副云淡风轻的模样,但毕竟在医院闷了那么久,内心的压抑和苦闷是藏也藏不住的。眼下,他看着华灯初上的首都,通明的灯火照亮着四通八达的道路。

首都有着渝市没有的平坦和宽阔,这里的建筑风格多变,华美的古建筑和精致的洋房交相辉映,颇有种海纳百川的包容和碰撞感。吴桥一的注意力很快被这夜景吸引走,出来溜达确实让他压抑的情绪得到了一定程度的纾解,积压在心口的压力在这一天吃吃逛逛中得到了释放。吴桥一看向窗外,忍不住心念微动——如果佟语声也能看见这些风景就好了。想到佟语声,他就又联想到今天的任务,舌根里那好不容易销声匿迹的豆汁味又反了上来。他背后一阵冒冷汗,没稳住,冲到垃圾桶边干呕了两声。

听见动静,公交车司机回头调侃道:"呦,看起来身体不错,怎么还晕车啊?"

吴桥一吸吸鼻子,心想自己可能坐火箭都不会晕,倒是彻底败在了这一杯豆汁脚下。回到病房的时候,他已经克服了那层层上涌的反胃感,以至于看到佟语声的一瞬间,他居然忘了自己是出去干吗了。

佟语声本来难得在病床上躺着,看到他,心情立刻好起来:"Joey!"

吴桥一本来也高兴,正抱着糖葫芦准备往里冲呢,忽然那人兴奋地问了一句:"怎么样,豆汁好喝吗?"

吴桥一生生刹住了脚步。他看着佟语声纯洁无瑕的笑容,仔仔细细地回顾了一下今天的全部细节,是佟语声怂恿他去喝的豆汁,他自己不喝就算了，还让他不要往回带，显然是太清楚豆汁是什么东西了。他又联想到这人在学校的"丰功伟绩"，当时没往脑子里去，现在终于慢慢回忆起来。

吴桥一压在口腔里的豆汁味又翻涌上来，这一回，就像是无数次吃辣那般，他生理性的眼泪又直接飙了一脸。佟语声原本还带着点幸灾乐祸，看他哭了立刻心软道："哎呀……你别哭啊……"

"对不起对不起。"佟语声都顾不得吸氧了，起身给他递了张纸擦眼泪，"我不该开这种玩笑。"

吴桥一其实根本没有多委屈，只是豆汁的味道给他的冲击力实在太大，跟吃了辣椒似的逼着眼泪滴滴答答往下掉。吴桥一置气般从鼻腔挤出一声："哼。"

作为惩罚，吴桥一后退半步，还哗哗拆掉糖葫芦的包装，举给他看："本来都是你的，现在我要吃掉一半。"

许久没吃过零食的坏小孩没想到这人这么残忍，隔着病床心疼得乱叫。吃得只剩一半了，吴桥一才抹抹嘴，大方地道："我这是要把豆汁的味道压过去。"

佟语声"扑哧"一声笑出来，等那人伸手递给他，随后张口轻轻咬了上去。许久没有解过馋瘾的唇齿间瞬间被酸甜漫溢，轻微的酸可以让他清醒，绵密的甜能让他变得开心。正当他开始认认真真地享受冰糖葫芦的甜蜜时，吴桥一突然开始汇报工作："酸吗？豆汁也是酸的。"

这个"也"字就很巧妙，佟语声一下子就想到口中还没来得及下咽的冰糖葫芦，一时间，觉得冰糖葫芦串了味似乎口中包了一大口豆汁。

吴桥一越发详尽地描述道："不仅酸，而且馊，还又涩又苦，就像是夏天开了口放了一个星期的牛奶，一股变质的味道……"

听到这里，共情能力点满的佟语声也开始反胃了，嘴里酸酸甜甜的山楂都变得让他难以下咽。像是在小小地报复，吴桥一诚恳道："你要喜欢，我每天早上都买给你喝，给你买最正宗的，让你体会到真正的首都风味。"

佟语声一阵恶心，下意识哕了一口，求饶道："对不起，我真的错了。"

吴桥一看他这副痛苦模样，也玩够了，仰面躺到椅子上笑了半天才说："没关系，谢谢你，我今天心情很好。"

出去这一趟乱晃，确实让他整个人焕然一新了。

佟语声也跟着笑起来，接着认真地看向他蓝色的眼睛，说："Joey，我希望你今后的世界，不只是永远围着我转。"

看他表情有变化，佟语声连忙解释道："这和我是否健康、还能活多久无关，我希望你可以为了自己的事情开心快乐，而不是永远只为我开心、为我难过。"

自从他生病以后，吴桥一几乎把全身心都投入了自己的身上——为他二十四小时蹲守在医院，为他费尽心思设计心理康复计划，却忘记了自己的喜怒哀乐，丢失了自己的兴趣爱好。吴桥一有些惶恐，问道："这个我改不了……"

"我不是这个意思。"佟语声笑出声，说，"我是想让你作为'吴桥一'而活，而不是单纯的'佟语声的朋友'。"

看他怔在原地，佟语声牵过他的手说："对自己好一点，我希望你能开心。"

前面的一切都太复杂，落到吴桥一耳朵里只剩下最后一句——"我希望你能开心。"

他便似懂非懂地点头："好，我会努力一直开开心心的。"

像是猜到他根本没听进去，佟语声说："我以后也给你布置任务，好不好？"

吴桥一有些疑惑地抬眼看他。佟语声说："以后每天我写小说的时候，你就出门转转，你可以给自己定一些旅行计划……你想去哪里就去哪里。"

吴桥一下意识开口问："你想要我去哪里？"

佟语声皱着眉道："不要问我，问你自己。"

吴桥一又紧张地抿起嘴来。

"你可以花一天时间问问自己，想看什么样的风景。"怕吴桥一想不开，佟语声又软下声音说，"我没来过首都，这里的景色都是我没见过的,你可以当作给我探探路,觉得哪里好玩就记下来,等我好了的时候我再去看看。"

这么说,吴桥一就懂了,他朝佟语声笑起来,满眼开心地回道:"好。"

佟语声又敲了敲他的脑壳,说:"每去一个地方都写一篇游记,不需要太复杂,写下这个地方好在哪里,什么地方吸引你,为什么值得一去。"

末了又补了一句:"这是你的游记,不允许以任何形式出现我的名字。"

有点难度,但吴桥一还是咬咬牙,点头说好。在接下来这段漫长的时光里,佟语声写了整整一个本子的小说,吴桥一除了偶尔回渝市考个试,几乎玩遍了整个首都。住院这段时间,佟语声也断断续续跟着吴桥一补上了课业知识,因为保持着学校的作息,整个人时间变得充实又忙碌。刚好到了会考的时间,他身体状态还不错,便特意买了火车票回家考试,但两趟长途奔波下来,他的病情又一次恶化了。

现在他已经完全不能离开自己的病床,整个世界都缩小成了窄窄的一方,本应是朝着抑郁的方向越走越远,却因为吴桥一每天定时播报的旅游资讯而变得没有那么痛苦。为了直观地让他感受到美景,吴桥一买了一台数码相机,每天都会洗几张照片,附在游记里带回去给他看。

高二下学期的一天清晨,佟语声正发着低烧躺在床上闭目养神,忽然接到了温言书给他打来的电话。佟语声胸口憋得难受,但听到温言书声音的一瞬间,他还是忍不住露出了笑意。

"书书?"佟语声的声音闷在氧气面罩里,闷闷的,还带出一连串的呛咳,"你怎么有时间打电话给我啦?"

似乎已经习惯了温言书这个人在他的生活里神出鬼没,佟语声从不会责怪他的任何一场缺席,甚至还会对他的突然出现感到惊喜。

"偷偷的。"温言书还是细声细语,话语中却更多带着对他的关切,"你最近还好吗?"

撑着脑袋的动作已经让佟语声精疲力竭,他慢慢躺平到床上,缓了好久才想明白他在说什么。最近好吗?如果说是身体,那必然是越来越不好了，但佟语声想到自己最近的心情和精神状态，想到了逐渐拥有独立生活能力的吴桥一，话锋一转道："好，越来越好了。"

听到这句话，温言书那边才长久地松了一口气，轻声嗫嚅道："那就好，那就好。"

说话让佟语声脑子麻木，但他还是依着本能问："你呢？最近还好吗？"

温言书沉默了。这一年里，他的生活可以说是发生了天翻地覆的变化——从被欺凌到被衡宁无意中救下，在那之后又发生了太多太多，有庆幸和欣慰，更多的却是对衡宁的愧疚。

"嗯。"温言书也小声说，"挺好的，我挺好的。"

挂上电话之后，佟语声长久地沉浸在朋友安好的欣慰之中。他警告自己，现在可千万不能再像之前那样把身体搞坏了。恰巧，吴桥一从外面采完风回来，给他带了一张景区的明信片，还有一盒栗子糕。佟语声胃口不好好几天了，这段时间甚至要打靠营养针维持健康，床头摆了一堆驴打滚、豌豆黄、艾窝窝之类的小吃包装，他半点儿没动，都是吴桥一一厢情愿带回来的，他不吃，吴桥一就只能自己吃完了。

这会儿，吴桥一正拆了盒子，把一小块方糕塞进嘴里："栗子糕很好吃，虽然你吃不了，但是我明天还要买。"

佟语声一点没有胃口，但看着他这副样子却也开心——吴桥一总算学会了买自己喜欢的东西，也会告诉他哪里好玩要去再玩一次。

尽管他依旧花着大量的时间去陪伴佟语声，但言语中那些曾经以佟语声为核心的迁就和讨好，现在更多变成了分享自己的所见所闻、喜怒哀乐。从那一刻起，佟语声就莫名放心了，似乎自己哪怕真的不在了也不要紧，吴桥一的灵魂不再是依靠佟语声而存在，他终将会成为一个成熟而独立的个体。来到首都等待供体的时间已经超过八个月了，这段时间他靠着麻痹自己过日子，从不敢去想还要等多久。此时他难免纠结——自己真的能好吗？万一自己一辈子也等不到，那他会孤身一人直到病死吗？

说不着急都是假的，只是没有人敢开这个口罢了。

他看着墙上的电子日历，烦闷地叹了口气："等等吧，Joey，再找些事情做，再等等我。"等待只是一句话的事情，但放在时间轴里，却是看不到希望的渺茫的一团。

在那之后的一段时间里，病房的病友里因等待无果去世了三位，四人新转入院排队等待供体，一位熬出头成功移植回家休养，还有两名因移植的术后并发症不幸离世。佟语声努力不和任何病友产生情感上的联系，但却不可能完全压制住自己的情绪——因为病友去世他焦虑得半夜哭湿了枕头，害怕自己等不到，害怕自己等到了却死于恐怖的并发症，同样，面对那名成功出院的病友，他耐不住满腔的羡慕，时常想着那人的幸运辗转反侧。

越是等待越是痛苦，直到高三上学期临近期末的一天，程诺先是打电话告诉他影视版权谈成了，让他等着收钱，不久后就听见佟建松从走廊外跑来。这一个场景太过熟悉，甚至连人物和流程都差不多。他刚想要告诉爸爸不愁钱了就等供体了，就听见佟建松兴奋地说："供体有了！等到了！"

佟语声愣在病床上，看着爸爸的双眼半天没敢说话，好一会儿才怯生生地问："真的吗？"

上一次带来的打击实在是太大，以至于再次面临这样的喜讯，他的第一反应居然是害怕："对方答应了吗？会不会后悔？符合条件吗？"

他近乎祈求一般看着佟建松，双手紧紧抓着身下的床单，全身都在轻轻战栗着。这会儿，佟建松告诉他："放心，你现在做做准备，马上就要进手术室了。"

佟语声直直地看着佟建松，似乎是确认了很久才肯定对方没有骗人，一瞬间，眼眶发酸发热，泪水宛如决堤一般涌出来。佟建松也难掩欣喜，红着双眼笑起来，伸手抱住他的脑袋，一遍又一遍地重复道："我儿熬出来了，我儿终于熬出来了……"

原本正在外面采风的吴桥一，接到电话也立刻光速飞奔回医院。回到病房的时候，佟语声正在剃头发，两个人相视一笑，千言万语尽在不言中。吴桥一站在他的面前，满腔激动让他说不出完整的句子来。此时，佟语声的情绪却异常地平稳，等最后一缕头发落地，他伸手摸了摸自己圆圆光光的脑袋，笑道："成光头啦。"

一听这话，吴桥一立刻跑回床头，把那长草娃娃摆到他面前："和他很像，都是帅哥。"

现在正值长草娃娃的新一轮生命周期，老死的草苗已经被拔去，吴桥一又播了新的种子在娃娃里。两个脑门光亮的小人一对视，佟语声又忍不住笑出来。佟语声伸手摸摸那小光头，嘴上却对吴桥一说："等我发芽。"

吴桥一也笑着说："好。"离开病房前，他看见病友投来或是羡慕或是担忧的目光，也有人给他送来祝福，祝他手术顺利。

"谢谢。"他说，"也祝你们好运。"

被推到手术室的路上，爸妈噙着眼泪围在他身边让他不要紧张，佟语声也笑着比了个大拇指，让他们放心。吴桥一三两步赶上推车，他一激动就不太会说话，好半天只在他光光的后脑勺上摸了摸："加油努力，被我摸到的脑袋都会发芽。"

佟语声又没忍住，咯咯笑出声来。

手术室的大门关上的前一刻，佟语声还觉得自己像是在做梦一样，忍不住回头看着门外的三人。被他们的目光祝福着、拥抱着，佟语声便觉得，世界上再不会有苦难能将他打倒了。肺移植手术和普通外科手术不同，没有充足的时间做心理准备，一等到肺源就要立刻进行手术。

因为不知道供体什么时候会突然出现，专家医生一天二十四小时几乎随时处于紧张的待命状态。国内可以做肺移植手术的团队非常少，医疗资源几乎都集中在首都，佟语声的手术则是由国内相关经验最丰富的专家陈医生主刀。

在佟语声的手术开始进行的同时，另一组医护人员则紧急奔赴首都机场等待供体的到来。这次的供体来自一位贵市的十七岁少年，因为车祸脑死亡，病人家属经过一番激烈的思想斗争之后，决定以器官捐献的方式使孩子的生命得到延续。飞机从贵市到首都要将近三个小时，供体肺在体外存活的极限是十二个小时，体外的冷却时间越短，患者的预后越好。因此，这一趟旅程不只是一场扣人心弦的器官运送大战，更是一场速度与时间的赛跑。

一家人目送着佟语声进了手术室之后，就开始焦急地等待着器官的到来。医院有一组专门负责去机场交接的医生，平均每年要来回在空中往返将近两百次，以超越时间的速度，为无数条生命传递延续的火种。他们飞奔来到机场，从贵市赶来的飞机已经经过绿色通道在首都机场安全降落。

此时，距离供体死亡已经接近四个小时，为了第一时间换上新肺，医生提前给佟语声进行开胸手术。手术一经开始，一旦器官在运送的过程中出现意外，佟语声的生命就会就此画上句号。

看着门上红色的手术灯，一家三口人逐渐从刚开始听到好消息的兴奋喜悦，慢慢冷却成焦虑和恐慌。他们能感受到彼此脸上的笑意正在逐渐消失，因为激动而变多的话语到最后也由沉默替代，但是在场所有人都丝毫不敢表现出自己的担忧，似乎负面的情绪一旦从口中泄出，就会钻进手术室将佟语声彻底击垮。所有人的神经都绷成了一根细线，走廊外的风吹草动都能让三人齐刷刷地回头。吴桥一又一次忍不住开始抠着长椅掉漆的皮，姜红每隔两分钟就要起身往窗台看一眼，戒烟半成功的佟建松往楼下跑了五六趟，吸了整整一包烟，依旧觉得心里空荡荡的。

当他刚回到走廊上，便看到有医生正皱着眉，神情严肃地打电话，一边，姜红和吴桥一也紧张地盯着他。佟建松赶忙扇扇身上的烟味，火急火燎地凑过去询问情况。

"好，好，我知道了。"医生压着声音，神色并不好看，"尽快，病人这边正在等着。"

这几个字足以让一家三口出了一身冷汗，医生刚一抬头，三个人就把他团团围住。

"那边已经拿到肺源了。"医生说，"但是从机场到医院的路有点堵，希望能赶得上。"

听到这里，精神本就高度紧张的姜红双目一阵昏黑，摇摇晃晃地趔趄起来，佟建松赶忙伸手扶住她，吴桥一也遵循着刻在脑子里的社交礼仪，快速跑去给她倒了一杯糖水。现在正值早高峰上班时期，首都大大小小的路上都挤满了通行的车辆，运送肺源的救护车刚出机场，就被堵在了一望无边的长龙之后，丝毫没有办法。

手表上嘀嘀嗒嗒的分秒似乎正暗示着佟语声逐渐流逝的生命，此时此刻，坐在车里守着肺源的、站在房门外来回踱步的、在手术室内操着刀的无一不为此捏了一把冷汗。

唯一置身事外的，只有在麻醉作用下丧失意识的佟语声。他安安静静地躺在无影灯下。稍后，医生将会为他进行肺移植手术，此后佟语声将借着另一个少年的器官，享受全新的呼吸和全新的人生。

越是清楚手术的流程，一家人在外面就越焦急。他们很难想象佟语声躺在病床上，就这样干巴巴地等待着那远在机场的肺源到来。万一等不到呢？万一路上出了什么意外怎么办？谁都不敢去瞎想，却根本控制不住大脑里蹦出无数个叫他们害怕到战栗的猜测。

门口负责交接的医生也着急，看着一家人魂不守舍的模样，又打了电话过去。催命的电话铃响了好久，那边终于接通了："喂？联系上交警那边了，让他们正常手术！肺源马上就能到！"

这一家人便骤地站起身来。

不久前，刚乘坐机场内大巴的医务人员飞奔着冲上救护车，看到有堵车迹象的当下，立刻联系了辖区的交警。很快，接到求助的交警便迅速拉响警报，结合指挥中心安排部署，快速有序地疏散了车辆，引领着救护车驶入应急车道，接过佟语声生命的交接棒。病房内，接到通知的医生掐准了时间开始操作。肺移植手术是公认的难度最大的器官移植手术之一，手术过程中，不仅需要连接动脉、静脉，还需要连接病人的气管，同时，整个过程对手术精度的要求极高，要尽可能减少组织损伤，这极大增添了手术的难度。

另外，和其他器官的移植不同，双肺移植手术一旦失败，病人将直接失去生理机能，连一丝抢救的余地都没有。因此，这场手术同样是对医生技术和胆量的极大考验。

门外一家人掐着表焦急地等待着肺源的到来，终于在快要紧张到崩溃的时候，医生接到电话，说到楼下了，需要找个人来门口接一下。

吴桥一几乎是弹射起步，从楼梯飞奔而下——他仔细算了，自己不坐电梯跑下楼，会给佟语声争取到至少一分半钟的时间。曾经无数次嫌时间过得太慢、人生太无聊的吴桥一，现在脑子里只剩一句话——时间就是生命。那短暂的几分钟，吴桥一怀疑自己变成了另一个物种，精神高度紧张，反应和肢体协调能力几乎超出了正常人类的范畴。

首都的路比渝市平坦太多，他飞驰在院落的楼梯间，速度比在百米跑道上还要快。拿着箱子的医生一路狂奔已经没有了力气，吴桥一便飞速接棒，以极快的速度穿过了院里的小巷，抄着近道跑着。直到他看着那箱子被送进手术室，整个人才像散架一般瘫坐在长椅边，全身上下像是被火燎了一般，累得透支。后来的医生在三分钟之后才赶上，一遍遍夸着吴桥一跑得快，给患者争取了很多时间。

肺源进了手术室，和佟语声的胸腔进行比对后，很幸运，大小几乎完全合适。整个手术过程中，难度最大的就是控制佟语声的肺动脉压力。因为病情，佟语声的肺动脉压力是常人的数倍，这样大的压力会给新肺造成很大的损伤，也给手术增添了很大的难度。

一群国内顶尖专家围在佟语声身边，手术紧张有序地进行着——佟语声的底子好，肺部没有出现严重的感染，除却难以控制的肺动脉压力之外，一切都顺遂人意。两小时、三小时……吴桥一也不记得在门外等了多久，从早上等到了下午，有人劝他吃早饭吃午饭，但他却没有半点胃口。他看着手术室里进进出出的人，看着姜红因焦灼的情绪而濒临崩溃，整个人埋在丈夫的胸前蔫成了一团。他也等得十分焦躁，甚至有些低血糖的症状，头晕眼花，手脚冰凉。

为了不给人添麻烦，他逼迫自己吃了两口面包，接着又坐在手术室前，反复搓着双手。

这段漫长的时间里，他的脑子里几乎装不下任何东西，没来得及考虑如果手术失败会怎样，没胆量去思考失去了佟语声的世界将会如何。他只是难挨地想着——快出来吧，快一些，我已经整整半天没看到你了。

时间就这么忽快忽慢了好久，终于在第八个小时，在佟建松打算送妻子去挂一瓶葡萄糖的时候，手术室的门终于打开。

一瞬间，走廊上的灯光洒进手术室里，一辆手术车缓缓从里推出。

佟语声正紧闭着眼睛，口中插了长长的导管，整个人变成薄薄的一片，安静地藏在被子下。方才几乎要晕厥的姜红几乎在一瞬间就回过神来，扑到了手术车边。终于，他们听到医生宛如定心丸一般的话语："病人手术很成功。"

山重水复疑无路

第十一章

守得云开见月明

  医生的这一句话，几乎是给濒临崩溃的所有人一剂强心针。

  一瞬间，疲惫感全部扫除，一家人也一拥而上，围了过去。佟语声紧皱着眉头，面色苍白如纸，沉在梦里，眼角还挂着生理性泪水的泪痕。姜红伸手想去擦他的眼泪，想想却又颤抖着收了回来，接着终于忍不住哭出声："你受太多苦了……"

  佟语声经历过的所有痛苦，都一声不吭地原封不动刻在爱他的人的皮肉上——生病从不只是一个人的苦难，更是一家人十指连心的剧痛。吴桥一看着他这副样子，也感慨地说不出话来。他觉得自己的喉咙像是被绞死了，紧紧拧成一根麻绳，和心脏一起被牢牢牵在佟语声身上那大大小小的管子上。这该受了多大的罪啊。

  医生跟佟建松交代了几句，说是现在还得去监护室观察，明天家属就能探望了，让他们安心，佟语声的身体条件很不错，现在唯一要做的，就是全力抵抗术后的感染期，让家属不要放松警惕。姜红又一次泪流满面，几乎要跪在地上说："感谢，感谢医生……"

  医生赶忙把她从地上扶起来，说："只要病人能康复，就是对我们最大的回馈了。"

  佟建松和姜红围着医生感谢，吴桥一插不上话，就隔着玻璃门望向远远被送走的佟语声。他看见佟语声上下起伏的胸腔，看着那一点点输进他体内的血，心都揪成了一团。

根据自己了解过的一些信息，吴桥一非常清楚，手术成功只是千难万险的第一关，后续更大的挑战还在后面。这本身就是一场漫长而激烈的斗争。一向精力难以集中的吴桥一，就这样在玻璃窗前看了好久好久。一直从白天待到了黑夜，吴桥一一遍遍看着医生护士进进出出，看着佟语声躺在病床上无力地一呼一吸。他也不知道自己在看些什么，只知道和佟语声保持这样最近的距离，才能让自己稍微感到一丝平静和心安。

晚上，姜红和佟建松催他回去睡觉，他想了想，摇摇头抱着膝盖靠着监护室的大门蹲下。他不知道自己什么时候睡着的，只知道早晨起来的时候，身上盖了一张薄毯。终于等到了家属可以探望的时间，一家人火急火燎地换上了探视服，走进了重症监护室。此时的佟语声，正迷迷糊糊地睁着眼睛，手臂上正输着液，全身插满了大大小小的管子。

他的表情是难以克制的痛苦——麻醉的药效消退后，全身上下的不适感和疼痛感都悉数袭来，这又是一场极其难熬的折磨。似乎是听到开门声，佟语声的眼神瞬间亮起来，目光努力想往门口看去，但无奈全身上下都动弹不得。

一家人整理好情绪，尽可能小心翼翼地凑过去看他。几乎是在走进他视野里的一瞬间，佟语声的眼眶便骤地红了起来，胸腔的起伏也肉眼可见地剧烈起来，表情里的痛苦却非常努力地收敛不见。一边的医生伸手帮他擦掉眼泪，小声跟家人说，他现在不能情绪起伏太大，暗示他们尽可能克制。姜红赶忙背过身去，把自己眼角边的眼泪擦干，生怕影响到儿子的状态。

就在脱离她视线的几秒时间，佟语声狠狠闭上眼，偷偷摸摸地表达着痛苦，接着又看向老爸，弯眼笑了笑。他轻轻眨了下左眼，意思是让他们帮忙瞒着妈妈，别让她知道自己方才忍不住难受了。

佟建松和吴桥一见状，除了心疼也不敢说出半个字来。姜红转过身来，佟语声的情绪也完全收敛住了，正笑吟吟看着她。姜红忍耐着琢磨了半天，才勉强笑着挤出两个字："加油。"

临走前，护士在佟语声手边放了纸和笔，让佟语声给家里人说两句。

他躺在原地，努力动手，一笔一画写了两个字："不痛。"

末了又看向吴桥一，画了个笑脸。佟语声在吴桥一家过夜的时候，就看到过这人日历上的涂鸦，那时候，那满满一面都是丧丧的哭脸。他便想着，什么时候能让他画出笑脸就好了。吴桥一看着那笑脸，愣了好久，才扬起嘴角，露出一个非常温暖的笑意来。佟语声也忍着痛弯弯眼睛，手下又缓慢写下一个字："帅。"

焦虑感在离开病房的前一秒减到最轻，一家人似乎觉得总算熬到了头，他们已经开始商讨结束之后的美好生活，吃什么好吃的，去哪里旅游。

直到一周后，一个稀松平常的早晨，一家三口正在楼下买了早饭带回病房吃，医生突然找到佟建松，神情严肃地说，佟语声的肺部出现了感染，情况有些危急，让他们做好心理准备。佟建松拿着那一张病危通知书，整个人似乎瞬间从天上掉到了地下。

"怎么……"佟建松组织了一下语言，结巴着说，"昨天还好好的……"

姜红的脸色也瞬间惨如白纸，她紧绷着身体盯着医生，目光却半点不敢落在那张病危通知书上。

"从血液里各项指标来看不算乐观，心率和血压都在往下掉。"医生说，"我们在努力维持他的心功能，也在寻找相应的药物帮他控制住感染，但你们也要做好最坏的打算。"

一听到最后一句话，姜红瞬间感觉天崩地裂了。她几乎整个瘫软下去，要跪着给医生磕头，求他一定要帮帮忙。佟建松和吴桥一两个人慌忙把她抬到走廊的长椅边，就看她无声无息地掉着眼泪——在医院这样的环境里，她连哭泣都不敢大声，生怕惊扰到和儿子一样需要静养的病人。

"早知道就不来了……"姜红通红着眼不停地重复着，"要是不来，也不至于这样……"

要是不来，以佟语声的身体状态，应当还能活个两年，而肺移植手术则像是一场倾家荡产的赌注——成功则通往生路，失败则满盘皆输。佟建松的情绪也很难压得住，他一边安慰着姜红，却也控制不住自己的情绪蔫了下去。人在病房，透明的一扇窗却好像隔了十万八千里，纵使他们有满腔极致的虔诚，却无法给予对面一丝一毫的帮助。吴桥一也坐不住了，跑到玻璃窗前看着。他已经看不见佟语声了，那一方小小的病床正被一群医护围住，这样的遮挡更让他胡思乱想——万一他就此告别，那岂不是连最后一面都无法相见？想到这里，纵使身处在尚不寒冷的初秋，他的全身也忍不住地开始发颤。

这一天，一家人都没闲着，医生给他们开了会，告诉他们佟语声感染的是一种耐药菌，目前市场上的药物都很难控制，说有几种还在临床试验阶段的药物，问他们愿不愿意赌一把尝试一下。被逼到绝路上的人是根本没有选择权的，他们连连说可以，又忍不住跟着去病房外看了一眼。此时的佟语声依旧没能离开插管，昏迷中的他根本无法控制住自己的表情，因为高烧而泛红的脸上堆满了难言的苦痛。只是这么一瞥，门外的三个人心都碎了，但哪怕精神极度崩溃，他们也不敢闲着，纷纷打电话去求助可能存在的救命渠道，问问能不能有什么办法，控制住他的病情。

一个不眠夜，医生忙活了一晚，家人们也同样彻夜难眠。

到了约莫中午的时间，佟语声的意识短暂恢复，但这并不是什么好的征兆。他写下了自己存着稿费的银行卡密码，在纸上给门外的三人每人留了一句话，便被医生送了出来——"爸爸，辛苦了。""妈妈，别难过。"

吴桥一看见属于自己的那一行："Joey，去看看白橡居。"

当即，有什么在吴桥一的胸口破碎了。

没有任何思考的时间，他转身就朝着门外奔去。他的脑子已经不清醒了，只知道风像是刀子一样割着他的耳郭。他不知道自己什么时候拦了一辆出租，对方问他去哪儿，他也只是语焉不详地念叨着"白橡居""白橡居"。司机告诉他首都没有这个地方，他才崩溃地喊了一句："是在渝市啊。"

白橡居是在渝市啊，他最好的朋友也住在渝市，那是他们相遇的地方，有着他们的梦和笑语，承载着他们的春夏秋冬。司机靠着悟性把他送去了机场，直到站在售票处前他才想起自己要做些什么。最近的一班飞机也要等到中午，他就这样在候机室走了一圈又一圈，等了一秒又一秒。说实话，他已经不太记得在那之后的事情了，只记得飞机上的两个多小时难熬到他快要吐掉，只记得他在下了飞机的路上一遍又一遍催得出租车都要在马路上起飞了。等到楼之下时，太阳已经落下，夕色沾染着那陈旧的居民楼，有种末日黄昏的寂寥感。

　　吴桥一迈着步子，飞一般攀着这没有电梯的高楼。他从没觉得楼梯那么漫长过，累得他四肢发软，累得他肺部好似在灼烧。直到这时，莫大的痛苦才缓缓跟了上来——为什么自己当初没有背着他一起上来呢？吴桥一想着，当初自己要是再多懂事一些该有多好，要是他能上来看看该有多好。

　　一向体能充沛的他，几乎是跪倒在那楼房的半腰处，他又开始怪自己不争气，连爬个楼都这副惨样子。他跟跟跄跄地跌坐到身后的台阶上，远远地看着面前的阳台。在他抬头的瞬间，一道绯红色的夕阳倾泻进来，柔柔地落在他的脚边，几乎同一时刻，一辆火红的缆车悠悠地从面前楼梯间的空隙中划过。像是光在推着缆车缓缓前行，又似是缆车在牵着光悠悠慢走。暖暖的光把吴桥一整个包裹住，那亮光刺得吴桥一双目生疼，勾得他的眼泪大滴大滴地往下落，像是吃了加满辣的渝市小面，太痛了，吴桥一心想，实在是太痛了。

　　当天晚上，是吴雁从白橡居把吴桥一接回了家，这孩子像是一具不会说话的木偶，任由她摆弄。临睡觉之前，吴雁叹了口气说："暂时不要回首都了吧。"

　　吴桥一不说话，似乎又回到了曾经完全封闭的状态。他好像懂了佟语声喊他来白橡居的目的，是让他看看美景，不要总守在自己的身边，不论这一次道别是暂时还是永别，他总要在吴桥一的心里再播下那么些希望来。他在家里木讷地躺了两天半，不吃不喝像是一具植物人，直到吴雁担心地打算逼他吃点东西时，自家儿子忽然"砰"的一声推开门，轰隆着跌撞在她的面前。吴雁还没反应过来，就被自己的儿子紧紧地环抱住。他的手里还有没来得及挂断的电话,却再也忍不住号啕大哭出声:"妈妈。"

"佟语声醒了。"他说,"医生说他挺过去了!"

听到儿子这样放声大哭,吴雁反倒是放下心来。她一遍遍抚摸着吴桥一的脑袋,一边也眼眶含泪地重复道:"太好了,真的太好了……"

吴桥一手中的电话还没挂,对面,姜红的声音响起来:"桥一?语声有话想跟你讲。"

吴桥一瞬间收住情绪,举着手机奔到阳台前。这是他和佟语声一起看过星星的角落,那人曾经对他说,你以后常来这里看星星好不好。此时正是一个和煦的下午,秋日清凉的风拂起窗帘,象牙色的光落在瓷砖上,挠得人心痒。那边一阵窸窸窣窣,接着就传来一声清晰的呼吸声:"Joey?"

"我可以……"说了三个字,佟语声忍不住深吸一口气,"我可以自己呼吸啦!"

刚换上新肺,他似乎还没有习惯这样崭新的呼吸模式,话音中带着些喘息和勉强,却掩盖不住他激动的情绪。呼吸,一个对于平常人来说平常到可以忽略不计的动作,却是他倾家荡产、拿命交换来的奢侈品。

新一年的秋天,佟语声可以自己呼吸了。听到这里,一直没吭声的吴桥一再一次收不住情绪,眼泪吧嗒吧嗒落到地上,传进话筒里便只剩下几声压抑的啜泣。那边佟语声静静听了几秒,便喘息着笑起来:"你哭啦?"

"这还是我第一次,第一次听你哭呢。"确实是第一次"听见"——吴桥一吃辣的时候从来都是一声不吭地落泪。但听到这句话时,吴桥一突然就委屈起来了,他想到了这段时间的担惊受怕,哪怕是现在,他的手还是在不停地颤抖。他的眼泪大滴大滴宛如豆粒子一样滚落下来,接着,发泄般呜呜哭出声来:"你……你好烦……你为什么要让我一个人去白橡居?"

"我到底要怎么说你才能明白……"他崩溃地嗫嚅了半天,才继续

守得云开见月明

333

道:"我一点、一点都不喜欢自己一个人去。"

吴桥一在这头呜咽了好久,似乎是终于发泄完快没声儿了,那边才又轻轻笑起来。佟语声说:"Joey,你哭起来好像哈士奇唱歌。"说完还模仿了一遍:"嗷呜嗷呜。"

吴桥一骤地收住哭声,两个人陷入了短暂的沉默,继而又不约而同地笑出声。吴桥一笑着吸了吸鼻子,就听那边有些疲累地说:"你快来,我也不想一个人待着。"

挂了电话之后,吴桥一立马打电话订了机票,一转身发现吴雁已经笑着帮他把饭菜都烧好了。吴桥一不在家的这段时间里,吴雁找了佟语声的奶奶拜师,学会了烧一手好菜。饿了好几天的吴桥一吃了两大碗,抬头已经一脑门子的汗了。吴雁帮他收拾好行李,那人便火急火燎地走出门,她就这样看着吴桥一远去的身影。其实每次都是这样,无论是他出去上学、去找佟语声,抑或是去下棋;都会如此——她习惯了这样静静地目送着自己的儿子,看着他在视野里完全消失,盯着那远方再看上几分钟,才默默将目光收回。

只是这回,吴桥一第一次顿住了脚步,回过头来,遥遥地和她对视了几秒。正当她想开口问是不是有什么东西忘记拿了,那已经高挑得像个成年男性的儿子忽然走向她,伸手给了她一个结实的拥抱。

"谢谢妈妈。"吴桥一说。

飞回首都的路上,他再一次痛恨飞机太慢,恨不能像光一样顷刻间飞到他的身旁。因为事情来得突然,吴桥一整个人还处在有些半梦半醒的恍惚里,直到飞机进入平流层,大片大片的云朵像小白狗在天空中翻滚。他想到了那只云朵气球,想到了像小白狗一样的佟语声,心情也豁然开朗了。飞奔回医院的路上,他也是归心似箭,和回白橡居那时的慌张不同,他现在藏不住的欣喜和激动,被出租车司机尽收眼底。他噌地朝医院飞奔过去,像是一只在枝头间蜻蜓点水的飞鸟。待久了,医生护士也认识他,知道他的好消息后纷纷祝贺道:"恭喜啊!"

吴桥一来不及回话,只点着步子往上愉快地蹦了一下,雀跃极了。

到病房门口的时候，一家人正围着佟语声嘘寒问暖。看见吴桥一，佟语声立马坐直了，眼睛都亮起来："Joey！！"

吴桥一也喜悦地飞奔过去，他张牙舞爪地想要给佟语声一个拥抱，看来看去却发现他全身都是管子，根本没有下手的余地。于是他就笑着，高兴得说不出话来。掐指一算，这少年人从接到电话到赶到首都，几乎是在一瞬间的事，这人简直是把飞机当成出租车在坐。姜红回头嗔怪佟语声："你也太任性了，一点都不给吴桥一休息时间，看把人累的。"

佟语声刚要瘪着嘴耍赖，就听吴桥一抢先一步说："是我自己要来的，不怪他。"

夫妻俩对视了一眼，不约而同地笑起来。佟建松简单地跟他讲了一下这三天的惊心动魄——病危通知书是一张接着一张地下，已经攒齐了一小沓，药是一种接着换另一种，几乎试了个遍。说到底还是运气好，在穷途末路之时，终于试出了特效药，药效几乎是立竿见影，很快感染便消去了。

浓缩成话语只是短短几句，但吴桥一感受过这三天的绝望和崩溃，再听佟建松的描述，只渗了一身的汗水。佟语声现在因为药物作用，还有些低烧，但是难得清醒过来，整个人精神状态非常好。他正靠在床上，非常不自然地呼吸着，但这并不是像以往那般痛苦、艰难地喘息，而是宛如新生儿刚刚学会走路一般，笨拙、努力，充满了新鲜感。

吴桥一看着他蒙着水汽的双眼，两个人对视了一眼，双目都有些许泛红，却又笑得灿烂且开心。

这一天，佟语声获得了新生。佟语声明天就可以拔掉胃管下地走路了，到时候就可以转回普通病房保养、锻炼，等他学会适应这一对来自陌生少年的肺时，就可以走出这囚禁了他五年人生的白色牢笼了。

这一晚，吴桥一整整绕着医院跑了三大圈，他恨不得告诉全世界这个好消息。第二天一早，吴桥一睁开眼，便兴冲冲地要去收拾佟语声的床铺——今天就要他回到普通病房了。

怕角落藏了灰对他呼吸不好，一家人拆了病房的窗帘水洗，还将边边角角都仔细清扫着。吴桥一拉开那病床，准备把床下可能藏灰的地方都拖一拖，却被一个反光的东西晃到了眼睛。

他弯下腰，将那小小的东西拿在手里看了好几遍，这才忍不住惊呼了一声："找到了！"

佟语声的幸运硬币，一直都守护在他的身边。

此时佟语声刚刚拔完胸管和胃管，喉咙还有些难受，听到吴桥一说幸运硬币的事情，下意识地还是觉得那人在哄他。为了保护住他那一份善意，佟语声打算佯装兴奋，给他想要的反馈。但真当他拿到那硬币的时候，他发现了那个自己用马克笔点的小记号。他回头看着吴桥一，满眼是藏不住的欣喜："真的找到了。"

"看！你真的好幸运！"吴桥一开心地笑道，"它一直都在你身边！"

一直陪在佟语声身边的，何止是这枚小小的硬币，还有吴桥一、爸爸妈妈，和所有所有不愿放弃他的爱他的人。现在回想过来，佟语声真的一直被幸运笼罩着——大病能愈，失而复得，家庭幸福，感情美满。

佟语声将那一枚硬币悄悄握在手里，心想，他终于把属于他的好运牢牢抓住了。此时，他全身上下的管子已经全部拔完，除了呼吸还有些不太适应之外，其他基本已经没有了大碍。他满心欢喜地动了动腿，想把肌肉提前活动开，许久他才想起什么似的偏过头，小心翼翼问："Joey，白橡居好看吗？能不能看到缆车？"

吴桥一看着他的双眼，想到那一天的崩溃和惊惧，想到那一天的绝望无助。他回想起那一天天边瑰丽而悲戚的红，想到那几乎要把天空和他的心口一并撕裂的缆车。他想着，说："不告诉你，你自己去看看就知道了。"

佟语声一听，愣是没缓过来，直到他看着吴桥一的眼睛出神了好久才后知后觉地感叹道："我的天，再过几个月我就能自己爬上去了！"

他们可以去早一点，一起看日出，看着清晨的第一班缆车划过，和吴桥一一起看着第一缕光漫过天际。从白橡居回来，他们还可以去红崖洞，因为那里人多，姜红总怕他出意外，生病以后他就再没去过。他们还可以去看天坑，只要他锻炼得好，就可以爬山，看看所谓的"别有洞天"。他们还可以去解放塔，开心地吃吃喝喝，他可以从中辣开始复建，也可以让吴桥一从微微辣开始尝试。

几个月后,健康的佟语声可以自己出门,和同学们热热闹闹玩到很晚再回家,也可以抱一抱路边的小猫小狗,如果以后有精力,还可以和吴桥一一起养一只。吴桥一问他想去哪里玩,想吃什么,让他列一个清单以后一个一个慢慢完成。佟语声叽里呱啦说了一堆,都快喘不过气来。说着说着,眼角又开始湿润起来,他觉得自己好不争气,似乎这手术不是帮他换了双肺,而是换了双一戳就崩溃的泪腺来。

术后感染期的这段时间,真的让佟语声感受到了史无前例的折磨。

反复的高烧让他的意识断断续续,却从没有减轻半分疼痛对他的刺激。他觉得自己像是掉进了荆棘丛、坠入了炼钢炉,似是四分五裂,又感觉要被熔解。他一度觉得自己快要撑不住了,所以才写下银行卡的密码和给他们仨的纸条。

他想让吴桥一看看白橡居,替他完成未完成的梦,又更像是许多宠物意识到自己快要去世后,就会悄悄离开主人身边,独自一人死去。重症监护室看不见熟悉的亲人,这让他惶恐却又有一丝安心——他不想看见任何人为他哭泣,哪怕知道伤心根本无法避免。

看他撇着嘴又要哭了,吴桥一赶紧抚摸着他的后脑勺:"哪里不舒服吗?"

"Joey,我可以呼吸了……"佟语声颤抖着小声啜泣道,"我能呼吸了……"

吴桥一贴着他的颈窝,知道他不是难受便放心下来,也不知说些什么,好半天他才说出一句:"你哭起来比我好听点,像是小鸟在唱歌。"

佟语声便破涕为笑了。十分钟后,陈医生走进监护室,看见两个年轻人交谈甚欢,也跟着笑起来:"佟佟,感觉怎么样?"

佟语声抬起胳膊比了个大力士的动作:"100米能跑冠军!"

陈医生被他逗乐了,又看了看他各方面的监控数据,说:"你现在身上基本都没有管子了,可以下地走路了,后面的康复训练不要偷懒,记得把课本也多看看,差不多还能赶上高考呢。"

两个人这才对视一眼——差点忘了,他们现在可是高三,还有将近半年时间就要高考了！佟语声惊悚地看了眼吴桥一，那人却丝毫不慌，拍拍他的肩膀说："放心，交给我。"

或许吴桥一是真的成熟了，一句担保真的让佟语声放下心来。佟语声慢慢将两条腿晃荡下床，扶着吴桥一的手臂缓慢地站立起来。许久没有落地的他，感觉小腿根本使不上力，方才还说要拿100米冠军的人儿双腿打着摆，被吴桥一整个稳稳地支在原地。

"不急。"吴桥一扶着他说，"慢慢来。"吴桥一的存在给了他强硬的精神支撑，克服了刚落地的一瞬间不适应，等有了心理准备之后，他慢慢开始抬着腿，一步一步地往门外挪去。此时，佟建松和姜红正在玻璃窗外见证着这一幕，佟语声抬起头，看见他们正朝自己挥手，于是他也开心地朝他们摆摆手，那架势仿佛是大将军正在检阅自己的部队。

刚一出门，佟建松和姜红就争着过来要扶他，佟语声却摆摆手，甚至轻轻挣脱了吴桥一的搀扶。"我自己可以。"他说，"我可以。"

被吴桥一牵着走的那一小段路让他熟悉了地面的触感，逐渐回想起了曾经独立行走的日子。三个人不约而同给他让出条道来，从重症监护室到普通病房这么一小段路，却走得轰轰烈烈像一场硬仗。但佟语声确实走得可以，只是一两步便稳住了，再往前虽然缺了些力气，但却坚定得不容任何人质疑。宛如新生儿学会了走路一般，等他自己踏进病房的那一刻，不只是家人们，整个病房的其他病友，都不约而同地给他鼓起了掌。

他朝那些人笑了笑，心想着，真好。

下意识地清点人数的时候，他发现隔壁空了一张床——是那个奚落他等不到肺源的胖子刘常丰。佟语声下意识地抬头看了一眼姜红，对方也很快会意，低下头悄声附在他的耳边说："前几天刚没了，心衰走的。"

刘常丰的胖，不是正儿八经的胖，而是心衰到末期引起的全身浮肿。

佟语声在重症监护室的几天里，他也被拉去抢救，却不像佟语声有熬出头的架势，只抢救了不到半小时，医生便彻底宣布了死亡。姜红说这句话的时候，没有半点幸灾乐祸的口吻，都是经历过苦难的人，她能理解刘常丰在这样的情况下内心一步步变得扭曲——虽然他们不会这样做，但终归可以理解。佟语声看着那张空床，只想着，幸运或许真的不会光顾不相信幸运的人。

这一天上午佟语声还乖乖地窝在被窝里，但下午就开始憋不住了。他先是时不时走到窗子边，接着就让吴桥一带他去这一层的走廊转转。他总算理解了吴桥一住院当晚就要跑下楼踢足球的心情了，他想，有着一副能够畅快呼吸的肺，谁还想赖死不活地缩在病床上呢？

医生也夸他康复得好，前两天还是吃的小米粥这样的流食，转眼就嚷着要吃烤鸭和宫保鸡丁了。等他一顿能吃三个大鸡腿时，医生就开始打发他去做康复训练，吴桥一那边也帮他排好了时间表，让他过上了比学校还要规律的生活。佟语声断断续续坚持了两天，就开始想着偷懒了——只有久病初愈的病人才会想满地乱跑，真正健康的人只想每天睡在床上。渐渐地，他肺部的声音已经完全清晰下来，呼吸也逐渐变得像正常人一样顺畅自然，他能自主步行的距离越来越远，理综试卷也偶尔可以考出一个及格的成绩。那一天，从来不幻想大学生活的佟语声破天荒地问起吴桥一："你想考什么大学？"

那时他们正站在医院的走廊上，北方洋洋洒洒的雪把窗外镀得洁白一片，吴桥一说："我打算向C大递申请。"

佟语声立刻抽了一口气，他觉得自己那一点点小小的梦，在C大两个字面前变得不值一提。但吴桥一却小心翼翼地说："我想在离家近一些的地方读大学，因为爷爷奶奶年纪大了，所以我想多陪陪家人，我会经常回来看你。"

陪陪家人这样的话，从吴桥一口中说出来多少会让人感觉有些不可思议，佟语声想了想，却笑起来："我和你想到一起了。"

"我想考渝大，想多和家里人待在一起。"佟语声说，"我想试试放学回家就能吃到热菜热饭的感觉，晚上还可以和爸爸妈妈一起去散步，放假能帮奶奶摆摊子，周末还可以在家里睡懒觉。"

这是他中学时代缺席的人生，他想努力补回来。想到这里，他又笑起来："到时候我也可以坐飞机去E国看你了！"

一周之后，佟语声已经可以满地撒丫子乱跑了，陈医生给他彻头彻

守得云开见月明

339

尾检查一遍，终于开口说："可以出院咯！"

佟语声兴奋得想要狂奔，却实在跑不起来，只好给家人和吴桥一每人一个大大的拥抱。临行前，佟语声给每个医务和病友都送了一份小礼物，算是对过去这段日子的感恩和回报。收拾好行李之前，吴桥一忽然在床头柜里找出了什么，非常郑重地放在佟语声的手心。

佟语声打开一看，是一只雪白的、丑丑千纸鹤。他忽然想起自己怕愿望失灵，一直不敢让吴桥一叠满一千只，眼下，他立刻明白了吴桥一的意思。

"第一千只。"吴桥一认真地说，"显灵了。"

佟语声拿着那小千纸鹤，趁爸妈不注意，一溜烟跑出了病房，吴桥一准备去按电梯，佟语声却牵着他走到了楼梯口，兴奋地说："我能跑了，Joey，陪我跑下楼吧！"

天天跑楼梯的吴桥一从没想到会有人走个楼梯也能开心得笑出来，但这人却扶着扶手，有些不适应地跨着步子往下边跑边跳。他下楼的速度不快，但整个人雀跃得快要飞起来，他一边跑一边深呼吸。跑到一楼，他开心地转了个圈，对吴桥一说："看！我现在自己下楼，也不会喘不过气了！"

吴桥一也被他感染得开心起来，跟他击掌，说："厉害！！"

乘着电梯下来的佟建松和姜红正站在楼下等着他俩，佟语声便高兴地飞奔过去，给他们一人一个紧紧的拥抱。一家子都高兴得很，开始盘算着归程。佟建松问："宝贝想坐飞机还是坐火车回去啊？"

自打自己做完手术之后，爸妈对他的称呼就从"语声"变成了"宝贝"，肉麻得很。

佟语声笑着搓了搓手臂上的鸡皮疙瘩，笑道："坐飞机！我来的时候都没怎么享受过。"

因为佟语声现在是高三生了，一家人没有在首都多逗留，买了最近的机票就往回赶。"毕业之后你们俩单独来玩。"佟建松说，"我跟你妈懒得跑了。"

两个人便又咯咯笑了一路。

一转头,飞机已经上了天,佟语声转身趴在舷窗边,看着地面上的高大建筑缩小成麻将大小的方块儿,再变成芝麻粒大小的小点。起飞的失重感让他忍不住全身僵直,却又忍不住兴奋得全身战栗——这是他从没好好感受过的瞬间,他在天上飞起来了。正在他高度紧张的瞬间,吴桥一突然在他耳朵边浮夸地喊了一声:"哇!真好看!我们在飞欸!"

佟语声忍不住瞥了他一眼,说:"你不是把飞机当出租吗?还没看腻啊?"

吴桥一撑着脑袋看着舷窗外:"自己看不好看,和你一起看就好看。"

佟语声嘿嘿一笑,继续看着天空。天上有棉花田,也有白云小狗,还有刺眼的太阳,纯洁得要命,却也空荡荡的。两个人看着云层不停地发散思维,把无趣的静物想象成不同的事物,佟语声便也明白了——有些景色,确实是要和好朋友分享才好看。

回到渝市,奶奶准备了一大桌子的好菜,佟语声也终于尝到了爷爷最爱的虎皮青椒。饭桌上,他嘚瑟得要命,拿筷子夹了一片绿油油的青椒假装悲痛道:"爷爷,乖孙暂时不会下去看你了,青椒就分我一口吧。"

这话一出,奶奶和姜红一人一筷子,给他脑袋敲出了个对称的"犄角"。

吴桥一尝试着喝了一口加了胡椒的羊肉汤。这一回,他眼睛被辣得通红,却硬是忍着没流眼泪:"好,好喝!"

他也是可以吃辣的人了,他也慢慢可以变成渝市的人了。回到渝市之后,一家人商量再三,还是不打算让佟语声回学校——学校的复习节奏对于佟语声来说已经不合适了,这小子还不大想复读,就缠着吴桥一整天在家给他补习。温言书有句话说得不错,佟语声真的是个很聪明的人,只要认认真真学,成绩提升的速度比磁悬浮列车跑起来还快,他在复习的途中还顺便参加了一系列大型的作文比赛,拿奖拿到手软。

大约三模刚出成绩的时候,始终跟他保持单线联络的温言书终于想起来找他。佟语声听出他情绪不太好,应当是刚哭过,就告诉他不要有压力,相信他一定可以考得好。温言书没接这个话茬,只跟他说:"你要好好的啊,考个好大学、保重好身体,一直一直幸福快乐。"

当天晚上佟语声只觉得他说的话有些奇怪，却不想那居然是他这今后的两年里，最后一次听见温言书的声音。

高考结束的那一天刚出考场，就看见爸爸妈妈和吴桥一在考场外等着他。他仨一起去吃了肯德基，又叫上了一群同学去游戏厅胡闹，等人到齐的时候才发现，温言书又不在了。

"不是吧？"佟语声不能理解，"高考完了他妈还绑着他不撒手啊？这是刚考完就要在家准备大学四级啦？"

说完，便要去他们家上门找人，却被程诺拉住了。

"他休学了。"程诺说，"别找了，已经都搬走了。"

三模发成绩后不久，温言书就凭空消失了，应当是没有参加这次高考。再问衡宁，他们一个个便讳莫如深。

"别问了。"程诺一把搂住他的肩膀，又被吴桥一"吧唧"一掌打了下来，"玩儿篮球机去吧！"

温言书消失得很彻底，佟语声整整找了一个学期也没能找到他——似乎只是一不小心，他便从这个世界上突然蒸发了。除了那个突然消失的人之外，佟语声拥有了一个前所未有的快乐夏天。

这个夏天，他和吴桥一一起，去了白橡居和红崖洞，飞去首都看了升旗仪式，去E国溜了一圈。他们去旅游的那一天，吴桥一刚好收到心理学专业的录取通知，不久之后，佟语声也刚好被渝大录取。他高考算是超常发挥，勉强够上了当年的一本线，却因为作文竞赛加分，被汉语言文学专业破格录取了。他们的庆祝方式很原始，吴桥一扛着佟语声爬上楼下那棵很结实的树，握住了那个吵了他们一中午没睡好的蝉。

"看，我把夏天抓住了。"佟语声摊开掌心笑着说，"曾经、现在、以后的每个夏天。"

四年之后，大家相继本科毕业，不知是谁牵了个头，一撮人又热热闹闹聚了起来。最早自力更生的就是佟语声，他在大学时期已经卖出去数不清的版权，畅销书摆满了图书馆最显眼的地方，电视上也时不时播出由他小说改编的电视剧，一时间成了真正的红人。

前段时间,最早卖出去的那部小说也上映了,制片方邀请他参加首映礼,但他想着要和吴桥一一起去钓鱼,就毫不犹豫地拒绝了。而吴桥一在C大,直接成了研究生导师们抢手的香饽饽,他们对吴桥一的评价很特别,说他是最没有天赋、却又最有天赋的人。说他没有天赋,是因为直至今日他仍然无法用正常人的逻辑模式去处理感情,对前来咨询的对象始终不存在"共情"一说,也因为如此,他不会被任何人的负面情绪影响,甚至能根据课堂内容,总结出一套最精准的公式,快速高效地剖析和解决每一个问题。程诺一听这势头,立刻问他:"吴医生,你看看我是不是压力太大了,大学四年都没谈个女朋友,也不是没机会,就是不太想,你能不能开导开导我?我怕我这样很成问题。"

吴桥一上下瞄了他一眼,说:"少看点小说,多接触一下现实生活。"

程诺一听,夸张地感叹了一声,接着越想越怕:"救命,都是英语老师害了我!"

像是跟方玲较劲似的,自从那人没收了他的一大摞子东野圭吾的小说之后,他真就咬着牙考上了公安大学。据他回忆,高中最后一年就跟天灵盖儿被雷劈了一样开了大窍,每天起床之后,把方玲嘲讽他的那一句"天天看这些东西,你要当警察啊?"念叨了十来遍,一整天看书锻炼都倍儿有劲。经过警校的锻炼,他整个骨架彻底长开,变得又高又帅,气质也是与日俱增,这么一想,没能谈个对象也确实挺怪的。

一边,丁雯也跟着笑起来,她说自己高中的时候对程诺有过好感,但程诺脑子里似乎只有小说,她就觉得怪怪的。

丁雯高考考了个不错的学校的文科专业,前段时间刚通过了公务员省考,过不了多久就要去报到了。一群人抓着佟语声这个"新晋富豪"一顿"薅羊毛",吃了一顿全肉的火锅,快乐得走不动路。餐桌上,吴桥一没有点鸳鸯锅,而是相当合群地和他们一起分享了"变态辣"。

然而,这段时间在E国的清汤寡水,又把他的耐辣能力直接打回原形,这一顿下来,佟语声给他用小碗盛了点清水,给他涮着吃了三片羊肉,又直接流了一脸的泪。

"看,离开太久了。"佟语声给他递了杯酸奶,"你已经忘了渝市的味道了。"

吴桥一脸惊悚地抬起头，眼泪又汩汩地越涌越多。事实上他们大学这四年，相隔两地的感觉没有很明显——国内的寒假和E国的圣诞节假期差不多时候进行，暑假也都是七八月份。除此之外，吴桥一每年四月还有两周左右的复活节假期，两个人都有碰面的机会。再后来，有了可以视频通话的智能手机，两个"小富豪"立刻赶上潮流，过上了远在天边却近在眼前的生活。现在，佟语声已经坐飞机坐到腻烦，他大概明白了吴桥一曾经跟他说的"不好玩"是什么意思——确实，和坐公交地铁也没什么区别了，还能有啥新鲜感呢。

丁雯问："那之后呢？"

佟语声笑起来说："我就直接去E国读研啦！"

这四年里，佟语声已经在家待得有些倦了，从最开始奶奶还天天变着法儿给他烧好菜，到现在姜红天天抱怨他在家不干活儿、爱偷懒，他觉得确实有必要和家人保持"爱的距离"了。再者，他现在已经成了网站的驻站作者，收入稳定，还可以足不出户就挣钱挣到手软，无论在哪里生活，对他来说都不影响他挣钱。饭局快结束的时候，佟语声忽然接到温言书的电话，那边问："喂？你们吃完没？我计划有变，给我留口汤喝。"

佟语声看了看红锅里飘着的几片儿肉渣，说："速来，快点到还能喝到两口。"

挂了电话后，他便大手一挥，又叫服务员端了一桌子肉来。温言书消失的一年里，是跟着妈妈搬到隔壁区住了，他虽然缺席了当年的高考，但又很快重新调整好状态，去了最厉害的复读学校，在第二年考了个不错的成绩。两分钟后，温言书气喘吁吁出现在火锅店门口，佟语声朝他招招手，说："快来！温大记者！"

温言书便笑着跟他们坐进了一桌。

复读那一年，他以高分考进了传媒大学的新闻专业，自从搬家之后，他的母亲就像换了个人似的，再不敢干涉他半点人生。现在他已经大三了，因为成绩和表现优秀，被实习的单位看中，提前为他预留了一个岗位，等到大四闲下来时他也差不多可以直接上班了。这几年的大学生活几乎让他产生了改头换面的巨大变化，曾经的自卑怯懦已经不见了踪影，还主动张罗过好几场同学聚会，这一次聚餐也是他最早积极响应的，却差点儿因为工作的事情回不来渝市。等他吃开心了，一群人浩浩荡荡往渝市一中进发——高中生们还没放假，老师们也都还在学校里。

周测刚结束，老师们都在办公室改试卷。曾经的学生们回来，像是给简单枯燥的教学生活带来了一缕春风，面容疲惫的老师们顿时春风满面，纷纷开始询问起他们的近况。老谢总是第一个想起去关心佟语声的身体情况，他虽然在学校待的时间不长，却始终受到了老谢的帮助。

方玲则是跟程诺聊得起劲儿，开玩笑说以后揍学生让程警官放她一马。钱小琪则拉着他们开心地说，她最近的公开课在市里拿了一等奖，里面有一段就是和佟语声远程聊天聊出来的灵感。大家过得都春风得意，张二刀家的小崽子已经会满地乱跑，杂货店的爷爷也来了一段夕阳红晚恋，佟语声爸妈一门心思回到了最初稳妥儿普通的工作岗位，奶奶打麻将赢遍了整个区的老头儿。回去的路上，吴桥一顺手又赢了一场漂亮的围棋，有人嚷着不服还要来第二局，他却说："不下了，我要陪我好朋友去。"

这一天，他们要参加邓欣然和王浩俊的婚礼，邀请函上，她已经续起了长长的黑发，脸上洋溢着幸福的笑意。但这天早晨，他们留给了自己——这已经是他们心照不宣的例行活动，每当久别之后于渝市重逢，他们都会起个大早，去白橡居上看日出。佟语声很享受自己爬楼的时间，因为偷懒没怎么多练体能，他爬楼比吴桥一慢上不少，但他不怕，因为他知道，哪怕他边走边歇爬个一天，吴桥一依旧会牵着等他。

这次的时间掐得刚刚好，破晓的光刚一穿过云层，他们便在这一片晴朗中安然落定。

他们趴在阳台边，看着宛如水彩泼墨的朝霞，看着天光乍现。

"你有没有听过一个传说？"突然，吴桥一问他，"在白橡居看到朝阳的人，会永远幸福快乐。"

佟语声笑起来，说："没听过，你瞎编的吧？"

守得云开见月明

345

吴桥一只是笑着站到他身边。

霞光万丈间,一辆红色的缆车在视野里徐徐划过,像是带着天光走来。

而在光下,他们肩并着肩,一同被照亮。

QUE YANG
番外

佟语声提出要去做器官捐赠志愿者的那天，吴桥一辗转反侧了半宿，又重新回到了当初被精神疾病苦苦折磨的状态。那天晚上，他躺在床上一闭眼，满脑子就都是佟语声那句"如果哪一天我死了，我希望我的器官也可以帮到别人"，然后心脏就开始发慌，突突地狂跳。

在第十一次被佟语声那句话吓醒的瞬间，吴桥一"唰"地一下子爬起来，拍飞了一旁闪着"凌晨2：30"的闹钟，颤抖着手拨通了佟语声的电话。电话忙音响了十声，吴桥一的心脏紧缩了十下，脑子里面闪过了佟语声十种不同的死法，对面终于传来对方尚带着睡意的声音："干吗呀……大半夜的……"

吴桥一的心脏终于猛地松开了，但是胸口还闷闷地发疼，憋得他说不出话来，只能沉沉地喘着气。佟语声似乎也清醒过来了，有些担忧地道："怎么了啊？做噩梦了？还是哪里不舒服？要我过去找你吗？"

吴桥一难受地叹了口气，又站起身来打开窗深呼吸了几口，才带着祈求般对电话开口道："……你别死。"

"嗯？"佟语声有些疑惑，接着又笑起来，"你睡傻了吧？我病早好了，要死也没那么容易。"

"不是。"吴桥一有些难受地抓了抓头发，尝试着整理了一下内心混沌的思绪，"能不能别捐器官？"

佟语声那头短暂地沉默了一下，没有笑他，也没有骂他无理取闹，只是轻轻地、很认真地问道："为什么？"

"就……很奇怪。"吴桥一有些难受地看了看自己的手心，好像有种抓不住东西的无力感，"为什么活着要想死了的事，就好像……在盼着死一样。"

"可是就算不去想，人也总会死的，我们都会死。"佟语声认真地道，"反之也是一样，做这样的决定也不会让死亡来得更快一些。"

吴桥一说不过他了，但也说服不了自己，只能生着闷气，不再说话。

佟语声在电话里又劝了他两句，发现对方早已经闭上耳朵拒绝接收了，只能没好气地笑道："出来聊聊？今晚的星星很好看。"

吴桥一立刻来劲了，三下五除二穿好了衣服，没多久便衣冠整齐地出现在了佟语声家的楼下。佟语声倒是一如既往慢慢地，磨蹭了好一会儿，终于带着满脸的睡意出现在了楼道口。吴桥一见他，立刻开心地迎过去，像条疯狂摇尾巴的大狗。佟语声继续慢悠悠地朝前走，直到走出单元楼，这才抬头看着天，惺忪的睡眼骤然睁得雪亮："哇！星星比我想象中还要多！"

吴桥一也跟着抬头，心情也跟着舒畅起来——夜深灯熄人眠时，天空难得属于星月。穹顶之上，银砾罗列，薄云勾卷，仿若叫时间逆流、天地颠倒。吴桥一短暂地忘记了叫他烦恼的议题，直到佟语声喃喃道："不知道他是天上的哪颗星星。"

吴桥一飘在天上的心绪一下子就跌回了地底。

佟语声说的"他"，是个与佟语声互不相识、最后却又血肉相连的陌生人，是个因为未知的原因不幸与世长辞的可怜人，也是用余光续上佟语声生命之火的伟大的恩人。他是佟语声双肺的捐赠者，因为器官捐赠双盲政策，佟语声注定无法得知对方的姓名，却因为这别样的缘分，此时此刻正以另一种存在的方式，和他们共享这片美好的星光。

也就这样简单的一句话，吴桥一下子便懂了佟语声的意思，瞬间无可辩驳哑口无言，却又没办法和自己和解，没办法打心眼儿里认同这个提议。许久，他才挣扎着说出一句："报答他可以用其他的方式……"

佟语声回过神来，才发现他还在跟自己过不去，不由失笑："你介意的是什么？"

吴桥一仔细思索了一下，发现他说得有道理，就算他不愿意面对，但人总会死的，佟语声会有去世的一天，他自己也躲不过，决定捐赠器官，也不会加速或者减慢这个注定的进程。但他还是介意的，尽管听起来有些矫情，甚至是反唯物主义，但他还是觉得很难受："死了还要上手术台，很痛苦。"

他以为佟语声肯定会笑话他，告诉他死人是不会痛的，可没想到那人只是低下头，隔着衬衫摸了摸自己伤疤的位置："可是我活着的时候都已经经历过一次开膛剖肚了呀，这对我来说是可以忍受的。"

是啊，因为生病，佟语声活着的时候就已经遭受了常人难以承受的痛苦，做了双肺移植手术，重新成为一个崭新的健康的人——这一切在他活着的时候，就已经经历过一次了。

可一想到这人已经遭受过这样的痛苦，却在死后还要再来一次，吴桥一又觉得痛苦万分。他想不明白也说不明白，一阵烦躁涌上心头，转身就想找棵树撞脑袋了。好在佟语声已经对他的这套流程烂熟于心，驾轻就熟地将他从树干边拉回来，然后把他摆正，强迫他回收注意力，让他正视着自己的眼睛："Joey，我只是提出这个想法。如果这样的决定伤害了你和爱我的家人们，如果你们都不能接受我这样做，那我会优先尊重你们的决定。因为你们是我目光所及处最需要珍惜的人，你们对我来说比任何人都重要。"

真听他这么说，吴桥一心中短暂得意了一下，忽然又有些过意不去了。毕竟他也不是什么不讲理的人，如果这真的是佟语声的愿望，他也希望可以实现。于是他想了想，认真道："要不……你再劝劝我吧？"

佟语声被他逗乐了，干脆随便找了个台阶坐下，打算认真跟他解释这件事对于自己的意义。山城最不缺的就是这样通往各处的台阶，生病的时候，那是佟语声怎么追都追不上的天堑，也是吴桥一怎么绕都绕不出的迷宫。而现在，那台阶依旧在那里，像是肺脏里纵横交错的动脉、静脉和神经，但它再也不能要了他的命，再也不能囚住吴桥一了。

见他坐下，吴桥一也乖乖坐到了他的旁边。一起抬头，帮他寻找着落在他胸腔里的那颗星星。两人就这样肩并肩望了许久的夜空，吴桥一始终没能找到那一颗，于是便妥协着轻轻对着整片星空说："谢谢你。"

佟语声也跟着抬头，郑重地道："谢谢你！"

在国内，器官捐献的受捐者和捐赠者要遵循"双盲"原则，这就意味着双方家属一辈子无法得知对方的身份，无法见面，也不可能有任何交流。最开始，佟语声还相当不理解，他想要亲自去感谢捐赠者的家人，想要报答这无以回馈的救命之恩。可后来吴桥一的话让他想明白了，这样的做法是对双方最好的保护——

对于善良的人来说，受捐者可能会产生强烈的补偿意愿和心理负担，比如他自己就动过那样的念头，如果能找到对方，那自己一定倾尽所有、竭尽所能地感谢对方的家人，而对方可能也会过分关注他的病情、关注他的一举一动。这样无意中，彼此的人生就已经被悄悄绑架了。

同样的，捐赠双方的信息公开之后，可能牵扯到太多金钱交易、利益交换，还有可能因为双方的经济条件、社会地位存在差距，而产生不必要的矛盾、隐患和冲突。因此，要保证捐赠是绝对纯粹的、无偿的行为，这样的"双盲"是绝对必要的举措。现在抬头看，虽然他无法感谢具体的某一颗星星，但他可以像吴桥一那样，虔诚地感谢一整片星空——感谢所有愿意捐献器官、遗体的伟大的志愿者，感谢所有为器官捐献、移植默默努力的医护人员、工作人员。

"Joey，你说得对，报答恩人可以有很多的方式，最重要的就是珍惜我的第二次生命、保护好我的健康，带着他的那一份，活得更好、更久。"佟语声说，"所以我的这个愿望，不是为了报答他，而是为了延续我的价值。"

说着，他拉起吴桥一的手，让他去摸自己刀疤的位置，感受自己胸腔的起伏："你感觉到了吗？这是我在呼吸，也是他在呼吸。"

吴桥一一下睁大了眼睛，这一刻不需要佟语声多言，他似乎也领悟到了这一切的意义所在。

"这不是死亡，吴桥一，这是重生。"佟语声说道，"如果我死后能捐出自己的器官，就会有人带着我的眼睛继续看整个世界、带着我的心脏继续感受每一次悸动，我的遗体可能会被送到医学院研究，帮助更多的病人得到医治，让更多人的生命得到延续。"

"那时候，我就不只是一个驻守在墓碑里的灵魂，而是将生命的余烬播撒在世界各个角落，重新发芽、生长的蒲公英。那时就会有更多的人代替我继续活下去，死亡对于我而言，就不是个终点，而是另一段旅程的开始了。"

吴桥一屏住了呼吸，他一向是个很听佟语声劝的人，他承认，自己又要被他说服了。就在他沉默着、努力用大脑处理佟语声的这番话时，一边自顾自抒情的小作家忽然拉了拉他的袖子，低声惊呼道："Joey！快看！！流星！！快许愿！！"

吴桥一慌忙抬头，正看见一颗亮着尾巴的小星星，从天幕的彼端落向地面的尽头。来不及多想，他跟佟语声一起双手合十。虔诚默念许久，佟语声才小心翼翼地问："你许的什么愿？吴桥一？"

这一幕似曾相识，吴桥一收回神，认真地道："我许愿我们都能平安健康地活着，再以理想的方式死去……你呢？"

佟语声笑了笑，对他说了一句无比耳熟的话语——"我许你、许我们愿望成真。"

图书在版编目（CIP）数据

缺氧 / 山颂著. -- 武汉：长江出版社，2025.5.
ISBN 978-7-5804-0077-2
Ⅰ.I247.5
中国国家版本馆CIP数据核字第2025NS0504号

本书经山颂委托天津漫娱图书有限公司正式授权长江出版社，在中国大陆地区独家出版中文简体版本。未经书面同意，不得以任何形式转载和使用。

缺氧 / 山颂 著
QUEYANG

出　　版	长江出版社
	（武汉市解放大道1863号　邮政编码：430010）
选题策划	漫娱图书 李苗苗
市场发行	长江出版社发行部
网　　址	http://www.cjpress.cn
责任编辑	罗紫晨
总 策 划	幸运鹅工作室
装帧设计	吴穆奕
印　　刷	武汉鸿印社科技有限公司
版　　次	2025年5月第1版
印　　次	2025年5月第1次印刷

开本	889mm×1230mm　1/32
印张	11
字数	327千字
书号	ISBN 978-7-5804-0077-2
定价	46.80元

版权所有，翻版必究。如有质量问题，请联系本社退换。
电话：027-82926557(总编室)　　027-82926806（市场营销部）